雪域心灯

丹增 著

作家出版社

目 录

童年的梦

我的家乡位于西藏那曲地区的比如县境内，永远流不尽的怒江从我家旁边的河谷里静静地流淌了千万年。河谷上方是一片茂密的森林，森林丛中藏式楼房错落有致，仿佛一座与世隔绝的修行庙宇，那儿就是我儿时的家。由于我的父亲是世代艺家，家境算是殷实，仅雕塑创作室就有五百多平方米。我父亲是一个虔诚的佛教徒。我出生时，父亲请了二十个高僧大德为我念经祈诵吉祥，一念就是三个月。且不说是否灵验，望子成龙的心愿却是不分民族的，表达的形式也千奇百怪。喇嘛们念经要做大量的供奉，用糌粑和酥油相拌做成的“朵玛”供奉给诸佛菩萨之前，人也可以食用，这种供果在西藏风干物燥的环境里可以保存很久。到我四岁多时，家里的早茶还是我出生时做的“朵玛”，是用酥油茶泡烂干固的糌粑坨坨。

记得在那年的深秋时节，怒江开始逐渐消瘦，也碧绿亮丽起来。河谷上方的森林换上了金黄色的衣装，像一个雍容华贵的贵妇人把华丽的衣袍顺手抛在巨大的山岗上，无数红色的野山果寂寞地点缀其间，仿佛一颗颗等待远行人的心。人们都知道，当山上的野山果都熟透变红时，外出的马帮就该回来了。

从拉萨回来的马帮铃声穿越河谷两岸金色的森林，穿过了人们寂寞等待的心，让长久的期盼像太阳突破云层，把吉祥的喜讯带给家乡翘首盼望的人们。这些戴着皮帽、背着土枪走南闯北的好汉们出去将近半年了，他们克服了一路上人和非人的灾难，让自己的脚底趟过一座又一座雪山，驮出去家乡的羊毛、羊绒、山货、药材，千里迢迢地从拉萨运回来镀金的佛像、闪光的银器、艳丽的绸布、日用的百货以及人们闻所未闻、见所未见的各式舶来品——它们是一些在藏语词汇里也叫不出称谓的西洋玩意儿，派不上多少大用场，但却是头人、贵族们标榜时尚、追逐虚荣的某种标志。那种感觉有些像中国改革开放之初，不谙世事的年轻人戴一副不撕掉商标的蛤蟆镜。虽然那时西藏的大门依然向外界紧紧关闭，世界认为它被铁幕笼罩，遥远神秘，但那些坚忍而顽强的马帮们，像穿越门缝的风，时不时给人们带来家乡以外的清新空气。

就像一个盛大的节日拉开了序幕，家乡的人们已经把目光拉得跟马帮们去拉萨的道路一样长，已经在心中积蓄了足够多的等待和梦想。康巴汉子们刀鞘上的装饰要闪耀如夜空中的星星，姑娘们身上的穿戴和佩饰要绚烂似凌空飞跨的彩虹，以及为神龛前的诸佛菩萨添上新的供奉，农事和日常生活所需的新奇日用品，全都寄托在马帮们的驮架上。但是马帮的铃声也给家乡的人们带来一阵小小的惊慌，出远门的人回来了，家里还没有打扫卫生哩。

在过去西藏的贵胄人家，相当注重礼节。有客人自远方来，主人要穿盛装，家中上上下下都要打扫卫生，打茶备酒，烹牛宰羊。如是特别重要的客人，如活佛或官员，还要派人到路口煨桑。那时由于地僻人稀，道路险峻，人们交往多有不便。去别人家做客和家里来了客人，都是一件大事。一般来讲，重要登门拜访者要先送去书信，既是通报，也顺带问候主人。这种书信现在已经见不着了，藏语里叫“沙布扎”。它是一个做工考究的长方形木盒，上面有盖，下盒底层涂上酥油，然后撒上一层木头燃烧后的白色细灰，用竹笔在上面写上字，向主人通报将要去贵府拜访的事宜，然后盖上封盖，交与人事先送去。主人家收到“沙布扎”后，将盒底的木灰抹去，再撒上一层新灰，便又可给客人回信了。这是由于那时藏地缺少纸张而时兴的一种特殊书写工具，既保密，也庄重。现在想来，“沙布扎”是西藏往昔生活习俗的绝佳见证，是原始书信往来的绝妙之技，今日再用也绝非落后与逊色。

马帮虽然不是什么重要客人，但绝对是对寂寞清净的日常生活的一种冲击。由于我家四周树林茂密，视线受阻，声音也传得不远，当听到马帮的铃声时，客人差不多已经快到家门口了。年轻人不需要吩咐，早就楼上楼下地忙得脚底翻飞，清扫客堂、烧水打茶，腾空马厩，准备草料。他们都是些聪明伶俐的家伙，知道最需要他们干什么。父亲面含微笑，似乎全家人中就他早已知道一个谜底将要解开。家中的女孩们显得更为激动一些，她们聚在一起，叽叽喳喳、面色红润，谁知道这次她们又能得到些什么样的奢侈品呢？

记得那时家里摆着一些来自印度的糖果、拉萨的佛像、山南的氆氇、林芝的杯碗。我父亲就有一架英国产的望远镜，像一个烟筒，外面紫色的漆已经脱落，露出铜壳的黄斑。一队马帮，不仅给人们带来生活的方便和实惠，更带来了欣喜和欢乐，甚至心灵深处的震撼。父亲的那架望远镜曾经让一个老喇嘛百思不得其解，他不明白在望远镜里怒江对岸峭壁上的花儿为什么会近在眼前？当时他一手举着望远镜，另一只手向开放在河谷对岸的花儿伸出手去，就像要去抚摸一下它们，以证实这些花儿是否真实存在。当他放下望远镜时，这个熟读经书的高僧郑重其事地对我父亲说："洋人这个隐藏着神通的东西没有经过心的修持，不能给我们带来精微、清明的正见。它不是洋人的法术，就是魔鬼迷惑我们的心的阴谋。"

那一年我大约五岁，懵懵懂懂地跟在大人后面莫名地兴奋。那时我已经削发剃度、学经诵佛，父亲专门请来一个老师到家里指导我学习经文。我的老师是一个不苟言笑的严厉老僧，在我童年的印象中，他可比父亲令我敬畏多啦。我小时候没有挨过父亲的打，却挨过老师不少板子。那时的我也够顽皮的，父亲在我背诵经书时，案桌上常常要插一支藏香，规定香燃尽了才可以出去玩。可我总是在老师不留神时，悄悄用嘴去吹那支香，三下五除二地就把香吹完了。当然，我的这些小聪明总会被老师发现，挨打就是必然的了。最厉害的一次挨打是他用一串佛珠扇我的脸，扇之前还让我把腮帮鼓起来，以让他扇得实在。那一次牙齿和硬木佛珠夹着薄薄的脸面，竟然将我的脸皮都打穿了。

马帮们踏着一地的阳光终于进到宽大的庭院，院坝里霎时成为一个小小的超市，琳琅满目的各式商品摆满一地，人们都得到了自己的礼物，当然也包括我。父亲把我拉到一边，塞到我手上两件东西：一面藏在盒子里的镜子和一只手电筒。那个盒子做工非常考究，四周镶有黄铜，打开盒子，里面是镜子，盒子底层装有碱粉，是洗手洗脸时用的。也许，那就是现在的女士们用的化妆盒的前身。

父亲说："你是一名穿袈裟的小喇嘛，这个镜子可以让你随时注意自己的衣着。"

那个手电筒，父亲倒没有做更多的交代，他告诉我说它叫"比西林"，也许父亲把它仅看成是一个孩子的玩具吧。"比西林"不是一个藏语词汇，是一个跟随马帮的脚步引进来的外来词。在当时明媚的阳光下，“比西林”还没有显示出它无穷的魔力，而那个镜子，却一下把我带到了一个全新的世界。

我第一次看见了自己的脸！镜子里那个满脸稚气、面色通红的家伙就是我吗？我被他吓了一大跳，差点儿把手中的镜子扔了。但是又忍不住要继续看他，这一看，足有一个小时！

我怎么会跑到镜子里去了？这是我百思不得其解的问题，镜子里的是我兄弟，还是我阳光下的影子？我瞪大眼睛看镜子里的那个家伙，他的眼睛也瞪得和我一样大；我向他做鬼脸，他的鬼脸和我一样坏；我笑，他笑得跟我一模一样；我做出哭的样子，他也仿佛和我一样伤心；我在镜子面前背经文，他也跟着我一起背，连嘴都动得和我一样。我问：“你会说话吗？”他也问我：“你会说话吗？”

天下竟然还有这样的东西，以后无论我跑到哪里，他是不是也会紧紧跟随我？无论我干什么，他是不是都照得见？我心里想的事情，他是不是也跟我想的一样？要是我干了什么坏事，比如把案桌上的香儿下就吹尽了啊，将吃不完的牛肉偷偷拿去喂狗啊，在老师的背后做鬼脸啊等等这些大人不允许的事情，他会不会去告发我？

慢慢地我终于发现，镜子里的那个家伙是我最最亲密的人。我有多好，他就有多好，我有多坏，他也会有多坏。我做什么，他就做什么；我打什么坏主意，他不会去告诉大人，因为他受我指派。我就像他的小老爷，他就是我的小仆人。

从今以后，你是我的好朋友，没有比你更知道我的人啦。我对镜子里的那个家伙说。

镜子让一个孩子发现了自己的好伙伴，就像发现了一个新世界。我在家里狭窄的屋子间跑来跑去，用镜子去照各式各样的事物，神龛前的酥油灯，佛堂上供奉的护法神，马厩里的马，院子里忙忙碌碌的人群，镜子里不断变幻出不同的景观，像一个个神话传说在我的手上演绎。我还发现一件更令人激动的事情，当我把镜子面对阳光时，一束强烈的光便反射出来，我照向哪里，那束光就打到哪里。这时我看见父亲正坐在屋檐下的椅子上，他有一脸漂亮而浓密的胡须，这一直是儿时的我没有弄明白的一个谜，为什么我没有而父亲却有那么多胡子呢？他的下巴处一定有什么我们看不见的秘密吧？于是我将镜子反射的光束射向父亲。可是我打出的光束偏高了一点，一下射到父亲的眼睛处。只听得父亲惨叫一声："啊呀！我的眼睛看不见啦！"

家里的人顿时像炸了群的马，"苍吧"的眼睛怎么看不见了！人们惊慌失措，大呼小叫。我知道闯了大祸，呆呆地站在一边，我看看镜子里的那个人，他也和我一样吓得目瞪口呆。喇嘛老师和门巴都被召来为父亲治眼睛，一大群人围着父亲忙碌，母亲急得眼泪都下来了。好在没隔多久，父亲就恢复了视力，大家一场虚惊。喇嘛老师说，刚才是镜子把父亲的魂照走了，眼睛才会看不见东西。父亲说，现在还有一团光影在眼前晃动，我闭上眼睛时，它跑得很快。喇嘛老师为父亲急速地念了一段经文，然后告诉父亲，不用担心了，那是魔鬼逃跑的身影，它们已被我的经文赶走了。这位秃顶、圆胖、整天手不离佛珠、口里不停地诵经、面部从不带一丝笑容的老喇嘛也是我家的智多星，任何人有什么大小难题都向他请教，他滔滔不绝地给你解释半天。"为什么蚂蚁啃着比它大几倍的食物还跑得这么快"这样的问题，他居然解释出"蚂蚁的力量比大象大。大象背不动地球，蚂蚁能背着地球走"。对了吧，又一个蚂蚁钻进地里，它又开始背起地球，对了吧，地球转起来了，太阳向西移动了。

我的喇嘛老师显然不会像我一样对一面镜子有那样多的好奇心，

也许他认为这是魔鬼的东西呢。不过，从此以后，父亲向我下了道严格的命令：不准用镜子去照别人的脸。

尽管我闯了一个不大不小的祸，可是我的兴奋和激动还没有完。吃完晚饭，已是夜幕降临。从吃饭处回到我的卧室，要穿过一个大院，长长的走廊。过去我们走夜路时用油灯来照明，或者借助天上明亮的月光。那时西藏的夜晚是最深沉漫长的，我听说只有我们比如县的宗本（藏语意思是县长）家里才有一盏煤气灯，那已经是现代得不得了的东西了。你就想想吧，一支手电筒的光芒划破沉寂了数千年的黑暗，是一件多么激动人心的事情。况且，它还握在一个孩子的手里。

那束在无垠的黑暗中忽明忽暗、晃来晃去的光柱就像一个充满好奇心的孩子游荡在夜空下的灵魂。黑暗中的事物可以被看见，无异于一个未知的世界被开启了一扇神秘莫测的窗户。那个晚上我一夜没睡，我相信家里的人也被我搅得难以入眠。因为我用手电筒去照那些看家护院的狗，它们在黑夜里也从未见识过如此明亮耀眼的光束，惊慌得大呼小叫，吠声一片，似乎想把射来的光柱一口啃掉。其实我的惊讶也和它们一样——我可以在黑暗中看见我想看的任何东西！这些狗跟白天相比怎么有些不一样呢？它们看上去不像家犬而像森林中的狼，面色凄惶、眼珠发绿、耳朵竖起、獠牙暴露、行动鬼祟。树上那些露宿的野鸡才更有意思，当手电光照射过去时，这些家伙竟然一动不动，缩着脖子瑟瑟发抖，就像被一支光的利箭射中了一样。我手持电筒在宅院里蹿上蹿下，再也不用担心哪里有门槛、哪里是坑洼。以往对黑暗的恐惧已被手电筒的光芒驱赶得无影无踪，我感觉自己就是驾驭黑暗的勇士，在过去从不敢涉足的地方如入无人之境。那从我手中飞出去的光束就像一把锋利的宝刀，将强大而深沉的黑暗一劈两半。黑暗中的魔鬼在哪里？大人们说的每到夜晚就四处游荡的阴魂又在哪里？我要用手中的电筒把它们都照出来，让它们在手电光下原形毕露，哪怕为此闹得鸡犬不宁。刺激和兴奋让我闯进了家中的佛堂，我想看看平常供奉的护法神们夜晚里都在干些什么，是在和魔鬼打仗呢还是和我们人一样在睡觉。可是当我把手电光照到护法神的脸上时，我却被吓得一屁股坐在地上，差点儿用手捂住了自己的眼睛。

白天里熟悉万分的护法神怎么会变得如此狰狞恐怖？他们在浓重的黑暗包围下，只露出一张龇牙咧嘴的脸，用愤怒的眼睛瞪着我，大张的嘴仿佛要将我一口吞下。那种恐惧不要说一个孩子，就是一个大人，大约也会毛骨悚然。在神圣的佛堂前，在各路护法神不怒自威的震慑下，我抱着手电筒落荒而逃。

那是我的第一个不眠之夜。许多年后我都还记得这个激动人心的夜晚，以及心灵深处所受到的巨大震撼。那时，应该说我是一名佛教徒，因为跟着一位喇嘛老师习诵经文，尽管我对喇嘛老师所教授的那些佛教经文一知半解，但神鬼世界的故事和传说却令我印象深刻。我削发了，我披着袈裟，可我的童心纯洁得像一座水晶塔，洁白、纯真。因为纯真，我也是无神的，我敢把供佛的神水一口喝干，我敢用点燃的藏香穿破神鼓的面。第二天喇嘛们集中诵经时，所有的鼓一个都打不响，发出嘶哑的声音。惊得他们又是求神、又是补鼓。一面镜子和一支手电筒向我展示了与喇嘛经师所描述的世界全然不同的景观，这种新奇的令人怦然心动的景观不是让人如梦初醒，而是仿佛置身梦幻般的世界。哪颗童心没有梦，哪个孩子不梦游？在枯燥乏味的经书和魔幻般的镜子与手电筒之间，任何一个孩子都会做出符合自己天性的选择。镜子和手电筒，成了一颗不安分的童心通往山外世界的方向和路标。

客观地讲，西藏人并不保守，也不排外，更具备博大的包容心。这与雪域高原独特的地理环境和宗教文化习俗有关。当一个喇嘛上师对山外世界他所不认知的新生事物心存狐疑时，他必然要用自己掌握的那一套理论试图去诠释。他们总是用该事物有没有灵魂，是不是有魔鬼在作祟来做出自己的评判。后来我曾经在史料上看见，当年英国驻西藏办事处的官员查尔斯·贝尔送给一位高僧大德一台留声机，他不明白为什么会有歌声从留声机里传出来，围着那架留声机转了几圈后才说："这个没有灵魂的东西，你最好还是把它拿回去吧。"

而普通百姓却像我一样对新生事物充满强烈的好奇心。记得我得到那两样宝贝不久，父亲有一天告诉我说，山下的一个村子里有家人在办丧事，让我跟随我的喇嘛老师去帮人念经超度亡灵。这是父亲在历练我的胆识，先见死尸，后看天葬，还要陪死尸同眠。这次本来该白天去的，可是我找各种借口拖到晚上才出门，目的只有一个：要让人家见识见识我的手电筒，我要尝尝照着电筒夜行的感觉。

没有想到的是，一个孩子的好奇心搅乱了人家的丧事。当手电筒的光芒在丧主的火塘前划过时，服丧的人们再不悲恸哭泣。电筒的光芒射到人身上时，竟然会有人像躲射过来的弓箭一样，惊咋咋地四处避让。人们从惊慌到惊讶，从惊讶到欣喜，眼泪虽然还挂在脸上，但却满脸莫名的兴奋。死尸静静地躺在那儿，身旁的酥油灯一闪一闪。这严肃、庄重的亡灵超度，变成嬉笑、骚动的游戏，罪过，罪过，是我的罪过。我的得意，使我忘记了教规教法，忘记了丧事场合和在一旁的老师，尽管在一旁的老喇嘛吹胡子、瞪眼睛，是那么不高兴，尽管超度亡灵的经文被我念得七零八碎，不成章法。可我感觉得出那个晚上，人们对我的崇拜除了我是一个小喇嘛外，更多的是对那支手电筒的敬畏。

人们面对任何新生事物，总是从好奇心和敬畏心开始的。拒绝它其实就是在拒绝这个不断前进的时代，拒绝自己求知的心灵。当解放军来到西藏时，他们不仅带来了更多的新奇东西，还带来了农奴翻身解放、社会进步发展的全新观念。不管向我灌输何种信仰、文化，年少的我更向往一种新的生活方式，向往到山外的世界去开阔自己的视野。当一个和蔼可亲的解放军营长问我愿不愿意到汉地去念书，在那里可以学到许多新的知识时，我几乎没有多加考虑，甚至没有告诉我的父母，就和一批翻身农奴子弟一起，跟随解放军去了汉地。后来我才知道，由于我私自离家出走，我的母亲在怒江边徘徊辗转了三天三夜，急得险些跳了怒江。

当年走出雪域高原的那一步，虽然令我终生都感到愧对自己的父母，但是我没有后悔，更没有遗忘我在西藏度过的童年岁月。2004年的夏季，我母亲已经八十六岁，双目失明多年，老弱的病体一年多卧床不起。我从昆明赶回老家，到家的那天我母亲奇迹般地从床上起来，穿上新衣，洗了脸，有人扶着去到门口等候我的到来。我在家待了五天，我们母子促膝谈心，我介绍的云南情况有好多她不明白，但她频频点头，谈笑风生。我说："当初去内地没有告诉你，对不起呀。"她却说："当初把你给拦住了，妈今天真对不起你呀。"我离开母亲，回到昆明才二十天，我母亲没有病痛，十分安详地走了。而且，怎么处理后事都作了详尽的交代，她最后想的也只有这一件。我们兄妹三人，一切按母亲的心愿了事。她会在彼岸世界里如愿地过着梦幻般的……

在藏地古老驿道上行走的马帮们的身影，已经走进了历史，那些仿佛是人间最动听的音乐的马帮铃声，也早已尘封在记忆的深海里，但童年的那面镜子始终令我没齿难忘。初到汉地的那几年，我最喜欢买的东西就是镜子，方的圆的弧形的心形的大的小的，只要看见不同款式、形状的镜子，我都要买，像一个镜子收藏家，虽然它在我的心里已经不再神秘。上世纪六七十年代时，社会还很单纯俭朴，有朋友结婚，人家送枕头、被面、脸盆什么的，我则不管新人喜欢不喜欢、合适不合适，一律送镜子，我希望他们在镜子中看到自己结婚后的样子。70年代初我到上海上大学，到后第二天就兴冲冲地乘公共汽车跑去看哈哈镜。我早就从书中得知那时全中国只有曾经是十里洋场的大上海才有一种叫哈哈镜的东西。我在哈哈镜中看到了变形的自己，忽高忽矮，忽胖忽瘦，忽丑忽俊。我在那里流连忘返了半天，我不知道要是我童年时就看到哈哈镜会是什么样子，会受到多大的震撼；我也不知道如果我的喇嘛老师看到哈哈镜中变形了的自己时，会不会吓得魂飞魄散，并将之解释为魔鬼的阴谋？那一天，我对镜子又有了全新的认识——人在镜中，是可以被改变的，正如人在生活中被改变一样。

随着年岁的增长，我开始慢慢领悟人生。古人说：“以人为镜，可以正衣冠；以史为镜，可以知兴衰。”看历史，我们知道如何治理国家，看别人，我们知道自己如何做人。但如果我们要看自己呢，一面心灵的镜子就必不可少，现实的镜子也不可或缺。如果说镜中的花是虚拟的花，镜中的缘分是虚幻的缘分，那么镜中的人，则是真实的自己。你瞪大眼睛盯住他看，慢慢地你就能看出许多奥妙来。这个人怎么如此骄傲；或者，他怎么这样卑微萎靡？嗨，谦逊点吧，你这自负的家伙。嗨，振作起来啊，你这没出息的人。当我们面对镜子里的自身时，其实就是在面对自己的灵魂。

当然，生活中有许多事物都可以成为我们的镜子。从别人的刚强里，我们看到人的勇气；从英雄的牺牲里，我们看到高尚的奉献；从小人的虚伪里，我们看到世事的复杂。而作为一个藏人，我们的民族对镜子于人生的观照也有很深刻的认识。一个藏传佛教的喇嘛上师说："死亡是一面镜子。"因为最智慧的喇嘛上师能够了生死如观手掌上的纹路，他们身上所具备的佛性平常被身体所隐藏，被他们的谦逊所遮蔽，他们只有在死亡面前才会表现出非凡的佛性。当一个高僧大德面对死亡时，他所体现出来的就不是一种肉体的病痛或衰老的痛苦，而是一种庄严，一种神圣，他甚至可以在禅坐中平静地和死神握手。因此喇嘛上师们认为："死亡是真理呈现的时刻，是面对面正视自己的时刻。"一个走向死亡的人，心中有一面镜子映照着他的心灵，他站在这镜子前挥手与世界告别，与自己告别——你是保持一种无畏的勇气呢，还是沦为胆怯的懦夫？不是别人在看着你如何面对生死，而是你自己在死亡面前如何保持一个人最后的尊严。这就是在死亡之镜前的真理。

童年时代的镜子，让我的回忆充满温暖；心中有一面镜子，让我努力去做一个正直善良的人。尽管世界上的镜子无以计数，尽管生活中有形的无形的镜子随时都在映照着我们的相貌和心灵，尽管镜中的伊人在一天天地老去——有谁可以在镜子里发现自己越活越年轻的呢？但只要独自站在镜子面前，心不慌，不愧，不急，不躁；充实，平静，自信，刚毅，就应该是这个世界上最幸福的人。

生日与哈达

生日对每个人来讲都是人生中的重要日子。尽管每过一次生日，人生的旅程就缩短了一年。人生是用时间来计算的，而时间对谁都不讲情面，不发慈悲，既不停留、也不回头。人生是一条与烦恼为伴的征途，有喜就有愁，有走运就会有倒霉。过生日，既能感受到成功的喜悦，同时也会对走过的坎坷之路进行反省，并且还会感叹时间的匆忙，生命的短暂。许多人童年时期的生日是快乐的，青少年时期的生日是充满希望的，成年以后的生日是辉煌的。而老年时，生日就像一首夕阳下的牧歌，从容淡定，韵味悠长。

我也常参加一些朋友的生日聚会，呼朋唤友吃大餐，手举钝刀切蛋糕，闭目祈求吹蜡烛，齐声合唱《祝你生日快乐》……许多人在一生中，都会有一个乃至几个难忘的生日。那是他生命中的几个人生亮点，让他在漫长的岁月中，时常怀想。

一、佛门生日

世界各民族的人们，都有各自过生日的习俗，这也构成了不同的文化差异和色彩斑斓的民风民俗。我们会在这些特色中，看到民族风情，民族特性，乃至时代特征。

我如今已过耳顺之年，闲暇之余回顾以往的人生历程，有三次生日让我今生没齿难忘。每一次生日，都在我的生命中留下了深刻的烙印，都印上了那个年代的鲜明时代特征。

我们藏族人过生日和其他民族有所不同，而且不同时代有不同时代的痕迹。解放前，由于制度落后、生活贫穷，一般人是不知道自己生日的。人们大体知道自己出生时的气候季节，是下雪天，抑或是涨水季节，是绿草如茵的夏季，还是天凉草黄的秋季；若要论及具体时间地点，则可能被告知：哦呀，你是收青稞时生的；噢，你妈上山割草时，就生下你了。从佛教的文化观说，生命不过是一次一次轮回，来来去去，就像日起日落。不是藏族人不看重一个生命的诞生，他们是看重生命的延续、生命的转换和生命自身的价值。

在西藏，佛门弟子是社会中较为特殊的一个群体。他们居于寺院之中，终生不娶，整日学经，生活简朴，起居有序，把一生交给佛教，终日诵经祈祷，祈愿佛祖保佑、普度众生。他们中具备了一定生活条件和相当学位的，通常会在一生中过几个重要的生日，比如五岁、十八岁、六十岁和八十岁。解放前藏区生活条件差，文明程度低，从婴儿呱呱坠地到五岁以前，一般认为这时的生命就像花儿还没有开放一样，是否可以存活，听天由命。只有到了五岁时，满地活蹦乱跳的孩子才会让大人看到这个生命的活力，看到一个人的佛缘和慧根，也能看出他未来的命运与期盼。到这时，就应该过人生的第一个生日了。十八岁是一个僧人学业有成、学位升迁、自立自为的标志，僧侣可授比丘戒，历世达赖喇嘛则在这个年龄时正式执掌政教合一的大权。而六十岁在藏族人看来，已是生命的终结阶段，人一生该享的福和该受的苦，皆已完成，人生已无怨无求，到了安享晚年、潜心礼佛的时光。因此，六十岁的生日是要过得隆重且吉祥。至于八十岁生日，在当时的社会条件下，能活到这个岁数的人是很少的，称之为“白寿”，寿星要穿一套专门缝制的崭新的白色氆氇寿衣，庄重地接受人们的祝贺。寺庙终身修行的高僧活到这个岁数，其威望不亚于活佛，人们称这些老寿星为“加群果嘎”，即八十岁的白发老人之意。而俗人中能做“白寿”的，若是家奴可自动成为自由民，若是囚犯则无条件释放。这可能是在一个普遍短寿时代对生命的珍惜和长寿的仰慕吧。

这就是从前我家乡过生日的习俗，它与佛教信仰有关，与文化传承相连。尽管并不每年都过生日，但记住了人生中的几个重要阶段，一生的时光就历历在目了。

1946年12月26日，我出生在藏北草原的比如县。现在年纪稍大一些的人都不会忘记，12月26日是毛主席的生日。我与他同月同日生，只能算是一个巧合，可这一巧合为我的生日增添了一些故事。

我的第一个生日是在1951年过的，虽然尚是黄口小儿，髫发蒙童，但因为这个生日被家人寄予了强烈的宗教意义，所以它给我留下的是苦涩中的一丝甘甜，痛苦中的一些慰藉。

那时，新中国成立已经两年多了，西藏也已和平解放。中国人民解放军开进到了拉萨，进驻到西藏各地，我们县也成立了解放委员会。但全西藏还没有实行民主改革，我的家乡山河依旧，头人还是头人，寺庙还是寺庙。我出生在一个很复杂的家庭里，家父曾做过官，后来弃官修佛。我没有考证过父亲弃官的原因，我估计大抵是因为官场争斗伤了元气，看破红尘转而求神拜佛。其实，确切地说，我家是个书香世家，祖辈中曾出了三个画家和三个雕塑家。他们画五彩缤纷的佛教唐卡画，制作栩栩如生的佛像雕塑，先辈们的这些艺迹，至今在一些古寺中仍然能找到，西藏著名的桑耶寺中供奉的千手千眼观音，就是我父亲塑的。

我虽然自小受父母溺爱，但由于家父潜心礼佛，对我寄希望于传承佛祖的衣钵。我三岁时就被削发剃度，送入佛门。因此，我五岁的生日在那时就显得不同凡响。因为这不仅仅是一个普通孩子生命的开始，而是一个佛门弟子从这一天起，就该正式继承前世修来的佛缘，奠定寻求人生旅途的起点。这起点必须立得庄严、神圣，刻上一个终身难忘的深刻记忆。从此，我要背负起祖辈的期望，开始学佛念经、参禅打坐、遵循戒规。在藏族人看来，入佛门，是为着履行佛的旨意、修炼佛的意志、实践佛的理论，既被视为前世修来的功德，也被看作祖上无上的荣耀。因此，与其说这是在为一个孩子过生日，还不如说是一次宗教的仪式、民俗的表演、文化的传承。这种千百年来形成的习俗，是要借助一个生日，把一个单纯的儿童转变成一个虔诚的佛童。让他与虚幻的神灵越来越近，与人间的亲情则越来越远。

这对一个童心未泯的五岁孩子来说，未免太难了。

但我生于这个家庭，属于这个民族，就像生长在这片土地上的一棵小苗，什么样的气候、什么样的土壤、什么样的环境，决定了我成长的历程。尽管我那时根本不知道，我的命运从此会与其他孩子有什么不同。

我的第一个生日是在怒江边上的一座千年古庙里度过的。这座庙字叫"麦巴朱普"，意即"火焰修行洞"，是我们家的家庙，也是离我家不远的两座寺庙贡萨寺和羌日寺的护法殿。这座修行庙宇有一个美丽的传说，据称当年莲花生大师在此地打坐念咒七天七夜，莲花生大师用法杖一戳，地上就涌出了一眼山泉。这山泉因之而具备了神性，老人们能够通过泉水颜色的变化而卜凶吉、算农桑、看气象，人们甚至传说在我出生时，这泉水变成了奶白色。藏族人是个相信神迹的民族，是个与大自然相依相亲并敬畏自然的民族。世俗万物，皆具神性，自然界中的一些奇异变化，常常被当作神的恩赐。祖辈依泉建庙，整个建筑沿着山坡上的岩石高低错落而建，远远看去像在燃烧的火焰。"麦巴"在藏语里就是火焰的意思。寺庙包括经堂、僧舍、修行洞等，经堂里供奉的是一座高大的莲花生法师的塑像，还有一尊鹿头人身的护法神像。关于这尊护法神，也有一个动人的传说。很久以前，一个游方僧人在森林里迷了路，一头漂亮的鹿出现在僧人前方，并为他带路，引导他走出了森林。僧人在一个山洞里闭关修行了三年三个月零三天，已修得正果，出来后发现那鹿仍在外面等待。这个传说寓意鹿为藏族人的学佛引路人，因此，家乡的人们视鹿为吉祥的动物，并加以崇拜。

这里海拔4200多米高。庙的四周是遮天蔽日的原始密林，高大挺拔的松柏，四季不凋地装点着苍茫山岭。林中的野羊、马鹿在房前屋后追逐嬉戏。各类不同色彩、大小不等的鸟类在林中飞舞。布谷鸟、杜鹃鸟的叫声，似悠扬的歌声悦耳动听。从古庙中传来的击鼓、摇铃、吹号、敲钹的佛乐声划破宁静的林间传向天际。庙前的草坝宽阔平坦，夏天远看绿草成茵一片青绿，近观白色的格桑花、紫色的杜鹃花、黄色的醉羊花竞相怒放，芳香扑鼻，像大地上的彩色星星。一条蜿蜒的小河从坝中由东向西轻轻流淌，河水清澈见底，河底圆润美丽的鹅卵石舒展地躺着，像山上的动物们遗失在大地上永不孵化的蛋。

这是一个寒冷的冬天，草坝枯黄，各种野花已经凋谢。小河结上了坚硬的厚冰，像一条白色的腰带把草坝捆紧。那天，我的生日在一股浓郁的煨松柏干粉的香烟中开始了，它在凌晨五点时起就弥漫在我的卧室，随即，我就被我的老师占堆活佛的诵经声吵醒。他是我父亲请来的老师，年纪五十开外，秃顶、矮胖。他学识渊博，道行高深，但总是严肃刻板，让我望而生畏。他那天早晨念的据说是《宝瓶甘露经》，是一部祈诵吉祥的经文。睡眼蒙眬中，我才想起今天是个吉祥神圣的日子，是我的生日。但瞌睡使我无法睁开眼皮，我多想再睡一会儿啊！

我的侍读喇嘛阿旺丹增此刻穿着整洁的袈裟，蹲坐在地板上噘着嘴、鼓着腮帮，正不停地吹着香炉中的炭火，让烟一阵阵生起，弥漫整个屋子。尽管煨松柏的青烟很清香，但熏得我的嗓子极不舒服，感到呛、感到烦躁，以至于眼泪都被熏出来。家里的大人小孩在房间里进进出出，把我今天要穿的衣服拿到香炉上熏了再熏。新衣是父亲专门请裁缝为我量身定做的僧服便装，里子是羊羔皮，外衬是黄缎子；还有僧侣穿的翘鼻僧靴，整个是软牛皮做的，靴头呈弯钩状，看上去很漂亮。

我父亲短暂的官场生活中，曾有一些随从管家。父亲卸官后，随员不仅失散，而且失业。整日鞍前马后跑腿的人，总是习惯看着主子脸色办事，一旦离开了主子，也就无事可做了。父亲有慈悲心，以友情为重，将一个无家可归的随从带到家里，派个跑龙套的活儿给他干。他的习惯动作是整天弯着腰，垂着手，走路很快，双臂摇摆。只要有人在他面前，他总是扬起头，满脸堆笑，细小的眼睛盯着你。听到别人说话，管它对否，他都像捣蒜般频频点头。母亲并不喜欢他，但一个家庭总需要这样的帮手。这天父亲派他帮我穿衣服。尽管量过身，但那套僧装对我来说还是又肥又大。靴子像个彩色的牛皮船，脚伸进去一走路，靴子都在旋转。我像包裹在一个华丽僧袍里的玩偶，被人们摆布来摆布去，我用目光寻找着我的母亲。我想蜷缩在她温暖的怀里，甜甜地感受她的拥抱，但围着我团团转的人群中哪里有母亲的身影？我想，她一定是在厨房忙碌着吧。

太阳刚刚升起第一道金光，透过藏纸糊着的百叶窗，洒进了我的卧室里。父亲进来了，穿着自己那件半新半旧的官服。尽管从衣服上看不出任何官阶，但只要一有喜事，父亲总要把这件官服穿上，再套一件马褂。父亲那时刚满五十，宽阔的前额中间长着一颗黑痣，浓眉下的眼睛圆润闪亮，高耸的鼻梁上架着一副黑框眼镜。下巴上有几绺白须，飘拂在胸前。他进来时满面春风，白须因激动而抖动着。他怀里总是揣着一块马帮从印度买来的英式怀表，镀了金的表壳，已经褪色得斑斑点点，可金灿灿的表链依然耀眼夺目。父亲擅长书画、雕塑、藏医，他的雕刻技艺远近闻名，还经常被人请去雕塑佛像。父亲是红教的虔诚信徒，红教是西藏佛教四大教派之一，早在唐朝时期就由印度的莲花生大师入藏传播。红教不仅建寺布道，还可以居家修行。每修行一年，头上的发髻就盘一圈。我记得那时父亲的发髻已经盘了九圈了，下大上小，看上去就像一个顶在头上的宝塔。

父亲在我房间里走来走去，不断把怀表掏出来看，然后庄重地告诉我说：“孩子，时辰到了，我们走。”

我被父亲牵着手走进家中的经堂。经堂足有两层楼高，宽敞明亮，中间那尊莲花生大师的法像，有五米多高。这尊佛像是父亲自己设计、自己雕塑的，上面镶嵌着各种珠宝，可以说，我们家的大部分财富，都贴在这尊佛像上了，连母亲陪嫁的首饰都供奉在上面。这座佛像的里层是木架结构，外层是黏泥雕塑，上面涂着厚厚的金粉，看上去庄严巍峨；莲花生大师面色安详淡定，目光深奥慈祥，仿佛能包容世间万象。佛身靠北面南，端庄地坐在莲花宝座上，右腿微微敞开，左腿勾紧。一般来讲，莲花山大师不同的坐姿，代表不同的佛教含义，或悲天悯人，或威压仇敌。我家经堂里的这尊莲花生佛像的坐姿，具有护佑众生平安吉祥的意蕴。

莲花生大师的法像前供奉着一百盏酥油灯，一百个圣水碗，一百枝干花等五种供品，俗称“百供”，是在吉祥的节日里才会有的场面。佛堂里闪耀着灯火的光芒，弥漫着浓郁的果香。父亲让我给莲花生大师的法像磕十个头，我年幼体小，匍匐下去，半天爬不起来，但还是双手撑地，硬撑着爬起来再磕。那时我望着佛像想：他真高大威严啊，不磕头要受到严惩哦。在我磕头的时候，旁边的人神情肃穆，只有老师和喇嘛们开始齐声念诵祈祷经，那浑厚低沉的诵经声在佛堂里回荡，好像怒江江水在峡谷里激荡奔流。这样大的阵势和场面，不要说对一个孩子，就是一个大人，也会心生畏惧。

如果说一个人的宗教情感来自于环境和家族传承的话，那么对神灵的敬畏感就是培养这种感情的第一步；而宗教仪轨则是培养敬畏感的重要程式。这些复杂烦琐的程式对于一个孩子的心灵来说，就是一种熏陶和训练，就是让他进入佛门的第一步台阶，它即便不能立即让你产生皈依之情，至少也让你的心灵被引诱到某个既定的模式和轨道，让你相信，这就是你将来的生活，这就是你必须服从的命运。

但在当时，我哪里想得到这些呢？我既不觉得自豪，更不感到好玩，尽管人们用恭敬的眼光看着我，可我巴不得尽快结束这场乏味的游戏。父亲把我引到宽大的客厅，中央有一个“寿座”，是一把没有靠背的方木椅。两边坐的是老师和父亲，客厅两边摆满了藏式卡垫，左边是喇嘛，右边是亲朋好友。我忽然觉得自己比其他人都高大了。

九个喇嘛列队向前，手持法鼓、法铃、经书、宝瓶、供果和法器，齐声念诵“祝寿经”，经文大意是：

明亮的太阳照耀着美丽的花朵，
雪山峡谷沐浴着太阳的温暖；
草原上开满灿烂的鲜花，
经堂里飘散着神灵的祝福。
今天是个祝寿的日子，
给我们的未来带来的是美好的运气。

接下来，让我起身向占堆活佛磕头，这算是正式拜师了，五岁的生日，就是我这个佛子学佛的学龄，拜师就是正式学业的开始。我给占堆活佛磕了十六个响头，意味着十六个圆满的佛缘，也希望老师将十六部佛经传承给我，更标志着我已经把老师视为自己的又一个父亲。藏族人经常说：“如果你视自己的上师如佛，你将证得佛果；如果你视上师如菩萨，你将成为菩萨；如果你视上师为凡夫，你将永远停留在凡夫之地。”因此，在出家人的戒律中，最根本的一条就是不能违背师命。我那时虽然懵懂无知，但也知道，从今以后，我要接受这位老师的管教了，可我并不喜欢他。虽然也说不上憎恨他，但一见他的面，我的腿就开始发软。

磕完头，占堆活佛赐我祝福的经文，那九个喇嘛再次出场，这次他们伴着法鼓、法号，跳着神灵的舞步，口诵经文，分别来到我的面前。占堆活佛先是将一部经书放在我的头顶，这意味着加持佛法，这叫“语”加持；然后又把一尊佛像触到我的额头，这意味着加持佛身，叫“身”加持；最后又捧一尊宝塔，放在我的胸前，口里念念有词，这便是“意”加持了。“语、身、意”三加持，象征着我从五岁起将继承佛的衣钵，行佛所行，说佛所说，想佛所想。我不再是个人的我，我是佛的传承，从此和佛生死与共。

这个生日，既是进入佛门的仪式，也是祖辈嘱我立德、立言的仪式，所以繁杂、漫长。拜师后人们又把四周的坐垫撤掉，客人们站立在宽大的客厅里看僧侣们的跳神表演。高僧们的舞步合着鼓点和法号，凌空蹈虚，诡异飘逸，像个隆重的晚会。人们看得津津有味，而“寿座”上的我却心神不定，我并没有领会“语、身、意”对我这个生日有什么意义，这些舞蹈是跳给我看的，还是跳给神灵看的？好像这些都是大人们的事情，他们似乎并不是在为我过生日，只是自己在搞化装舞会。记得我从马帮带来的一张印度画报上，看到一张拆成四页的照片：一群身材高大的男女，穿着肥大的衣服和宽厚的袍子，戴上动物头饰的面具，在一个金碧辉煌的大厅，不知疲倦地旋转着。有位大人告诉我，这是洋人的化装舞会，给我留下了深刻印象。

既枯燥乏味，又繁琐冗长的生日仪式还在继续。占堆活佛手捧一个宝瓶出场了，编制成扇形的孔雀羽毛插在瓶盖上。在场的每个人都低着头，伸出手接过占堆活佛从宝瓶里滴出的几滴圣水，然后恭敬而如饥似渴地喝下，并且用手心在自己的头顶上拍一拍。据说，宝瓶里面装有江水、河水、湖水、泉水四种圣水。最后，占堆活佛来到我的面前，将宝瓶中的甘露圣水用孔雀羽毛扇洒在我的身上，说这是为我洗罪，我从前做过的坏事都将被圣水洗干净，我将成为一个洁净的人。我就想：我从前干过的那些调皮捣蛋的事，诸如追打野鸡，上树掏小鸟，在神圣的经堂里和弟妹们玩捉迷藏，闹得鸡飞狗跳的，都是罪过吗？能洗得掉吗？难道以后再不能玩这些游戏了么？

我肚皮早就贴到脊梁骨，饿极了，只盼望早点端上奶茶、酸奶。可在这种场合，人吃也是一种仪式。吃之前还要先敬神、敬佛，让神、佛先请，人们才可以吃。尽管食物并不丰盛，不过是酥油、红糖拌人参果。但算是那个时代最美最好的吃的。人参果在藏语里叫“措玛”，与藏语的“顺利”发音相近，因此吃人参果就意味着“一帆风顺”，这东西也只有在过年和喜庆的日子才吃。

那天，最叫人淌口水的食物，不是牛羊肉，而是大米饭。要知道在那个年代，即便在富裕的家庭，一年能吃上几次大米饭就已经很不错了。因为西藏不产大米，又交通闭塞，大米都是由马帮从遥远的汉地驮运而来，吃大米饭就像过新年一样，隆重而珍贵。当那碗红糖、酥油、葡萄干拌的大米饭摆在我面前时，我迫不及待地伸手抓了一把塞进嘴里。这时，坐在我身边的老师占堆活佛一巴掌打在我的手上，威严而低声地说：“先敬神！”

我把被打得火辣辣的手缩进袖里，嘴里塞满米饭，眼里含着泪水。我长这么大，还从来没被人打过，就是有人对我说几句批评的话，我的父母也总是对我呵护有加。这一刻，我终于有些明白了，我无拘无束的童年，就此结束了。

生日仪式终于收场了。人们纷纷退出客厅，将我一个人留在“寿座”上。只有一个老僧威严地站在我身旁，就像是我的侍卫官。

按照家乡的规矩，喜庆之余总是要接受亲朋好友的祝福，当然不外乎是献哈达、送礼物，说几句祝福的话。首先是家庭成员向我祝福生日。第一个上来的是父亲，他给我献了一条黄色的哈达，送我的礼物是他的坐骑“黑玉”母马产的一匹白驹。因为我从家里到寺庙有半天的路程，以后我每个月都要来回一两趟。父亲的祝福语是：知识要在年轻的时候求，良田要在春天的时候耕，你现在已是学佛的年岁了。已经登上了巍峨的雪山，就不要再留恋脚底下的草原了；山上滚下的石头滚不回去，已经开弓的箭不能回头射。师恩大于父恩，一切听从师教。你是有佛缘的，要坚持走下去，定能成就。

在这个隆重而繁琐的生日中，记忆最深刻的是母亲对我的祝福。当母亲拉着两个妹妹和一个弟弟进来时，我的第一反应是想跳下“寿座”，大喊一声“阿妈”，然后扑向母亲，搂住她的脖子，可我身边的老师用严厉的目光盯着我，让我动弹不得。

母亲今天虽然一身盛装，但穿着并不算华贵。我母亲从来不佩戴珠宝玉器，更不穿珍贵皮毛的衣裳。尽管她也出生于大户人家，并且是方圆几十公里内有名的美人。在我的心目中，母亲是天下最美丽最善良的阿妈。我的父母都乐施好善，凡是有亲戚来，无论贫富，母亲都不会让他们空着手回去，不是一只羊腿，就是一口袋糌粑或是几坨酥油。一些生活困难的亲戚来时只牵一匹马，上面搭两个空口袋，走时母亲一定会让他们把口袋装得满满的。母亲常说：“不应该装糌粑的口袋是缎子做的，里面装的却是豌豆磨的豆面。虎显示的是虎纹，人显示的是学问，虎纹在外，学问在内。做人要做一个品德高尚、信仰虔诚、施舍大方的善良人。”

母亲走到我的跟前，满眼泪水，眼神呆板，神情卑微。她躬身向我献上一条哈达，然后跪在地板上，工工整整地向我磕了三个头。

不要磕！在母亲刚一跪地的时候，我差点儿就哭喊出来。

过去，我常看见别人给父亲磕头，自己也给活佛磕过头，没有觉得有什么异样。今天，竟然是母亲给我磕头，让我感到意外、惊讶，似乎一下进入一个紧张、恐惧、迷惘、虚幻的梦中。她是最疼爱我的阿妈，是我最亲爱的母亲啊！

望着母亲躬身在地的背影，我的眼泪忍不住掉下了。我不愿因为做了一个佛子，就离开母亲的爱，拉开母子间的距离。我想下去搀扶她，但我的身子刚一动，身旁的老僧就用他有力刚硬的手掌按住我的肩膀。我抬头仰望，他的目光像鹰一般锋利，我害怕了。

母亲的最后一磕，长时间地匍匐在地上，似乎在默默地祈祷着什么。她缓慢地站起来，垂手弯腰，退出了房门，到了门口，母亲回头望了我一眼，那目光炽热而痴迷，自豪而哀伤。我那时看不懂这目光，多年以后我时常在回味中，才慢慢领悟到其中的内容。

我恍惚感觉到，从这个生日起，仿佛这家中的人，都离我远去了，所有的亲情都对我严肃起来。我成了一个僧童，成了一个与神更近，与人更远的人。欢乐的童年，纯洁的童心，无拘无束的奔跑，无牵无挂的玩耍，就这样被这个生日终结了吗？

冗长的仪式终于结束了，我被送回卧室。卧室也是教室，今后我的老师将在此授课，他将永久住在我的卧室隔壁。古堆老师已经威严地坐在我床头边的坐垫上了。他让我盘腿坐在床上，然后宣布了几条戒规：以后没有许可不准出门玩耍，除定时的两餐外不许随便吃零食，出家人过午不食，你年岁小，允许每晚喝一杯牛奶；早晨天不亮即按时起床，先是诵经，后是习字。他指着卧室沿墙落地的藏式经书架上摆满的经卷典籍说："你的这一生，从藏族古典诗词，萨迦格言，再到各类经典，藏医藏药，都要学，要把这些书念完，才算初懂佛学。"

我看着那些沉重的大部头经典，傻眼了。

夜幕笼罩着古庙，四周一片静悄悄的，唯有一闪一闪的酥油灯，像是一个微弱的生命在颤动。我睡在这间堆满经卷、墙上挂满唐卡画的房子里，看着唐卡画上那些栩栩如生的度母像，想起了慈祥的母亲。就在昨天，我还睡在母亲带着羊奶味的藏被里。可现在，她的怀抱、她的双手、她的眼神、她的体温，已是可盼而不可即了，陪伴我的只有这些让人生畏的经书和唐卡画。院子外的羊圈里，羊羔“咩……咩……”叫声在寂静的夜里悠扬绵长，牛犊吸吮母奶的声音也不时传来。牛羊都可以跟自己的妈妈在一起，而我为什么就不可以了呢？摆放在案头佛龛里的护佛神面目狰狞，怒目而视，就像要扑下来吞噬我，使我感到更加孤独无助、恐惧万分。

这叫什么生日啊？简直将我的童年一刀斩断，把我从阳光明媚的天空里，投入黑暗阴森的禅室里。以后我还可以去夏季的高山牧场，躺在青青的草地上，仰望碧蓝的天空吗？还能在静静的夜晚，依偎在母亲温暖的怀抱里听她讲神话传说吗？在我三岁时，母亲常在夜晚的炉火边，夏日的星月下，给我讲格萨尔王的故事，讲部落兴衰的传说。她的故事语言生动，比喻贴切，人物活灵活现，情节感人动听。母亲还有一副优美的歌喉，能唱几百首草原上的民歌。有些歌词在草原上、峡谷中传唱了千百年，有些歌词是她自编自唱的。我听着母亲的歌声，常常不知不觉就睡着了。

看来，这一切都已经离我远去了，我终于放声大哭。

我的哭声惊醒了占堆老师。他披着晚上打坐时穿的法衣，赤着脚板来到我的房间，表情依然刻板。除了重复那套生日对我的祝词，还告诫我说：“山和山不相遇，人和人总要相逢。我们结为师徒，是前世的因缘。你要做一条游进大海的鱼，跑进草原的马，飞进云层的鹰，就得有学问。我教过的学生，比你妈会唱的民歌还多，我不相信金刚磨不出针尖，何况你是一个聪慧过人、灵智超前的孩子。”说完转身就走了。他的声音在寂静的夜里如此威严、冷酷，而所说的那些大道理又如此沉重、冰凉，吓得我的心一直怦怦乱跳。

我在泪眼婆娑中迷迷糊糊地睡着了。我梦见唐卡画上的那些护法神都从画中跳下来捉拿我，他们肩上扛着骷髅，手里拿着铁链，双脚踩着人头，追赶得我到处乱窜。藏传佛教的护法神有各种不同的化身，有善相和怒相。扮愤怒状的护法神一般都显得狰狞恐怖，以威吓佛法的敌人、神界的魔鬼。我被噩梦惊醒了，看看香案上的燃香，才发现自己并没有睡多久。

我爬起来，钻出被窝，站在窗前，拉开窗帘，窗户被一层粗糙的藏纸蒙着。我用手指蘸上口水，浸湿了藏纸，划破一个小洞，往外一看，先是看到伙房里的煤气灯仍在闪烁，那里的人还在忙碌。伙房旁边是母亲的房间，那就是我的目光要找的地方。

母亲的房间竟然还亮着烛光，这让我欣喜若狂。我在喉咙深处喊了一声：阿妈……

泪水模糊了视线，我要去告诉母亲，我不当喇嘛了，我也不想学佛了。我只想随时见到阿妈，随时都在阿妈的身边，随时听到阿妈的声音，哪怕是骂我的声音。我离不开阿妈的温暖和呵护。

隔壁占堆老师的鼾声此起彼伏地传来，我确信他已经睡熟，就披了件藏袍，蹑手蹑脚悄悄打开门，在黑暗中飞奔到母亲的房门前。我从门缝中看到母亲坐在床头，手里抚摸着一个黄布包裹，眼光发亮，神情慈祥而专注。灯光下的母亲显得那样恬静、温柔、美丽，就像唐卡画上的绿度母。母亲那时的神态，一辈子都铭刻在我的记忆深处。

我猛然推开门，低声叫了声“阿妈”，便扔掉披着的藏袍，光着身子钻进母亲的被窝里。她先是惊讶片刻，接着紧紧地一把搂住了我。母亲的力量好大呀，这是世界上最有力量的爱，最有力量的温柔。这就是一个母亲宽广温暖的怀抱。

我哭，母亲也哭。我双臂勾着母亲的脖子，拼命地亲她。母亲抱着我的头，把她的前额紧紧地贴在我的脸上。母子的泪水交融在一起，我再次嗅到了母亲身上熟悉的体味，感受到了母亲大海般的温情。我就像一条自由的鱼儿，漫游在母爱的江河中，白天那些繁琐的仪轨，虚荣的祝词，都比不上母亲给我的一个吻啊。

母亲想把我推开，仿佛又舍不得；不推吧，我跟母亲的怀抱已经粘连在一起了。母亲推我一下，我在她的怀里钻得更深，母亲就搂得更紧；然后她又推，又搂……反反复复，难舍难分。

而屋外占堆活佛的鼾声隐约传来——那是世界上我最不愿意听到的声音，我相信母亲此刻也有这种感受。

母亲怕我冷着，就找来一块黄色的氆氇被，把我裹起来。我说："阿妈，我要在你的房间睡，再不离开你。"

母亲犹豫了一下问："儿子，今天占堆活佛打你的手，痛吗？"

我来不及想这个问题，只说："忘记了。"

母亲轻轻叹了一口气，在我的耳边低声说："儿子，阿妈的好宝贝，你听妈讲。你父亲继承了家族的荣耀，他现在像一座古老的房子，不知哪天歪斜。你是支撑着他的唯一的柱子，是他唯一的安慰和希望。你不知道家史，祖辈开头兴旺得快如骏马，现在不能衰落得矮如草原。你是佛家的后代，已经染上了红色的氆氇，就不能说我喜欢白色；经商聚财不是家传，学佛积德才是家规。这些道理你现在不懂。你五岁的生日为什么耀眼光彩，是为了让人记住，'麦巴'有了后人。要听话，妈送你回去。"

我不明白为什么阿妈说的话也跟其他人一样。我心里在想，我只要阿妈，不要当佛子，不要学那些搞不懂的经文。这时，我把阿妈的被子一把拉过来，将我们两个盖住，然后再往母亲怀里钻。我认为，只要我钻进母亲的被窝里，她就不能赶我走。一个小孩子在母亲面前能撒的娇，会耍的赖，我都使出来了。

母亲只好从床上起来，点燃房间里的香炉，撒上香粉，让青烟再次冒起，然后将刚才裹我的氆氇举在香烟上熏。这不仅仅是一种来自神的祝福和母亲的呵爱，而是母亲认为：刚才这块氆氇沾了她的身子，对一个佛子所用的东西来说，已经不洁了。她要用香烟熏走氆氇上的凡人之气。

母亲用熏好的氆氇再次裹紧了我，将我从床上拉出来。我看见了母亲眼睛里的泪花，也看见了母亲脸上哀婉的表情，但母亲的行动却很坚决。她紧紧地搂抱着我往屋外走，我不断地挣扎，不断哀求，“要和阿妈睡，要和阿妈睡……”以至于有一次差点儿从母亲的手臂中掉下去了。

母亲吓坏了，再次搂紧我，说：“儿子，你要听话。阿妈可从来没有打过你。求求你别闹啦，占堆活佛会听见的。要是他知道你来我这里，你会挨打的，你阿爸也会骂我的。听话呀儿子。”

我终于被母亲抱回我的房间，占堆活佛还在隔壁熟睡。母亲把我放在床上，用一条毛茸茸的红色氆氇把我裹好，又说了很多鼓励我好好学经的话，不断地哄我，亲我。母亲说：“阿妈可以爱你、想你，但妈不能将你育成古柏、做成栋梁。你要听占堆活佛的话，他的名声大如雷鸣，他的知识多如林涛，是你父亲以建一座小庙的功德请来教你的。你要珍惜啊！”

我再一次把手伸进母亲的怀里时，无意间碰到一件东西，我把它拿出来，原来是白天母亲给我献的那条哈达！这条哈达不是很新，上面甚至还有酥油的痕迹。既然我不能留住母亲，就留下母亲的这条哈达吧。因为那上面有母亲怀里的香味。

我对母亲说：“我要这条哈达。”

但是母亲把哈达拿回去了，她说：“儿子，哈达不能给你，以后再给你讲这条哈达的故事。你要早早地睡，明天还要一大早起来念经呢。阿妈每天早晚都会在佛、法、僧三宝面前为你祈祷的。”

一条哈达背后会有什么故事呢？那时我还不明白。白天母亲在向我献完哈达后，就将它取回去了。我没有想到母亲会一直将它揣在怀里。

母亲终于要走了，她狠狠地亲了我两口，她眼里的泪花再次洇湿了我的脸。我感到伤心的是：她竟然一点儿也不顾惜我此刻依恋她的心情！在母亲跨出门槛儿时，她仿佛是做了件什么错事，还不断扭过头来望着我，我还能清晰地看见母亲眼眶里的泪水。可是母亲却忘记了门槛儿的存在，她绊了一下，差一点儿跌倒。我大叫一声“阿妈”！但我的呼喊只让母亲更慌张、狼狈，她的背影倏然消失在黑暗中。

是泪水迷糊了母亲的眼，让她看不见地上的路？还是门槛儿有心，不让我的母亲就这样离去？

我人生的第一个生日，就是这样，既让我伤心，又令我怀想。生日对其他的孩子来说，是快乐无比的，而对一个佛门弟子，则是进入佛门的第一扇门。今天我回忆起五十多年前这个佛门生日，只是想再现当时西藏历史背景之下的一种民风民情，以及它体现出来的文化特色。其实，不同民族间的区别，根本上在于文化的不同，迥异的文化造就了不同的民族特色。民族之间的沟壑，实质就是文化认同上的沟壑，而民族之间的团结融合，是建立在对彼此文化的尊重、理解基础之上的。我们或许可以从一个孩子的生日，看出一个民族曾经拥有的过去。

二、革命化生日

我第二次过生日是在一个动荡的岁月里。如果说我第一次过生日具有浓郁的宗教色彩的话，那么，我第二次过生日则是带有某种滑稽和荒唐的成分。

早在1960年，我为了追求山外世界的新知识，在热心进藏干部的动员鼓励下，从藏北草原深处的古寺，脱掉了袈裟，然后先走路、后骑马，再坐车、又乘火车，行程三千多公里，来到位于陕西咸阳的西藏公学学习汉语。在这个现代文明的学府完成了初等汉语的学习，在西藏民族学院攻读了师范专科后，被保送到北京的中央民族学院学习新闻专业。

没想到我在这风华正茂的年岁，刚进入全国最高的民族学府学习，却赶上风云突变、黑云压城，造反狂潮席卷大江南北，文化大革命开始了。毛主席在天安门广场上的六次红卫兵大检阅后，学校停课了。大字报势如破竹、铺天盖地，围墙、院墙、门窗、黑板全部挂满大标语；批斗会汹涌澎湃、劈头盖脸；教室、食堂、操场、球场，愤怒的声讨声震耳欲聋。“停课闹革命”“全国大串联”等新名词、新举动层出不穷。在北京各高校还兴起一个时髦的行动，就叫“打回老家闹革命”。我们一群来自雪域高原的学生，积极响应这个行动，“打回老家去”。

当我回到西藏，看到的却是另外一番“革命景象”。西藏也跟全国各地一样，惨遭“文革”浩劫。当年那些抛头颅、洒热血解放西藏的革命功臣，与曾欺压百姓、坐享其成的贵族头人同台挨斗；当年那些中央政府治理西藏的大政方略，与封建领主、噶厦政府统治百姓的刑法行规同时被批判。一些大字不识一个，成天游手好闲的人，却成了造反派，标榜自己是最革命的。到底谁是革命，谁是反革命，谁是好人，谁是坏人呢？我年轻的心中开始迷惘了。

我到拉萨之前先抽空回了一趟老家。当年，因为怕父母阻拦，我是私自出走的。这给父母造成了多大的伤害，让他们流淌了多少牵挂思念的泪水，已难以用语言表述。而六年之后和家人团聚，又更是一番悲喜交加、相见无语的凄凉境况。

熊熊燃烧的“文革”烈火，也让我这样的家庭在劫难逃。来自内地和拉萨的造反消息，添油加醋地传到这穷乡僻壤。在“破四旧”“立四新”的革命行动中，一群藏族造反派带领一批年轻的革命群众来到我家，掀屋顶、拆院墙，足足干了近一个月才完成了他们的“革命行动”。家被荡平了，曾经香火旺盛的“麦巴朱普”被捣毁了。我的父亲被揪斗、关押，而我母亲则每天为来拆我家房子的人们烧水煮茶，脸上还总是笑呵呵的。母亲的豁达与慈悲，连那些革命群众也感到不可思议。尽管一家老小四口从高堂大屋驱赶到没有门窗的羊圈里，几块石头垒起炉灶，用一口裂了缝的陶罐煮水熬粥。父亲被冠以“山谷里的反动文人”“农奴主的代言人”“地下寺庙的总店老板”，父亲还有一顶随时可能带来灭顶之灾的“钢铁帽子”——“现行反革命分子”。戴着纸糊的帽子游街，坐“喷气式”，挨批斗，似乎成了父亲的家常便饭。而赤着脚板在铺满荆棘的打麦场上跑，光着屁股端坐在河水的冰层上，以此来检验一个修行者是否真的有传说中的那些“法力”，则是造反派们的独特发明。

更有甚者的是，造反派听说我回来了，还要动员我去批判自己的父亲，以与自己的反动家庭划清界限。我告诉他们说：“虎群中的老虎还不吃自己的伴呢。如果需要，我可以和我的父亲一起陪斗。”大约是念及我回家一趟不容易，造反派也动了恻隐之心，我在家的那几天，他们没有像往常那样，天天揪斗父亲。

有一次，父亲告诉我说，人死大概会很痛苦的，但一个人一生中只有一次死。活着受折磨，那才是几百次的死，还不如一次性了断算了。

在那短暂而显得漫长的日子里，我上山拾柴、下河背水，夜晚伴着父亲睡，给父母说一些安慰的话，伤心的眼泪往肚里流，脸上还要挂上一丝笑容。我能做到的，仅如此而已。

我不能为我的父母分担更多的痛苦，便匆匆告别家人，继续我的学业，在混乱的年代中努力把握好自己的人生方向。1968年，我很幸运地被分到西藏的一家报社，做了一名见习记者。就在这年冬天，母亲穿着皮袄、踏着冰雪，从老家看我来了。

母亲住在一个亲戚家，我下了班便急忙赶过去。一进门，发现母亲比三年前相见时，已更显得苍老、憔悴，头发竟然全白了。她才五十多岁啊。不过想来也是，尽管母亲没有受到冲击，但经历和目睹了这样悲惨的家境，难道还不会老得快吗？

母亲拉着我的手说了很多话，都是在夸我、赞我。我在想，这雪封山、冰冻路的寒冬腊月，母亲穿着单薄的衣裳翻山越岭来看我，是有什么要事吗？那时，我的故乡比如县到那曲地区还不通汽车，先骑马要走四天，还需要从那曲到拉萨，坐两天的汽车。

我问母亲，弟妹他们好吗，你一路辛劳，多待几天再走。母亲定了定神说：“这年月，好也好不到哪里去，坏也坏不到哪里去，反正大家都一样。妈这次来，只是想陪你过个生日，就回去了。”

我这才想起，没有几天就是我二十二岁的生日了。十多年来，我一直在外地读书，从来没有过过一次生日，包括按家乡规矩十八岁那个重要的成人生日。

那时我住在单位的集体宿舍。在那个什么都怀疑、什么都只能往坏处想，各种莫须有的罪名满天飞的年代，夜不归宿是一个很大的罪名。所以那晚我只能告别好几年不见的母亲，赶回宿舍。我躺在床上，辗转反侧。生日啊生日，该怎么过？这革命的年代，婚丧嫁娶都有一种别样的搞法，这生日总得突出一点什么才是。

第二天，我的一位朋友出了一个好主意。他说既然有“革命化的婚礼”“革命化的节日”，那就过一个“革命化的生日”吧。这是一个大题目，可要别出心裁。我俩正在商量过生日的方式，另一位朋友又出了一个主意。他说：“你这个名字带有封建色彩，丹增不就是捍卫佛世吗，你要以改名字的实际行动，过一个革命化的生日。去年，工厂的丹增便在四十岁生日时改了名字，现在人家都当上了不小的头头了。”

我的邻居毛红武，也曾名叫丹增，他出身贫寒，年轻时曾赶着马帮去过印度，受尽苦难。解放后被报社招来当工人。他曾对我形容过他的家境，“家里没有牛鼻孔大的房子，没有巴掌大的土地。抓头上一把乱发，抓身上一片氆氇，带走的是自己的影子，留下的是自己的脚印。”“文革”刚开始时，他在忆苦思甜大会上，诉说了血泪斑斑的家史，声讨了封建农奴主的罪行。一腔怒火，满腹心酸，讲得声泪俱下，打动了很多人的心。他确实是发自内心，紧跟全国性的改名热潮，把自己的藏族名字改成了“毛红武”，意思是保卫毛主席的红色武装战士，还把自己一双儿女的名字分别改为“听毛话”和“照毛办”，还把妻子的名字改为“学毛著”。他妻子是一个厚道正直的藏族妇女，坚决反对丈夫给她改的名字，谁叫她“学毛著”，她就装着没听见。你逗着多喊她几声，她就烦了，骂你“神经病”。她曾呵斥丈夫："我大字不识一个，怎么学毛著？你是睁着眼睛说瞎话吗？"从此后，再也没有人叫她"学毛著"了。

其实，在那个狂热的年代，被改名的不仅仅是人名，连地名也改了，拉萨郊区的纳舍坝改为向阳坝；山名改了，布达拉宫对面的药王山改为胜利峰；街名改了，全国闻名的拉萨八角街改为立新大街。不光是西藏改，全国到处都在改，著名学府复旦大学改名为东方红大学。为了体现反帝防修，北京将苏联驻华大使馆所在光华路改为反修路，曾是美国人建的协和医院改名为反帝医院。哈尔滨的桃花巷解放前是妓院集中的街道，后改名为"欢乐巷"，红卫兵认为不妥，干脆叫"兴无灭资巷"。更可笑的是，食品、药品、玩物什么的都改了名，什么"丰收饼""斗私糕""红卫膏药"，等等。这种庸俗化、简单化，甚至荒唐的改名热潮，也有其理论依据，即要大破一切剥削阶级的旧思想、旧文化、旧风俗、旧习惯，要向资产阶级意识形态和习惯势力展开猛烈的进攻。这样的结果，也闹出很多尴尬来，西藏一所中学的一个班，老师点名，"卫东同学到了没有"，全班三分之一的学生齐声喊"到"。我熟悉的一位朋友，"文革"初期改名为卫东彪，林彪事件发生后改名为卫东恩，"批林批孔批周"时改名为卫东青，"四人帮"垮台江青被捕后又要改名。这种人如果不是政治投机分子，起码也是太紧跟形势了。

我想，我的名字是父亲请一位活佛取的，师道尊严，不能随意改动。我辩解说，革命化的形式多种多样，何必只盯着改名字呢。另一个朋友提议，你的生日，要穿着像个造反派，仪式像个革命者，吃喝像个无产者，这就算对路了。

生日那天，同宿舍的同事东拼西凑，让我穿着打扮。上身着黄军装，头戴黄军帽，腰间还扎了一条朱红色的武装带，有人说太像一个红卫兵领袖了。另一个则说，你要手握一根钢钎，就太像一个砸烂旧世界、横扫地富反坏右的革命者了。在那个年代，这身打扮是最时髦的。头头出席会议是这身装束，演员台上表演也不外乎这身打扮。我对着镜子看了看，感觉挺精神的。

宿舍东墙上恭恭敬敬挂着一幅毛主席和林彪在天安门城楼上检阅红卫兵的大幅照片，这是每个人凑了十天的工资购买的。

我装扮完毕，大家就列队站在毛主席像前，手捧《毛主席语录》，先背诵几段语录，然后齐唱《东方红》《大海航行靠舵手》两首歌曲。那天因为是我的生日，大家还跳了一曲忠字舞。舞步缓慢，表情严肃，动作虔诚，全神贯注。那时忠字舞已经从单家独户、室内院中，跳到了马路、广场，成百上千人、甚至多达一万多人齐跳忠字舞的壮观场面，随处可见。

我们语录背得流畅，歌唱得深情，舞跳得投入。因为这些都是革命行动，也都是日常的行为。我们一点也不觉得它荒诞滑稽，流于形式，反而感到无比自豪。

他们祝福我生日，也别有花样。要是在今天，藏族人会说："扎西德勒！"汉族人会说："生日快乐！"可那时，这些祝贺词会显得低级，甚至反动。无论父子、夫妻、朋友、同学一相见，首先就是念一段毛主席语录，而对方要立即回答："伟大领袖毛主席教导我们……"有不少人随时将一本印有毛主席相片的红皮语录揣在怀里，无论问话，还是回答，都拿在手上，既显得自己革命、庄重，又防别人的语录劈头盖脸喊过来时，自己措手不及。

因此，在我过生日时，当他们齐声高喊："最高指示……"而手持《毛主席语录》的我则应声答道："要斗私批修！""千万不要忘记阶级斗争！"当然，这两段语录也不是我随口而出，而是深思熟虑之后针对我存在的问题念的。比如，我们宿舍睡上下铺，我争着睡下铺，这是私字在作怪；再比如，我偷偷从图书馆拿了一本《红楼梦》，越看越入迷，这是资产阶级思想在作祟。这些都曾受到工宣队的批评，还有我那复杂的家庭背景，也要说清其阶级根源。

那天我收到了不少的生日礼物，主要是《毛主席语录》和各种大小不等的像章。有个同学送了一尊毛主席的半身塑像，是塑料做的，底部有个气嘴，像身用手一捏就"吱吱"响。一个室友觉得好玩，就反复捏了几下，发出"吱、吱"之声。他当场就遭到大家的围攻批判，吓得他又是检讨，又是认错，差点儿把我的生日搞成一个批判会。

我当时也偶尔想到，这样的情景似曾相识。过去我在寺庙的岁月里，每当喇嘛们要举办隆重的法会，吟诵的经文和我们背诵的主席语录，吟唱的祈祷词和我们高歌的革命歌曲，神灵的舞蹈和我们跳的忠字舞，都是一样的虔诚和狂热。但是我那时不敢将两者对照起来审视，只是充满了对革命事业绝对的忠诚和过好这个革命化生日不折不扣的新鲜感、使命感。如果说我的第一个生日，人们虔诚地对我膜拜，要把我塑造为一个佛门弟子的话，现在我的第二个生日，我和我的室友们、和全中国人一道，正在以相同的方式，去另一种膜拜，并且心甘情愿、争先恐后。

时辰到了中午，大家敲着碗筷去食堂吃饭。那时，单位每天开两餐，菜要菜票，饭要粮票。人们说肚子是国家称过的，大人每月二十八斤，小孩每月十五斤，婴儿每月六斤，肉每人每月二斤，还分牛肉票和猪肉票。所有粮油副食品都是定量供应，你到黑市上去买，叫作投机倒把。查出来，轻则批评教育，重则劳改劳教。个人只要有出售粮、油、肉、菜的，罪名就是黑市交易，轻则取缔，重则拘留、逮捕。当时机关工作基本瘫痪了，要说活动，无非是批判会、声讨会，再就是学习最高指示，进行忆苦思甜。有人说，我们吃食堂的饭还不足以体现革命化的生日，晚上该吃忆苦饭。那时的标准是，如果有人比你更革命一点，你一定就得听他的。大伙儿告诉食堂，有人要过革命化的生日，我们要吃忆苦饭。食堂的炊事员真是求之不得，因为食堂常常断粮缺油。

下午我们到郊外挖了一堆荨麻、野葱之类的垮台菜，请炊事员煮了一大锅忆苦饭，每人都盛了满满一大碗端回来。闻起来还有一些香味，一口嚼下去，我的妈呀，难吃死了。舌头发麻、喉咙寡辣不说，连耳朵都吃得嗡嗡直响。碍于革命的情面，谁也不敢说不好吃，更不敢当着大家的面倒掉。宿舍里鸦雀无声，只见一会儿出去一个人，再不回来；一会儿又出去一个人，也不见了踪影。我硬着头皮吃下半碗，就再也吞咽不下去了。看看大家都走光了，我也就悄悄地跑出去倒在厕所里。第二天有人悄悄告诉我，这顿忆苦饭当时吃得艰苦，夜里肚子胀痛，早上去上厕所，连肛门都火辣辣地痛。

傍晚了，我总觉得有些对不起为我过生日的室友，我说报社外面有家铺子卖酸奶，我请你们吃酸奶吧。可是我们去后被告之，酸奶铺已经被当做资本主义的尾巴割掉了，那个卖酸奶的藏族大妈还对我们一肚子的气。回来的路上，路过一片萝卜地，大家实在忍不住饿，便找了个理由，说这是人民公社的萝卜，吃这个也是很革命的吧。就这样，我的这个在单位上过的革命化生日，以背诵毛主席语录开始，偷人民公社萝卜结束。

回到宿舍，我才猛然想起，母亲还在等着我过生日呢。

母亲专门从老家来给我过生日，我却只想到自己要过一个革命化的生日，竟然把母亲也忘了，心里顿时惭愧不已。

那时借个自行车骑，比今天借个汽车还难。我只好撒开双腿往亲戚家跑。大约跑了四十来分钟，总算赶到亲戚家。母亲和亲戚一家人都还在等我。我连忙给大家解释说，我在单位已经过了一个革命化的生日了。怕他们不明白，我又把过程给大家说了一遍。大家听了目瞪口呆、面面相觑。

母亲缓缓地说："今天一早我就去你们单位了。门口有带枪的人站岗，话说不通进不去。等到中午，我就回来了。儿子，阿妈不懂你革命化的生日是什么，现在这年头食物短缺，怕你饿肚子，想送点吃的来呀。"我惭愧、内疚，又有一些感动、激动，真是百感交集。看着母亲沉静、和善，鬓丝如银、饱经风霜的面容，我默默无语。上午寒风呼啸，满天下着茫茫白雪，在那个破旧阴森的大门口，连一棵遮风避雨的树都没有，她是怎么裹着这身单薄的羊皮袄，蜷缩着身子，眼巴巴地在等我的呢？

我看着母亲很伤感的样子，为了让她老人家高兴，我"唰"的一下站起身，端个姿势，抖擞起精神问她："阿妈，你看我这身衣服，生日打扮。"同时还做了一个舞台演员登台亮相的动作。

母亲哭丧着脸，摇摇头。"去年我路过县城，看见球场上围了很多人，以为在处理商品，挤进去一看，是县委王书记被一伙人在批斗。斗他的人都是你这身打扮，听说还是从内地来的。王书记是多好的一个人哪，带着我们修水渠，雪灾的时候给牧场上的人送粮食，救过好多人的命。你知道吗，那些拆寺庙，批斗你父亲的人，领头的也是这一身穿戴。村里的老百姓见到他们，就像看见魔鬼，走路都躲得远远的。唉，儿子，你长这么大了，要懂事啊！"妈妈语重心长地说。

她这一声叹息，让我脸上火辣辣的，恨不得地上有条缝，赶快钻进去。

母亲让亲戚们先去休息，说她单独有话要说。她轻轻地拉上门，坐在我旁边，摸索着从家乡背来的那个牛皮包袱，摸出一个油津津的牛皮纸包来，递到我的手上。“上午就想给你送去的。听说你们吃个肉都要票，吃不饱吧?”母亲说。

纸包里是几块肥厚的风干牦牛肉，黑黢黢的看上去有些时间了。一股日晒风干的肉香味顿时扑鼻而来，这是我已久违了的香味。我抓过一块啃了起来。

母亲幸福地看着我吃。我想，以我们家当时的生活条件，不可能有风干牦牛肉之类的，那可是“高档”食品，不知她为我爱吃的这块风干牦牛肉花费了多少心血。我问：“阿妈，你从哪里找来的?”

母亲没有回答，只说：“你多多地吃，饱饱地吃。”

我心里酸酸的，吃不下去了，递一块牛肉给母亲，母亲推回来，我再递，母亲再推。唉，我实在不忍心吃这饱含母爱的牛肉啦！这世界上有很多爱，母爱是最纯洁的；这世界上有许多宝，母爱是最宝贵的。我们母子之间的爱，早已用语言无法描述。

我心里涌起了无限的忧愁。母亲把我当作命根子，而我能给她带来什么幸福、分担什么忧愁、承担什么责任呢。

母亲轻声细语地说：“现在这样的日子，可能长不了。过去贵族头人做的事情，老百姓不喜欢，所以解放了。现在做的事，老百姓也不喜欢，肯定也长不了。”母亲顿了顿，接着说：“家里没有留下什么财富让你继承。不过呢，用珠宝装饰自己，不如用知识丰富自己。虎的纹路在外，人的学问在内。财产可以被劫去，权力可以被夺去，而知识是外人偷不去夺不走的。这都是你阿爸近来常唠叨的话。要好好学习知识，将来做个文化人也就够了。看到了吧，做官，好像是地换了一层草，羊换一身毛，要想占有神一样的高位，就要有鬼一样的计谋，这是你做不到的。”母亲小时候学过藏文，算是有文化有见识的人，她对我的教诲，总是体现出一个民族的质朴和智慧。

母亲又从牛皮包袱里拿出一个油迹斑斑的黄布小包，解开包抽出一条陈旧的哈达。她把房门关严，拉上窗帘，双手捧起哈达说：“儿子，今天是你的生日，阿妈没有更好的祝福了，给你献一条哈达吧。”母亲把哈达端端正正地挂在我脖子上。在那个年月，献哈达也被认为是旧习俗，没有人敢在公开场合给人献哈达。

母亲双手合十，仰着头虔诚地说：“儿子啊，我要替你感谢解放军。要不是他们来了，你走不出大山，也就没有了今天的出息。”

母亲又抚摸着我脖子上的哈达说：“儿子，你还记得吗？这条哈达是你五岁生日时我献给你的。在你不在家的时候，我天天把它揣在怀里，晚上常常翻出来看一看。看到哈达，我就想起你……”

我脑子里倏然想起我五岁生日的那天晚上，我跑去母亲房间撒娇的情景，母亲端坐床头，抚摸哈达；我也可以想象我不在她身边的那些漫长岁月里，那一个个孤独的夜晚，母亲是如何思念着不辞而别、远离家乡的爱子……多么美丽的母亲！多么慈祥的母亲！多么苦命的母亲！你那能穿透灵魂的眼神，你那度母求雨般的坐姿，仿佛已经用血深深地印刻在我的心灵里了。

过去我们藏族人献哈达是有很多讲究的，比如给父辈献哈达，双手捧上，父辈接下后，放在一边；下属给上司献哈达，上司接了挂在手臂上；上司给下属献哈达，属于赐哈达，下属接了要挂在自己的脖子上；同辈同级的人互献哈达，也可以挂在脖子上；而俗人给活佛献哈达，活佛祝福后要返回给敬献者。哈达也分不同的档次，有棉的、丝绸的；也分长哈达、短哈达。那时献哈达不像现在这样随意，哈达也很珍贵，尤其是那些丝绸质地的哈达，都来自汉地雅安。一般人一年中能得到两条哈达，已属不易。穷苦人家一生中可能只在婚嫁、丧礼这种红白事中才能有幸得到别人献的哈达。像我母亲献给我的这条哈达，是丝绸的，属于最高档次的，我们叫“阿西哈达”。

我真想把自己的年龄退回到五岁，变成一个孩子，重新依偎在母亲的怀抱，听她讲这条哈达的故事。这条哈达是从前一位有名的活佛赐给我奶奶的。因为奶奶心地善良，终身敬佛，收养了一批孤儿，作为对佛祖慈悲的供奉。据说奶奶活了一百岁，她去世前将这条哈达献给了我的老师八世占堆活佛。在一次敬神放生的佛教仪式上，我母亲把家里的六头奶牛给放生了，占堆活佛又把这条哈达赐给了我母亲，希望她像我奶奶那样慈悲、善良、虔诚。而母亲则在我第一次过生日的时候把它献给了我。我走后，母亲把它作为思念的寄托，精神的支撑，从不离身。儿行千里路，母子都被这条哈达紧紧连着啊！

母亲拉开窗帘，打开窗子，太阳已快要落山，晚霞映照着群峰山巅。母亲收拾好那个牛皮包袱，告诉我她已经买好了明天早晨七点的车票，今晚得到车站住下。

母亲走了，我待在房间。她留给我的那些宽慰的话语，关切我的嘱咐，鼓励我的言辞，一直在我的耳旁萦绕。我把哈达从脖子上取下来，在昏暗的灯光下久久端详。哈达摸在手中情愫柔软，一股暖流从我的手心传遍全身。童年的记忆如开了闸的渠水，源源不断地流淌到脑海里。我无忧无虑地成长在母亲的怀抱里，懵懂地被送进了古寺，又义无反顾地走出大山。我的每一个脚印，都刻着民族历史文化的烙印；我的每一次成长，都有母亲牵挂的祝福。母亲是用这条哈达始终寄托她对儿子的爱啊。

哈达上印着活灵活现的八宝吉祥图案，两头穗子顶端横绣着一行祝福的祈祷语——

年年吉祥，天天吉祥，白天吉祥，夜里吉祥，时时吉祥。

可能世界上没有哪个民族，像藏族人那样时刻企盼吉祥。我们用献哈达来表示吉祥的祝福，哈达在藏语里被称为“央”，是福气的意思。我们把哈达挂在脖子上，挂在家中的梁柱上；我们还把哈达献给菩萨神灵，献给雪山森林，献给江河草原，我们希望众生吉祥、大地吉祥、民族吉祥、国家吉祥。

我忽然在哈达上发现一个快要褪色的红印记，仔细一看，竟然是占堆活佛的印章。

这条哈达积淀了几代人的慈悲人生，还混杂着一个民族文化的不懈传承，象征着人神共处的吉祥祝福。哈达上，不仅有酥油味、红花味，还有藏香味、圣水味等各种吉祥供品的味道交织在一起，我甚至还嗅出了草原的味道，雪山的味道，故乡的味道。沉香剁百块，其香依旧在。最重要的是，这条哈达上，有我母亲温暖香甜的味道。

回过头来看看我今天的这身装扮，真是羞愧难当。就像我们藏族谚语说的那样：山羊披上狮子皮，也成不了雪山的主人。害人的虚荣心，分不清美与丑，我感到难堪、别扭、遗憾、困窘，就像乱箭穿心般地难受。

我把哈达铺平叠好，揣在怀里，飞一般跑回单位。一进宿舍就把帽子扔了，把上衣脱了，皮带解了。室友们不解地看着我，有人还说：“这么难得的衣服，你要穿着它睡，肯定能做个好梦。”

熄灯的号子吹响了，我把叠好的哈达，用一块白布包好，塞进我的枕头里。从那以后，天天枕着它睡，就好像枕着我的往昔岁月，更像枕着对母亲的思念。

作为这次生日的一次小注脚，发生在一个月以后。那天上午，单位的军宣队通知我，要我下午去张政委的办公室。在那个年代，谁接到通知被叫到工宣队、军宣队，那首先要安顿好家人，做好有去无回的准备。我不知自己犯了什么错，怀着忐忑不安的心情去找张政委。掀开门帘，顾副政委板着面孔端坐在一张破旧的牛皮沙发上，旁边的木头椅上坐着红卫兵分队的孔副队长。我二十多岁了，还从来没有像今天这样惶恐过，这气氛让我透不过气来，领导还没有开口，我的内衣都湿透了。

顾副政委有点像怒目圆睁的阎王，劈头就问我："你最近搞什么样喜庆的活动没有？"我想糟了，肯定是过那个革命化的生日出什么事了。但已经裂了缝的石头，再怎么往中间填土，都不可能合拢了。我就连忙解释说："过了一个革命化的生日。"顾副政委又问："你生日是哪一天？"我回答说："12月26日。"

他勃然大怒，一拍茶几吼道："你太不像话！"

我的心怦怦直跳，衬衣已贴在后背上了，不明白不像话在哪里。真是秀才有理说不清，人急喉咙不出声，我呆呆地无言以对。

顾副政委怒气冲冲，那严厉的目光盯住我："你的生日到底是哪一天？"他问完话，站起身来，走到我的面前。我又重复了一遍。这下，把他的肺给气炸了，在房间里暴跳如雷，他一手叉腰，一手指着我的鼻尖，不停地抖动着，从鼻腔里发出"你……你……"的声音。

我更蒙了，嚅嚅道："这一天过生日……怎么了？"

这时，孔副队长插话了："怎么啦？我告诉你，这一天是'东方红，太阳生'的日子。你这资产阶级的孝子贤孙，反动派的狗杂种，不配在这一天过生日！"

顾副政委一手贴胸，一手举到半空，就像要劈头给我一巴掌。他冲到我的面前，急得差一点儿被破旧的地毯边角绊倒。他仰着头高喊："这一天是伟大的统帅、伟大的舵手、伟大的领袖、伟大的导师毛主席的生日。"

就像晴空中一声霹雳，我被吓得差点昏了过去。我这才知道毛主席也是这一天过生日。那时不要说我，全中国能知道毛主席生日的人也没有几个。我急忙辩解道："对不起，对不起，我不知道，是我错了。可我的户口本、档案袋、工作证上都是这么填的啊。"

孔副队长呸了我一口，训斥道："你不可能这天出生，你不配！"

我连忙点头："是是是，我不应该在这一天过生日。我错了，对不起毛主席，对不起革命群众，我接受你们的任何处理。"

他们似乎并没有听进我的道歉，仍在喋喋不休地批判我。说我不应该在这一天出生，更不应该在这一天过生日。我想既然连革命群众组织的代表都来了，今天恐怕军宣队不会轻易放过我。但我口头上虽然认错，内心里并不认为自己有多大的罪。但钉在木板上的钉子，放进茶水里的盐，今天是自己惹的祸，恰好又撞在枪口上了。错已铸成，爱怎么批怎么斗，我不为自己辩解了，任它去吧。

不知是处于对我的宽容，还是他们欺软怕硬，没想到顾副政委的态度却缓和了下来："去吧，选一个革命的日子做你的生日。深刻检讨自己，加强思想改造。"说完了摆摆手，让我出去。

我想，道路可以选择，出身却不能选择；思想可以改造，生日却无法改变。更何况，要改出生日期，还得找派出所改户口本，找组织部改档案袋，找政工组改工作证，这能说得清楚吗？更重要的是：我怎么跟我的母亲解释得清？我心里暗暗想，我不改生日，但一定不再过这无趣的生日了。以后如果有人再问我的生日，我就语义含糊地说，是最吉祥的那天出生的。

后来，我在一个旧书摊上买到了一本50年代出版的《译文》杂志，上面刊登的一篇散记中描述到：非洲南部散居着一个不足十万人的部落群，被称之为“莫瓦”人。他们世代相传着一个更改生日的习俗。在族群中，谁偷盗了他人财物，就会被流放他乡；谁打伤了他人，就投入牢狱；谁与别人之妻通奸，就终身不能另娶。所有犯下罪行的人都要附加一条惩罚：更改出生日期。部落长老有至高无上的权力，其中最大的权力便是确定那些罪犯的出生日期。在“莫瓦”人看来，被更改出生日期，是一个人最大的耻辱，也是对其最严厉的惩罚。“莫瓦”人正是以这种形式来维系他们的道德准则，也从一个侧面反映出生日对人的神圣，以及人们对生日的敬重。

只是在那个疯狂的混乱年代，凡是被敬畏的，被尊崇的，都在被打倒、被羞辱之例。我在这个时候的生日演出这样的闹剧，也是在情理之中了。

三、在莫斯科过生日

又一个12月26日到了。其时，已经是公元2004年。时光荏苒，人生如梦，世事沧桑。人生就像一叶在时间的长河里漂流的扁舟，时而随波逐流，时而逆水行舟，时而又奋勇争先、迎风破浪，两岸景色无限，变化无穷。人生的道路并不总是平坦的，有阳光大道，也有独木小桥，还有崎岖山径，曲曲折折、坎坎坷坷。但是，天道是公平的，绝不会把所有的灾难、痛苦都加到一个人头上，也绝不会把所有的荣华富贵全都留给哪一个人。关键是自己要做一个仰不愧对天，俯不疚对地的人。

这一年冬天，我以中国文联副主席、中国作协副主席的身份，率中国作家代表团访问俄罗斯。因此，我在莫斯科又过了一个不同寻常的生日。

把自己当作作家来谈，要说名符其实，尚觉得有点愧对于这一光荣的称号。我以为，作家是一个高贵的称号，是“人类灵魂的工程师”。作家的责任，要昭示至高无上的人类良知的黎明，对人类怀有责任感和使命感。作家既是现实社会的探索者，又是人民疾苦声音的代言人。作家最大的良心应该是善良，当然善良并不等于做一个好好先生。对黑暗的抗争，对邪恶的揭露，对弱者的同情，对真理的坚守，对正义的维护，都是善良之举。拥有了善良，就能够战胜一切。如果胜利不能站到善良这一边，人类就不可能不断繁衍生息。也许，一些平庸的作家，一时能得到很多五彩光环，而一些伟大的作家，有时也会遭遇悲惨的命运。但人民是文学的唯一评判者，只有心里始终装着人民的作家才可能成为一名真正伟大的作家，哪怕他的作品很少。

我们这一代作家都是喝着俄罗斯文学的乳汁成长起来的文学工作者。托尔斯泰、普希金、陀思妥耶夫斯基、高尔基等这些文学大师，曾感动了世界文坛，他们的作品曾哺育了一批又一批不同国家、不同肤色、不同民族、不同信仰的文学大家。他们对世界文学的贡献，就似一盏照亮五洲的明灯。一批批作家冲破心灵的樊笼，跨出安乐的家园，砸碎思想的禁锢，去追求平等、正义、自由、博爱和良知，去点燃自己的创作火焰。

我至今还记得，在“文革”那动荡不安、是非不分、混乱不堪的年代，我牢记母亲好好学习的嘱咐，远离了那些空洞的革命口号和纷乱的派别组织，躲进自己的宿舍，苦读了《安娜·卡列尼娜》《复活》《罪与罚》《我的大学》等俄罗斯名著。是这些经典著作孕育了我的文学情结，滋养了我的文学情感，帮助我树立起自己的人生理想和目标，陪伴我度过了那些令人胆战心惊的岁月。

这次到俄罗斯出访，我特意带了一本《安娜·卡列尼娜》。我在从莫斯科到圣彼得堡的火车上，重读了这部经典作品，感受书中描写安娜和沃伦斯基、卡列宁在这段路途中交往的情节。火车在摇晃，景色在闪过，托翁所描写的场景，如同电影般一幕幕在我眼前上演。我深深地感谢俄罗斯的文学大师们，给人类留下了如此丰厚的文化遗产，也给我这个懵懂从文、不揣冒昧的文学工作者增添了力量，丰富了人生。

借助这次中俄两国作家的文化交流访问，我们如愿以偿地游览了莫斯科、圣彼得堡等城市的名胜古迹，尤其是拜谒了普希金、托尔斯泰、陀思妥耶夫斯基等文学泰斗的故居和墓地。更使我感慨良多的是：俄罗斯能够跻身于世界民族之林、雄踞于世界大国之列，争霸于超级大国之间，跟这批星光灿烂、智慧超群的作家们的文化贡献是密不可分的。

在我们从莫斯科乘火车去圣彼得堡的路上，沿途林海莽莽、松涛阵阵，似乎火车总是穿行在森林的隧道里。听说俄罗斯森林覆盖率在百分之六十以上，拥有的木材储量居世界各国之首。现在开采的林木资源，还不到占有量的百分之六。县以下要开采一千立方木材，就得报联邦政府批准。而本国使用的木材大部分依靠进口，中国理所当然地是俄罗斯的主要木材供应国。在他们的意识里，已把自然环境当作了自己的家园来爱惜，把生态环保当作了国家的第一要务。

到圣彼得堡后的第一站，是到郊外参观当年托尔斯泰的故居。乡村土路凹凸不平，尘土飞扬。车一会儿陷下去，一会儿又蹦起来，车上的人便前仰后合，脑袋不时碰到车的顶篷上，每个人都紧紧抓住了车里的扶手。我们乘坐的是一辆奔驰小型客车，但其车龄起码有苏共党龄的一半。除了喇叭不响外，整车四处没有不响的，给人几乎快要散架了的感觉。车里说话，必须大声喊，否则什么也听不见。我们每次上车后，司机就要拿一把粗粗的螺丝刀，对着车门上的锁洞，把螺丝拧紧。等下车的时候，司机先下来，又是拿着那把螺丝刀，把螺丝松开，才能打开车门。我无法容忍，几次要求换车，可好客的主人告诉我，这已经是俄罗斯作协最好的车了，不然就得去租车。

经过两个多小时的颠簸，我们到了一个古堡林立、古树参天、古道幽长的古镇。一座幽静、小巧、秀丽的两层别墅跃然眼前，这就是我们参观的目的地了。

在一间吊着风扇的客厅里，四周古朴的书架上摆满了大小不等的书籍。有精装本，有线装本，还有手抄本；有大部头的书，也有不到百页的小手册。一张宽大的书桌上，摆放着托翁当年用过的笔墨纸张，以及文具和一个木质水杯。墙壁上挂着一张用镜框镶嵌好的托翁晚年的巨幅照片。他一头银发披肩，浓密的白眉中，伸出几根麦芒针尖般的寿眉。银白色的胡须熠熠生辉，炯炯有神的目光像一把利剑，似乎要穿透一切，这可能就是他智慧的象征，洞悉人间百态的源泉吧。他那微显阔大的面庞，看上去是那样的慈祥和蔼，那样的恬静安详。

看了托翁的面容，我请讲解员介绍托尔斯泰的身材。她介绍道，托翁身躯高大，肩膀宽阔，体格魁梧，迈开大步像拉开弓箭；盘腿坐着就像一座硕大的雕像。但他说话慢声细气，神情姿态透着孩子般的稚气。他是一个智慧超群、才华出众的人，是一个淳朴、善良、坦率至极点的人。

我觉得，一个作家的真挚、敏锐、热忱、诚实，是他成为伟大作家的基本素养。托尔斯泰的作品不虚构古怪的情节，不编造离奇的故事，而是力求反映“生活”，反映生活各个方面的真实。因此，他给苏联人民、给全人类留下了不朽的、无价的瑰宝，这就是作品、艺术和人格。讲解员还专门讲了一段托尔斯泰鲜为人知的故事——

托尔斯泰在莫斯科住宅的对面，是一座精神病医院。院子里有花园苗圃，有林荫小道，宽敞舒适。托尔斯泰经常到院子里散步，认识了一些医生和病员。有一次他带着儿子在这院子里散步，一位患者跑过来，拉住他的手说：“哎呀，先生，我太感谢你了，终于把我儿子送回来了。”从交谈中他得知，这个患者是因为唯一的儿子被车祸夺去生命而急疯的病人。他儿子年龄与托尔斯泰的儿子相仿，长相也非常相似。此后，托尔斯泰就嘱咐儿子经常去看那位患者，还送一些鲜花给他。后来，患者的病情很快好转了。托尔斯泰有一位农庄朋友，是他的忠实读者。这位朋友不幸患精神病住进了这个医院。有一次，托尔斯泰散步时，这位朋友跑过来说，“我太高兴了，你也终于进来了。你是不是想故事急疯了，还是写书写病啦？”等等，问个不停。当他得知托尔斯泰只是来闲逛时，就大失所望，号啕大哭，还不住地说：“你没有进来，太遗憾了。”

在托翁的墓地，我们看到这个叱咤风云的伟大作家最后的归宿竟然只是一方小小的墓穴。他晚年过得凄凉、又客死在野地，但是他留给后人的，却是一部部扣人心弦，流芳百世的鸿篇巨制。这就是一个作家的生命价值、文化价值。

偶像的存在是永恒的，因为人都追求理想和目标。俄罗斯那些文学巨匠是智慧之身、是艺术之神、是文明之魂，我们虔诚地跪拜了。

在圣彼得堡，我们还参观了一些神秘瑰丽、气势磅礴、规模宏大的古代建筑，宫中陈列的栩栩如生的名人名画，精妙绝伦的稀世珍宝，令我大饱眼福。最值得一提的是，穿越城中的那条河流，宽如长江，清如明镜，静如海面。一位金发碧眼的美女导游介绍说：喧闹的城市生活、沸腾的车水马龙，都没有给河水带来任何的污染。在夏天的时候，这条河碧如蓝天，沿着河面，百鸟云集，天鹅神游，家鹅戏水，宛如点点白雪。河水中有鲟鱼、白鱼、黄鱼，一些国外早已绝迹的鱼类，在这里继续繁衍生息。我们随行的一位朋友说了一句，在这儿钓鱼多好呀。导游小姐却困惑不解地说："从我有记忆以来，还没有听说过谁在这里钓过鱼。"秋天河水清澈见底，就像一面镜子，在河水中丢下一枚硬币，十米之内你可以看出它的面值和铸造年份。这时，我脑海里立马出现了我们昆明城边的"五百里滇池"，黑糊糊、绿油油，黑的是湖水，绿的是蓝藻。湖里如果停着军舰，也许你拿放大镜也无法看到。罪过呀，罪过。风把晶莹剔透的冰面吹得干干净净，看上去像一面硕大的水晶平面，又显得很薄，望而不敢投足，其实脚下的冰层足有一米多厚。

突然，听到一声轰隆的爆裂声，那是破冰的响声。裂缝处，蔚蓝的冰块叠积成一排壮观的冰峰，河水挤出冰缝，溢满冰面。这水，在阳光下闪亮流动，似有生命。有人说水比油贵，我说水应该比油贵百倍千倍。因为水是生命的源泉，没有水就没生命，也不可能有人类了。为什么人们要借助现代科技到火星上、月球上探索，也许就是要探寻究竟有否水的迹象，实际也在寻求生命的迹象。石油、汽油才有几百年的历史，而人类千万年来的生息、繁衍唯一靠的就是水，没有油的时代人类创造了辉煌的文化，而油的出现给人们带来便利的同时也带来了恐怖的战争，生态的破坏。只有水，这生命的源泉，我们要像俄罗斯人那样珍惜它。

如果说在俄罗斯的文化交流访问是一次精美绝伦的文化大餐的话，那么，我们在物质生活方面却遇到了很大的尴尬。

从官方角度讲，我们享受到的是高规格的接待。全俄作协副主席专程到机场迎接我们，礼仪小姐手捧鲜花在贵宾休息室举行了欢迎仪式。我们住的是俄罗斯国防部的招待所，过去是苏共中央的招待所。据说，这里曾接待过许多社会主义国家的最高领导人。有趣的是，我住的房间是个大套间，卧室里的那张木床却长不过一米七，宽不过一米二。床上的褥子上打了三处补丁，厚重的被子里发出一股霉味。晚上躺在床上，身子一动，床便发出嘎吱嘎吱的响声。一翻身，差一点儿掉到地上，我只好整夜仰卧着不敢动身。客厅里的那条丝质地毯，底色是什么已经无法辨认。现在看来是一条油津津、黑黢黢的旧地毯。中间几处似乎是被火烧过，有一些斑斑点点的小窟窿，又像是被老鼠啃过的。卧室里有一张红木桌子，有三个抽屉。我想把一些日用品放进去，一拉开那个生了锈的铜把手，整个抽屉"哗"的一声便掉到地上。无论我费多大的劲，再也无法把这个散了架的抽屉重新装回去。客厅里的电视机大而笨重，电源通着，电视开着，却经常失去信号。过了几天后，我慢慢有点习惯了。只要电视机没了信号，就上前拍打几下电视机身，嘿，还真灵，电视画面又回来了。

就是在俄罗斯这种精神文化生活与物质生活存在巨大反差的情况下，我的生日再次被人提起。代表团成员、鲁迅文学院常务副院长白描先生曾是我的同事，也是我的朋友，他在一次聚会中提议说："丹增书记是和毛主席同月同日出生的。毛主席在1949年刚建国不久、第一次出访苏联时，就在莫斯科过了生日，我们提议丹增也在莫斯科过个生日。这真是历史的巧合呀！"

此言一出，作家们纷纷上来祝贺，并说一定要在莫斯科给我过一次生日。我也是第一次听说毛主席曾经在莫斯科过了生日。现在无巧不成书，我也第一次来到莫斯科，竟然碰巧有机会在同一个地方，与毛主席一样第一次在异国他乡过生日。

我给同行们大体讲了我记忆深刻的前两次过生日的情景。对于第一次过生日，由于文化环境的迥异，大家感到特别新鲜，难以想象。而第二次过生日，由于多数人已年过半百，大都亲身经历过那个时代，有着共同的记忆。有一位老作家也曾过了一次类似的生日，结果被戴了一顶向往资产阶级生活方式的帽子，被批判了三天半。他们只是没有想到，我母亲竟然那么的善良、坚韧、达观，我们母子之情竟然那样深厚、浪漫、优美。他们鼓励我要把对母亲的思念从心头移到纸上，将这个藏族母亲伟大的爱写出来。

出访回国后，我查阅了有关史料，毛主席是在1949年12月16日至1950年2月17日到苏联访问。他此番来苏，主要是为了签订《中苏友好同盟互助条约》，并庆祝斯大林七十周年诞辰。当时各社会主义国家的元首都齐聚莫斯科为斯大林过生日，斯大林的生日是12月21日。而五天后毛主席就在莫斯科过了生日。至于毛主席在莫斯科过生日的细节，史料竟然都没有记载，我相信这里面一定会有许多的故事。

我们的翻译在莫斯科的大街小巷转了半个城，竟然没能买到一个生日蛋糕。无酒不成席，没有生日蛋糕的生日也是不完美的。无奈之下只好将就买了一块俄式豆腐糕，论形状、论颜色、论造型，都很像高档的生日蛋糕。但没有生日蜡烛是许不成愿的，好在作家们都是形象思维极其发达的人，一位作家跑到餐厅对面的教堂里，放了几枚硬币，请来了几支供奉用的蜡烛。

生日聚餐定在莫斯科郊外的一座古老饭店里。俄罗斯作家协会副主席加尼切夫先生闻讯主动赶来光顾。他是一个小说家，还是政治学博士，憨厚的面容、满头的银发，渊博的学识，令人肃然起敬。

当加尼切夫副主席得知这个晚宴是为庆贺我的生日而举行时，惊讶得大叫起来："毛主席在莫斯科过生日的地点，就在前面另一条街上!"那里曾是苏共中央的交际处，不过现在成了石油大王们的俱乐部了。据加尼切夫介绍，他的一位朋友曾是莫斯科《红星日报》的记者，不但见过毛主席，而且是为数不多的采访过毛主席的苏联记者之一。这个朋友曾写过一本俄文报道文选集，其中两篇是专门介绍毛在莫斯科过生日的札记。加尼切夫幽默地说，无论从图书馆偷，还是在旧书摊上买，或是从朋友处借，他都要想法弄到一本送给我做生日礼物。

加尼切夫的回忆更加活跃了我这个生日的气氛，也让我在历史的时空隧道里流连忘返。大家将蜡烛插在那块豆腐糕上，点燃了指头般大小的六支蜡烛。在吹熄这独特的生日蜡烛之前，我心里默默搜索着那些美好的祝词，但隐约可见的却是母亲的身影。就像那首我很喜欢听的藏族歌曲《慈祥的母亲》所描绘的那样，我在遥远的俄罗斯的烛光中，仿佛看见了母亲的音容笑貌。

现在，我唯有在摇曳的烛光中祈愿我的母亲吉祥安康，祈愿她老人家在清静的生活中永远快乐、安详。阿妈，你陪儿子度过的两次生日，儿子永生难忘；你的祝福，你的期盼，你的教诲，永远都在儿子心上；阿妈，儿子在遥远的莫斯科给你跪拜了……

蜡烛吹灭，众人齐声祝福生日。我用西餐刀切开那块当做生日蛋糕的豆腐糕，他们让我先吃。我把一块豆腐糕放进嘴里，又酸又苦又涩，不知是个什么味道，几乎可以跟我当年过"革命化生日"的那顿忆苦饭"媲美"了。我不声张，看其他人做何反应。等他们东西入口后，全都哇哇喊叫，摇头叫苦。

今昔对比，中外参照，总能催人奋进。敝帚自珍，珍惜现在，才能展望未来。生日宴会收场了，我们一行人信步来到莫斯科的红场，已是夜幕降临、华灯初上的时刻。闻名世界的红场银装素裹、灯火通明。来自世界各地的游客在此合影留念，红场对面一排排商店，各种旅游商品琳琅满目。我随意走进一家商店，柜台里陈列着前苏联时期的许多纪念品，军帽、军徽、军章、像章，还有斯大林、丘吉尔、戴高乐、罗斯福四巨头的画像、照片，更多的是普京总统的生活照片和艺术画像。购买前苏联时期商品的大多是上了年纪的老人，而买普京总统纪念品的则多为年轻人。一个正在买印有普京头像衬衫的年轻人问我是不是日本人？我回答说："我是中国人。"年轻人友好地说："你们中国有邓小平，干得很棒！我们现在有普京，也会干得很棒的。我们要做普京那样的硬汉。"

这句话深深打动了我。我从20世纪80年代开始至今，已先后出访过五十多个国家。1984年第一次去意大利时，陪同人员告诉我，罗马小偷很多，但不会袭击你们中国人，他们知道中国人没有钱，就怕被误认为是日本人，因为日本人有钱。时隔二十年后，我又一次出访意大利，还是陪同左叮咛右嘱咐，罗马小偷很多，专偷中国人，你们千万要小心。我随口就问，不是说小偷专偷日本人吗？陪同说，哪里哟，日本人没有中国人钱多。是啊，连外国小偷都知道中国目前的经济实力了。

我忽然在另一家商店里看见了一张毛主席和斯大林、贝利亚三人合影的巨幅照片，图片说明是俄文。翻译过来告诉我，这就是当年毛主席在莫斯科过生日时留下的照片。我喜出望外，店老板要五美元一张，我连价都没还就买下来了。这是我此番去莫斯科买的纪念品中最为珍贵的一件了。

当晚回到房间，我从箱子中取出那条母亲献的哈达，回味着思念着，端端正正地把哈达挂在自己的脖子上。

四、永远的哈达

多年来，每次远行，我总要带几件从不离身的物品，这条哈达便是其中之一。而每到生日这一天，我都要看一看这条哈达，自己给自己挂一次哈达，以此作为对母亲的怀念，对母亲的感恩，对自己的激励。这条吉祥的哈达与我的生命、我的灵魂密不可分。过生日时，我可以不要美酒佳肴，可以不要鲜花簇拥，可以不要歌舞升平，甚至不一定要有显赫的场面、隆重的仪式，但我一定要有这条哈达陪伴。哈达上的祝福之词、哈达上的八宝图案、哈达上的历史故事，陪伴我走南闯北，引领我披荆斩棘，鼓励我开创事业。哈达蕴含着母亲的期望，寄托着家乡的嘱托，也见证着儿子的孝心。

我五岁的时候想当神，但好景不长；十多岁的时候求学立业，总算看到了人生的光芒与灿烂，还是好景不长；二十多岁的时候，学业有成、意气风发、踌躇满志，自以为可以放胆闯荡，著书立说，又遇到“文革”的风刀霜剑，再次好景不长。三十多岁时，进了报社，当了记者，做了文人；改革开放，也许是机缘巧合，也许是时来运转，我从一个文化人，逐步走上为政之路。现在已是五十八岁的生日，我已接近耳顺之年，还乡之年。追昔抚今，人生既有挫折、失误和遗憾，也有成就、幸福和欢乐。我想，应该可以告慰母亲期盼的心了。

我远在故乡的母亲已经八十五岁了。早在母亲七十四岁时，她就因眼疾而失明了。在母亲陷入无边黑暗的那段岁月里，我的心时常忧心着这突如其来的不幸，托亲朋，求好友，到处打听名医秘方，寻求让母亲重见光明的机会。我曾经请求香港光明行动的组织医生，请他们不惜代价，设法帮助我的母亲复明；我也曾请美国、尼泊尔的眼科专家来诊断医治，可母亲患的是无法医治的青光眼。我平常忙于工作，母亲长期居住在乡下，等发现母亲眼睛不行时，已为时晚矣，这是我心头深深的悔痛。

记得有一天夜里，我梦见母亲的眼睛忽然又复明了，兴奋的泪花在母亲明亮美丽的眼仁里闪烁，而梦醒时，只有我在黑暗中泪湿枕巾……

有位诗人曾经写道："黑暗给我黑色的眼睛，我用它去寻找光明。"可是对一双失明的眼睛来说，黑暗统治了一切，光明的希望在哪里？在一部佛经中有这样一个故事：很久、很久以前，一个修慈悲行的高僧，有一天穿过一片密林，来到一片草坝上。他看到一头双目失明的母鹿匍匐在地，身边依偎着刚产下的嗷嗷待哺的幼鹿，母鹿由于看不见草地上的青草，已经瘦得皮包骨头了，干瘪的乳房悬在腹下，空如口袋。幼鹿吸吮不到母乳，饥肠辘辘，唯有哀鸣，可怜的母鹿焦急得空洞的眼窝里滴血成行。高僧见之，慈悲之心大发，遂向母鹿布施了自己的一只眼睛。母鹿立刻见到地上的青草，吃草后有了母乳，幼鹿不再有饿死之虞。失去一只眼睛的高僧看到母子两头鹿在草场上嬉戏亲昵，为自己的慈悲拯救了两条生命而深感欣慰。

传说不仅是美好的，而且是感人的，倘若我能为母亲奉献一只眼睛，那不仅仅是慈悲，而且是报恩，让她重见光明，我会认为是我对母亲最大的报恩。母亲的生活随着时代的进步，儿女的成长，芝麻开花节节高，日子越过越甜蜜，色彩斑斓的世界她还没有看够，平安吉祥的生活她还没有过够，谁也没有阻挡母亲享受幸福生活的权利，但我却没有回天之力，不能为母亲驱散她眼前的黑暗而深深引以为憾。

母亲操劳一生，为我付出了太多太多，而我却不能报母恩于万一，就是连陪伴在母亲身边的机会都没有多少。我曾以为按月按时汇去足够的生活费，就能报答养育之恩，就能尽到孝心，可我错了，全错了。

我赤条条来到世上，父母用生命中最珍贵的爱呵护我成长，那是一份深入血脉、不求回报的疼爱。可从没有哪个父母会对孩子说“你给我钱我才疼你”。父母这份爱，从不因孩子的成年而减少，更不因父母的衰老而削弱，只要他们活着，这份爱就始终如一。幼小时怕摔跤而操心，少年时为学业而奔忙，成年后为婚姻而操劳，再后来为事业、为健康……父母终生都在为儿女牵肠挂肚，无私奉献，这种爱是用金钱回报得了的吗?!

金钱不能补偿母爱，就像物质永远代替不了精神一样。情感的东西，只能用情感去报答。揉揉背、唠唠嗑，常回家看看，这些最平常的行动，才是儿女对老人最大的孝心。正如汉语说的“孝顺”，只要顺着父母之心，也就尽到孝了。

但我心中始终还有个夙愿未了，那就是要给母亲献一次哈达，给母亲磕三个谢恩的头。

我是被母亲磕过头的儿子，多年来我一直将母亲的这三个磕头铭记在心，它既是对我的期望，更是对我的激励；既是母亲的慈爱，也是儿子的内疚。我在汉族地区工作多年，我知道“老吾老以及人之老，幼吾幼以及人之幼”的儒家伦理道德观。在藏族传统里，也是晚辈向长辈磕头，俗人向僧侣磕头，僧侣向诸佛菩萨、向神山圣湖、圣地寺庙磕头。即便是普通僧侣，面对自己的父母，也是要磕头的。

汉文化中有一句话叫“忠孝不能两全”，用在我身上再适合不过。自从我离开母亲求学工作，我应该尽的孝心我认为微乎其微，完全不能报答母亲对我的养育之恩。藏族人对“孝”称之为“滋冬”，有遵循祖训，听长辈的话，尽心侍奉长上之意。我的少年时代为了向往外面的世界，追求进步，背叛了自己的家庭，破灭了父母的苦心期盼，应该视为有违“滋冬”；成年后常年在外工作，不能端水倒茶于父母左右，嘘寒问暖于父母耳旁，甚至眼睁睁地看着母亲在生命的最后岁月里，沉入无边的黑暗而束手无策，也让我面对“滋冬”一词，面红耳热，羞愧难当。我认为无论是汉族还是藏族，那些在“孝”（滋冬）面前问心无愧的人，最值得尊重，最值得仰慕。

2005年8月，正是藏北草原牛羊肥壮，浮云化为甘霖滋润草原的季节。我又一次回家探望母亲，这时母亲已经八十六岁高龄了。我们母子已有三年多没有见面，其间母亲多次病危，每次病重，母亲总是告诉守在身边的妹妹，不要让我知道。一是怕我担心，二是怕影响我的工作。这使我竟没能在母亲病危通知书一下再下的关键时刻，守候在母亲身旁。

在我到家的那一天，故乡的人们得知我要回来看母亲，早早地就在我家山脚下的草坝上为我这个远方的游子搭起了帐篷，摆好了醇香的青稞酒，备好了洁白的哈达。藏族人对久别回乡的家乡人或远道的客人的尊重，可以从到来之际以搭起帐篷欢迎你的方式来体现。

几顶绣着吉祥图案的白色帐篷在青青的草原上格外引人注目。其中一顶帐篷里升起了袅袅炊烟，我似乎闻到了一股牛奶、酥油、羊肉的清香味。山谷里云雾缭绕，天上下着蒙蒙细雨，是个少有的好天气。我还没有进家门，就被故乡的歌舞、美酒、哈达包围了，我远远地看见了自己的家门，却不能脱身，可是我的心中急迫地想见到母亲，哪怕早一分一秒。

终于应酬完毕，我一人直奔家门。母亲一定是听到了山脚下的热闹喧嚣，早早地守在门口。我的两个外甥一边一个搀扶着她。我看见母亲了，她穿着我给她做的簇新的毛料藏装，满面红光，一头白发梳洗得干净整齐。在我的眼里，母亲显得还是那么健康、那么善良。我几步奔过去拥抱母亲，也恨不得立刻跪拜在母亲面前，向她老人家磕三个长长的头。母亲把我的手紧贴在她苍老的脸上，泪水一下就浸湿了我的手……

但是母亲在笑，而且笑得爽朗而健康，一点儿也看不出是个下过病危通知书的人。母亲笑着说："一听说你要回来，我的病就完全好了。"

母亲通过她的手指感受她的儿子。她摸过了我的脸，再摸我的肩膀、我的手、我的腰。母亲说："你瘦了，晒黑了。"她还说："你很累了。"对于一个失明的母亲来说，如果手指是她目光的延续，慈爱就是她眸子里的光芒。

母亲的手指在我的身上游走，那么温暖、那么慈爱、那么执着、那么呵护。仿佛我小时候在母亲怀抱里的幸福时光重现；又仿佛在那些困难、忧愁的时候，她能用她明亮温暖的目光带来她的期盼、她的疼爱、她的关注。过去母亲用她的目光追随着儿子的身影，现在母亲通过她慈祥的手指，传达给了我她终生不变的母爱。

我在家里陪了母亲五天，那真是一段幸福无比的时光。我忙里忙外地为母亲打茶，为母亲做饭。在她用了八十多年的木碗里为母亲揉糌粑，做成一坨一坨的放在她手中。除此以外，我能为母亲做的还有什么呢?

我听说，多少年来，她从来没有这么精神过，就像从未得过重病似的。她的头脑那么清醒，总是谈笑风生，风趣幽默，真不像已经八十多岁了。我在家里哪个位置，甚至我去了哪个房间，她全知道。她摸索着为我整理衣服，收拾东西，动作跟妹妹一样麻利。我陪她聊天，一谈就是半天。我们聊天南海北，聊各自的生活。母亲特别关心我最近的工作。她还感叹地说："当年你背着我去外面读书是对的。要是我知道你要走，我会死死拦住你的。现在，你在外面干了不少的好事，还听说你出了几本书，是个有学问的人。为家乡、为亲朋好友们争了多大的光啊！如果我把你还留在家乡的话，现在顶多是一个乡干部，或者是一个放牧的老牧民，最多也不过是个寺庙里的老僧。儿子，路都是自己走出来的啊。"

我抚摸着母亲布满老茧的手，哽咽着说："妈，当年我让你把心都操碎了。我走时没有给你打声招呼，遗憾了一辈子，我真对不起你。"母亲说："真正对不起你的是我，当初把你给留下来了，那可就葬送你一辈子的前程了。今天想起来，我差一点儿做了一件无法挽回的蠢事。"

在人的一生中，总会遇到一些终生难忘的恩人。他们给你机遇，给你关怀，为你指一条人生的道路，改变你一生的命运。我的恩人之一是时任县委书记的王西恒。他是陕西咸阳人，曾从青海骑着骆驼，渡过通天河、越过昆仑山、穿过无人大草原来到藏北那曲，1958年被任命为比如县委书记。为了做统战工作，他常到我所在的寺庙，每次都住在我老师占堆活佛的僧舍。他一来，我就高兴极了，因为他都会带来一些糖果干果给我吃。我也把供奉的印度干花、藏红花送给他，可每次他都婉言回绝。他是一个白面书生，戴着深度近视眼镜，腋下随时都夹着一个黑皮包，说话慢条斯理，对人和蔼可亲。他对占堆活佛特别友善，还经常送给占堆活佛一些大米、罐头之类的物品。他看到我学经刻苦，头脑灵活，也格外喜欢我。我牵着他的手，在经堂、护法殿、跳神场到处转，介绍这些场所的用处、来历。尽管他不一定有兴趣，但总是频频点头，从不厌烦。

有一天，他问我，愿意不愿意到他的家乡去学汉语。我立即回答："什么时候走，就这么定了。"我这不假思索的回答，使他愣了一愣说："这可要得到你家里和占堆活佛同意哦。"我说："没问题，快定走的时间吧。"

大约一个月后，占堆活佛有一天突然难舍难分地对我说："王书记派人来了，要接你去汉地学习。我可真下不了决心，我昨天晚上做了个梦，今天早上又在护法神殿打了卦，都是去好。佛祖保佑，王书记是见过世面的人，也许这个主意是对的。"就这样，我连家人都没有告诉，就不辞而别了。

我是多年以后才听说，当年我离家外出上学后，母亲急得几近发疯。那时我们外出都要渡过怒江上的一条溜索。一听说我从这里过溜索出去了，母亲守在溜索渡口，三天三夜不吃不喝，也不回家。无论人们怎么劝说，母亲都呆呆地望着怒江水，哭着，流着无声的眼泪，形容枯槁、心如死灰。人们怕母亲跳怒江，有一个亲戚就躲在旁边的一棵树后，悄悄地陪伴着母亲，以防万一。

我至今都难以想象母亲当时守望在怒江边的悲伤心情，那是何等的绝望，何等的凄凉！心头的肉被挖去了一块，大约就是我母亲当时的感受。溜索对面就是我学经的寺庙，我就是从这座古寺里出走的，母亲一定期望在溜索渡口再次看到她的儿子像雄鹰一样飞回来的身影吧？

五天的时间一晃而过，在我即将向母亲告别的那天早上，我早早起来，用电动机打了一壶酥油茶。第一碗盛到了母亲的木碗里，妹妹尝了一口，就端给母亲喝，还问她好喝吗。母亲回答说："太好喝了，我儿子打的茶，比谁打的都好喝。"妹妹把母亲喝剩的让我喝。哎呀，太咸了，几乎是一碗盐水。妹妹开玩笑地说："妈当然说好喝，她从来没有喝过这种酥油茶。我伺候妈半辈子，打不出这么高水平的酥油茶。”妈笑了，笑得合不拢嘴。她说：“是我儿子从北京回来，专门打茶给我，再咸也要喝。嘴里是咸的，但心里却是甜的啊。”

我事先已给两个妹妹打好招呼，我今天要给母亲磕三个头，以还我的心愿。过去每次回家，我都想给母亲磕头，但不仅母亲不答应，连亲朋长辈都坚决不让。说我是大男人，还在外面当着领导，这成什么体统。可这让我觉得永远亏欠着母亲。现在母亲的眼睛看不见了，又这么大岁数，而且还不知能在世多久。我呢，又因为公务繁忙，不知什么时候才能够再次回家。是该“还债”了，我不想让这个遗憾再多存放在心间一天了。

我让母亲好好坐在椅子上，母亲并不知道我要干什么，她还以为我要给她照相，只好听任我摆布。我整理好衣襟，悄悄站在母亲的跟前，恭恭敬敬地跪下，认认真真地磕下了第一个头。我心里默诵着：阿妈，一磕头，感谢你的养育之恩。是你的乳汁让我长大，是你的哺育让我成长。

我抬起头来时，看见母亲面色安详，那透亮的眼珠似乎在看着我，在找寻我。我知道这双眼睛曾经守望了她的儿子一辈子了。阿妈，你的眼睛是因为追寻儿子的身影而望眼欲穿的吧？

我磕下第二个头。阿妈，二磕头，愿能补偿儿子不在你身边时未尽的孝心。一个不孝敬自己父母的人，也绝对不会真心热爱自己的民族乃至国家。自古以来就是忠孝不能两全。阿妈，请你原谅儿子吧。

“儿子，你在干什么？”母亲似乎感觉到了什么，轻声问。

我没有回答，给站在旁边的两个妹妹使了个眼色，让她们不要说话。我看见母亲脸上的疑惑，似乎有某种不安。阿妈啊，我知道你时时都在惦记着儿子，儿子做的每一件事，都在你的眼中，都让你高兴，让你满意。唯独这个磕头，儿子永远不想让你知道。

我端端正正地磕下第三个头。阿妈，祝你健康，祝你吉祥！希望你年年吉祥、天天快乐、时时高兴。

我站起来，拿出那条哈达，对母亲说："阿妈，我要给你献一条哈达。"她摸着哈达，露出微笑，把哈达捧到头顶说："这是当年你过生日时我献给你的那条哈达吧？"

我惊讶于母亲的感悟力，也幸福于母子之间的心灵感应。我说："是的，阿妈。这条哈达激励着我的人生道路，护佑了我一生的吉祥，我现在要奉献给你。"

我恭恭敬敬地把哈达给母亲挂上，母亲抚摸着哈达，幸福地说："儿子，哈达你还是继续留着吧，它会给你带来好运的。你远离家乡，在外为政府做事，会有很多荣誉、名望，也会有很多风险、困难。只要做事用心，待人善良，不贪恋权财，就不会有什么灾难的。你平安了，妈就幸福了。"

是啊，哪个为人父母的，不把儿女的平安，当成自己终身的幸福？父母在儿女年少时，都对他们寄予了许多的希望和梦想，当父母白发苍苍、儿孙绕膝时，所祈求的，只是一家人和睦平安而已。

我离开母亲十八天后，正在成都出差。一天夜里，我躺在床上看书，床头柜上的电话响了。我接起电话，是妹妹的声音。她嘶哑着声音，断断续续地说，"妈今天不在了"。这突如其来的噩耗，使我悲痛惊讶不已。不是几天前还好好的吗？妹妹告诉我，"自从你走后，阿妈精神一直很好，只是昨天，胸有点闷、头有点昏。就是今天早上，妈起不来了，还在昨天下午阿妈只说了一句，'我发生什么情况，都不要让儿子回来。他工作忙，别去打扰他'"。

母亲是在熟睡中告别了亲朋，告别了这个世界，但她却仍然惦记着我、挂念着我啊。

让人欣慰的是，她老人家已享年八十六岁。按藏族习俗已过八十“白寿”，按汉族文化，已仰望九十“米寿”。生存在海拔四千多米、高寒缺氧的艰苦环境里，这应该说是长寿之长寿了。更何况，她这一生还没有生过大病、住过医院。儿女们从未为她的健康操过心。母亲生活俭朴，粗茶淡饭相伴一生，唯独喜欢喝酥油茶、吃糌粑。没有污染的家乡食物养育了她强健坚韧的身体。她从不吃水果蔬菜，上世纪八十年代末，我回家探亲，买了许多新鲜的苹果、梨和橘子，装满一大箱带回家。我对母亲说：“要多吃一些水果，维生素丰富，对身体有好处。”可第二天早上，我发现除了佛龛前供奉了几个水果，算是敬了神外，牛食槽里装满了被切成一块一块的水果片，牛羊们正吃得高兴。维生素是什么，母亲根本不用知道，她自有自己的长寿秘笈，那就是一生乐观开朗的胸怀，善良慈悲的心情，勤劳诚实的性格，坚韧豁达的意志，虔诚如一的信仰，简单朴实的饮食。

妹妹说，母亲曾给她说了处理后事的要求。一是要求按习俗天葬，二是希望用她的积蓄在占堆活佛的寺庙里捐建一个平安塔。晚辈们在母亲生前孝敬她老人家的钱，她既不存银行也不放钱柜，用一个布口袋装着，常年放在枕边，总共有八万多元。母亲并不是一个手紧的人，她曾经捐了一万多元给一所敬老院，又捐了两万元给一些闭关修行的僧侣。她自己的生活相当简朴，但一颗慈悲的心却相当博大。

我想，人总是要死的。从出生的那天起，就开始一步步向死亡靠拢。不要说人，连万物都有生有灭。如果人不死，都万寿无疆，那从孔夫子算起，这地球上的人不要说安身立足，连站的地方都没有了。老死就是自然界的瓜熟蒂落，是幸运的。遗憾的是，有的少年夭折，有的英年早逝，有的中年离世，有的晚年累死。能活到八十、九十，在没有痛苦、没有悲伤中悄然离世，当然应该是最大的幸福和圆满。

想到这里，我的心情好了许多。十多天前我们母子相聚，这是天意，还是偶然，或是临终告别？真有点说不清、道不明了。倘若没有这次和母亲共享天伦的五天时光，就可能将成为我终身的遗憾了。

作为没有能在母亲床前送终、没有尽到孝心的儿子，唯一能够补偿母亲养育之恩的只是，忠实地做到母亲生前的遗嘱。我母亲的遗体丧葬在尊位最高的止贡梯寺的天葬台。我让亲属把母亲的一颗门牙带回了云南。

不久，我要偿还母亲的另一个心愿。多年前我一次回家探亲，母亲问我五台山离我们西藏有多远，还说，她这一辈子能去朝拜一次五台山，那就太幸运了。我说："那太容易了，这次我就陪你去不就行了。"母亲考虑再三，一怕影响我的工作，二怕坐车晕，三怕内地气候不适应，没有去成。

五台山是驰名中外的佛教圣地，是文殊菩萨的道场，与浙江普陀山、四川峨眉山、安徽九华山并称为我国佛教四大名山。而五台山以其建寺历史悠久和规模宏大，而居佛教四大名山之首——故有金五台之称。它始建于汉朝，在唐代达到鼎盛，历来在东亚各信奉佛教的国家中都享有盛名。清代，藏传佛教传到了五台山，并在五台山的菩萨顶修建了一座藏传佛教寺院，是汉藏两个民族团结、友谊与宗教交往的见证，寺内有不少历代皇帝御笔亲题的碑和匾。因此，信仰虔诚的藏族神往内地的五台山，把能到五台山朝圣，视为人生中的一大圆满。

母亲有生之年，没有实现朝圣这个圣地的愿望，现在，要把她的那颗门牙送到五台山去，也就了了一个心愿。我利用一个假期，一天从昆明赶赴五台山。先是坐飞机到太原，然后转乘汽车，临近山腰，已是夜色茫茫，山道上游人稀少，鸟鸣空谷。我在心里默默地说，母亲，我带你来朝拜你心目中的圣地了。

那是一个初冬，我刚到山上时，夜空晴朗，星光灿烂，忽然间暮云低垂，天色渐黑，不多时天上竟然飘起一阵纷纷扬扬的雪花。我情不自禁地想起藏北草原的雪，想起下雪天火塘前的母亲，想起如火塘一般温暖的母爱。啊，那可真是世上最令人难忘的温暖啊。

第二天早上起来，山上银装素裹，白雪皑皑，但太阳已经升起，晴空万里。山上的人都很兴奋，有的人在堆雪人，有的人在打雪仗。我在一块白布上放着那颗牙齿，陪伴着的是一捧来自家乡的饱满圆润的青稞粒，轻轻地包好，然后独步向山顶走去。雪后的五台山静谧空旷、庄严高远。洁白的雪装扮着远方的大地山峦、近处的树木道路，仿佛一个凡尘之外的世界。我来到一处面向故乡的幽静、干净之地，埋下了那核桃大的布包。我在心里对母亲说，妈妈，尽管你在世时儿子没有陪你来过这里，但现在你已经安息在这佛域净土了。我祈愿你善良的灵魂往生到一个平安吉祥的地方。

无论在西藏还是内地，佛塔都是象征着平安和吉祥，用意是镇魔与压邪，标志着兴盛和繁荣。在佛教经典中的各式佛塔，内涵丰富、形象高大，文化厚重，造型别致。在东方文化中，可以说，一座佛塔，就是一段善缘，也是一种慈悲，更是护佑人间的无言大爱。母亲临终前，为了乡亲和亲友们的平安，曾经留下遗嘱，希望塑一座平安塔供奉在占堆活佛的寺庙里。我的两个妹妹一个是退休工人，一个是纯粹的牧民，她们的生活都不算富裕。我将八万元的稿费寄回家，加上母亲自己攒下的钱，终于建成这座象征着万事如意的平安塔。它代表了母亲对亲朋好友的爱，也代表了我们对一个平凡母亲深深的敬意。

我的妻子和女儿在佛像前供奉了两盏纯银的酥油灯，我则把母亲献给我的那条陪伴了我大半生的“阿西哈达”，装藏在平安塔里。母亲的在天之灵一定会看到儿子敬献的这条哈达了。

吉祥的哈达呀，愿你陪伴着我善良美丽的母亲；生命中的哈达啊，愿你时时刻刻激励我的人生。当这条珍贵的哈达在我五岁那年挂在我的脖子上时，我并不知道母亲的期望；当它在我二十一岁再次出现在我的眼前时，我只是个热血方刚的青年，一心要过一个“革命化的生日”，而忘记了母亲的一片苦心；当我在莫斯科自己给自己挂上这条哈达的时候，我只能怀念母亲的温暖，感恩母亲的慈爱。现在，这条连接着我们母子一生的温暖、思念、牵挂、祝福的哈达，一直系挂在我的心头，一端告慰着母亲的灵魂，一端紧系着我深深的怀念。

我的高僧表哥

一

今天是藏历七月初五，是佛祖讲经传法的吉祥日。中午刚吃完饭，老家表弟来电话，我表哥的灵塔修建完工，已经开光，供奉在他所在的贡萨寺大经堂西侧，坐北朝南。是高兴、还是难过说不清楚，心里感觉，似乎是一块宝贝丢失了，一棵熟透的果实落地了，一座洁白的雪山显现了，一个圆满的佛子攀着天梯或踏着彩虹或渡着航船走向了彼岸。

表哥是我妈二姐的三儿子，生于1936年，记不清哪月哪日生，普通藏族家庭不记生日，记住的是下雪的时候、草青的时候或是割麦的时候之类的标记。据说表哥是秋收前后生的，俗名边巴，可能是星期六生的，因为边巴在藏语里是“星期六”的意思。当他入寺学佛时，取法名——贡觉曲杰桑布，意思是佛祖传法的善智。这名字和他的一生相配相称。在他三岁时，父母送他到我家，跟随我父亲学习藏文和佛学常识，八岁被送到贡萨寺剃度为僧。

人生没有源头，也没有尽头，就像万物在湿润的土地里，不知不觉中接受阳光，没有选择地结出各自的果实。人生也像幅地图，图上有你可选择的好多条路，但没有说明你该走哪条。50年代，我和表哥先后进了同一个寺庙，拜同一位活佛为师，在同一个经堂习经礼佛，60年代初各自走上了不同的人生道路。我是在解放军的引领下，脱下僧衣，穿上汉装，离开寺院，走出西藏，到了内地，进了院校。而表哥身不离袈裟，手不离佛珠，口不离佛祖，终于成为一个精通五明，佛学造诣深厚，佛教戒律严明，修道高风峻节，潜心修证般若大法的高僧。

去年9月的一天，我接到表弟从寺院打来的电话，说表哥病重，寺庙僧侣、信徒百姓、亲朋好友十分担忧，为他的康复，喇嘛们祈诵经文，敬香点灯，信徒们磕头转经，祈求保佑，而亲朋好友争着要为他请医生看病，找药打卦，整个家乡都在为一位高僧的病焦虑、操心。

我问我表弟，表哥病重后怎么说的？表弟告诉我说，表哥在一次做完佛事活动后，对着周围的僧侣说，肉牛被牵往屠宰场的途中，只要看见青草、河水，抓住一切机会吃一口，饮一口，对即将死亡的命运浑然不觉。我们修行了一辈子，要明白世上没有任何一个生物是只生不灭的，所谓人的诞生，只不过是死亡的反面，有生必有死，人生像一道门，从外看是入口，从内看是出口。既然做完了自己这一辈子想做的事，那么就可以快乐地迎接死亡的到来。

我沉思许久，表哥面对可能发生的不测，精神镇定，明心见性，超越心灵，使我敬之若神明，仰之若日月。可是血缘亲情，世俗影响，我怎么也不忍心就此而已。

我立马打通表弟的电话，告诉他，请转告表哥，是否需要我从那曲或拉萨请个医生看一看，或能否到昆明这样医疗条件较好的地方治一治。

我按常理推测，表哥所在的寺庙海拔在四千二百多米，空气稀薄，加之长期不食肉类，过午不食，可能缺乏营养。我在家里翻箱倒柜，找来西洋参、铁皮枫斗、螺旋藻之类的绿色生物制品，从邮局快递寄去。过了一周，表弟又来电话，说寄来的药品收到了，表哥只吃了三粒螺旋藻片。这也不是因为治病，而是为了还一份从遥远的地方寄药的情义，不然对不住你。表哥说，脸上起皱纹，头上长白发，牙齿脱落，手脚渐不灵，思维渐迟钝是最正常不过的自然现象，没有不灭的金刚，没有不死的生命，没有不熄的油灯，要是我哪天走了，就像一盏油灯点亮另一盏油灯，也许是天鹅飞入莲花湖中，不是悲痛，而是喜悦。我病了，不给他人添麻烦，我死了，如果不给他人带来悲伤，那我才算修得正果。如果未来兄弟俩能见一面，也算是缘分。听说，从此他不看医生，不吃药品，平静打坐，瞑目修行。

我知道一个真正的修行者，从他剃度受戒那天起，就皈依了佛、法、僧三宝，在上师的教导下修习死亡。由此，当死亡来临的时候，心里没有任何痛苦，就像有人保护你过险关一样。一个严守佛教戒律的人，一般脱离了贪欲私欲的恶心，因此，你没有杀生过，不存在仇恨的报复；因为你没有偷盗过，不存在抓捕的报复；因为你没有妄语过，不存在离间的报复；因为你没有邪淫过，不存在恶语的报复；因为你没有贪欲过，不存在嗔怒的报复……因果业报，灵魂转世，死亡只是涅槃寂静之相。这是藏传佛教的一个特殊的教法，我们藏族认为“先知死，后知生”，与汉文化“不知生，焉知死”，在探寻生死观上迥异。佛教认为死去的不过是肉体，灵魂则是永在的，一个修行者的死亡只不过是更换一个纯洁的身体，高尚的灵魂将永在人间。

二

国庆大假我在北京参加一个会议，但因惦记着表哥的病情，便终日惴惴不安、坐卧不宁。会议一结束，我立即买了一张直飞拉萨的机票，五点钟起床，直奔机场，飞行了四小时后，中午十一点到达拉萨机场，然后转乘丰田越野车，继续前进。

我已经三年没有回过西藏，西藏的秋色是世界上最壮丽的景观，蓝天明净高爽，白云浅淡悠闲，绿草吐露黄丝，河水清澈明净，雪山庄严广袤。汽车一会儿翻山穿云破雾，一会儿穿谷趟水走石，一会儿爬坡轰鸣尖叫。我在寂寞的车座上，梳理心绪的悲凉，深沉的秋景，沉重的旅途，就像生命的过程，激越到安详，绚烂到平淡，喧哗到寂静，属于你的不是刻骨的悲欢与伤痛，而是永恒的平和与宁静。

太阳落山了，月亮出来了，星星布满夜空。午夜十一时，才到我家门口。再也没有公路，我连家门也没有进，骑上表弟备好的马，趁着融融的月色，继续沿着十多公里的山坡走向我表哥所在的寺庙。这条道路我再熟悉不过了。五十年前，我每年平均要走上十多趟，哪里有几条沟、几个坡，哪里有几棵大树，我至今记忆犹新。可时代的变迁，家乡的变化，一切显得那么生疏，踩一脚要小心翼翼，抬一头要慌慌张张，终于跨进寺院的大门，鸦雀无声的寺院的静谧，令人起敬的寺院的庄严，消除了我十八个小时的旅途劳累，我按照佛教礼仪，先到大经堂，点香磕拜，再去到经历了七十多年风吹雨打的古朴僧舍。

表哥的僧舍是土木结构，在传统的木头夹板中脚踩、棍棒冲压泥土垒起墙壁，看起来粗糙简单，却坚固得炮弹都打不垮。这一楼一底不到八十平方米，楼下是堆柴火用的，楼上一间是经堂，供奉着本尊玛尔巴和米拉日巴佛像，其余是孤本、善本、手抄本大小不等的各种经书，沿墙垒起的，摆在桌上的，堆在佛龛上的，躺在窗沿上的，不知有多少，二十来平方米的屋子里除了三尊佛像就是经书。隔壁是他的禅室，确切地说是卧室兼修行室，约九平方米。

我掀开门帘，看见表哥盘腿端坐在四方形的木床上，那与其说是木床，不如说是木框，后背有个靠板凸起来。他这一生都没有躺睡过，没有仰卧过，几乎所有修行的高僧都是这么度过漫漫长夜。表哥一副白净消瘦的庄严法相，宽广的脑门闪着亮光，佛法的微妙，佛像的慈善从这里通达心底，佛经中说的慧眼就在这个部位。他干枯的嘴唇微微颤动，上三宝祈祷，下众生保佑，美妙动听的佛语从这纯洁的口中祈诵，细长有力的双手拨弄着已磨成大小不同的佛珠，超越心灵的禅舍修炼、脱开体能的瑜伽功夫就在这双手结合的姿势中展示。他微闭的双目凝视着对面墙上挂着的《极乐全境》唐卡，仿佛已做好了一切准备，镇定自如地走向没有战争、没有仇恨、丰衣足食、鲜花盛开的极乐天堂。我不由自主地双手合十，说了一声："表哥我来了。"

他的脸上泛起慈祥的笑容，额头上更显出一层层经书夹板似的纹路，浓密伸直的寿眉像成熟的青稞麦芒，双肩垂落着鸡冠黄帽的肩条。我紧张的心寂静了，惋惜的心慰藉了，情感的心敬仰了。死亡是公平的，是必然的，不同的人对死亡有不同的理解，不同的态度，在一个终生修行大圆满法的瑜伽上师眼里，死亡正是成就佛果的契机，没有丝毫的恐惧与忧伤，而是一种喜悦的等待。

他终于开口了："你是从这里走出去的，回来看看很好。"说完又闭上眼睛，深思了片刻，双手从跏趺坐的定结上抬起，合掌当胸，脊背挺直，嗫嗫颤动着的嘴唇口诵偈语，凝望虚空片刻，观想冥思，自在专注、自然入定，轻松坦然中祈祷三宝，护佑众生平安，也保佑表弟如意。这是他唯一能做的功德，也是唯一给我的礼遇，给我的回报。

我从寺院回到家里已是深夜一点半了。算起来从首都北京到青藏高原大川长谷中的这穷乡僻壤，空陆两种交通工具十九个小时，行程六千多公里，为的就是与表哥见一面。

一觉醒来，满屋子烟雾腾腾，牛粪火的芳香，酥油茶的清香，青稞酒的醇香，弥漫着久违了的乡情。我起身推门，站在阳台上，阳光明媚，天空蔚蓝如拭，空气清新甜美，这就是我魂牵梦萦、呱呱坠地的剪脐之地，淙淙吸乳的还童之乡。远处，那拉神山顶戴银冠的雪峰时隐时现，分不清哪是云朵哪是雪山。近处，怒江带着天神的光辉冰清玉洁，泛着闪闪绿光从家门口缓缓远去。看村东横着的那道山梁，那高低错落、粗细参差的柏树林间，隐约可见坐落在雪山脚下、怒江岸边距今六百年历史的贡萨寺金顶。似乎当年那熟悉的悠扬的钟声，跨过江河，越过山梁，穿过曙光，在耳旁回荡，悦耳的音波如同高山清泉、林间溪流般清脆婉转，一种怀旧、激越的情绪，促使我直奔山梁，来到插着黄、白、蓝三色经幡，象征长寿如意的“拉孜”石堆旁，久违的贡萨寺便一览无余地展现在眼前。寺庙坐落在雪山脚下伸出的似象鼻的山坡上，金顶是寺院等级象征，闪着光芒的金顶，告示信众这里是解脱恒乐佛土的入口，朝拜者须沿着围墙排列整齐的转经筒，口念六字真言，心想三宝善法，手转殊胜经筒，才能证得佛果。寺院背后的天葬台，四周插满招魂的白幡，不远处，秃鹫在山上盘旋，告示人们灵魂不灭，转世再生，这里可通天国。

我表哥不管风云变幻，不管沧桑演变，以自己的虔诚、纯真、笃定的信仰，在这里守候了七十年。1959年初，他年仅二十三岁，已经学完了五部大论，梵文、医学、历算都达到了很高水平。这年的藏历三月十五日，是一年一度贡萨寺最为壮观的传经辩经法会，是骡子是马，这时要蹓一蹓，是孔雀是雉鸡，这时须展一展。我表哥独坐在大经堂左侧的辩经场那四方形的草垫上，四周坐满十个部落所属的十二个寺院的近千名高僧，面前站着十二位推选出来的考问僧官。他们腰缠袈裟，手拿佛珠，一会儿拍掌，一会儿单腿踏地，提出连珠炮似的问题。表哥不慌不急，镇定自若，思维敏捷，随机应变，引经据典，对答如流，引得满堂喝彩。他不仅获得格西学位，而且经众僧推举，日旺活佛任命，担任了任期三年的贡萨寺诵经师，这是仅次于活佛的学位头衔。在他升堂的庆典仪式上，他身披崭新的黄色袈裟，脚蹬象征学位的五彩靴子，头戴锦缎绣制的五佛冠帽，在手持彩箭的僧童引导下，走出僧舍，寺院众僧左右排成两队，法乐齐奏，佛旗招展，被簇拥着进入大殿，坐上法台。我从心底既敬佩表哥超人的学识，也羡慕他威严的法相，暗暗下定决心，把表哥作为榜样，把终生当个领诵师作为奋斗目标。

不久，形势发生了天翻地覆的变化，西藏解放了。一批头戴五星、腰挎手枪、身背行李的解放军进驻贡萨寺，听说是一个排，任务是做上层喇嘛的统战工作。我的经师是寺庙的主持活佛，当然是头号统战对象，他的府邸宽敞险要，有许多空房子。这支队伍租借了所有空房住下。我看到这些人，整整齐齐，有模有样，饭前排队唱歌，饭后清扫庭院，与先前听说的青面獠牙、心狠手辣截然不同。我便主动接近他们，感情和信仰一样具有引力，距离近了，看到的印象，可以流入血脉。我那时童心未泯，厌倦了黄卷青灯、闭关坐禅的日子，向往另一种榜样，奋斗另一个目标。我决心跟解放军走，在向表哥告辞时，他的伤感、惋惜、痛心，都表现在夺眶而出的泪水里、微微颤抖的手掌上。他把一双五彩靴子送给我。按照家乡的习俗，这包含着走入他乡的游子，不忘故土乡亲，即便异乡创业建功，也要把脚印留在佛门。这是最高最亲的礼仪。

三

这天下午，我又来看表哥，只见他披着袈裟，结跏趺坐，腰板挺直，面色红润，嗓音清亮，不知是喜还是忧。座前的方桌上，摆放着象征清净无染的干果、香花、净水、白螺等供品。表哥让我坐在他对面早已备好的四方形坐垫上。他说："这世界上的人都是匆匆的过客，生乐死哀，能带走的是慈悲心，留下的也是慈悲心，做人要慈悲为怀，利乐众生。我今天给你一个礼物，是我念了百万遍的'玛尼经'，送你增业力，化慈悲。"按照佛教礼仪，这是大礼，当你缺少解脱自性的佛果时，别人积累的福慧善业会转拨给你善缘，善的种子在无形中会种在你的心田。

今天他趁着渐好的身体，做了一次他自己最为神圣、最为隆重、最为稀罕的佛事，为我也为众生祈愿。他从佛龛里请出一尊慈眉善目、双手结着宝印的一尺高的弥勒佛像，从装满法器的皮箱中取出宝瓶、铜镜、铃杵、手鼓，一切按着程序，摆放在台面上，在铺着黄布的方桌上，还供设着妙香、净水、明灯、干果等供品。他向我展露出慈禧的法相，用慈悲的法眼注视着我，似乎在他心中已生起清净喜悦之情。他口中恭敬有礼地念诵着《祈祷文》，身子端庄肃穆，双手在心际合十，在身、口、意三门善业同修中，既忏悔净来众生轮回积造的罪孽，又祈求众生积修的善业生出妙果。当他托起盛满智慧、慈悲甘露的宝瓶，用编制成华丽精美的孔雀羽翎，将宝瓶中的圣水滴滴丝丝撒向空中时，这狭窄的土屋中散发出奇异的芳香，似乎清风吹拂，花雨飘降，佛法的妙音在轻轻回落，我顿时生起舒适柔和、安详平和的无穷无尽的快乐。

在我返回家的路途中，我回忆起解放后第一次我们兄弟俩见面的情景。那是1976年，“文革”即将结束，我从复旦大学新闻系毕业，被分配到西藏日报社工作。一天门卫忽然来电话通知我，外面有个要饭的要见你。我走到门口，站在眼前的人蓬头垢面，身上的绛色氆氇衣补丁摞着补丁，看不出原来的颜色，脚上的藏靴破旧不堪，结着痂的脚趾露出鞋帮，肩上还挎着一个已无法辨认颜色的布袋。我开始以为是一个流浪汉，端详了好久，才认出他就是我阔别十六年的表哥，难怪门卫把他当成乞丐。

我把他领到刚分到的宿舍里，黄昏来临，屋里没有电灯，只好点燃油灯，没有酥油，就煮点青菜汤。我们兄弟俩对坐在唯一的家具——一张书桌边，彻夜长谈。灯芯火苗微弱地闪动着，时而发出刺刺的响声。这油里可能注入了水，也许因为那时缺油。两只粗糙的瓷碗里的青菜汤，似乎像一面镜子，可以照清脸色。就这样我们聊到了鸡鸣狗叫。表哥由于路途劳累，精疲力竭，讲着讲着头挨着书桌边就睡着了。

表哥刚才告诉我的这些年他的经历，在我的脑海里就像过电影一样，一幕一幕地挥之不去。这样一个皈依了佛门，忠心于三宝，把信仰当生命，把戒律视为灵魂的高僧，在动乱、浩劫、灾难的十年中，尽管心如古井之水，信仰却如钢铁长城，坚忍不拔，默默地实践着自己诺言的艰难旅程。

当年我离寺不久，部队撤走了，寺庙没有损伤，但佛事活动减少了，宗教信仰自由，但一半僧人还俗了。他带着几十个虔诚的学僧，遵循着解脱全知果位，涅槃离苦得乐的钢浇铁铸般的信仰，在风雨中固若金汤。1966年底，一股龙卷风似的革命风暴，没有被高山所阻挡，凶狠地刮到这无名的乡村。一瞬间，黑白颠倒，天地翻覆，一队身穿旧军装、腰系铜头皮带、肩挎黄色书包的藏族青年，领着一帮当地农民兄弟来到贡萨寺。他们有的肩扛十字镐，有的手拿铁锹，有的身背空麻袋，他们原来的慈悲之心一下变得杀气腾腾，原来的虔诚信仰一下变得毫无人性，他们从大经堂开始下手，掀屋顶、挖墙脚、砸门窗，绳索套在佛颈上，像拔河似地往下拉，斧头砍向佛脚，发出刺耳的金属撞击声。散落的佛经，随风漫天飘飞，木质佛像、经书夹板被投入熊熊的烈火中，灰烬在火光里四处飞舞。

这支造反大军就在寺院的辩经场安营扎寨，两个月下来，贡萨寺只剩下残垣断壁。他没有哭，这个时候眼泪有些奢侈。灵丹也要在烈火中冶炼，他需要找到残篇断简的佛经，歪七倒八的佛像，七零八落的法器。一件件，一篇篇，一个个，擦净泥土，把自己的袈裟剪成一片片，包好装进牛皮袋里，等待黑夜的到来。这时，对表哥来说黑夜比白天更珍贵，盼的不是太阳而是月亮，只有天黑了，他才能背着这些祖先的遗产，佛祖的灵魂，藏到无人知晓的山洞。每天夜晚，他都要背着沉重的法器和经书，沿着陡峭的山坡，行程近三十公里，到神山脚下的山洞把抢救出来的文物藏起来，有时一晚要往返两趟，只有星星看见他摸爬滚打，只有月亮照耀着他脚下崎岖的山路。

可是好景不长，一天，三个背枪的红卫兵来到寺庙残址察看，发现他在一堵残墙旁搭着棚子住着。他们就像抓捕到叛徒特务一样，不由分说地用枪把表哥押解到公社，交给专政队。曾是万人之上的佛爷，变成牢狱之中的囚徒。他听到外面下着倾盆大雨，风声雷动时，感觉无数个锋利的指甲在抓心，无数把锋利的刀子在割身上的肉。那些埋藏在泥土中的佛经、佛像、法器，日晒雨淋，令他内心的痛苦像一锅煮沸的水，但坚定的信念像擎天的支柱，太阳永远从东方升起在西边落下，江河永远从高处流向低处入海，佛法永远从历史起源向未来传承。这时他唯一能做到的仍然是祈祷，再祈祷。祈愿佛、法、僧永远成为饥饿者的食物，口渴者的甘泉，受寒者的温暖，孤独者的亲友，无助者的帮手，无伴者的依靠，佛光永照人心，慈悲永度众生。

这个站着一根蜡，倒下一棵苗的光杆僧人，敲骨吸髓也榨不出油来，专政队只好放他一马，让他劳动改造，为公社放马。他没有忌恨，没有抱怨，只进监狱门，没进地狱门已经算是幸运，现在既能为有生者施舍慈悲之心，又能观拜大自然的生存恩泽，真是佛祖保佑。他安之若素地拿起放马鞭，每天天不亮，怀揣从寺庙废墟中找来的残缺不全的《八万颂》佛经和一尊释迦牟尼像，赶马上路了。到了水草丰盛的草场，马群悠然自得地吃草饮水，他却盘腿坐在草地上，垒起几块石头当佛龛，摆放着佛祖铜像，摊开佛经高声念诵。这蓝天之下，大地之上，一种叫信仰的力量放射出无限的能量。晚上回去时，将经书和佛像藏在装满青草的背篓里。日复一日，年复一年，马养得膘肥体壮，《八万颂》也倒背如流。专政组撤销了，放马人得到了表扬，劳动改造告一段落。

不知是时来运转，还是佛祖灵验，表哥自由了，人们也不那么歧视他了。他谨记上师教导，“今世幸得具足良缘身，为了求取人生真价值，激起救度众生责任心，修不成熟不能成正觉”，开始了历时七年的云游苦修生涯。

四

他云游的第一站是藏传佛教四大教派之一的噶举派的创始人玛尔巴·却吉洛珠的诞生地卓沃隆寺。他要经过极目无垠的羌塘草原，跨越终年银装素裹的念青唐古拉，还要沿着高山峡谷中暴跳如雷横冲直闯的雅鲁藏布巡行。

要朝拜玛尔巴大师诞生地，是因为生于1012年的玛尔巴，小时候天资聪颖，勤学苦练，但又性情执拗，争辩好斗，家里怕影响师徒关系，便筹措纸张两驮，黄金多两，银瓢一把，织锦几匹，良马一匹，将他送往印度，拜名扬四方的释迦益西大师为师学经。玛尔巴前后三次来回，共在印度学密法、闭关修持二十二年，佛学功底深厚，密法神通大显，名声威震天下。一天在他主持的卓沃隆寺，表演了一种特异的夺舍法。在他静室附近的小路上，一只母鸽尸体横卧，许多乳鸽围着妈妈鸣叫。玛尔巴大师静心屏气注视着死鸽，突然间，死鸽便扑扑地拍着翅膀飞起，小鸽子昂首仰望，十分喜悦。大家回头一看，玛尔巴大师已经停止了呼吸。由于玛尔巴大师灵魂转移的法术，成为了众生救度的精神领袖。

要朝圣这样的圣迹，他选择了磕长头这一最苦修、最虔诚的朝拜方式。从贡萨寺到卓沃隆寺距离七百多公里。他和一个徒弟做伴，备好了一辆手推车，装满最简单的饮食器具，做了两个木板上钉着软牛皮的护手套和厚牛皮做成的护胸膝罩，开始一步一磕头地上路了。一路双手合十，碰触头顶，祈求法经，碰触前额，祈求佛祖，碰触胸前，祈求神意，“扑通”一声，全身扑倒在地，双手在头前画出一道痕迹做记号，然后站起来，走到记号面前，脚尖不超过画线，再匍匐，一步一磕。要过无桥的江河，先目测河面的宽度，按等身测量后在河边补磕，然后趟水过河。下坡磕头，只要身体能承受，还可以伏地下滑。一到天黑，管它有无村落人家，天当屋、地当床歇脚。要是碰到溪流泉眼，便炊烟冒起，充饥解渴。表哥在这七百公里的路途中，送走了灰沙满地、寒风刺骨的严冬，迎来了万物更新、生机勃发的春天，享受着草绿花艳、日暖月明的盛夏，体验到树叶凋落、风凉水枯的深秋，目睹了四季的更替，经历风霜雪雨的考验，用身体丈量着万水千山，用心脏贴近大地的脉搏。他血管里流淌着千年的期盼，心底里升腾着坚定的信仰，脑海里灌满了佛祖的福慧。野兽的侵袭、雨水的浸泡、寒风的吹刮、身体的劳损、衣食的缺乏，对表哥来讲都不是痛苦、折磨，而是一种积德、修炼和快乐。经过两年多的历程，一个太阳刚升起的早晨，他看到了目的地——卓沃隆寺，四周挂满五彩经幡，经幡沟通着生灵与天地间的灵感，经幡能表达人性的善良与美好，经幡跨河流、穿山川、围寺院，迎风飘扬，向大自然传达人类的祈求。

在雪域高原的崇山峻岭中，散落着繁星般的寺院庙宇，这是千百年来，一个不灭的灵魂造就的神迹，还有数不清的巍峨壮丽的神山，神秘莫测的神湖。在西藏最动人的故事是传法，最辉煌的建筑是寺院，最崇高的权威是神灵，最虔诚的行为是朝圣。表哥丢下推车，背上行囊，拄着拐杖一个寺一个寺地朝拜，遇到重要的神山，首先在山脚下磕头跪拜，焚香祈诵，然后绕山转圈。他对着神山诉说着自己的愿望，等待神仙的指引、感恩神山的眷顾，神山的每一粒尘埃折射出神奇的光芒。在翻越每道山梁时，都能见到高高的玛尼石堆，有的石头大如绵羊，上面端庄地刻着威严又神圣的“六字真言”，凡转山的有情众生，看见“六字真言”，就会远离邪恶之念，萌生慈悲之心。一些刻着佛经带着角的牦牛头摆放在玛尼石堆的顶端，太阳的剥蚀，风雨的洗礼，骸骨洁白如同象牙，这些牲畜头顶佛经，启示众生善道，我相信它们下世也能脱离畜生恶道转生人性善道。那成千上万沾着不同手印的玛尼石，仿佛述说着有人来过，又义无反顾地走了，它们代表着这些人像卫士一般守护着永不消失的神山。

西藏那些奇山异峰、幽谷峭崖、深山密林中，有许多高深莫测、不可思议的修行圣地。大多数是不见阳光的岩洞，悠然寂静的石窟，自然形成的石洞，但四周环境优美，要么有古树参天，要么有清泉甘甜，要么有奇石怪兽。表哥经过一年多的翻山越岭，一天来到他的本尊密宗大师米拉日巴的修行洞。一座鹰飞不到顶的雪山傲然矗立，山巅冰雪层叠，山腰树木枝繁叶茂，绿林丛中显现出用普通石头垒起一面墙的岩洞，这里是米拉日巴大师最后二十二年的修行圣洞。表哥视上师为再生父母，是上师的善法乳汁培育他成长，这里是他朝思暮想的圣地。表哥来到这处圣地时，眼里含着泪花，盘腿坐在洞前，从背包里取出法器，右手高举唤醒无明沉睡的法鼓在空中摇响，左手握持断除三恶之毒的金刚杵左右摇动，用尽全身的气脉，以高亢嘹亮、响彻山谷的声音祈诵米拉日巴的《善法金刚道歌》。

这里是所有云游高僧的必拜之地。公元982年，声名远扬、法力无边的西藏瑜伽大师、密宗上师米拉日巴在这山洞中修成正果。米拉日巴幼年失去父母，曾受抚养人的虐待折磨，饱尝人间苦难。长大后学习密法咒术，灵验神通，咒杀冤家。后拜玛尔巴大师为师，赐予佛教心法，玛尔巴大师发现他超凡入圣的智慧，坚忍不拔的意志，便不仅传授了全部灌顶，教授了所有佛法，还亲自授戒，培训静功各法。最终他来到这个岩洞中修行。他在修炼瑜伽业气化智慧气的入定静位时，将一盏装满酥油的灯点燃后，放置在自己的头顶上，灯油不尽，法身不动，经过十一个月夜以继日的修行，不仅外在的身体轻如羊毛，腾空升降，而且内在的心识犹如莲花花瓣纯洁自如。他舍弃了世俗贪欲，一切献身于佛法传承。

表哥在这神圣而神秘的修行洞中，以米拉日巴修行的方式开始了两年多禅舍修行。他身边除了青稞炒面外，没有任何吃的，在洞中像床似的石板上，铺上一张羊皮，双足结金刚跏趺坐，双手在脐下结定印，脊背挺伸笔直，眼前摆放着释迦牟尼佛像，一会儿观想闪着金色光芒的文殊菩萨，法身洁白如玉的观音菩萨，庄严威武的金刚萨埵，慈祥端庄的弥勒菩萨。一会儿自在专注，自然入定，从心念中通过七窍排除嗔怒之气、贪欲之气、愚痴之气，观想前世今生所有罪障被佛祖智慧的火焰所燃烧。在这两年中，表哥以清泉水拌一碗青稞炒面填肚，有时还到附近林中，抓几把野菜来吃。

两年多的修行快结束的一天，他长发蓬乱，衣衫褴褛，骨瘦如柴，在林中穿行时，几个放牧的小孩吓坏了，喊叫着说山上有野人，赶快赶着牲畜回村。牧童碰见野人的故事在村中一传十，十传百，被添油加醋，越传越神奇，越传越神秘。有一天，村里专门组织了几个成年人，专程上山探个究竟。当他们得知表哥的修行经历，无不喜悦敬信、感动敬佩之心油然而生。他们赞美佛教遇到黑夜，仍然高举明灯的旗手。信仰的力量像肥沃的土地，有种子就生根发芽，像大海中的航船，总会渡人上岸。村里的人扶老携幼来到洞口，亲眼目睹圣人的法相，亲耳聆听传法的福音，亲身感受法力的加持。经过两年多的深密心法的修行，他得到了来自普贤如来的法身，来自金刚萨埵的报身，来自报喜金刚的化身的法脉传承。他修成正果的善业，是在洞口为信众举行长寿灌顶法会，晴空降来丝丝甘露，林间飘起五彩粉花，他将一百零八粒珠子串起的佛珠，一粒一粒送给听众，作为告别此地的留念，然后又背起行装，拄着拐杖，继续云游下一站。

表哥七年多的朝圣云游经历，我这拙笔也只能记下一些片段。据他的徒弟说，他们朝圣的神山、神湖不下百处，朝拜的寺庙三百多座，至于行程岂止千里万里。

我时时铭记在心、事事坚持不渝的百般圣语是表哥那次离开我宿舍时的告别，他特地嘱咐我说，你是公干，国家养着你，要做好人，佛教好人的标准有几条，不要杀生，你会健康长寿；不要偷盗，你会丰衣足食；不要邪淫，你会家庭和睦；不要妄语，你会免遭陷害；不要嫉妒，你会得到尊重；不要嗔怒，你会心情快乐；不要贪欲，你会一生平安；总之，要多做善事，利乐众生。国家好人的标准我不懂，做到这些也是国家有用的人。

史无前例的十年浩劫，最终灰飞烟灭。踏上一千只脚不得翻身的人和事，又像雹打霜冻的禾苗，雨后云雾中的春笋，舒筋活骨，抖擞精神，昂起首，重新挺起了腰。千百年来，在雪域高原融入土壤、流入血脉的佛教像暴发的山洪，寒冬之后的暖流，以不可阻挡的力量漫延、渗透、兴旺，充满哲理的大师们的风骨余韵再次传遍，迷离炫目，庄严雄奇的寺院庙宇重新修复，历经磨难，心如铁石的高僧大德，重传佛法。只要存在，就有他的合理性，千年传承的文明，不可能被几句恐吓的口号所摧毁。

我表哥又回到贡萨寺，在废墟上重新展现当年的风姿。他们起初走村串寨化缘，诵经祈祷筹资，求亲靠友赞助，把得来的收入一分一毛积攒起来，先盖起了古朴幽静的僧舍，还没有还俗的喇嘛陆续返回，不久，建盖了容纳上千人的大经堂，门旁左右新塑的四大金刚神像威武轩昂，精心绘制的壁画鲜艳夺目。当朝霞满天，东方露出鱼肚白，经堂顶上又响起了悠扬的法号声，喇嘛们披着绛色的袈裟，纷纷走出僧舍，奔跑着、拥挤着在经堂里各自寻找自己的法垫。

又一个十年过去了，天空变得更加晴朗，阳光变得更加灿烂。语言是很难表达真情的，发自内心的笑脸和哭声才是真情的真实外露。贡萨寺已经全面恢复重建。寺院背后的雪山，庄严巍峨，晶莹洁白，寺院坐落的山脉，犹如铁城，壁立千仞。一年一度最令人振奋的祈愿法会在寺院的跳神广场举行，赶着牛、骑着马、背着行装的善男信女，从四面八方聚集到这里，人声鼎沸，香火旺盛。寺院的日旺活佛和表哥共同举办了利根顿悟者的明力灌顶和钝根渐悟者的加被灌顶。用彩粉绘制的坛城图案，镶嵌着珠宝玉石的甘露宝瓶，悬挂着五色绸条的护寿彩箭，经过高僧们多年的授记、开示、加持，第一次展示在信众面前。十万遍会供、灯供发愿等隆重的佛事活动，感恩信众的不移佛念，报答信众的布施供会。美丽的坛城推沙入河，华丽的彩箭触额加持，宝瓶中的甘露饮入口中。这繁杂有序的灌顶仪式，清除众人身口意的障垢，注入殊胜永恒的潜力。使此生或往生善心者长寿，知足者快乐，心想者事成，智慧者如愿。不久，表哥不食肉类，过午不食，在那九平方米的僧舍里又闭关修行了三年三月零三天。

五

我和表哥的最后一次告别是我到后的第三天下午。我明天就要离开，也许这是我们最后一次相见。他可能病情加重，已经不能言语了。只见他法眼微闭，端坐入定。我环视这破旧的僧舍，除了几尊佛像，就是经书，陈旧的袈裟僧袍，补丁摞着补丁，用了五十多年的木碗被磨得铮亮，床上铺的羊皮垫已经脱毛，他全部东西加起来，也卖不得千把块钱。他的贴身弟子云丹喇嘛，似乎觉察出我的心思，拿出一摞厚厚的账本。它上用密密麻麻的手写藏文记录着施主布施的钱款，我随手翻动着，大的有三万、五万，小的有一元、两元，记录着施主的姓名、款额和祈求。

云丹喇嘛告诉我，这三十年来，他收到的布施款项有六七百万，但从未为自己花过其中的一分钱。他一般手不碰现钱，这也是一种最高的戒律，所有钱财由徒弟经手。他常跟徒弟说：“信众供奉的资粮，不是给人的，而是供佛的；寄托哀思超度亡灵的供奉，不是给人的，而是求神的；祈求善道的布施，不是给人的，而是供寺的，全部款项用于修建寺院。”他还拿出相当数量的钱救助残疾人和困难户。他常说，供奉佛菩萨不是为了给你带来多少发财升官的恩惠，而是敬信之心生起敬意和信心，对贫穷、弱者、智残、孤独者的财布施，超过对佛、法、僧布施功德的几倍。要记住这些弱者也许是你前世的父母。他抚养了三十多位孤寡老人，定期供应食品衣物。他修建供奉在大经堂中央的如来佛像有两层楼房高，由三只狮子托举的高大八瓣莲花宝座，镶饰着闪光发亮的众多摩尼宝珠，上面铺着宝莲日月轮垫。宝座上的如来世尊双足结着金刚跏趺，右手举着法轮，象征法轮常转不息，左手持着法铃，象征慈悲法度施教。佛像的法体具足庄严，佛面慈眉善目。信奉藏传佛教的藏族信众认为：大如来是藏密最高层次的佛，他以智慧之光遍照世间万物，不分昼夜，不分内外，不管有情无情，都能启发佛性，获得成就。“如来日光遍照法界，亦能开发众生善根，乃至世界事业由之成办”，这也许是表哥建佛的初衷吧。他绘制的三米多高的巨幅“三世”佛的唐卡悬挂在大经堂高大粗壮的两根柱子间，伸展的硬木轴心粗如手臂，盖面的黄绸遮幔鲜艳夺目，红色的双条绸带灵动飘逸，掀开遮幔，用各色天然矿物颜料绘制的东方琉璃世界的教主药师佛，西方极乐世界的主佛阿弥陀佛，娑婆世界的教主释迦牟尼佛，一个个鲜活的形象跃然出世，栩栩如生，令人心生敬仰之情。

表哥为什么绘制“三世佛”？我猜想，药师佛曾发愿：“消除众生疾病，使之具足诸根，身相端正，资具丰饶，离诸横难。”有疾病苦恼的信众，请来僧侣祈诵《药师佛祈请文》，点燃七层旋转之灯，悬挂五色续命神幡，就能解除害身之疾。释迦牟尼佛曾发愿解除众生不堪忍受的痛苦，以慈悲心怀和无畏精神救度众生。无量寿佛则代表智慧，因为人的无限潜能是智慧的开发，消除业障知障，获得喜乐智慧，胜喜智慧。而人们的祈愿是否灵验，个人可以各执己见，各修心得。但在这里，只有一个孤独的老僧，用金子般的纯洁，海螺般的洁白，甘露般清透的心愿，为众生默默祈福。令人心生感动皈依之情。

表哥用两斤黄金打造的金灯，供置在诸佛的供台上，由专人轮番添油，像一个永生不灭的长明灯。灯芯顶尖闪动摇晃的火星，就像一个老僧跳动的慈悲心苗。佛经上说，世间有一千零八尊佛，他们一一降临人间，人类才能得到最后的解脱，那时世界将是一个和平安乐的净土，因为人解脱了贪、嗔、愚、痴的苦闷。但是那是一个无限遥远、无限漫长的过程。佛有三世，过去是燃灯佛的时代，那是万年前，没有残酷战争，没有贫富差距，没有贵贱之分的幸福时代。现在是释迦牟尼佛的时代，要历经若干个千年，要遭受战争、瘟疫、洪水、地震的灾难，唯有心怀慈悲、行善利众才能减缓痛苦。要等待的是将来弥勒佛的时代，那时，满山瓜果飘香，满地谷物肥硕，空气清新飘香，河水清澈见底，人与人亲如兄妹的无限美好时代。西藏人是善良的、乐观的，对未来充满信心与期盼，对现实充满满足与感恩，对佛祖满怀信心与虔诚，表哥就是这千千万万个虔诚信仰者之一。

六

回到家乡的第四天清晨，我乘坐民航班机，从拉萨贡嘎机场返回成都。刚下飞机，手机铃声响起，我表弟抽泣着告诉我，“表哥早晨六时圆寂了”。我既无震惊，也没有惋惜，更没有痛苦。在世界最初形成的时候，浩瀚的大海中绽放出一千零二朵金莲，祥瑞之兆人间将降生一千零二位传法佛陀，释迦牟尼以开悟成佛的圣迹，是第四位降临的佛陀。又从遥远的南国来了一百零八位佛学大家，越过喜马拉雅，将佛法传播到雪域高原。今天佛教徒们将一百零八粒珠子穿在一线，要么挽在手腕，要么挂在颈项，要么手指捻动，是百般珍惜，万般奉持法脉的传承。生老病死是自然规律，以一次生命换来行善积德，修佛利众，以生死轮回、因果报应看待人生，死亡就像从牢狱般的人间进入莲池般的快乐净土，这当然是花开花落，日出日落般的自然现象，也是佛教离苦得乐、进入快乐天堂的常规而已。因此我对表哥的圆寂没有更多的悲伤，只有默默地为他的往生祈福。

再后来，表弟不断来电话告诉我善后的事宜。遗体按照佛教仪轨戴上五冠佛帽，身披黄色法衣，面罩丝绸遮幔，端坐于僧舍木床上。点燃香灯，摆放食果，请来活佛高僧日夜祈诵《敬香经》。信徒百姓络绎不绝前来朝拜，他们潸然泪下，磕头敬香。二十二天法体端庄肃穆，法相平静安详。寺院选择了吉日良辰，举行了隆重的火葬。在寺院附近的法场上，搭建起石砖垒起的平台，上面用一层沙子拓印出藏文“阿”字的印迹，用白粉勾绘明晰的吉祥图案，写着经文的木板交叉垒起四方形的葬台。上百名高僧念诵着舒缓沉郁的祈文，法体置于木架中，在击鼓鸣锣的法号声中，开始点火敬油，火烟如海潮，如野雾，冲腾着、弥漫着，绵延数里，飘向天际，伴随着深沉、浑厚、凝重的佛乐，缓慢飘升到遥远的天空。

在火化的木灰中，日旺活佛拣出了许多晶莹明亮的五色舍利珠子。为了纪念，为了感恩，也为了膜拜传承，寺院修建了表哥的灵塔。灵塔的结构是按佛教的基本哲学思想“四界”的形象展示。四方的底座是土，阶梯式的束腰是心灵趣悟的四个阶段，圆鼓的塔肚代表水，塔刹上的十三圈相轮代表火，塔顶竖起的日月代表风的气息，其中的日是空，象征精神和灵气。土、水、火、风、空象征一个人从出生、生活、死亡、精神，生命无穷无尽的轮回转世。

智慧、勤劳、善良的藏族先民，从佛教传入西藏以来，就用智慧之火从石块中冶炼出黄金；用果敢的胆略，从湖海中取出珍奇瑰宝；用先辈的神工，塑造起不计其数的神圣灵塔。一座座宝塔，以巧夺天工、独具匠心的直观形象表现了佛教艺术精神的强大和生命的永恒。

佛塔、佛经、佛像象征着佛的身、语、意，每一尊灵塔讲述着一个生命在没有雕琢的状态下诞生，在痛苦的人生历练中变得完美，臻于完善，成为高尚、纯洁的圣人的故事。我表哥的灵塔建得朴素、简洁、小巧，里面仅仅装着他常用的法器和舍利骨灰，就像他活着的时候褴褛的衣衫包裹着一个坚韧虔诚的灵魂。

早期恨与近期爱

星期六的早晨，城市还在慵懒地昏睡中。昨日的喧嚣已被夜晚掩埋，都市的天空终于有了难得的片刻宁静。像往常一样，我早早地起床，独自到院子里晨练和散步。院子周围都是林立的高楼和宽阔的马路，我总感到它们比过去藏区的雪山和峡谷更要令人望而生畏。尽管高楼、马路、霓虹灯是繁荣、发展的标志，可我怎么也产生不了爱心和敬意。我越来越怀念、向往宽阔的草原、巍峨的雪山、茂密的树林和闪亮的星星、明亮的月光。虽然高楼的森林里没有野兽出没，宽敞的街道上人头攒动，车流如水，但我相信许多人对喧嚣都市的恐惧，甚于当年马帮们对雪山上的风雪和河谷里的激流的担忧。往昔那些勇敢的马帮，当他们历尽艰辛，翻上雪山垭口时，扯开嗓子放歌一曲，感天动地，响彻行云，百兽回应。那是何等的气概和豪迈。现在都市中的所谓成功者，谁有这份胆量呢？你站在繁华的十字路口由着自己的性子喊一嗓子试试，不被人当成精神病，算你幸运。

我的天地很狭小，但还算独立、安静，有点“结庐在人境，而无车马喧”的意味——仅仅是有一些而已。院子里有几棵树，不高；有一些花，不算珍稀；有几片草坪，也不算大，但这就是我在都市生活中的环境、生态、“自然之趣或仙境”了。每当我徜徉其间时，我常常将几株仅比人高一些的树木想象成茂盛的森林，将比巴掌大一点的草坪想象为辽阔的草原。唉，现代都市中的人们就是这样在钢筋水泥的挤压下，在一片绿叶中感悟春天的脚步，在一朵鲜花中享受人生的美好。

就在这个周六宁静的清晨，一群鸟儿——大约有八九只——似乎是舞动着绚烂的晨曦降落在院子里的树梢上，婉转清脆的鸟鸣令我欣喜。嗬，鸟儿！嗬，都市稀罕的客人！嗬，来自远方的尊贵朋友！我几乎要对它们高喊。

我静静地站在那里，对树上的鸟儿们行长久的注目礼。它们在树梢上跳来跳去，啁啾不已，似乎在对树下呆望的那个人评头品足，又像是在回应我心中的感动，尽情地在我的面前展示它们的自由与快乐，高贵与傲慢；或者，是在询问我：尊敬的主人，我们可以在你这儿栖息一会儿吗？

我仿佛听懂了鸟儿们的话语，乐颠颠地返身回屋，找来米粒，撒播在树下的草丛中，然后悄悄退回屋内，从窗户里静静地观望外面。那时我真心地祈祷：下来吧，可爱的鸟儿们，请接受一个市民诚心诚意的款待。你们是我们的朋友，是尊贵的客人，但愿你们也把我当朋友。

也许是我的祈祷起了作用，也许是那群鸟儿们真的饿了，它们发现了院子里的食物，开始在院子里低空盘旋。它们从树上一晃而过，似乎并不急于降落下来。我知道这是由于鸟儿们曾经被城里人捕杀怕了，对聪明的人类总是心怀戒备。纵然它们是在天空中自由翱翔的精灵，但是天上有无情的网大张着网口，地上有无数枪口、弹弓瞄着它们，没有教养的孩子们追逐着它们的身影，使它们在飞行中也难逃厄运；还有不张网不打枪的，在地上撒一些食物做诱饵，然后玩上一出“请君入瓮”的小小把戏。人们的这些小聪明玩到最后，便是这个星球上的所有生灵——从大象、老虎、豹子，到一只小鸟——都躲开我们远远的，把最后的孤独留给人类自己去品尝。

我在静静地等候中期待着鸟儿们的信任。也许我院子里的树木还不够高大、不够茂盛，鸟儿们认为它们过于寒碜；也许我的草坪太狭小，鸟儿们也认为这不是一个值得留恋的乐园。在拥有广阔天空的自由的鸟儿面前，我们活得多么促狭啊。

我的思绪忽然回到了五十多年前的童年，那时我家四周那片遮天蔽日、郁郁苍苍的森林里，岂止是几只鸟，那羽毛丰满、红冠白胸的野鸡成千上万！又岂止是只有美，而是各种动物出没其间。岩羊、獐子、狗熊，数不胜数。可那时我是多么厌恶这一切，不仅讨厌这些动物，还憎恨那片森林。因为森林才有鸟兽，因为鸟兽太多，使人害怕。我曾憎恨，因为森林挡住了我的视线，让我看不到外面的世界，我常常要爬到树梢处，才看得见峡谷里的怒江。大人们说怒江的下游就是汉地，我总在设想流到汉地的怒江，该是个什么样子，是不是也像我们这里那样切割纵深，水流湍急？我曾更恨死了森林里的动物们，是它们更令我不胜其烦。那些羽毛漂亮的野鸡，就像是我们家养的一样，天天从森林里飞到宅院里见什么吃什么。由于我的父母和四周乡邻都是虔诚的佛教徒，从不杀生。不但不捕杀它们，还让家中的人拿出食物施舍给这些不速之客。可是野鸡们并不领情，它们还常常偷吃一些不该吃的东西。在有重大的宗教节日时，家里请人做许多的供果，以供奉给佛堂里的诸佛菩萨。这些称作“朵玛”的供果做好后要放在院子或阳台上晾晒干，每逢此时，野鸡们便嗅着“朵玛”的清香翩然而至。那时如果碰上家中人手不够，父亲就指派我去守护晾晒的“朵玛”，驱赶贪嘴的野鸡。对一个孩子来说，那真是一件苦差事，从太阳出来到日落西山，我都不能去玩，也不能随便走开。这边的野鸡轰走了，那边又飞来一群。我在院子里追着野鸡的屁股东奔西跑，累得气喘吁吁，还常常完不成家里交代的任务，换来一顿批评。我也是不可以杀生的，但我面对猖狂偷吃“朵玛”的野鸡们，总会咬牙切齿地喊：“叫你们吃，叫你们吃，我要杀光你们！我要把你们的毛全拔光！”

不幸的是，我童年时期的“咒语”在多年以后竟然全都得以实现。我到内地读书后第一次回到家乡，正是文化大革命肆虐华夏大地之时，即便像西藏这样高寒缺氧之地也未能幸免。横扫“牛鬼蛇神”之风，“破旧立新”之势越过高山峡谷，传到穷乡僻壤。我回去看到的家只是断壁残垣、荒草凄凄。巍峨的寺院，宽大的佛堂早已荡然无存。更令我吃惊的是，我家周围那片郁郁葱葱的森林，就像一块不翼而飞的翡翠，早已无影无踪，只留下裸露在蓝天下的荒凉山岗。原来人民公社在河谷里办了一个砖瓦厂，成千上万块砖倒是烧出来了，一整片森林却进了砖瓦厂的窑炉。那些曾经以森林为家的各种动物们，不是被赶尽杀绝，就是迁徙他乡，真可谓“皮之不存，毛将焉附”啊。记得那时我坐在往昔繁华的废墟上，举目张望，眼前空无一物，再没有参天的大树遮挡，也没有森林里的飞禽走兽干扰。我的视线可直达怒江河谷的对岸，一派天苍苍、野茫茫的洪荒景象。这就是我儿时的愿望吗？我厌恶过的森林在哪里？我憎恨过的动物们又去哪里了？那是一次尴尬的故乡之旅，直到今天还让我难以释怀。难道这苍天古树、这野羊野鸡也都是“牛鬼蛇神”吗？也都得进行“革命”的洗礼吗？

噢，现在我多么期望有一只野生动物飞到我的院子里来啊，哪怕只是几只普通平常的麻雀。我将专供小鸟吃的小米装在白色瓷盘里，小心翼翼地放在院子里那些显眼的地方，急切地企盼着。看哪，我真幸运，它们在我的忏悔中飞来了，一只勇敢的鸟儿率先落在盘子附近，它警惕地四处张望，良久，才一步一步地走向自己的食物，啄一口，抬起头来看看，又再啄一口，又到处看看，最后紧啄几口，飞走了。

紧接着，一只又一只的鸟儿飞下来了，它们叽叽喳喳，又小心谨慎。我把最先来啄食的那只鸟儿命名为“带头兵”，我对它感激不尽，它是鸟群中第一只敢来吃食的鸟，就像我们人类第一个敢吃螃蟹的人那样伟大。

看到鸟儿们自由自在地在院子里漫步、啄食，我的内心深处忽然感受到某种难以名状的巨大震撼，那不是巨石投入到平静的湖面里的震撼，而是一种宁静中的震撼，甚至比童年时期我得到的任何一种快乐、任何一种稀罕物所感受到的冲击还要强烈。人与自然，人与动物其实相隔得并不遥远，要建立起某种亲密无间、相互信任的关系，其实也并不困难。事在人为啊。人类已经可怜到唤回几只鸟儿也不易的地步啦，而当初我们是怎样对待动物的生命、植物的根基、生物的生灵的呢？现在几只鸟儿落地吃食，有人已经感到莫大的荣幸。我帮助了应该帮助的人，我为社会做了点有意义的事，都会让我感到荣幸。可我从来没有想到过，几只前来啄食的普通鸟儿，也会给我带来感动和荣幸。

从那天以后，我天天在我的小院子里摆上一些食物和水。在都市里养鸟的人，大都把鸟儿养在笼子里，而喂那些天上自由飞翔的鸟儿，则又是另外一番情趣和享受。那几棵小树上，前来栖息的鸟儿越来越多，它们分清晨、上午、傍晚三次光临我的寒舍，已把院子里的食物当成自己一日三餐的盛宴。来得最多的一批竟有四十多只，大约有三种类型。它们都不属于羽冠漂亮、啼声婉转的鸟儿，但是它们是我最尊贵的客人。每逢节假日，我会搬一张凳子坐在院子里的阳光下，期待我的朋友们大驾光临。它们享受我提供的美食，我享受它们带给我的自然、原始、生态的美感，我们共同分享一段宁静和谐的时光。诗仙李白有“众鸟高飞尽，孤云独去闲”的千古绝唱，我有“相看两不厌，唯有人与鸟”的满足和惬意。我倾听它们的鸟语，用温热的目光抚摸它们的羽毛。它们悦耳的絮语，让我忘记了工作的烦恼，它们闲庭信步的姿态，使我回忆起童年时那些森林里的动物朋友；它们轻盈优雅的步履，总是步步跳在我的心中，它们自由翱翔的翅膀，总是轻轻带来我遥远的梦。我总觉得我为它们做得很少，而它们带给我的却很多很多。唐朝诗人杜牧有“好树鸣幽鸟，晴楼入野烟”的佳句，我的树木不够高大，我的庭院也不够幽深，这些鸟儿们却从不嫌弃。只是鸟飞天外，人在城中，我时时为它们牵肠挂肚，不知道它们晚上宿哪里，也不知道它们会不会中了猎手的枪弹或圈套，还担心它们能不能抵御这城市上空越来越糟糕的污染。

有时连我也闹不明白自己的这种心态，我的人生已经快走到耳顺之年，我的足迹也已遍及世界各地，经历了太多的事，见识了太多的人。承受了不少失败的痛苦，也分享了无数成功的欢乐。但有一点却是我心中永远挥洒不去的情结，也是我发自内心深处想要告诉别人的：保护生态，莫污染环境，这地球是我们的家，也是子孙的家，破坏不得。我们需要一个和谐、宁静、自然的家。

忆母校念恩师

说起来，我对现代教育最初的、最根本的认识——教育能够改变人的命运，是从坐落在陕西咸阳的西藏公学开始的。

1958年由邓小平题名、创建于古都咸阳的西藏公学（后更名为西藏民族学院），是我认识和接受现代教育的开端，同时也是包括我在内的许许多多藏民族以及其他少数民族的莘莘学子的母校。对于母校，我有着忠诚而又炽热的赤子情怀。

西藏公学创建之初，有人说它是“四不像”。既不像小学，也不像中学；既不像大学，也不像干校。有人对这话很反感，也有人对此感到很新奇。有人对这所独特的学校进行深思，也有人对它进行研究。直到现在，人们也无法给当时的西藏公学做一个准确的定位。因为它是那样的特殊，在古今中外的教育史上恐怕也难找出第二所这样的学校。其实学校究竟像什么并不重要，重要的是这所学校能够培养出什么样的人。而我们现在可以非常肯定的一点就是，西藏公学培养了一大批在西藏乃至全国都是拔尖的、一流的人才，其中已担任省部级领导职务的就有三十多人。这关键是，西藏公学在建校伊始就拥有一支经过革命战火锤炼的干部队伍和一支从全国各著名高等院校毕业的业务过硬、作风正派、情操高尚、诲人不倦的优秀教师队伍。

在建校两年之后的1960年，我便从藏北草原深处的一所古寺中，脱去袈裟，先走路、后骑马、再坐车，最后乘火车，历时两个多月，行程近三千公里才来到这所学校。那一年，我仅仅十三岁。

我刚进校时，学生年龄参差不齐，学习课程有高有低。有年近四十的中年人，也有十二三岁的小孩子。有的刚读小学课本，有的已经在攻读大学课程。有许多学生是刚放下牧鞭的放牧孩子、是刚离开农舍的放猪娃子，也有刚脱下袈裟的贫穷喇嘛，还有的是从县级领导岗位上来到学校进修补课的。你说，这是一所什么样的学校呢?

在雪域西藏，圣洁的珠穆朗玛直插云霄，俯瞰着藏区大地。千百年来，它以其永恒不变的庄严，护佑着一代又一代的藏族子民繁衍传承，生生不息。在往昔，由于地域的限制和社会制度的束缚，藏民子女除了能够接受一定的宗教教育之外，很少能受到与时代同步的现代文明教育。这种状况直到西藏解放才开始发生变化。

我今生对教育虔诚的爱，正源自于我的母校——西藏民族学院，因为它不仅是我接受现代教育的起点，也是我人生历程迈出的第一步，更是我人生的一个重大转折点。进入西藏公学之前，我几乎没有接触过汉语，连一句汉话都不会讲。到学校后，我开始学习汉语拼音，从汉字“你、我、他”，汉话“吃饭、睡觉、你好”开始学起。学校刚筹建，国家又急需人才，边建设、边教学是当时的教学方针。刚建不久的校舍算不上富丽堂皇、宏伟壮观，但简朴大方、干净整洁。闪着亮光的黑板，乳白色的日光灯，厚重崭新的红木课桌，已经为我们这些学子创造了优雅清静的学习环境。那时受三年自然灾害的影响，人民在节衣缩食，国家在咬紧牙关。师生每天一律只吃两餐，玉米、红薯、槐树花是主食，大米、白面只能偶尔吃上一次，每月只有两次荤菜，学生像过年一般盼着这一天。生活纵然是艰难的，但我们是快乐的，因为我们畅游在知识的海洋里。有一个感动我至今难忘，那就是我们学生食堂的伙食比教师食堂的好，校长、副校长经常端着饭碗和学生们一起吃饭。

我记得我的班主任老师姓倪，他个子颇高，走路极快，为人师表，威仪俨然。在我的印象中，他对我们要求非常严格，同学们都有点怕他，白天见到他都要绕着走。我们这帮少数民族的学生，从入学的时候开始学说汉话，老师为了鼓励大家大胆说，就给每个学生发十粒黄豆，学生之间在一起交谈时，谁要是找不到合适的汉话表述，不小心说出了自己本民族的语言，那就要罚一粒黄豆给对方。一个学期下来，谁的黄豆最多，谁肯定就是汉语说得最流利的学生。倪老师在点我们的黄豆时，要是发现哪位同学没交出几粒黄豆来，他的脸色就显得很严肃认真，我们内心忐忑不安。正是这种严格的要求，使我们五年就学完了初中汉语课程。

记得有一次我和另一位同学在教室里偷着抽烟，远远看见倪老师朝教室走来，吓得我们慌不择路，双双从二楼的窗子跳下，幸好落在树叶塞满的水槽里，没有摔伤；可又怕被倪老师发现，就挣扎着拔腿再跑。其实在倪老师严厉外表下，包裹着的却是一颗对学生慈祥的爱心。晚上当夜幕降临、学生们入睡之后，他就挨个儿到学生宿舍查铺，轻轻地把被同学们蹬开了的被子重新盖上，把慈父般的大爱深深地融入这悄然无息之中。

我们的汉语老师姓陈，他能讲一口流利、标准的藏语，他相貌堂堂、衣冠楚楚，并且能歌善舞，据说是从部队文工团转业过来的。所有同学都特别喜欢他，他对同学们从学习到生活都关怀备至，哪个男生的头发长了，他就帮着理发。在冬天有同学被冻出了鼻涕，他会过来掏出自己的手帕帮你轻轻地擦掉。他们是父亲吗？不是。他们是母亲吗？也不是。但他们胜似父母。这样的老师还有很多，他们平凡的人格中流淌着高尚，他们情感的严厉中饱含着挚爱，他们朴实的作风中透露着硬朗。他们就是我们最为可亲、可敬、可爱的人，我们永远尊敬他们、爱戴他们、想念他们。至今，他们和蔼可亲的音容笑貌依然萦绕在我的脑海之中，他们和颜悦色的谆谆教诲仿佛还回响在我的耳边。

就我个人而言，有一个老师给我留下了刻骨铭心的印象。他姓陈，教写作。他是华东师范大学中文系毕业的高才生，能写小说，有人说他是作家，我对此倒没有考证过。不知出于什么原因，他很欣赏我的作文。每次把全班学生的作文本批改完后，就在课堂上亲手发给每一个学生。先发最差的，依次而下，把最好的留在最后发。作文后面他都写上评语，一般写上“差”“好”或是鼓励几句。最差的和最好的，他都写上详细的原因。我和一位女同学的作文经常是最后发，有许多次他亲自将我的作文朗读给全班同学听，有时他还把我的作文从作文本里撕下来，连同评语一道贴在教室的墙上让大家看。当时不知是出于上进心，还是出于虚荣心，反正老师这么一鼓励，我可来劲了。三千个单字还没有塞满我那小小的脑袋，就到图书馆借来《红楼梦》《家》《春》《秋》等名著，半通半不通地阅读。除了名著，我喜欢读一些武侠神怪小说，老师把这些书贬为有害的闲书，不准学生阅读。我认识图书馆一位管理员，他是个哑巴，我慢慢地和他交上朋友，连哄带骗从他那里借阅那些禁书来读。又怕被老师发现，白天把书压在褥子里，夜里躲在被窝里用手电筒来读。那时我梦想着将来当个作家，因为作家这个称谓对我来说，是那样的高贵，是那样的神圣，是“人类灵魂的工程师”。“作家”两字就像灯塔、就似航标，一直引领着我不断进步。从此，写作成为我最大的爱好。我至今不敢以作家自居，可我始终仰慕那些为中国文坛建立起一座座永恒的丰碑、为人类文明的传承呕心沥血的作家。

正是这些老师对我无微不至的关怀，对我孜孜不倦的教诲，使我迈出了人生最坚实的第一步。在我的认识中，教育最宝贵的财富并不是高级的校舍，也不是现代化的教学仪器。固然它们都很重要，教育最宝贵的财富还是教师，教师是教育的第一资源，名师必出高徒，名师托起名校。所谓大学之大，非大楼也，而是有大师也。

据有关资料统计，西藏公学建校五十年来，共培养了三万多名各民族学生。在西藏民族学院四十周年校庆的时候，有个令人骄傲的数据，当时西藏自治区的党政领导干部中，三分之一是这所学校培养的，而西藏近半数地厅级领导干部，以及教育、卫生、科技战线相当一批学科带头人，都出自这所学校。我们说西藏民族学院江山代有才人出，桃李芬芳满天下，绝对是当之无愧、名副其实。这是每一位从这所学校走出来的学生的骄傲，更是母校的光荣，我们由此为母校感到自豪！

此后，我又在西藏民族学院师范专科学习，从此与教育结下割舍不断的情缘。1973年，我进入复旦大学学习新闻专业，这是我人生的第二步。随后从《西藏日报》开始迈出人生的一个个崭新步履：从一名普通记者到西藏自治区党委副书记、中共云南省委副书记，再到中国作协副主席、中国文联副主席，是教育给予我动力，让我伴随西藏、云南和祖国的进步而成长。当然，一个人职务的升迁也许并不能完全说明能力和贡献的高低大小，而孝敬好父母、抚养好子女、善待好邻里以及善良地对待每一位朋友、真诚地对待每一位同事，一样能体现人生的意义。对工作的兢兢业业、对生活的无限热爱、对专长的不懈钻研，都可以体现自己的人生价值。这也是教育使人立德的标志。

在我看到一座座冰川雪峰的同时，也看到了一个个藏族儿女渴望知识、渴求教育的目光，那是一种使人刻骨铭心的目光，它流露出来的，是真正发自内心的千年期盼！如今回想起来还触目惊心。同样，我还看到了西藏实行民主改革以后，更多的人被教育这把金钥匙改变了命运的事实，看到了自治区的兴旺发展，看到了藏民族的进步。毋庸置疑，这些变化，无不与教育有关。

来到地处边陲的云南工作，我也看到了许多类似的情形。云南民族众多，二十六个民族处于不同发展阶段，有着不同的语言文化，需要不同类型的教育；云南经济落后，政府投入不足，百姓手中缺钱，使校舍简陋、师资短缺；云南山高谷深，全省国土面积百分之九十四是山区，群众居住分散，校点多而散，一个学校、一个老师，带着一帮学生的现象仍然存在。云南历届省委政府为教育发展付出了有如精卫填海般的移山心力，可愿望与现实之间还是横亘着无法逾越的高山深谷，生活在红土高原上的各族儿女时刻期盼着，通过发展教育来改变现状，追求未来，反映出人民对教育充满激情、充满渴望、充满期待。

我在母校几年的学习和生活，使我真正认识了现代教育，也让我开始懂得了人生的哲理，更让我对教育有了由表及里的理解和思索。这让我不断加深对教育的认识，不断增进对教育改革和教育发展的思考，不断增强做好教育工作的责任感、紧迫感。坦率地讲，是教育改变了我的人生轨迹，改变了我的命运，也是教育使我学会了在以后的工作中关注教育、感激教育、热爱教育并积极投身教育事业的发展。

当我从藏北腹地来到陕西咸阳，又从黄土高坡来到首都北京，再到彩云之南，回望人生历程中的每一个步履，我始终对教育充满着无限的崇仰与感激。在我心中，教育就像高原一般壮阔浩瀚，像哈达一样圣洁高贵。教育与人类文明的发展息息相关、命运与共，它犹如一盏明灯、一座航标，始终映照着人类历史的长河。教育擦亮了文明，教育点燃了希望，教育就是使人成其为人的桥梁，它引领着人类一步步从遥远的过去走向现在，再从现在走向未来。当我们穿越历史时空，就可以看到教育就是永不熄灭的火炬，既照亮了历史，又辉映了文明；当我们翻开历史的篇章，我们也可以发现教育就是人类文明的纽带，既延续了历史，又传承了文明；我们更可以通过自己的亲身经历体会到，教育就是传说中的那把打开命运之门的金钥匙，既改变我们每一个人的历史，又开启了全社会乃至整个人类的文明之风。

人的命运就是这样的奇妙，它注定了我这一生要与教育紧密相依，要与教育难分难舍——它让我从一个受教育者开始，又回到教育事业上来。这让我在终身学习、继续接受教育的同时，又增加了一份责任。我先后成为西藏教育发展和云南教育改革与发展的一名组织者和参与者：1985年起在西藏联系和分管教育多年；2003年，当云南省委、省政府果断做出教育改革决策的时候，重任又责无旁贷地落在了我的肩上。在省委、省政府的强力领导下，我参与和组织实施了云南教育改革与发展这一崇高而惠及子孙的行动。受命以来，虽不至于“夙夜忧叹，恐付托不效”，但殚精竭虑，始终坚持“为社会主义现代化建设服务，为人民服务”的教育改革与发展方向，把满足求学者的愿望、发展教育事业和维护人民利益放在首位，努力使教育逐步成为“人人都享有的权利”，不懈探索，大胆实践，取得了一些可喜的成绩。

几十年来，我与教育结下了不解情缘；多少个春秋，我始终对教育发展的方向苦苦思索。走上为官之路以后，文件堆成山、会议开成海，日理万机，应酬颇丰，我没有培养起太多的爱好。忙里偷闲、苦中作乐，唯有读书、写作成为繁忙工作之余的最好享受，从书本中汲取养分，在实践中丰富智慧，不断地学习、不断地获取知识成了我最大的幸福源泉。而多年来形成的做笔记的习惯，忠实地记录了我人生历程的点点滴滴，记录了自己与古今中外文化大家、教育大家们的一次次心灵和思想的沟通，记录了自己在文化发展、教育改革实践中的所思所得，记录了自己一路走过的所见所闻所想。一本本厚厚叠叠的笔记，凝结着我的心路历程，蕴藏着我的人生感悟。我家虽然有万册书，还未能做到“读万卷书”，但我在文化教育领域所涉足的书籍、著作已汗牛充栋、无法尽数了。尤其是二十多年来我先后到过五十多个国家考察、讲学、访问，其中有美国、德国、英国、法国、意大利、俄罗斯、希腊、埃及、南非、日本、印度、泰国、阿根廷、巴西、智利、澳大利亚、新西兰等，一路所获已远非读几本书所能及。地球的每个角落，都有数不清的新鲜事物，使人眼界大开，耳目一新。读书、写作、走访，都丰富了我的人生，加厚了我的笔记，更增添了我的阅历。

这些年来的涓流积累，已然成为我人生当中最宝贵的精神财富，我真诚地希望能够有更多的人来分享。文化方面的积累，我已通过《文化产业发展论》《文化慧眼读云南》两本书奉献给了读者。由人民出版社出版发行的《文化产业发展论》最近又再版向全国发行，国内一些著名高校和一些文化产业研究所已将其作为自己的教辅读物；在教育方面，之前由人民出版社出版了我的《为了人人都享有的权利——教育改革与发展笔记》一书，让人们来分享一个来自雪域高原的藏族文化人的人生情怀，来分享他数十年积累下来的对教育最具体、最实在、最鲜活的感悟和认识。这本书作为一个选题，是一个历史的、现实的、既定的计划。它的完成，不是一时的心血来潮，也不是一蹴而就、一朝一夕的事，而是上下求索、集腋成裘的结晶，是我多年来对教育的热爱和感恩的点滴回报。

当我要把多年的积累竭力组合成为一本生动流畅、血脉相连的书作时，事情并不像当初想象得那么容易，成书的过程颇费思索，运笔时感阻滞，处处充满了挑战和不能回避的障碍。说实话，我不是教育家，也不是改革家，我仅仅是一名云南教育发展与改革的组织者和亲历者。所以，斟酌再三之后，我选择了笔记体作为《为了人人都享有的权利》成书的形式。笔记这种较为自由的文体对我来说是比较适合的，它灵活多变，可以史论结合，引言摘句，可以天马行空，汪洋恣肆，既能免除我拙力去扮演方家角色的无奈，又能避免我可能会遭遇捉襟见肘的尴尬。

除了让人们分享之外，我多么的希望通过《为了人人都享有的权利》这本书，与关心中国教育改革与发展、关心云南教育改革与发展的人们进行一次沟通和交流，希望人们通过阅读而有所收获，继而和衷共济，共同把中国和云南的教育事业推向更加美好的明天，让我们的子孙更好地享受教育这一人人都应该享有的权利。

《为了人人都享有的权利》被人民出版社列入重点图书出版计划，并作为“贯彻落实十七大精神丛书”的第一部在全国发行。让我感到格外欣慰的是，《为了人人都享有的权利》一书出版之后，便得到了全国教育界的热烈关注。中国教育学会在北京召开了《为了人人都享有的权利》学术座谈会，教育部、北京大学、清华大学、中国人民大学、北京师范大学、西南大学及部分教育研究机构的近三十名专家参加了座谈会。与会专家都给予了较高的评价，大家表示这本书立足云南教育改革与发展实践，以全新的理念和宽阔的视野，对世界、中国、云南教育改革与发展的相关问题进行了全方位的审视和梳理。既有对教育实践经验的总结提升，又有对国内外先进教育思想的吸收借鉴，还有对当代教育理论的剖析阐述，把历史的厚重性、理论的深刻性、实践的操作性、资料的翔实性有机地统一起来，显示出不同于一般学术专著的特质。中国教育学会会长顾明远教授在《人民日报》发表的书评中说："这是一部充满激情的教育史诗，饱含着作者对教育事业的满怀忠诚和长期关注教育改革与发展的强烈责任感，闪现着作者来源于实践探索的真知灼见，反映出作者作为一名教育管理工作者、教育改革组织者、教育实践参与者的独特立论角度。"

我要把这本三十八万字的《为了人人都享有的权利》一书献给母校，献给我敬爱的健在的、不在世的，教过我的、关心过我的、为我操过心的、为我担忧过的，哪怕是只道过一句微不足道的问候的老师们。写到此处，我收到了大洋彼岸美国康纳出版传媒公司的签约函。我和白桦老师、何真女士合著的二十集电视文学剧本《驼峰飞虎》由人民文学出版社出版后，引起美国传媒的关注，他们将翻译成英文出版并搬上荧屏。我并不完全是西藏民族学院的高才生，我对母校也没有做出太多的贡献，但我对母校的深厚感情一刻也没有改变过，犹如子女对父母的感情一样永远无法改变。

想到这里，我越来越多地回忆起那些教过我的老师来。他们的身影依次浮现在眼前，我内心深处的感激之情也油然而生。我今天的一切哪一样不归功于我的老师呢？我尤其怀念那些离开人世到达彼岸的老师，比如，戴着黑框深度近视眼镜、腋下始终夹着皮包的张老师；经常身着灰布衣衫、脚穿圆口布鞋的高老师；说话有点磕巴、几缕白须飘拂胸前的周老师；还有邓老师、王老师……当我每次听到有哪一位老师不幸辞世时，总是震惊多于哀悼，惋惜多于忆念。生老病死是自然规律，任何人都无法改变。但是，我的这些老师走过曲曲折折、坎坎坷坷之路，一生追求真理、向往光明，忠诚于自己的事业，他们仰不愧于天，俯不疚于地。我对先走的老师们的缅怀犹如烈酒、犹如火焰，燃烧着我的灵魂。我的眼眶湿润了，我的视线模糊了，泪水顺着面颊不断地往下流。今天只有把自己的哀思从心头移到纸上，如此而已。

岁月如梭，人世沧桑，我已经渐入老境。我以一个成熟的人生，回忆、怀念我那些无论在天国还是在人间的老师。他们对西藏民族学院这所远离辖地、困难重重、独具特色的学校，爱校如家，为学校的建设添砖加瓦、为学校的荣誉增光添彩；他们对那些天真而幼稚的学生，呵护有加，光风霁月、菩萨慈眉；他们对伤天害理的丑恶行径又是那样的疾恶如仇、横眉冷对、金刚怒目。在我的认识里，那时的老师对上级没有阿谀奉承、媚俗取巧的习惯；对同事没有投机说谎、装腔作势的作风。所有老师几乎都淡泊名利，评职称他们你推我让，提工资他们相互谦让，提了职务的没有见哪个兴高采烈、欢天喜地。像今天有的人一获晋升就摆宴席、庆贺荣升，在我看来，这不过是无知者的无耻之尤了。

我始终认为，学府就是学府，不是商府、更不是官府。教师就是教师，应该把教书育人、钻研学问，作为自己的第一要务。市场经济，商品社会既是好事，也令人忧思。如果哪一天商品交换的规则渗透到官场、学府，那就意味着道德的沦丧、良心的缺失；如果一所学府，出现入学等价交换，学历明码标价，学位讨价还价，那它就变成“商府”了。同样，一所学府，出现校长一屋子，处长一礼堂，科长一操场，那它也就变成官府了。这是我们不愿看到的。也许不会有这一天，但愿只是我的多虑和杞人忧天。

刚正不阿的铮铮铁骨是历代中国知识分子的优秀传统，学府就是要培养这样有气节的人文精神。他们的可敬，他们的可爱，与天地日月同辉。我祝愿那些仍然健在的老师们，要始终保持大海般宽广的胸怀，天天快乐、年年健康，充满信心地过上八十八岁的“米寿”，仰望一百零八岁的“茶寿”。

我想起故乡的那些参天古树，当它还是一棵幼苗的时候，从石头缝中顽强生出，尽管缺少土壤，缺少阳光，但它以令人震惊的毅力，冲破挤压，弯弯曲曲地、忍辱负重地长成了一棵坚韧挺拔的大树。茂盛的枝叶，供人们乘凉，干枯的树枝，供人们取暖。如果人们还要向它索取，树干可以改作木材，树根可以投进火塘，给人间带去最后的温暖。这棵树就是我求学经历中所理解的老师的形象。

回眸历史，我们不能不发出这样的感慨，人类历史万古不息，奔流至今，不知有多少文明苍烟落照、悄然逝去，又不知有多少伟烈丰功光华散尽、雄风不再，成为只有少数智者笔下荡出的浪花，成为历史星空中一划而过的细雨流星。但我们却发现了一个灿烂夺目的景象：远离文明碎片，一刻也未被人类淡忘的，始终与时代发展脉搏一起跳动的，并且越来越溢射出迷人光芒的，唯有教育。从人类第一所学校诞生以来，无论世界格局如何变幻，政治风雨如何飘摇，经济大潮如何动荡，城头大旗如何变换，教育这一人类文明的永不熄灭的火炬，都是春秋代序，薪火相传，世世代代，延绵不绝。

一位语言学家曾经说过，“在我所知道的世界语言中，只有汉语把‘恩’和‘师’紧密地嵌在一起，成为一个不可分割的名词。这只能解释为中国人最懂得报师恩，这是为其他民族所望尘莫及的”。我一向认为，知恩图报是做人的根本准则之一，人人都应该拥有一颗感恩的心。我最看不起的人就是那种背槽抛粪、忘恩负义的人，即便他是高官显贵、是富翁商贾，他的脑袋也是一个粪坑。

2008年，我的母校西藏民族学院已经跨入了“知天命”之年，五十年的风雨岁月已使她逐渐变得成熟起来，成长为一所名副其实的现代高校。最近，我带着一份感恩的心，再次回到了阔别已久的母校，看看我那朝思暮想的恩师以及流连难舍的校园。令我欣喜不已的是，见到了今年已九十三岁高龄的王静之，是我在校时的校长；八十六岁高龄的汪文彬，是我在校时的系主任；七十七岁的陈钦甫，是我在校时的老师；还有张老师、王老师、刘老师……看着一个个早已两鬓斑白满头银丝、脸上饱含着岁月沧桑，但身体依然硬朗的恩师们，我的心中涌起了阵阵喜悦与激动。无论时光如何飞逝，无论历史如何变迁，他们都是问心无愧的。他们送走了一批又一批学子，把自己的青春与智慧毫无保留地奉献给了学生，奉献给了学校，自己却渐渐走向了暮年。在他们身上，真正体现了一名教师“春蚕到死丝方尽，蜡炬成灰泪始干”的优秀品质。我一一地看望了每一位仍然健在的班上老师，并且邀请曾经给予我教诲的十多位老师一起相聚就餐。忆当年、看今朝，叙旧情、谈当下，他们都是年近八十的老人了，好在大多头脑清醒、思维敏捷、耳聪目明、谈笑风生，身体健康。我在高兴之余，也有几分担忧，我不知道我和老师们的下一次相聚会在什么时候，也不知道下一次相聚时能不能看到每一位老师都还如此。

我漫步在母校的校园里，一点一滴追寻着过去，感受着几十年来的惊人变化。过去尘土飞扬的泥土球场，现在已被绿草茵茵的体育场所取代；一座座气派不凡的教学大楼拔地而起，过去的平房矮棚已荡然无存，当年仅存的几幢教学楼虽然依旧古朴端庄，但内外装修，已披上漂亮的新装；一排排整洁茂盛的林荫大树，取代了过去凌乱不堪的电线杆子；当时略显苍凉的校园，如今却是一派绿树成荫、繁花似锦、小桥流水的动人景象。我感叹于母校的巨变，也为现在的学子们能够在如此优美的环境里求学感到由衷的高兴。

我无法尽数报答母校、老师们的恩情，但我无论是过去、现在还是将来，都会始终关心、关注着母校的发展变化，我也会始终牢记着母校对我的教育之恩，始终牢记着母校老师们对我的教诲之情。

亲爱的母校，敬爱的老师，你们抚育的学子，已经走过了六十年的漫长人生旅途，既有阳关大道，也有独木小桥，路旁有深山大泽，也有平坡宜人；有杏花春雨，也有塞北秋风；有山重水复，也有柳暗花明；有迷途知返，也有绝处逢生。风雨雷电之后，往往是明媚阳光。我回顾自己的一生，值得稍稍欣慰的是：在风华正茂、前程似锦，人生得意马蹄欢时，我没有高傲自大、沾沾自喜；在人生道路荆棘丛生，坎坷不平，甚至堕入泥潭时，我也没有唉声叹气，怨天尤人。因为老师常说，要淡泊名利，欲望越小，人生就会越幸福。我知道，一个小小的石洞最容易被填满，而浩瀚无垠的大海却永远无法续满。人赤条条来到这个世上，一瞬间又要赤条条离开。其实每个人所拥有的财富，没有一样最终还能属于自己，只是有的暂时被你所有，有的暂时寄存在你这里。当你离开这个世界的时候，有什么你能够带走呢？你的钱、你的房、你的车，你的一切究竟物归何主还未可知。至于名誉、地位，更是如行云流水，如昙花一现，去留无形。有的人不惜出卖灵魂、丧失人格，追求名誉、官职、地位，到头来，这一生全是烦恼和忧虑、痛苦与悲痛，难以摆脱。官职其实就像一件衣服，你穿上了它就是，脱了就不是。有哪一件衣服能够穿一辈子呢？“钱财不积则贪者忧，权势不尤则夸者悲”，人生功名富贵，本就是身外之物。我从学校毕业后，在不同的地区和不同的岗位上历练本领，磨砺人生，一步一个脚印地向上攀登，为的就是追求当年在学校立下的目标，做一个善良的人、诚实的人。

回忆虽然如云如烟，感情都是真实的。文体是散文、还是杂文，抑或是纪实文，我并没有考虑，只是想把我最真实的情感自由地表达出来，把对母校、对老师、对教育的深深挚情充分地抒发出来，这对我就足够了。

水顶寺的水

七月本来是雨季，可当我来到曲靖市的城郊，眼前却是旱魃为虐，赤地千里。湖水干涸了，干瘪的死鱼身上爬满苍蝇；水库蒸发了，干裂的泥土像龟背，裂痕纵横交错。来到一个村子，一位七十多岁的老人告诉我，原来有两条河穿村而过，现在断流了，八口井不用说水，简直要冒烟了。人畜饮水不是靠政府派消防车定量供应，就是到二十多公里外的一条小溪边排队取水。六十多岁的刘大妈深夜四点起床，背着水桶去取水，八点多背了水往回走了一半路，不小心摔了一跤，水打翻了，只好边抹眼泪，边把洒剩的一碗水喝完，然后枕着水桶躺在地上休息，准备等会儿再去。又到一所中学，在宿舍区的草地边，学生们正提着水桶排起长龙，水龙头里流出的水细得几乎是一条线。一位老师焦急地说，这段时间一碗水都要多次利用，脚洗不成了，洗脸都快成了奢侈行为……

看到眼前的一幕幕，我想起了儿时住过的西藏水顶寺，想起了那些脍炙人口的关于水的传说。

我五岁那年住进了寺院，这寺院据说有六百多年的历史，那时有三百多名僧侣。藏传佛教的寺庙，无论历史长短，规模大小，僧侣多少，建筑风格千篇一律，佛事活动大同小异，管理方式基本相同，与雪域高原千百座寺院不同的是，我们这座寺庙与水有着千丝万缕的关联。

护法殿是寺庙最神圣最威严的神宫，供奉着脚踩波涛、手托云雾、身背蛇弓的护法神像。从寺院落成起，这里的香火没有断过，这里的鼓声没有停过。在这三十平方米的殿堂里，有一汪泉水，面积只有火塘大小，深不见底，水是从岩石底下冒出来的。奇怪的是无论雨季旱季，取多取少，既不满溢，也不枯竭，始终满满登登，不时冒着串串细泡。传说，从前有个部落头人住在这泉水边，他相貌丑陋，性格残暴，经常坐在泉水边上喝酒吃肉，听歌看舞，寻欢作乐。他有十几个儿子，却只有一个女儿，所以十分溺爱，娇生惯养。有一天，天上下着细雨，雨点落在泉池里，溅起许多水泡。天空出现彩虹，映照水泡，七彩夺目，十分美丽。小姐看着跳动的水泡，硬要父亲把水泡穿成花环戴在头上装扮自己。父亲说："傻孩子，水泡不可能用手抓起来，更不可能穿成花环。"女儿撒起娇来，说道："我戴过格桑花的花环，五彩丝的花环，金银编的花环，现在就是要戴水泡做的花环，否则我就跳进泉中自杀。"头人知道女儿的脾气，听到要自杀，心里惶恐起来，就把全部落的能工巧匠叫到泉水边说："你们有聪明的脑袋，精湛的手艺，赶快把水泡取出来做成花环，还要带着五彩，如果做不成我就要一个个处死你们。"工匠们听了目瞪口呆，面面相觑，深感大难临头。这时人群中突然走出个穿着破旧袈裟的老和尚，来到头人面前，双手合十说道："老爷，慈悲为怀，放了他们吧，老僧有点绝技，愿意献出。"头人心想，只要能满足女儿的心愿，谁做都一样，于是就把那些工匠放了，叫女儿亲自监视老和尚做水泡花环。老和尚盘腿坐在泉眼边，从怀里掏出佛珠挂在脖颈上告诉头人女儿：“我的特长是穿水泡，但我的手又笨又脏，不会取水泡，希望小姐亲自捡起那些美丽的水泡，好让我把它们穿成华丽的花环。”小姐便俯身去取水泡。可是，手一碰水泡就破灭了，根本无法取出，而且身子挡住彩虹，色彩也不见了。忙来忙去，一无所获，最后，心烦意乱地跑回父亲面前说：“和尚会穿有什么用，我取不出水泡来我也不要水泡花环了，你给我做一个配玉的紫金花环，我要常年戴在头上。”老和尚救了众工匠的命，又羞辱了残暴的头人和不讲理的女儿，农奴和奴隶们暗自高兴。为了纪念这位既善良又智慧的和尚，人们在泉水上建起一座寺院，取名为水顶寺。

寺庙后边那座头顶白雪、身披绿荫的高山上，流下一股透明清澈的小溪，发出清脆悦耳的声音，流到寺院后边一个宽阔的洼地成了一个小湖，面积不大，千把亩，但有许多美丽的故事传颂着。这座山是百鸟藏身、百兽栖息、万物生长的神山，满山遍野的松树、桃树、柏树、柳树、杨树遮天蔽日，有风吹过，繁茂的枝叶像大海的波涛起伏汹涌。密林丛中无数蜿蜒曲折的小溪，不舍昼夜地流淌着，潺潺的流水声打破了森林的沉静与阴暗。漫步在灌木丛中的虎崽儿昂首远望，几根笔直而稀疏的胡子，像一根根银针似的在阳光下闪闪发亮；满身斑纹的豹子，躺卧在草丛中，泰然自若地打着呼噜；长着树枝一般犄角的母鹿，步履轻盈，温柔典雅，领着活泼可爱的小鹿在小溪边饮水；还有一双尖长的耳朵倒贴在头上的野兔，悠闲自在的野猫，聪明狡猾的狐狸，笨拙稳健的黑熊，都把这山林当作家，无忧无虑地觅食、嬉戏、繁衍后代。在这树林中谁也说不清有多少种禽兽，百鸟歌唱着不同的天然妙曲，鸣蝉放开喉咙，蝴蝶飞着，甲虫爬着，一切像时间一样古老，像春天一般年轻，像天宫一般神秘。传说有一天，森林上空乌云密布，不时传来让人胆战心惊的炸雷声，锯齿形的电光，不时割裂长天，打击着山峰，一阵阵狂风吹得尘土漫天，枝叶乱飞。只见，一个带着火球的霹雳打在一棵苍天古树上，刹那间，四处燃起熊熊烈火，火顺风势，愈刮愈大，整个森林成了火海，森林中的鸟兽惊恐万状，东躲西藏。生活在山下的人们，眼睁睁看着神树、神鸟、神兽被大火吞灭，急得呼天喊地。这时，在山顶参天古树枝头筑巢而居的乌鸦们喧噪起来。一支羽毛光滑的老鸦急骤地聒噪着，环绕着火烟弥漫的山头翱翔，叫声越来越大，不一会儿成群结队的乌鸦从树丛中钻出，从山坳中飞起，嘶哑的声音喧嚣一时。只见天空中乌黑的翅膀像滚滚乌云，一个个乌鸦翻着斤斗，呼啸着像披着黑袍的天兵神军，从高空滚落到寺院后边的小湖里，用湖水浸透浑身的羽毛，然后飞回火场上空，让水分洒在熊熊燃烧的大火上。人们在想，连绵十里的大火，几滴水岂能将它熄灭？可是满天的乌鸦，不知辛劳，坚忍不拔，毫不气馁，一次次，一批批，一个个往返于小湖与火场之间取水灭火。它们像是有一个共同的誓言，只要能把火扑灭，即使累死也心甘情愿。也许乌鸦的行为感动了苍天，又一团团浓密的乌云纷纷从四方涌向山头，越聚越密，最后沉重得仿佛就要跌落下来，一阵狂风吹过，稀疏的雨点和冰雹便开始洒落下来，又一个霹雳滚过，大雨倾盆而至，转眼大火被扑灭了。待雨过天晴，所有生命又活泼灵动起来。

从寺院大门出来，沿着鹅卵石砌成的崎岖小路，顺着一条山沟左拐右转地往上爬，沟深林密太阳都照不进来，山石林立，间有瀑布溪流，山路窄得像一根羊肠，盘盘曲曲，铺满了落叶，不时遇到漫流的山泉，湿漉漉的，连动物走过，脚底下都直打滑。走出沟口是一个平坝，就像出屋门进庭院的感觉，这里无论石山、树林都被淡淡的雾气轻抹漫掩，好像全都披上一层薄薄的轻纱，显得分外妖娆。地面上，一股股泉水从岩缝中挤出，从灌木丛里涌出，碎玉般晶莹碧透，山歌般铿锵作响。乱石丛中，腾出冒着热气的一个个水柱，发出的声音就像轻巧的鼓点。这些山泉水、温泉水汇集起来，形成三四亩宽阔的一个大池，池底的黏黄土和莹润的白石子像筛出来的金屑和珍珠，四周是白色的大理石和黑色的花岗岩精工细筑而成。这是能治百病的寺院温泉。相传，寺院落成不久的一天，一群仙女来到这里沐浴。那天高空日色朗朗，四周白云弥漫，远近山岭、壑谷、林木、山路，全都淹没在无边浩瀚的云海里。云的颜色逐渐浓深，云气氤氲，飞升上空，水气不断地膨大，灰黑的阴影渐渐布满天空。转眼间，雨点从灰蒙蒙的天上，从飘动的云层里，像千万条银丝撒落下来，雨点落在温泉池里，像滴进晶莹的玉盘，溅起粒粒珍珠般的水泡，卷起了一阵轻烟似的热气。一阵轻风吹来，周围树林枝条东摇西摆，翩翩起舞。风过处，天空便由灰而白，由浊而清，渐次明亮，阳光又从薄云后面透射出来，太阳已经爬到了天顶上。这时一道彩虹挂在蔚蓝的天空，像一座长桥，款款地从寺院金顶后面升起，越过温泉池跨到北面山坡上的万佛白塔。仙女们走到寺院，踏着彩虹，拾级而上，临虹款步，俯览江山。这时，高空有一只苍鹰鼓起长长的翅膀打着转儿飞翔，一会儿均匀地扇动翅膀往高空腾飞，一会儿展开翅膀纹丝不动地向地面滑翔，一会儿急促地抖动翅膀翻着斤斗。突然间，那只苍鹰收紧翅膀，细长的脚爪紧贴腹部俯冲下来，像只滚落的大黑球，落进了温泉池。细腿被折断了，胸口流淌着鲜红的血，片片羽毛散落水面。它带着无可奈何的忧伤，聚起全身的力量，悲哀地痛苦地尖叫着、扑腾着。温泉池里的泉泡像串珠似的升起在鹰的周围，最后，筋疲力尽的老鹰无奈地像一条大鱼在水中漂动。任凭温暖润滑的水浸泡着蓬松的翅膀，身子逐渐发热，腿翅酥松，筋骨舒展，血脉流通，神清气爽。老鹰在想：无论高空翱翔也好，躺在水中等死也罢，生命总有离开地球的那一天。没想到，暖暖的水洗去了身上的血迹，浓烟似的气浪缝合了伤口，金液般的硫磺粘连了折断的骨头。没过三天，老鹰觉得身轻如云，飘飘欲飞，于是用它那弯钩似的嘴，清理那扇子一样展开的黑色的羽翼，昂起头，用琥珀色的眼睛凝望着深邃无垠、碧如大海的苍穹，望着又红又大、光芒四射的太阳，屏声静气，积蓄力量，"哗"的一声展开油光闪亮的翅膀，伸开长长的细腿，飞向空中，沉重的翅膀剧烈地划破长空，高高地飞过峡谷，天空中充满着悠扬的展翅声，鹰越飞越远，最后消失在自由宁静的晴空。

目睹这一情景的仙女们，身着五彩缤纷的盛装，手捧金光闪闪的钵盂，又一次来到泉池旁，围着神水翩翩起舞，不时从钵盂中取出五颜六色的花瓣，撒向池塘，那花瓣如飞雪一般，漫空乱舞，然后漂浮在水花飞溅的水面。身着绛色袈裟的喇嘛们站在人头攒动的寺院屋顶，吹起银号角，沉洪有力的音响，沿着峡谷往上传播，与飘动的柏树浓烟一起冉冉升起，弥漫于天宇。他们仰望天空，祈愿苍鹰重返蓝天。从此，他们把这温泉池取名神水缸，很快名扬四方。东面一群群手拄黑色拐杖的人，高一脚低一脚，一步一瘸，目不转睛地朝着神水缸走来；西边走来了一群群弯腰驼背、四肢关节肿胀、伤口包裹着血淋淋纱布的人，看见神水缸，泪水挡住了视线；从南面，从北面，人们三五成群地走来，他们中，有的是从山上滚下头被撞破满头凝结着血痕，有的是被恶狗咬破大腿伤口长着蛆；有的周身青一块紫一块或是全身溃烂没有几块好皮肤，这里是他们希望的灵地，救命的圣主，欢乐的源泉。

水顶寺的一山一石，一草一木，都在讲述着许许多多水的故事。半绕着寺院坐落在山弯的曲松江，好像一条狂怒的巨龙，在深山峡谷里咆哮奔腾，挣脱群山的封锁与约束，流到这里又显得那样宁静、妩媚、柔和。从象鼻似的山尾站台俯瞰江水，像微微拂动的丝绸，不管水多深，都可以清澈见底，河底卵石上的花纹，沙土上小虫爬过的痕迹，全看得清清楚楚。那江边的水草时时闪着碧绿的光，顺着水的流向自在地轻轻漂动。水神说，曲松江啊，你在这里要虔诚一点，水顶寺供奉佛祖的水要干净，两岸百姓饮用的水要清洁。寺院背后的那座山，海拔五千多米，终年积雪不化，山顶有一个平静的湖泊，四周还有五个插入云端的山峰，人们称五冠佛。无论晴天阴天，湖中总会映出五峰的倒影，活像五尊白仙盘踞水晶宫。这湖的颜色随时机在变化，太阳刚升起的时候，辐射出万道明亮的光柱，这湖就像是一只硕大的银盘，当太阳落下去的时候，天空像一片燃烧的火海，这湖就像是一只晶莹剔透的大红宝石。方圆百里，这湖是万水之源，快要满溢的时候，水就由不同的暗道明道冲破障碍，穿过荆棘，转过大树，绕过石林，扑过岩层激冲下来，奔向平原，一路万物生长靠着它，五谷丰登靠着它，人畜生存靠着它。据说，这湖是自然之神献给水顶寺慈悲之爱的一滴喜泪。

这座山的前半腰有一个远近闻名的大瀑布，站在寺院屋顶远望山腰，在那苍松翠柏、绿叶茂密的丛林中，瀑布好像是悬挂的一幅整齐而平滑的白色巨型天幕。那里有块平整而宽阔的悬崖，从山顶雪线融化流下的千万条溪流聚集到崖顶平坝上，聚合着集体的力量，顺着岩面滑泻，岩壁上有许多棱角，水流经过，急剧撞击，水花便飞花碎雨般地乱溅。每当夏末秋初，蔚蓝明洁的天空，挂着安详雅致的白云，温暖的太阳，带着喷薄四射的光芒，注满金色阳光的瀑布，在色彩斑斓的林木枝叶间流淌。那瀑布从百米巨岩跌下，飞悬倒洒，翻滚着白色的浪花，飞溅着似玉如银的水珠，在阳光的照射下闪烁着五彩缤纷的霞光，像一幅彩绘制作的巨幅唐卡。是站立着的佛祖释迦牟尼，还是莲花座上的无量光佛，在如絮如绵的雾气浓烟中若隐若现。传说，这个瀑布是天竺佛宫的神工鬼斧、天魔帝力创造出来的大自然的展佛。在这个季节，数以万计的信徒香客，云集在瀑布下面，焚香诵经，磕头顶礼。这既是信仰的驱动，更是对大自然的敬畏，对人类生命之本——水的敬仰。

水，是地球的血液，万物的起源，人类的命脉。当今天看到长江变成黄河，黄河变成黑河，黑河变成泥河，看到雪线在上升，湖泊在干涸，江河在断流，看到人类污染使美丽的湖泊变成臭泥潭，奔腾的银河变成臭水沟，我想起了水顶寺，想起了水顶寺的水和这些关于水的故事以及壮丽的景观。

折嘎的新生

1950年藏历新年初一，我家来了一个“折嘎”，我那时四岁多。天还没有亮，门口传来“吉祥如意，万事圆满”的说唱声。我不由得搁下还没有念完的佛经，从二楼顺着扶梯滑下，跑到大门后面，从门缝往外看。只见一个衣裳破烂、蓬首垢面、身单似叶的男孩，脖子上挂了一条又细又短、又脏又烂的哈达，左臂挂着一件白色的羊皮面具，左手端着一个又大又旧的破木碗，右手提着一根五尺多长的木棍。他整了整羊皮面具，把手里的棍子端平，又轻轻地清了一下嗓子，便声音洪亮地朝着油漆大门说唱起来。“哈哈！菩萨胜利了，王爷胜利了，庆贺，庆贺。今天是个好日子，看天，明媚的阳光照射在老爷屋顶，您的高寿如千年古松；看地，五色的鲜花盛开在太太床前，您的容貌如百年荷花。今年贵府，库里装不下金条银元，锅里煮不完牛头羊头，身上穿不完豹皮虎皮；您家的千金，脸庞月儿一样圆，腰身竹子一样软，头发兰草一样柔，出嫁的彩礼，又可以盖一座宫殿。我这等人，永远带走的是影子，留下的是脚印，天上飞的鸟儿，没有比麻雀更小的，地上活着的人，没有比折嘎我更苦的……”

这时，我家的管家不再是平时那种点头哈腰的模样，而是龇牙咧嘴，目露凶光，气冲冲地拉开大门，随手丢给一小块三指宽的风干肉，连声吼道："走开，走开，别在这里乌鸦叫似的！"小孩把一口填不满嘴的干肉看了看，"咕咚"一声瘫坐在地上，如同散了骨架似的，眼里含着泪花。

"折嘎"意为"白发老人"。相传远古时候，在西藏遇到战争胜利、狩猎丰收或聚众庆典，都得由一位年高德重的白发老人，说一番祝福赞美的话。这种习俗沿袭下来，成为一种专门的说唱艺术即"折嘎"。说唱"折嘎"的人，在旧时代社会地位和乞丐一样。藏历新年初一，大户人家都盼着折嘎来赞美几句，带来吉祥的兆头，也是折嘎乞讨的好日子，一年的生活好不好就看这一天能讨到多少。

1960年的藏历新年，这是个史无前例的新年，这是平头百姓昂首挺胸的第一年，人人拥有田地畜群的第一年，西藏历史翻开新一页的第一年。难怪震耳的春雷提早在高原上空隆隆滚动，银装素裹的群峰闪着异样的金光，文成公主亲手栽种的唐柳提前吐出绿芽。我家和往年一样，大铜锅炸着摆设食品长形油条，象征五谷丰登的吉祥彩箭重新装饰，大人小孩身着节日的盛装。初一早晨，唯一不同的是没有折嘎的说唱声。第一个推门进来拜年的是县工作队的刘队长，他领着十多个工作队员，手捧洁白的哈达来我家拜年。我家最大的变化是，过去那些忙里忙外干活的男女都分到了田地牛羊，各自独立门户。父亲拥护改革，把空闲的房子让给工作组住，也因此成了爱国统战人士。刘队长五十来岁，身材魁梧，因高原紫外线和缺氧，脸色黑里透红，嘴唇干裂，身着藏青色的中山装，显得整齐、精神、庄重。他们在宽畅的客厅里按照藏族的习俗，互敬哈达，母亲向工作组一行一一敬献由酥油花和青稞穗做成的吉祥"切玛"，还用银碗敬上青稞酒。

大家围着火炉盘腿坐在藏式卡垫上。父亲说："今天是喜庆的日子，连折嘎也还没有说唱，您就亲自赏光，非常感谢!"刘队长的翻译是个藏族军人，名叫扎西，浓眉大眼，高鼻宽肩，一身得体的黄布军服，配上闪着红五星的军帽、整齐的皮带、小巧的左轮手枪，显出一种英气蓬蓬、神武有力的风采。扎西翻译完刘队长的话，便问父亲："老爷是不是很喜欢听折嘎?"父亲说："是啊，我每年这个时候都能听到折嘎清亮的祝福声，今年更值得祝福。"扎西不慌不忙，把端在手里的酒杯放在桌上，脱掉军帽和上衣，端端正正地站到客厅中央，脖子上挂了一条又宽又长的洁白的哈达，面朝父亲和刘队长，大喊一声："哈哈，恭喜，恭喜，吉祥如意!"接着整了整衣领，高山流水般地唱道："藏历新年到了，今天是个好日子，看天，红太阳光辉照到了西藏，看地，百万农奴翻身得解放，折嘎我来自东方，是开了珍珠山的大门来的，西藏洁白的雪山是珍珠堆起；折嘎我来自南方，是开了玛瑙山的大门来的，西藏鲜红的土林是玛瑙堆起；折嘎我来自西方，是开了翡翠山的大门来的，西藏绿色的草原是翡翠堆起；折嘎我来自北方，是开了琥珀山的大门来的，西藏黄色的寺院是琥珀堆起……"大家听着扎西的说唱又惊又喜，我奶奶更是喜不自禁，珍珠似的细碎泪珠，从她棕色的脸上顺着很深的皱纹滚落下来。她低下头去，不停地用上衣袖子和粗糙的手掌擦着眼泪。

扎西坐回原位，父亲十分纳闷地问："扎西啦，你折嘎说得这么地道，是跟谁学的?"扎西有点难为情地说："不瞒老爷，我从小说折嘎长大的，十年前还在您府上说唱过。"扎西的回答，使笑声不断的客厅一下沉静下来，大家面面相觑，一言不发。老管家蓦然一惊，手里的酒壶差点儿落在地上，脸颊涨得通红，静静地站立着，浑身似乎有些震颤。这时，扎西又一次站立起来，走到老管家跟前，接过酒壶，端起酒杯，面带笑容地告诉管家："今天，我们平等了，都是朋友，也可以说是同志，这喜庆的日子里，我给你献一首酒歌。"接着唱道："今天我们再次相聚，祝愿相聚的人们，永远平安幸福……"客厅里又一次活跃起来，歌声、笑声、碰杯声，声声打动着每个人的心。

藏历初六的深夜，天上没有云，月亮一露脸，满天的星星惊散了。扎西房间的油灯亮光透过窗纸忽明忽暗，我好奇地走到门口，轻轻地敲了一下，扎西把我让进屋里，并请我坐在床沿上。他手里翻动着一本薄薄的小书，此前我翻的全是厚厚的长条经书，从没见过这么小的书，不禁好奇地问："这是什么书？"他笑了笑说："这是党章。"我又问："什么是党？"他沉思了片刻说："党是最好的人聚在一起的队伍。"我再问："那你是最好的人啦？"他摇了摇头说："我干的是最好的工作，帮助所有有困难的人。"当时，"解放军""共产党""革命"之类的词汇如雷贯耳，但是对其含义却不甚明了。后来，我才知道，在现代藏语中，有个名词"金珠玛米"，后来有首歌叫《金珠玛米呀咕嘟》。这个藏文词汇是著名爱国活佛擦珠·阿旺洛桑创造的，"金珠玛米"直译成汉语，应该是"解开锁链的军人"。

夜深人静，我还舍不得离开扎西的屋子，我问："十年前，你是一个下等人，怎么今天变成了解放军？"扎西拉了一把椅子，对坐在我的面前，拉着我的手，讲起了他的故事。

扎西的父亲是西藏昌都人，上无房下无地，是个一天换一个地方睡，一天换一个路面走的流浪艺人。扎西从记事开始，跟随父亲从金沙江畔的德格出发，父子俩走过了许多部落，白天，沿着一座座牛毛帐篷，讨些骨头和奶渣充饥，夜晚，就挤在别人的羊群堆里过夜。走了五年，才到拉萨，挤进了乞丐村。所谓乞丐村，就是一个既没有遮雨的蓬，也没有挡风的墙，只用烂木头围起来的露天沙地。这里聚集着囚犯、乞丐、流浪者。扎西父子白天走街串巷，只要碰上豪宅大户，就来一段折嘎，要点赏赐；晚上蹲在转经的路边，或拍手唱歌，或念诵经文，向香客乞讨，深夜才回到乞丐村，拥挤在横躺竖趴的人群中相互取暖过夜。父亲把仅有的一条破旧毯子盖在扎西身上，自己裹着破烂的衣裳。不久，父亲全身长满冻疮，溃烂感染，悲惨地结束了生命。

从此，扎西成了这陌生的古城里，一块被人们抛弃的垃圾，一片从树上掉下的枯叶，唯一的目标是活下去。有一次，他四天没有进食，饿得头昏脑涨、眼冒金星，看到一个烧饼摊，饥不择食地用自己唯一的“财产”旧毛毯换了一个冷硬的烧饼充饥，还差点被噎死。古老的城市对流浪者来说，是眼里的盛宴，遥远的故乡毕竟是梦中的思念，他选择跟随一个马帮走上回家的路。一年多的山路，全凭赤足行走。一个马锅头开玩笑说，扎西脚上的茧比马掌还结实。一路上，闲暇时间，他就用自己制作的六弦琴为马帮弹唱民歌，赢得信任，混口饭吃。走了一年，唱了一年，回到昌都，一切都变了样。穷人、乞丐都可以到供应站领取粮食和布料，发放的人穿着黄军装，头戴五角星，人们称他们“亲人解放军”，街上的货物多了，人们的穿戴新了，人与人平等多了，歧视谩骂的少了，听说昌都和平解放了。

扎西不再走了，就在昌都立足了。寺庙燃起象征吉祥的桑烟，他肩挎白面具，说唱折嘎：“神胜利了，东方升起红太阳，光辉照在金顶上，信教自由人人享。”军营吹起了行动的号角，他捧起六弦琴，唱起民歌：“东方升起了明媚的月亮，繁星露出了幸福的笑容，温暖流遍了我全身……”哪家有喜事，他的身影就出现在哪里，他不仅学会了弹唱，还学会了跳舞，而且舞姿轻盈优美，舞步潇洒飘逸，久而久之，昌都这巴掌大的城市，没有人不知道这个长得帅气、精通歌舞的康巴汉子。

有一天，昌都街头张贴出征兵通知，扎西喜出望外，挤在人群中报了名。一个营长笑着说："我早就认识你，现在就留下来吃饭吧。"这是他长这么大以来最体面、最有尊严的一次礼遇。他先是在营部劈柴、烧水，后来放马、送信，还渐渐学会了汉话，又开始学习汉字。一天营长告诉他："你这么有艺术才华，不一定去当兵，可以到地区文工团工作。"说着从身后拿出头上戴的金花皮帽，脚上蹬的长筒马靴，身上穿的氆氇藏袍，床上铺的羊毛卡垫。扎西却对这些东西毫不稀罕，只求营长说："您是我这一生第一个请我吃饭的，这里是我第一次拿劳动报酬的，我跟您走定了！"就这样，扎西参加了解放军，后来还成长为一名营级干部。

1980年的藏历新年到了。初一早晨，我打开收音机想听听西藏新闻，电台里传出的却是："哈哈，恭喜，恭喜，今天是个好日子，藏历新年到了，看天，太阳周围飘彩云，看地，雪山脚下鲜花开，看人，喜气洋洋逗人乐。"这声音十分耳熟，我屏声敛息，继续听下去。"折嘎我来自东方，是开了珍珠的大门来的，除掉'四害'大快人心，各族人民心情畅快；折嘎我来自南方，是开了玛瑙山的大门来的，三中全会春风吹遍，'四化'建设加快步伐；折嘎我来自西方，是开了翡翠山的大门来的，党的政策温暖人心，民族文化繁荣昌盛；折嘎我来自北方，是开了琥珀山的大门来的，金杯银杯高高举起，面向东方唱起赞歌……"最后，是播音员清脆的声音，"刚才是民族艺术研究所、著名艺术家扎西说唱的折嘎《梦中的吉祥》。"我久久站在收音机前，心潮澎湃，激动、兴奋、喜悦之情油然而生，历史的变革，命运的转变，人生的变迁，扎西是一部历史，一本活教材，一个活典型。后来才知道，1960年我去了陕西咸阳学汉语，扎西部队转业考上了中央民院艺术系，不仅读了本科，还读了研究生，专业仍然是民间艺术，成了西藏屈指可数的艺术人才。

90年代初的一天，扎西不幸逝世的消息，如一声惊雷传来，我震惊多于哀痛，惋惜胜过忆念，匆匆拿着哈达赶到他家告别。他的丧葬是按藏族习俗办理的，唯一不同的是，在他仰躺的木枕边，除了一盏明亮的酥油灯外，还摆放着一本封面和封底用牛皮纸糊起的小书，我一眼就认出那是三十年前，他当工作队员住我家时翻看的那本小书——“党章”。他夫人告诉我，这是扎西的传家宝，也是他的必读书。是的，扎西是个爱憎分明的人，说起旧社会，他疾恶如仇，横眉冷对，金刚怒目；说起新社会，他兴高采烈，光风霁月，慈眉善目。往事如昨，百感交集，哀思像烈酒、像火焰，燃烧着我的灵魂。

临走时，他夫人用颤抖的双手，将一个黄布包交给我。她说：“扎西病重后嘱托我，将这包东西亲手转交给您，望您看看有什么用途。”我轻轻地打开黄布，里层也是一块黄布，再打开是规格一致、手工装订成的整齐的三本书稿，第一本是折嘎说唱集，第二本是民歌专集，第三本是民间舞蹈选编。这就是一个流浪艺人最后留给后人的饱含汗水、泪水、智慧和勤劳的精神财富，最后献给世人的爱心。

香格里拉

一、蜚声海外

公元1626年春季的一天，在葡萄牙南部小镇法鲁，传教士卡布莱尔在自己简朴的尖顶农舍里，仔细地将古朴的摇椅盖上防尘罩布，轻轻地拉上所有的窗帘，走出了狭长的门廊，他要翻越千座大山，走向东方，寻找香格里拉……

公元1924年春季的一天，俄罗斯探险家尼古拉·罗列赫，把自己两层的木屋拆下来，锯成木材卖掉，戴上圆筒皮帽，来到印马斯克车站，他要跨越千条江河，走向东方，寻找香格里拉……

公元1935年，同样是春季的一天，澳大利亚并不出名的美女作家勒古斯，怀揣花了一百美元才办成的签证，来到布列瓦递港口，站在一艘巨大的木船夹板上，手里翻动着一张陈旧的中国地图，她要横跨千里大海，走向东方，寻找香格里拉……

还有来自葡萄牙的卡瑟拉，来自美国的洛佩兹，来自英国的拜勒，来自匈牙利的乔玛，来自法国的大卫·尼尔……从17世纪20年代开始，一批批来自西方、南亚、中亚的不同肤色、不同民族、不同信仰的人们，像着了魔似的，以传教、探险、游历等方式，义无反顾，前赴后继，来到群山怀抱的西藏、江河奔腾的川西、阳光灿烂的滇西北，追寻着梦幻，探寻着神迹，搜索着奥秘。神秘美丽的香格里拉以它美妙的传说，神奇的故事，浩瀚的典籍，成了他们深邃而执著的美梦，牵引着他们的灵魂，滋润着他们的躯体，支撑着他们的生命。

葡萄牙传教士卡瑟拉为了探寻香格里拉的神迹，脱下西服，穿上袈裟，在西藏日喀则，拜高僧为师学藏文，租了一匹骡子驮上行李和生活用具，游历后藏的神山峡谷，在他自己手工装订的藏纸笔记上，用藏文、英文密密麻麻地记述了许多关于香格里拉的传说、印象。他在西藏居住了二十三年，是第一批向西方传递香格里拉信息的西方人之一，三百五十年过去了，他的尸骨至今仍躺在喜马拉雅山脚下的亚堆河畔。

1924年的夏天，西伯利亚荒无人烟的戈壁沙漠中，一支驼队疲惫不堪地朝着东方缓慢移动，驼背上驮的是生命必需的水和实现目标的魂，尼古拉·罗列赫是这支队伍的领队。他们穿越了印度、俄罗斯、蒙古、中国的千条江河，万道山梁，历时五年，行程一万五千五百英里，寻找香格里拉。1930年他的专著《在香格里拉寻找新时代》出版了，并被翻译成英文、藏文、法文。

1933年，英国作家詹姆斯·希尔顿出版了轰动一时的小说《消失的地平线》。没有到过中国的希尔顿能写出如此精彩绝伦的小说，还能打动被战争阴霾笼罩着心灵的西方人，是因为这本生动迷人的小说既具有东方神秘色彩，又向人们描绘了一个宁静祥和的香格里拉王国。希尔顿从未到过中国，他何以能营造出一个遥远的东方理想王国？是因为从19世纪中后期到20世纪前半叶，外国传教士和探险家就开始在云南、四川等地寻找前往西藏的道路，他们中的许多人写出了大量的游历文章，在西方报刊发表，最著名的就是那个在滇川藏结合部一带学习、考察、生活了近三十年的洛克先生。他身穿藏装、喜好藏餐、精通纳西文和藏文，与当地贵族、头人、土司称兄道弟。他的许多文章在美国《国家地理》杂志和西方世界发表，曾引起巨大的轰动。在他回欧洲度假时，他的行囊中装着上百卷关于香格里拉传说的经文、九十多幅香格里拉的挂图、十多本关于香格里拉的笔记。这些被洛克公之于众的关于香格里拉的原始材料，深深触发了詹姆斯·希尔顿的创作灵感。小说是想象的艺术，希尔顿从古老遥远的东方文化中，敏锐的想象力飞越了时空，撷取出永恒的艺术素材，构思出了一个气象万千、启迪人生、令人向往的福田妙国。小说以香格里拉为轴心，塑造了一个和平绿洲，人间仙境，极乐世界，世外桃源。继而，风靡全球的美国好莱坞制片公司，于1937年将这部作品拍成电影，美妙动听的主题曲《香格里拉》随即唱响五湖四海。一本小说，一部电影，一首歌曲的世界意义不仅是能让多少人落泪，还有它营造出来的精神气质、理想追求以及动人的故事和情节，融入了读者的血脉，润物细无声地将香巴拉的概念转化成香格里拉这一唱响世界、代表着祥和宁静和美满富足的理想王国。

在这部作品中，不知是音译的差异，还是作者有意杜撰，在佛教史上相传了两千五百年的“香巴拉”被称为了“香格里拉”。1998年出版的《藏族大辞典》明确表述：香巴拉，佛教一净土名，意译极乐世界，又称“香格里拉”。其实，在藏语里，类似的意思还有一个“德瓦间”，它是藏族人心中向往的极乐世界。包含着藏传佛教、东方文明、神秘地域、民族文化、淳朴民风以及精神追求的香格里拉王国，折服了物质高度发达、精神相对空虚，正在寻找出路的西方人。于是，在西方围绕香格里拉的佛教团体应运而生，图书出版不胫而走，学术研究接踵而至。1971年，马来西亚一位颇有眼光的华裔企业家郭鹤年干脆借助香格里拉品牌，成立了经久不衰的国际连锁酒店集团。

二、福田妙国

在高山环绕、雪山雄奇、江河奔流、白云缭绕的西藏，最雄伟的建筑是寺庙，最虔诚的信仰是佛教，最权威的谕旨是神灵。在那些巍峨壮观、香烟飘香的寺院中，五彩缤纷的壁画上随处能见到有关香巴拉的画面；大小经堂沿墙挂着的唐卡中，总有几幅香巴拉的挂图；神圣庄重的经书架上，随便都能翻到香巴拉的经文；满腹经纶的高僧，都能讲出香巴拉的各种传说，就是在漫漫转经路上的许多平民百姓，也都在祈求来世转生香巴拉。要问香格里拉在何处，答案千奇百怪，光怪陆离。要问香格里拉是什么样，回答几乎不谋而合，如出一辙：那里没有贫富差别、没有嫉妒仇恨、没有疾病灾难，那里温暖如春，那里长年鲜花盛开，那里四季五谷丰登，还有满山硕果飘香，人人寿命以百年千年计算，想活多久就活多久，只有活腻了的人，才会去寻求涅槃转世的感觉。

藏民族信仰、向往、追寻的香巴拉，最早源于佛祖的指引。在两千五百多年前的印度，有一位身材高大、眉清目秀、仪表非凡的中年男子，离开富丽堂皇的皇宫，一身粗布衣，手端一个钵，独自穿越密林，踏着苇草荆棘，来到坚亚岩洞修行。沿途他看到伤残累累仰躺在地的乞丐，骨瘦如柴匍匐在地的小孩，这更坚定了他为众生苦修、寻找生命真谛的信念，他就是佛祖释迦牟尼。当他悟道走出岩洞来到菩提迦耶，在那高大茂盛的菩提树下禅定并立下誓愿，“不成正等觉，誓不起此座”，最终悟出四项要谛。他又向西行走二百多公里，来到瓦热纳西的鹿野苑，在那四周林木葱茏的草坪上，用土石垒起讲坛，设置坐墩，第一次开讲自己的参悟之道，首次听讲的只有佛祖的五位伙伴。后来听讲者络绎不绝，传法似如日方升，悟道像如梦初醒。

大概在公元前531年，佛祖在印度北方恒河岸边的瓦热纳西最后一次布道时，一位虔诚的皈依者提出了一个问题：“发自内心的贪欲私情，通过修道可以解除，来自外在的酷暑严寒、山崩地裂又能如何消除?”佛祖神色自若地说，那我们建造一个莲花常开不谢，甘池常清不浊，林木常结硕果，田地常待收割，没有嫉恨与仇杀的香巴拉家园。

释迦牟尼成佛后巡游各地体察民情，体验民生，他不仅对民众的疾苦了若指掌，还对农事民情无所不知，因此，他讲经善用比喻，而且许多触景生情的比喻很多发自于农牧生活、生态环境。佛祖当时所指的香巴拉是在天竺北部气候温和、生态优美、尚处于原始共产主义状态的一个小邦。以后在他的弟子中神通第一的目犍连、遍知一切的无著、修道圣明的寂天以及他们的弟子，代代在讲经、布道、传法时，常常提到了令人心驰神往的香巴拉。一切解脱内道私欲之苦和外道恶境之苦，都寄希望于天堂般的香格里拉。两千年来，无论是用梵文记录的释迦牟尼佛语，还是超凡脱俗的十大弟子、佛经贤传的百士圣者，在讲经时都经常提到香巴拉。

曾为三世达赖索南绛措授戒、精通文殊菩萨之道的班钦·索南查巴，在他的名著《新红史》中也对香巴拉作了详细的描述。乾隆七十寿辰时，不远万里从西藏赶赴承德参加万寿庆典的六世班禅，细读了大藏经《丹珠尔》中的《时轮经》，便撰写了学佛者必读、流传于西方的几十万字的《香巴拉导引》，活灵活现描绘了香巴拉的图景、香巴拉的状态，论述了香巴拉之路必须经历的生命旅程、生态旅程、积德旅程。而另一个以终生建寺兴教、著书立说、专修《时轮经》的藏传佛教觉囊派的高僧洛桑赤来，比较完整地解释了香巴拉的内涵外延、寻觅路线、境域状况，记载于三十多本含着汗浸的手写经书中。

公元1610年，藏地梵语学家多罗那他，从西藏翻越喜马拉雅到达尼泊尔，在西亚努的寺院，在巴热比斯的佛学院收集了许多梵文记载的关于香巴拉的传说。然后，他回到西藏日喀则边远的觉囊山沟，在以时轮教法立派的寺院里，负重志远，皓首穷经，将这些珍贵资料翻译成了藏文。应该说他是首个比较全面地翻译关于香巴拉梵文记载的藏族高僧学者。

盛世修书是人类社会普遍意义的文化规律，元代西藏回归祖国版图，精英思想空前活跃，各种学说风起云涌。从元朝初期，著名学者曲丹绕珠搜集整理散落在寺院、庄园中的各种译经，后经嘎玛拔西的弟子，以及历朝历代名人高僧编撰的不同版本的大藏经《丹珠尔》中，都收录了多罗那他的译文。

同样，用汉文记载的香巴拉故事也在东晋时期正式出现。出生于山西临汾，三岁便剃度为沙弥的法显，在东晋隆安三年（公元399年），以六十五岁高龄踏上了西行出游学佛取经之路，前后走了三十余国，历经十三年，回到祖国时已经七十八岁了。在炎热的印度马海脱，法显寻求到了佛教正法，将印度佛教传回中国，他是中国第一位到海外取经求法的大师、杰出的旅行家和翻译家。

此后的千年间，中国掀起了一个西行求佛的热潮，中国僧人跋山涉水，在印度要么搜寻经典，要么请高僧授学，要么睹佛祖圣迹，或邀师来华传法。法显的《佛国记》，玄奘的《大唐西域记》等汗牛充栋的译著，证实了自南北朝以来，印度佛教经典几乎都有了汉译本。在卷帙浩繁的经典中，我们都能看到佛祖讲述的和佛家弟子描绘的香巴拉圣境。

经过汉藏两地历代高僧大德皓首穷经的翻译、整理、传扬，一个四周雪山环绕、状如八瓣莲花、遍地黄金宝石、常年青山绿水的香巴拉王国，便成为在寺院摇鼓击钹、祈诵经文时所祈颂的天堂，成为善男信女在农舍敬香点灯、祈祷祝福时的心愿，成为信徒漫漫的朝圣途中顶礼膜拜的圣明神像。甚至在赛马场上，骑手在赛前的誓言中，也会祈愿像前往香巴拉那样神勇，愿马儿像驰骋在香巴拉那样腾云驾雾、快速飞奔。在藏区，无论是刻在岩石上的祈福词，还是悬挂在雪山垭口的经幡、古老寺庙残墙上的壁画，我们都能看到香巴拉王国若隐若现、虚无缥缈的身影。

三、雪域追梦

香巴拉既不是神秘消失的玛雅遗址，也不是捕风捉影的外星人，更不是虚无缥缈的尼斯湖水怪，它是圣明的佛祖和代代相传的贤人弟子缔造的独特的精神家园。它不是凡人在今生中不能轻易抵达的彼岸世界，而是佛教信众可以在心田里萌生的极乐净土，在梦想中成真的彼岸天堂。对于在无序中生存、痛苦中生活的凡人，企盼着敲开黑暗冰封的心扉，解脱永无止境的人生烦恼，不仅要在精神追求上抵达这一理想的境界，而且希望此生能身临其境走进那所需都有、四时如春、自由正义、平等和谐的理想天国。一代又一代的藏族人追寻着、探寻着、盼望着，在藏区一场寻找香巴拉的风潮巡演了几个世纪，演绎出很多动人的传说。就像汉族人相信这个世界上一定有世外桃源一样，藏族人也相信在雪域高原，有他们尚未寻找到的香巴拉天国。

——有人说，香巴拉在羌塘草原北部的云雾中，那里是今日那曲北部的无人区。20世纪20年代，地处四川德格境内的帕古村，一个铁匠和一个还俗喇嘛带领一百多平民百姓，变卖所有的家产，离开富饶的故乡，踏上了寻找香巴拉的旅途。那时在藏区铁匠是人人歧视的社会下等人，认为他们连骨头都是黑的，尽管贵族家的门窗铁件、箱柜锁钥是他们做的，可见了老爷小姐他们得赶紧脱帽、弯腰吐舌，要到富人家做活，得先对着大门烧香磕头，脱鞋垂手，才能进门。而还俗僧人弃寺娶妻，背叛佛祖，更是罪大恶极，同样被人歧视。他们想忏悔罪孽，出人头地，当然要寻找人人平等自由的香巴拉。传说这批香客真到了“绛香巴拉”，那位铁匠打了一座无比巨大、光芒四射的金灯献给了香巴拉神王，那位还俗的喇嘛脱胎换骨，承赐仙精，当了香格里拉精舍大殿的掌灯师，其余随同而来的信众各得所需，幸福美满。

——有人说，香巴拉在冈底斯山主峰的隐秘处，那里是今天西藏阿里的冈仁波切神山。上世纪末，从藏南金沙江畔的热谷里走出一群农具驮在马背、口粮背在身上的农民，又从藏东草原的玉树走出一批牵马赶牛的牧民，两支寻找理想天国的队伍在茫如山岗会合后，朝着冈底斯山进发。他们夏天找个水草丰盛的地方，支帐立灶，人畜休息；冬天来了，寻个避风挡雪的山谷，安营扎寨，春、秋两季则逐水草前行。一路揉着羊皮做冬衣，织着氆氇做夏衣，年复一年，千里迢迢，历尽苦难，一路生下的孩子长大成人，一路赶来的畜群更新换代，终于来到了巍峨壮丽、神秘莫测，屹立在苍穹之下、高踞于群山之巅的冈仁波切神山脚下。仰望状如白色宫殿，形如白莲宝塔的雪山，使人愈发感到朦胧神秘、敬畏有加。这里被世人认为是千水之源，印度伟大的恒河源于此山，印度人民把恒河看成是通向天国的神圣水道，一生在恒河洗一次澡、喝一口水是莫大的荣幸；这里被世人认为是万山之巅，数千里绵延伸展的冈底斯和喜马拉雅比肩而立，冈仁波切以它独特的峰冠耸峙于群峰之间，被国内外佛教信徒认为是天地宇宙所铸就的曼荼罗；这里被世人认为是地球中心，日月星辰皆以此为轴各行其道，往复环绕，日就月将，天从人愿，给人间带来光明，给生命带来血脉，给灵魂带来支柱，佛教信众坚信它是宇宙本源和生命本源。这批虔诚的信徒到此，欢欣鼓舞，顶礼膜拜，有的甚至从山腰跃入峡谷，以了却永恒的心愿，结束人间的苦旅；许多人则绕山转经，捡到羊头大的金子，便在山下安家落户。

——还有人说，香巴拉是在喜马拉雅山南麓的峡谷密林丛中的白玛岗，那里是至今全国唯一不通公路的墨脱县。相传公元8世纪，印度高僧莲花生来到这里修行传法，他祈愿，这里将是人类最后的幸福家园，人间最美的生存乐土。他的弟子撰写经文："佛之净土莲花地，圣地之中最殊胜。"在传说中那里的树叶是自然形成的绸缎，那里的湖水是自然形成的牛奶，那里的雨水是自然形成的糌粑，那里的山谷能自然调节冷热。在地球被战争创伤、生态被人为破坏之后，这里将永远是和平美满的乐土。由此，藏东、藏北、川滇藏区的信徒香客翻雪山、穿深谷、涉江河，来到这里朝圣。相传通向极乐世界的大门隐藏在这深山密林丛中，由雄狮、精猴、猛熊、金鹿守护着。成群结队的朝圣者，对着巨门似的岩石，诵经祈祷，燃香磕头，他们渴望着眼前突然出现奇迹，关闭了千年的通天神门訇然打开。就在20世纪50年代，有一位自称是活佛的人，号称自己有带人到达香格里拉的神通，一些朝圣的人信以为真，跟随他扶老携幼，爬悬崖、滑溜索、趟急流，到达白玛岗。他引着众人在通天神门前安营扎寨，白天对着山门高声祈诵，嗓子都喊哑了，夜晚对着山门磕头，额头都磕出血了。几个月过去，神门仍未打开，带去的食品吃完了，身穿的衣帽磨破了，只好挖一些野菜吃，但却食物中毒了，打一点野味吃，又被毒蛇咬伤了。这位领头的一看叫天不应，叫地无门，便趁着黑夜溜了。而那些备受折磨的信徒，在这荒无人烟的山谷里，有的饿死，有的病死，也有不少人就在当地搭起竹楼，开荒种地，繁衍后代。

——曾有一位高僧听上师讲香巴拉的故事时，问上师香巴拉有多远，上师说，说远也远，要走十万八千里，说近也近，睡一夜的工夫可走个来回。他选择了走近路，备好行装，想当晚就走个来回。可刚一出门，睡意袭来，就把门槛当枕头睡着了。梦中高僧到了香巴拉，看到了一切美景，可是想着上师还在人间艰难地生活，便决心返回照顾上师，香格里拉神王挽留他，他仍坚持返回，临别时神王送一块石头给他作纪念，当他早晨醒来时，手里捏着一块鸭蛋大的金坨。他把金坨送给上师，讲了昨夜的梦境。上师说了一句："心诚则灵。"

——还有一位半辈子潜心修持《时轮金刚》的活佛，想亲身感受香巴拉的美妙情景，便踏上寻找香格里拉的遥远旅程。他按照六世班禅《香巴拉的导引》的规则，先来到后藏扎什伦布寺，领取了通向香巴拉的签证，因为香巴拉是继过去的燃灯佛时代和现在的释迦牟尼佛时代之后，第三个幸福美满的无量光佛时代，历代班禅大师又是无量光佛的化身，要去未来的极乐世界当然要到班禅大师的驻锡地领取通行证。然后，这位活佛步行、骑马、踩云、乘风，终于到了香格里拉，那里满山沉香、檀香发出奇异的芳香，满地玉砖，金板闪烁着耀眼的光芒，微风吹拂，花雨飘降，珍鸟鸣唱，美妙悦耳，人与人笑脸相迎，鞠躬谢礼，亲如兄弟。此情此景，让他联想起在家乡受苦受难的乡亲，他决定返回家乡，把所有父老乡亲带来香格里拉。可等他回到故乡，只见村头站着一位白胡子老头，一问才知道，是他的曾孙子。

——如果说以上寻找香巴拉的故事都是人神不分的时代的传说，我曾亲身遇见过一群寻找香巴拉的人的后代。20世纪40年代中期，藏北那曲的一个部落牧民不堪忍受牧主的剥削和严酷的气候，四百多个牧民赶着牛羊，向茫茫无人区的西北方向前行。这群勇敢的人们在穿越无人区时付出了惨重的代价，一些人迷途知返，打道回府，一些人则把倒毙的同伴尸体敬献天神雄鹰，继续前进。在荒无人烟的戈壁滩上，他们用锥子刺穿牦牛脖子上的血管，靠饮血充饥解渴。靠着常人难以想象的毅力，终于走到新疆南部一个叫梅达的地方。那里气候温和，物产丰富，南疆人的相貌又都是他们从来未见过，男的英俊，黄发高鼻，女的美丽，浓眉大眼。他们认为这里就是香巴拉王国了，于是就在梅达安营扎寨，独自开垦土地，繁衍后代，他们始终保持着藏族人的传统和习俗。直到60年代，一切真相大白于天下，他们的一些后代才坐火车到了乌鲁木齐，再转乘汽车回乡。

寻求香巴拉的故事何止这些，还有外蒙古人在卡尔其雅，印度人在克什米尔，俄罗斯人在亚特里亚，法国人、瑞士人在本土圣地寻找香巴拉的故事，都无不稀奇生动，美不胜收。

四、永恒家园

先辈孜孜不倦地寻找香巴拉，是精神世界的追求，宛如童年时代未经世俗污染的心灵，崇尚大自然，敬畏生命，对一切美好事物充满眷恋。历经苦难的生活，恶劣的气候，贫瘠的土地，残酷的创伤，自然就会向往生活美好、环境优美、土地肥沃、平等自由的社会形态。

现代人，虽有固定居所，却安定不了心灵，虽有稳定职业，却慰藉不了灵魂，虽有不菲的收入，却充实不了精神，生活在高楼狭巷，工作在喧嚣闹市，身处在污浊环境。他们在生活中遇到的种种烦恼、不公、忧患，需要在一个安宁、公平、正义，没有世俗纷争的理想王国得到发泄和解脱。现代人更需要卸下自己肩上沉重的负荷，需要荡涤自己心灵久蒙的尘垢，香格里拉这样的理想王国，或许就是他们人生苦旅的一个休息站，甚至是最终的归宿。

于是，在上世纪末，香格里拉便上演了一场“出口转内销”的人间喜剧。首先是詹姆斯·希尔顿将佛学理念、佛教理想、神话故事融为一体的香格里拉故事，以文学方式进行了艺术升华，创造了美轮美奂、生动感人、赏心悦目的世俗化和文学化的香格里拉。然后，文人雅士推波助澜，以电影、戏剧、音乐、文字的方式传播，在西方世界掀起了香格里拉热，让西方人心灵的一角有了一个和平宁静、祥和富饶的世界，他们或仰首舒眉，坐而论道，或整装待发，追寻遨游。而聪明智慧的中国人看到了商机，随着观念的更新，开放的深入，需要创建新的商业品牌，香格里拉不就是现成的品牌吗？

有远见卓识的领导人提出，精神层面的香格里拉可以创造感观现实的经济价值；妙笔生花的文化人提出，耳熟能详的香格里拉可以创造生动感人的文化价值；老谋深算的企业老板，更是用香格里拉品牌谋生发财；虔诚的佛教徒，也希望不灭的香格里拉法愿能够指点他们获得善果的捷径妙道。在藏区乃至滇川一带，《消失的地平线》一时走俏，汉文版、藏文版，精装、简装、手抄本，花样翻新，琳琅满目，熟悉不熟悉希尔顿这本小说的人，都争相阅读；知道不知道香格里拉含义的人，都把它当成了时尚的代名词。商标注册、地名更改、公司起名、宣传推介，都以香格里拉为噱头、为荣耀、为自豪、为品牌。一些文人学者也忙着翻籍倒柜，寻章摘句，旁征博引，热闹非凡。云南的丽江、中甸，四川的道浮，西藏的林芝等地，它们都有着不是仙境又胜似仙境的自然风光和神话传说，都有着连绵不尽的雪山，激情澎湃的河流，碧连天际的草原，宁静幽深的湖泊，色彩斑斓的繁花，以及勤劳善良、朴素真诚的人们，安宁祥和、快乐幸福的人文风景，这里的地方官员们，都力图以获取香格里拉的盛名为己任。

云南各级政府的不懈努力，实干家的实证寻访，决策者的深思熟虑，2002年香格里拉的美丽桂冠终于戴在了云南藏区的中甸县上。我有幸面对鲜花与哈达的海洋，宣布了国务院关于中甸县更名为香格里拉县的决定，并把“香格里拉县”的匾牌交给了第一任县长。

你住进了香格里拉酒店，却并不意味着你已经找到了香格里拉。香格里拉虽然成为了一个地名，写进了共和国的版图，但人们寻找香格里拉的精神追求，却远未尘埃落定。人性的光芒仍然在追问：香格里拉是什么？香格里拉在哪里？香格里拉离我们究竟有多远？就连詹姆斯·希尔顿在其作品的最后一段，对回到欧洲后再重新出发去寻找香格里拉的主人翁康威，也发出了这样的疑问：“他会找到香格里拉吗？”

想到这里，吐露我的心思，香格里拉是一种文明，是敬畏大自然的文明，是友爱一切众生的文明，是人与自然和谐相处的文明，是人与人宽容礼让的文明。正如经书中说的那样，香巴拉王国的人们，不仅享有优美如仙境的自然风光和丰沛的物质资源，人们还不执、不迷、不愚、不贪。

不管是已经命名为香格里拉的地方，还是正在谋划大香格里拉的地区，或是在政府的施政纲领中把香格里拉当作实现目标的区域，香格里拉都不是抓在手里的永恒金伞，而只能是为民众带来幸福、快乐、尊严的标杆。精神追求的香格里拉，世俗欲望的香格里拉，佛教理念的香格里拉，文学创新的香格里拉，现实寻到的香格里拉，都会给人平淡的生活带来平静的升腾，就像梦能激活大脑里的潜意识。

有一首流传甚广的藏族歌《哦，我心中的香格里拉》，已经明白无误地告诉我们，香格里拉其实更多的时候，在我们每一个人的内心里。不同经历、不同处境、不同信仰的人，怎么看待它都行。对香格里拉的理解哪怕是虚幻的、渺茫的，甚至是迷信的，它都是人们的一种内心追求。追求在，梦就在，香格里拉也就并不遥远。一旦地球上人满为患，自然资源枯竭，环境受到严重污染，人们连一块仰躺的位置都难以找到，连一碗干净的水都难以喝到的时候，人类就会彻底失去做梦的动力与激情，那时，香格里拉也就遥远得连我们的想象都难以企及了。

藏狗

我属狗，我不知道全中国有多少人属狗，但是，按十二生肖平均，起码也有一亿人属狗。今年是蛇年，属狗的人今年的流年运程怎么样？我在深圳的报摊上顺手买了一本香港出版的黄历，回来随意翻翻，财运、官运、幸运样样好，唯独健康不理想。

我已是奔七十的人了，前“三运”边都沾不上，这健康是我的头等大事。当然，对于健康也应多一些理性，俗话说：人生七十古来稀，回首往事的风风雨雨，我感恩现在每一天都是今生的“红利”，都是春暖花开、鸟语花香的盛大节日，孔老夫子说得真有道理啊，“七十而耳顺，随心所欲，不逾矩”。毕竟任何人都决定不了自己生命的长度，只能拓展生命的宽度。

黄历上还说属狗的人待人忠诚、顾家护内、重情重义……我想，这些都是用狗的特点来牵强附会人的，权当消遣。有意思的是，西方人爱狗、宠狗、敬狗，据说，英语中狗是人类忠实的朋友的意思，在英语的语境中贬义的很少。在欧洲，你养的狗有病若不及时去医院治疗，不仅会受到道德的谴责，而且还会受到动物保护警察的追查。在公众场合，不用说打狗，骂几句难听的话，也会有人过来干涉、追问，甚至受到警察的处罚，必须按时喂狗、按时遛狗、按时睡觉，养狗和养孩子同等重要。

我不仅属狗，还从小与狗有缘。当时我所在的县藏语叫“宗”，县长叫“宗本”，他的卫士有十二个。而我家有十四条大狗，按现在的说法，它们全是藏獒。其中牧场有八条狗，护卫着二百来只羊一百多头牛；农场有六条狗，守护着三十来亩麦田和粮食。按现在内地的价格，它们的价值超过了我们家产的几倍，而当时一条狗还没有一只山羊值钱。那时，父亲有一条鹰狗，据说是上万只苍鹰在天空激战，总有一只热恋天空、向往战斗生涯的鹰飞得最高，长得最威武，战得最勇猛，它下的蛋可孵化出一种小狗，由这种小狗繁衍出来的狗就叫“鹰狗”。这种狗大小跟猫差不多，尖鼻子四方嘴，浑身美女卷发般的黑毛，金元宝似的脑袋上，竖起两只尖长的小耳朵。它跟我的父亲形影不离，父亲坐着，它就匍匐着趴在他的双脚上，伸出舌头，舔舔这，闻闻那，摇摇尾巴，眼睛直勾勾盯上来，闪烁着通达人情的目光；父亲行走，它紧随其后，小鼻子紧贴着主人衣服的下摆，像粘在上面似的。更为有趣的是，凡是前来拜访父亲的，只要手里提着牛腿羊腿、拎着酥油奶酪什么的，它就跑到大门口去迎接，一声不响地摇着尾巴在前面带路，客人坐下，它就立起身子，把两只前脚并在一起不停地作揖，弄得客人兴高采烈。有一次，有个官比我父亲低两级的客人，看到这场面，脱口而出：“这小狗比我儿子还聪明！”这明显溜须拍马的话，引得大家哈哈大笑。但是，它如果听到门外要饭的人吆喝，便开始狂吠；一些穿着破旧衣服求父亲办事的客人进来，它就瞪着愤怒的目光，不停地叫唤，直到客人出门才罢休。

它也常常跑到我跟前，或蜷伏在地上，眼睛亮闪闪的，一副很需要关怀的模样；或欢快地摇着尾巴，甚至在地上翻滚，逗人开心；或哼哼着、磨蹭着，可怜兮兮地请求抚摸，我往往只是爱理不理地用脚尖在它的肚皮上随意挠挠，它也就很满足。有时趁父亲不在，我还会轻轻地踢它一脚。我内心一直不太喜欢它，认为它是哈巴狗，嫌贫爱富，溜须拍马，仗势欺人。父亲那时是家里的顶梁柱，也是决定一切的家长。按当时的家规，每天天一亮，他还躺在被窝里，母亲就得从厨房里领着个一手提着白银壶、一手端着银饰木碗的女用人，走到床前，亲手斟上一碗热腾腾的酥油茶，恭敬地端给他喝。如果哪天茶送晚了，这条哈巴狗，就会机警地用全身的力气竖起尖耳、瞪着两只亮晶晶的醋栗色的愤怒眼睛，冲出卧室奔向厨房，对着母亲似乎憋着一股怒气，发出嘶哑的狂吠。对送茶的时间，它比床头的闹钟还准。我们管家常夸奖，这狗的脑子是一个钟，那两只眼睛就是时针。

与这狗十分相似的是管家，他是从一个部落头人的家中逃出来的，到我们家已经十多年了。凡到我们家来的客人都叫他“扎西啦”，这前面两个字是名，吉祥的意思，后边的“啦”是尊称。除了我父亲，我们家所有人当面喊他“扎西”，不加“啦”，背着全叫“吉加”，藏语是“狗屎”的意思。他刚来时大家都喊管家，后来与他接触多了，大家逐渐发现，他生性凶恶，诡计多端，对有权势的人不仅毕恭毕敬，还奴颜婢膝，阿谀奉承，对普通人尤其是平头百姓，不仅说话粗声粗气，还张牙舞爪，仗势欺人。这小狗和管家的嘴脸，在我幼小的脑海中，留下了永不消逝的坏印象。当我长大，尤其是进入官场后，我感觉天下最可厌、最可憎、最可鄙的人，莫过于察言观色、花言巧语、玩弄权术的人，这种人会一时一事得点小利，但本质上与摇尾乞怜，甚至立起身子来作揖的奴性十足的哈巴狗没有什么两样。

我们家的牧场坐落在怒江畔，地名叫多托卡，这里是怒江上游，有如所有的孩子都有母亲，所有的江河都有源头，这里离怒江源头只有一百八十公里。说是牧场，实际是荒山旷野，是茫茫无边的草原，也有绵延的丘陵峡谷，有些凄凉、孤寂。这东西南北骑马行程五天的范围是五个部落头人的草场，住着五十来户牧民。我家负责管理牧民的是我三哥，雇了四个牧人，一对是母女，一对是父子，还有两个助手，关键是有八条大狗。它们就像插在军营里猎猎作响的军旗，显示不可侵犯的气势；就像巡逻在旷野里的武装士兵，显示出主帅的骄矜；就像瞄准目标随时待发的炮筒，显示所向无敌的威风。要说牧场的灾难，除了旱、雪、风三灾之外，是鹰、狼、盗三灾，前三灾是靠人能战胜的，这后三灾人是无能的，只有这八条大狗才能抵挡，所以这狗才是牧场的南山猛虎、北海苍龙、威武将士。

牧人吉措母女看守的上百只羔羊，天高云淡，羔羊低头舒服地啃着嫩草，狡猾的老鹰在天空中骄傲地展开乌黑发光的翅膀，横扫着破棉絮般的云块，那黑影遮天蔽日，一会儿倾着身子俯冲，一会儿扇动着翅膀升空，最可怕的是一动不动地停在空中，良久地俯视着那一群肉嫩的羔羊，那是它将开杀戒的先兆。这时，只有跟随吉措的狮子狗发挥威力，这只狗体形高大匀称，头部像狮子，巨大的脑袋，被厚绒绒的长毛所覆盖，下面一对火炭般凶狠威严的眼睛，嘴角朝下露出两颗尖锐细长的獠牙，偶尔懒洋洋地打个哈欠，獠牙间吐出巴掌大的舌头，不怒自威，还有几分恐怖。只要有一只鹰在上空想危害羊群，狮子狗就伸直腰腿，昂首朝天，开始发出嘶哑的声音，很快变成盛怒的狂犬，那模样试图插上翅膀，飞上蓝天，追咬苍鹰。鹰群只好要么钻进云丛中，要么箭一般快速消失在天幕上。

牧人旺堆父子随时背着猎枪，别着长刀，防备的是到处肉食的狼。羊是狼的美食，狼见了羊，就像猫见了老鼠，不逮住下肚，死不瞑目。广阔无边的草原上，贪婪凶残的狼群小的五六只，大的几十只，随处可见。它们为了吞噬绵羊，往往耐心地在羊群四周守候一两个月，跟踪数百里，只要逮到一丝一毫的机会，就会不顾一切，张牙舞爪，用血盆大口展开一场暴虐的杀戮。凶残是狼的本性，它们一旦闻到血腥味，喊声、枪声对它就毫无作用了，狼吃羊不仅是填饱肚子，还要满足那长久的预谋、跟踪、等待之后的搏杀之乐。我们家牧场放牧真正意义上讲靠的不是刀枪，而是八条忠诚勇敢的狗。它们个个大如小牛，巨大的脑袋深藏在尖长浓密的鬃毛中，粗壮的颈部像磨盘，平直的腰背似乎能托起一座白塔，短宽的臀部拖着扫帚一样的尾巴，结实有力的四条腿下长着铁钩似的爪子，它们日复一日，年复一年，刮风下雨，天寒地冻，跟随羊群前奔后跑，领头羊走远了，跑过去拦住，体弱的羊掉队了，催促着赶来，发现狼群的威胁，它们巧妙地把羊群圈起，自个儿在四处占领制高点，密切注视着狼的动静。当夜晚，羊群进了羊圈，牧羊人经过一天的劳累，蜷缩在帐篷里进入梦乡，这八条狗还在黑暗中巡逻放哨，听到远处的狼嚎声，或者发现狼群潜伏在羊圈周围，要么“汪！汪！汪！”发出警告声，要么排成一字形队例，威猛暴烈地冲向狼群。面对这样的阵势，恶狼往往望而生畏，不敢轻易对羊群发起袭击。

我十岁那年的夏天，三哥邀请占堆活佛到牧场讲经说法，祈求免灾除邪，草丰畜旺。我跟随活佛老师在牧场上整整住了一个月。我们到的那天，牧场上一片繁忙的景象，忙的不是接待我们，而是忙着盖狗窝。牦牛背上驮着从远处运来的黏土，马背上驮着从农区运来的麦秆，黏土和着水做成泥巴再加进柔软细长的麦秆，几个光着脚板的人在上面不停地踩踏，然后在四方形的模框中挤压成型，晒干后变成四四方方的土砖，垒起来就是狗屋，房顶平放着木棍，上边摆放上一层杂草，再糊上一层稀牛粪。听说这狗屋比人住的牦毛帐篷还要暖和。三哥说，这还不够，到了冬天狗屋地上铺上一层晒干的羊粪，上边垫上鞣好的羊皮。活佛我们住在绣着五颜六色的八宝吉祥图案的白布制成的帐篷里，帐篷四周拉着豪华的帷幕，可是，这里海拔四千多米，尽管是夏天，有时还飘着几片雪花，夜里冷得直打哆嗦。有一次，我不禁感慨地问三哥："怎么这狗住的比我们还暖和?"他不假思索地脱口而出："这些狗是英雄，是功臣，没有它们我们冬天吃不成肉，夏天喝不成奶。"牧人旺堆听了这话，便饶有兴致地给我讲了一段这群狗的英雄事迹。

一天，旺堆父子赶着一百多只绵羊，来到草枯兽藏的冬季草场放牧。此时，辽阔的天空下，白云飘荡，雪山无语，草原空寂，寒风凌厉，一群乌鸦却不知趣地贴近羊群上空飞翔，不停地盘旋，还烦心地"呱！呱！呱！"嘈杂一片，凄惨悲凉的气氛笼罩着四野。藏族习俗中乌鸦的叫声是不祥的征兆。旺堆循声抬头张望，乌鸦突然停止了叫声，扇动着黑色的翅膀，慌慌张张地向着远处的天空飞去了。再低头看看羊群，百来只羊你挤我撞，四处逃窜，纷乱杂沓的蹄声四起，有的踉跄奔突，忽地倒地，四肢还不停地抽搐；有的已四肢朝天地仰倒在草地上，口吐白沫，血从被咬断的喉头静脉向外喷射；一只狼正追着一只公羊，一口咬断了羊的后腿……

这是一群饿狼，肚皮干瘪，目露凶光，獠牙铮亮，饿得不可抗拒的凶狼，像闪电一样在羊群中横冲直撞，疯狂追杀。这时五条狗冲了上来，它们发出滚雷般的咆哮，平日倒伏的耳朵像角一样竖起，黑里透黄的杏仁眼里发出咄咄逼人的威严，或愤怒地追赶着狼群，或敏捷地与狼兜着圈子，钻进羊群的是四只狼，由五条狗应战，有时一对一嘴对嘴地嘶咬，有时集中火力攻击。只见，五条狗同时扑向一只狼，一阵乱咬，血淋淋的狼转眼倒地毙命。此时，战局被根本扭转。它们开始追赶还在羊群中的三只狼，渐渐地，静默无声地围成一个无法逃脱的包围圈，接二连三地轮番着飞也似的冲上去咬一口，又迅速地退回原位。包围圈越来越小，最后，三只狼被逼得紧紧地屁股靠着屁股，目露凶光，嘴里露出尖锐的牙齿，准备着最后的挣扎。狼的耐心是骇人的，除了四肢的颤抖，冷静得像一座三只狼的石雕，仿佛在等待在劫难逃的命运，又似在等待决一死战。突然，五条狗同时扑上去，各自准确地咬住狼的咽喉、后腿等要害部位，三只狼来不及反抗便被咬翻在地，殷红的鲜血从嘴巴、鼻子、眼睛里向外汩汩地流淌。这时牧人赶到现场，拔出腰刀，朝奄奄一息的狼使劲地扎。

那年冬季，我住的寺庙暂停法会，除了日常管理者，僧侣放假两个月，我跟随活佛老师回农场学经。我们这个村庄大部分是附近五个部落头人富裕户的农场，总共四十来户，也有许多无地无房靠乞讨过日子的贫苦人家。那时，世道不公，社会残忍，富裕人家吃剩的穷苦人家捡，富人油头粉面，穷人蓬头垢面，还说这是前世命运注定的。我们家三十来亩田上的麦子已经割完，捆成一束束，用骡马驮着堆放在平整的屋顶上，等着来年春季脱穗。这是农闲时节，许多牧场把人畜迁回农庄过冬，那时没有电灯电影，没有学校医院，全村能点上汽油灯的也只有四五户，一年能吃上几顿白米饭的也只有三四户，别看头人贵族那么显赫，维系社会整体的是按富贵贫贱把人分三等九级的愚弄骗术。

每到夜晚，整个村庄没有生机，没有活动，天一黑，就人睡畜卧，狗都懒得叫一声。天一亮，一切才苏醒过来。我们到的第二天全村数我们家最忙碌，准备按西藏牧区习俗举行“赞狗咒狼领赏活动”。这项活动的主角是狗，活动的内容是敬狗、赞狗还有赏狗。三条牧场的藏獒代表与狼拼搏的群狗被邀请到农场。它们被精心打理过，头颈简直像个狮子头，威猛彪悍，脖子上套着蓬松的染成红色的羊毛脖套，更增添了几分王者的风范，时不时威严地、冷冷地向周围扫视一眼，透着一种可与任何猛兽决战的勇猛和霸气，在人们惊羡和钦佩的目光中，自豪地享受着英雄的光荣。那宽厚的额头粘着画有日月齐辉图案的彩纸，厚绒绒的腰背毛丛中挂着几串麦穗似的黄、红、蓝三色穗子，这些装饰既是摆阔绰，壮观瞻，也是满足主人的自豪和荣耀。那天，我家院子中央铺着藏毯的地面上，三哥和旺堆等牧人兴奋地往鞣好的狼皮里塞进青稞麦秆，然后用银色的粗针穿着湿润的牛皮线缝上，做成活灵活现的标本。最后，还在狼头上戴一顶黑色的圆形小毡帽，在两只耳朵上挂着牦牛尾巴制成的长长的耳坠，四只脚套上硬牛皮做的镣铐，把狼装饰得十分狰狞、丑陋、憎恶，滑稽的是脖子上挂了一条洁白的哈达。

在藏族的习俗中，狗是人的亲密兄弟和知心朋友，狗好比是人的影子，人和狗谁也离不开谁。不准杀狗、不吃狗肉是禁忌，无缘打狗、无故虐狗是犯禁。我所在的寺庙夏天开法会，喇嘛们拥挤着走出辉煌瑰丽的大经堂，争夺残羹剩饭的狗群，犹如一堵很难冲破的狗墙，那争抢食物的场面像疯狂搅动的海水，搅起的漩涡把很多人和狗打翻在地，密如蛛网的僧舍巷道，大小不等的场院庭道都是悠然自得的狗群，都说我们寺的狗比僧人还多，这也是藏区寺院一道独特的风景。

中午，太阳刚到头顶，我三哥站在屋顶上，神气地朝着天空“啪！啪！啪！”放了三枪。之后，旺堆和四个牧人穿着崭新的白氆氇藏袍，牵着狗抬着狼的标本，大摇大摆地走出大门。我站在屋顶上看热闹，这支队伍领头的是旺堆，他一手拿着一条白色的牦牛尾巴，不停地在空中挥动，一手牵着三条藏獒，接着是雇来的四个壮汉抬着沉匍匐的狼标本，紧随的四个牧人颈上挂着洁白的哈达，腰间别着放羊的抛石鞭，手里提着空口袋，威风凛凛地沿着小街，顺着挨家挨户巡回。每到一家门口或人群聚集的地方，由旺堆领头，用一种说唱式的调子，朗诵一段藏文经典《幸福来自狗的恩惠》的片段。煞有其事地称赞：狗叼着青稞种子来到雪域高原，我们才有粮食吃；狗赶着牛羊来到羌塘草原，我们才有奶肉吃；狗赶走狼妖和鬼怪，六畜才有平安；狗战胜虎豹熊狼，牛马羊人才能安稳入睡；有良知的人类啊，要敬狗爱狗，它们是我们的忠诚朋友，谁要杀狗就将受到下十八层地狱的苦难。再朗诵一段咒狼民歌《江雄》的片段，说狼是邪恶的源头，杀狼不违佛规，灭狼将得福报一类的颂词。他们在家里念时，声音很低，沉闷平淡，一副有气无力的样子，而在大街上诵，却声音高亢，抑扬顿挫，表现出英勇无畏的气概，点燃人们对恶狼的满腔怒火，把对恶狼的恐惧烧成灰烬。

无论家里有畜无畜，无论贫穷还是富裕，他们走到哪里，户户派出人来，有的献上哈达，敬上酥油茶，有的送上银元、布料、酥油、羊毛。那时生态自然，水草丰美，各种禽兽自由游荡，自然繁殖。草原上无处不在的狼群对畜群带来极为严重的祸害，一只狼一年要吃掉十来只羊，牧民几乎到了谈狼色变的境地。打狼救畜是牧民的头等大事，从古至今，这一代代流传下来的咒狼民歌《江雄》就是牧民恨狼斗狼的情感表达。

太阳快要落山了，他们才兴冲冲地回家，犹如一支得胜归来的队伍。背上的口袋已装得鼓鼓囊囊，脖子上挂满长短不齐的哈达，旺堆除了藏獒还牵回三只绵羊，说是人家奖励送的。这时，漆黑的夜空，像浸透的墨汁，整个村庄一遍寂静，偶尔听到马圈里传来忽高忽低的马铃声。只有我家客厅里算是热闹，一盏汽油灯挂在粗壮的木头柱子上，发出“刺、刺”的喷气声，加上若明若暗的火苗，算是有点生气，地面铺着手工地毯，厅堂中央放着粗壮的三足铜叉顶起的大火盆，黑色的木炭半边燃着炙热的火焰。家里主人坐在沿着墙摆放的藏式坐床上，家仆不分男女一律盘腿坐在地毯上。今天虽是个喜庆的日子，可森严的等级制度下从来没有欢声笑语，偶尔听到几声家佃们的窃窃低语。这沉闷的气氛被我二哥一声有意而响亮的“嗯哼！”打破了，他干咳完后，满脸严肃地扫视一眼大家，接着从怀里拿出一张纸条一本正经地高声读了一遍，然后，管家恭敬地递上一件羔皮藏装和一顶狐皮帽子，由二哥亲手赏给负责饲养藏獒的旺堆。从这天起，旺堆从家仆升为三哥的牧场助理，标志是平时戴在头顶上的羊皮帽换成了金黄的狐皮帽，凡是牧场的仆人都领到了一件粗糙的羊毛制成的藏袍。

除了藏獒，旺堆算是最勇敢的，曾经有一次，一只饿狼咬住了一头小牛的喉头，在这千钧一发之时，他一跃而起，纵到狼背上，一手揪住狼耳朵，一手用刀狠狠地插穿了狼的脖颈。人应该要有勇气，在战争年代，一个人从弹坑里一跃而起，猛虎般扑到碉堡跟前，把爆破筒插入碉堡，轰隆一声巨响，敌人的碉堡消失在冲天的火光里。和平年代，一座楼房被火魔吞噬着，四面门窗冒着浓烟，喷着火焰，一个男子头上包着湿毛巾，冲进火海，抱出困在屋里的孩子交给他的父母，然后消失在人群中。这样的场面，这样的人，值得我们永远铭记，值得我们永远敬仰！无知无畏的勇敢是一种动物的本能，无私无畏的勇敢是人类最高的品德！

还有一个关于狗的事件，令我终生不忘。记得，那时我们家所在的村子里，有个养了很多狗的孤寡老太太，脸上布满了皱纹，头发花白，年过六十。她到底养了多少条狗，全村人谁也说不清，我估计有几十条，每条狗都起了一个很吉祥的名字，比如：狮子头、小雪猪、拉丽、美努，有猎狗、狼狗、哈巴狗、野狗、藏獒，品种齐全。她同这些狗亲密无间，像是知心朋友，又像亲生儿女。那二十来平方米的土屋里，除了她睡的一张木床，全铺着牛皮羊皮，那是狗睡的垫子。屋子中央火塘间的土灶上放着一个一人无法搬动的大锅，是专门煮狗食用的，晚上天一黑，人狗都挤在一起，煮着五味俱全的狗食，再冷的天，屋子里也暖融融的。她的狗既不是驰骋森林的猎狗，也不是守夜护院的看家狗，更不是娇生惯养的宠物狗。她以藏族人的慈悲之心，把狗当做忠诚的朋友，收养了它们。这群狗中有一条白得像乳汁，短腿细腰，耳尖毛光，脖子上系着黑白分明的羊毛绳的小狗，我特别喜欢，经常趁主人不在拿根骨头把它引诱到我家。白天喂多少吃多少，很乖巧听话，可是一到晚上就又哭又叫还抓门咬人，执意要回主人家。

《孟子·滕文公下》："富贵不能淫，贫贱不能移，威武不能屈，此之谓大丈夫。"可如今一些人对金钱的贪欲、权力的角逐、名利的争夺、地位的争吵，表现出的人性还不如狗性。现在想来，"狗不嫌家贫、儿不嫌母丑"是一种多么难得的高尚情操，如果人也像这条小狗，那么布衣草鞋，自有一股飘逸清雅的灵气；粗茶淡饭，自有一份闲适自得的意趣；从佛的角度，那也是具备了不贪之心。一切都是暂时的，一切都会消逝的，不贪是内心平衡的根本，失去的不一定是损失，获得的却是一种精神的快乐，是抛弃一切痛苦的奉献。

一年之后，二哥到寺庙来看我时，我还打听这只小白狗。二哥给我讲了这样一件感人的事：不久前的一天，左邻右舍几天不见老太太和她的狗群，便约了三四个人，来到门前察看。他们轮番着从门缝里向内观察动静，屋子里死一般的寂静。他们打开房门才发现，那放着硕大铜锅的火塘熄灭了，四条腿的简易床不知怎么被推到了屋子中央，老太太像平常一样，盖着破旧的被子仰躺在床上，二十多条狗环绕着这张木床伏地静卧，像个活着的花圈，那只小白狗趴在枕头上，用舌头合上了死者的眼皮，还不停地舔着从她鼻孔里流出的液体，眼里似乎含着泪光。村里一些富裕人家怀着慈悲之心拿出酥油糌粑之类的物品，贫穷的家庭抽出人力，按西藏当地习俗料理丧事。人们在死者的床头点起一盏酥油灯，象征着她的灵魂不灭，把死者的饭碗倒扣过来放在桌上，表示人间的饮食不再食用。还请来几位修过密宗的喇嘛举行超度仪式，让灵魂尽快离开死者的躯体。她的遗体停放了三天，这期间，邻居可怜这几十条狗的喂养，这家拿来狗食，那家拿来骨头，有的搬来自家的狗食木槽，有的干脆端来盛满家畜内脏的陶罐，在屋外摆了一地，可是所有的狗都不吃一口，连眼睛都不看一眼，这些狗除了进出拉屎，整天或卧、或站、或蹲，安静地聚集在屋里。偶尔小狗扑到床上闻闻，大狗趴到床沿舔舔，有的甚至不时用脚爪整理一下从床上垂下的被角。看到这情景，进出这间屋子的人，都感动得眼睛红红的。

三天过后，老太太要出殡了，村里人请来了天葬师，用白色氆氇裹起赤条条来去无牵挂的遗体，驮在白色无角的牦牛背上，村里的一些人在遗体上献上半新不旧的哈达，表达对她贫困一生、孤独一生，却把一切爱和善良都倾注在一群狗上的敬意。天葬台设在离村三十多公里的朱巴寺附近，要整整走一天的路程。出殡的时候，天葬师牵着牦牛在前，几十条饿得肚皮贴在脊梁骨上的狗群，耷拉着耳朵，有气无力地缓缓跟随，送葬的三四个村里人跟随其后。

我们这个村不知道有多少次的出殡，头人贵族的出殡意味着骄傲、横行、奢华，要全村烧香、列队、脱帽、鞠躬，这是不自觉的，奴隶的出殡意味着皮鞭、饥饿、劳动，无声无息。可这天，几乎全村老少都自发地出来，沉重地、庄严地目送这支奇特的出殡队伍。到了天葬台，狗群还恋恋不舍地围拢在遗体旁，飞翔在天上的鹰怎么也下不来，天葬师只好对着狗群大声地喊：“你们不让开，你们的主人上不了天呀!”这一声之后，群狗立即四处散开，各自寻找能见到天葬台的地形，有的蹲在石块上，有的趴在土丘上，目送着主人走向彼岸。后来，传说这群狗就像雕塑，原地再也没有移动过，直至生命的结束。又传说，这群狗在此守候了几天之后，悄然消失在天葬台后面的茫茫林海里。

我还常在报端，看到诸如此类的报道：一个三岁的小孩走失了，寒冷的冬夜，幸运地被一条小狗趴在身上保暖而幸免冻死。一个七十多岁的老人，地震时被压在倒塌的墙角奄奄一息，因他的小狗报信而得救；“文革”时，一位艺术家被造反派揪去批斗，被打得头破血流，专政队又一次拖着他游街示众，当他们再次打骂他时，他的狗突然扑向批斗的人，一阵疯狂地撕咬拼杀，红卫兵在慌乱中喝斥威吓，棒打脚踢，怎么也赶不走，最后用钢棍将狗活活打死。

我十三岁开始学习汉语，一学到狗的词汇，我就纳闷，怎么都是狗的不对，怎么几乎所有的坏人坏事坏现象，都往狗上靠，什么“狗头军师”“狗尾续貂”“狼心狗肺”“猪狗不如”，什么“狗眼看人低”“狗嘴里吐不出象牙”“挂羊头卖狗肉”“狗改不了吃屎”……其实，在现实生活中，喜欢狗、赞美狗、宠爱狗的还是比较普遍，杀狗、卖狗、开狗肉店的毕竟是少数，谁读了这篇短文，不再杀狗，不再贪吃狗肉，我愿真心给他磕个响头。

牦牛颂

青藏高原以独特的地理构造，绝对的海拔高度，被称为“世界屋脊”；更以其神奇的传说，严酷的高寒和珍稀的生物，吸引着世人的目光。据说地球上现存的哺乳类动物共有四千多种，其中被人类驯化为家畜的有四百余种，只有生存在高原天地之间的牦牛以顽强的生命力，养育着智慧、善良、勤劳的藏民族，以狂风吹不倒、暴雪压不垮、严寒冻不死的气势，与日月同辉，与天地长存。

牦牛那穿越时空的明亮而坚毅的眼睛，堪称这个星球上最富活力的生命之井，永远不会被风雪覆盖，不会被坚冰封冻。

千百年来，藏族地区一直流传着这样一个优美的宇宙起源神话。世界伊始，天地混沌，是大鹏鸟奋力展翅分开了天和地。地上只有牦牛，它无私地献出了牛头，便有了巍峨耸立的高山；献出了牛皮，便有了广阔无垠的草原；献出了牛尾，便有了奔流不息的江河；献出了牛毛，便有了多姿多彩的花草。

布达拉宫大殿的墙壁上有一幅引人注目的古老壁画，在远方茂密的森林里，健壮的伐木工人，有的举着笨重的斧头在砍伐，有的拉着宽长的锯子在解料，地上摆满了粗大的原木，上面还描着修整记号。在一个遥远的采石场上，赤着胳膊的石匠，有的抡着铁锤劈石，有的用铁钎撬动，身旁有整齐的队列，肩扛绳拉一块块四方形的巨石，巨石色彩洁白如玉。那看似像宽阔的雅鲁藏布江、逶迤的拉萨河，汹涌澎湃，一泻千里，江面上运送木料、石块的牛皮船，轻盈飘忽，有时像一支箭，在急流险峡中闪射；有时像一朵云，在惊涛骇浪中起落；有时像陀螺，在湍急的漩涡中打转。早在两千年前藏族的祖先就用柳木绷起牛皮，制成牛皮船，当成雪域高原人畜渡河、货物运输的重要工具。

一千三百年前的拉萨红山上只有象征长寿如意插在石堆上的经幡，今天坐落在这里的庄严雄奇的布达拉宫，它的建筑材料是千百年来，靠人背马驮和漂泊在江河上的牛皮船从西藏四面八方运送而来。

大海收潮，海浪泻退。从海面崛起山峰，便有了冰峰雪岭，崛起原野，便有了草原、江河。绵延数千里的喜马拉雅山脉形成一堵巨形屏障，切断了印度洋的暖流，西面的喀喇昆仑山脉，北面的唐古拉山脉，东部的横断山脉，使一百二十万平方公里的西藏高原处在四面环山的崇山峻岭之中。北部辽阔无边的羌塘草原，湖泊星罗棋布，人每天都离不了的盐就出产在此，这里是游牧文化的发祥地。南部高山峡谷的藏南谷地，江河纵横，土地肥沃，青稞就出产在此，这里是农业文明的发源地。

在没有现代交通工具之前，西藏高原无论是终年四处可见的南北盐粮交换，还是牧民逐水草迁徙，或是庄园寺庙的建造，牦牛以顽强的生命力，背负起沉重的高原人赖以生存的一切，就像为攀登高山的人准备了一个可靠的抓手。牦牛站立巍峨挺拔，行走雄伟苍劲，被誉为“高原之舟”。

西藏农区的春天不是从燕子轻捷的翅膀上载来的，而是从健壮的牦牛披红戴花的节日开始的。解冻的冰河哗哗流动，透明的浮冰在水面上沉浮、旋转、消融；被严寒凝固的土地渐渐松软、柔美、生机，春光在群山环抱的农田里由牦牛奏响。人们按照传统的藏历择算出开播的吉日，清晨农家各户派出代表站在各自村寨最高的屋顶，一言不发地注视着东方的天际。渐渐地东方发白，继而蜿蜒起伏的群山之间拉开金色的天幕，呈现万道金光，然后一轮红日喷薄而出。农区沸腾了，海螺吹响，铜锣敲响，人们穿着节日盛装，佩戴传统装饰，围绕牦牛，以隆重的仪式、喜庆的神采装扮耕牛。每一头牦牛的额头上，粘贴上日月形的酥油花，象征着在地球的第三极，只有牦牛与日月媲美；朝上弯曲的牛角上，绑着五色的彩旗，象征着雪山之父赐予的桂冠；粗实的脖子上，挂上一串叮当作响的铜铃，象征着咏唱古老的藏地秘史；宽厚的肩胛上，披着缀满贝壳的彩缎，象征着农田万亩播出金色的丰收；下腹黑色的长纤粗毛上，点缀着白色羊毛，象征着农民的感恩之情。本来形体高大、身躯健美的牦牛，经过这份装饰，更显得高大庄重，威风凛凛。

男人扛着木犁，妇女背着种子，人们牵着耕牛，带着食品，成群结队，唱着古老的歌谣浩浩荡荡地走向田间。农田四周烧起香草，芬芳的烟云弥漫田野，犁手们从怀里掏出散发着新木清香的木碗，姑娘们端起绘有吉祥图案的陶制酒壶，第一杯醇香的青稞酒洒向空中，敬天敬地，表达对大自然的感恩；第二杯洒向木犁，感谢祖辈智慧创造的二牛抬杠技术，传承了千年；第三杯敬给耕牛，“今天是您的蹄印，明天是青稞的诞生”，感谢牛的耐力、牛的生命，让一个民族在雪域高原繁衍生息。

藏北高原，是空旷静默的原野，平均海拔四千多米，三十多万平方公里的土地上居住着四分之一的西藏人口。高寒的自然环境决定了人们的生活方式，在这不可耕作的土地上，游牧是唯一的出路，牦牛是所有人的生命、生存、希望的寄托。无论青草繁茂的夏季草原，还是寒风刺骨的冬季荒野，星散的牦牛帐篷彷徨于天地之间。如果说雅鲁藏布江漂泊的牛皮船，曾经是一个民族动荡的居所，那么藏北高原上牦牛毛织成的帐篷，现在是一个民族安居的宫殿。随着季节变换牧场，追逐水草游牧迁徙，易搭易折的牦牛帐篷是牧民们的温馨之家。帐篷有大有小，小的二百多斤，两头牦牛驮着走，大的上千斤，十头牦牛驮着走。三百年前，那曲三十九个部落的总头人，制作了一个硕大无比的牦牛帐篷，据说用了一万头牦牛的长毛，一百五十个牧民缝制了十年时间，可以容纳千人聚会。后来这一地区叫巴青宗（意为大帐篷县）。藏北牧民清晨起来，第一口喝的是从牦牛奶中提取的酥油打出来的酥油茶，中午吃的是风干的牦牛肉，晚上睡前再吃一碗稠如豆腐脑的酸牛奶。帐篷四壁堆放着盛满酥油的牛皮箱，装着青稞的牛毛编织袋，夜里盖的牛绒被，待客用的牛皮垫子，用来捆绑货物的牛皮绳，还可以看到喝酒用的牛角做的杯子，防雪用的牛毛编的眼罩，数不清的牦牛制品，无论是宽敞的还是狭小的牦牛帐篷都是一个牦牛制品博物馆。所有牧民穿着牛皮底的靴子，春季去北方驮盐，秋季去农区换粮，早晚去草场放牧，翻雪山过草地，牛皮底鞋的足印踏出连绵深沉的踪迹。

在西藏，做工考究、不同等级的官鞋，结实艳丽、各种式样的民鞋，款式独特、色彩斑斓的僧鞋，鞋底全是牦牛皮，只是厚薄、软硬的区别。在雪域高原，历经沧桑，穿越腥风血雨与人寸步不离的还是那张张牦牛皮。每一座牛毛帐篷中央都立着藏式炉灶，牛粪火烧得通红，成了一块块鲜红的火球，它是雪域人间不落的太阳，温暖着祖祖辈辈的牧民。帐篷左右堆放着的干牛粪，似半圆形的棱堡，围着帐篷垒起的牛粪，像城墙的基脚，这是牧民自行置备的唯一燃料。信念的经幡总是在牦牛帐篷的顶端飘扬，帐篷北壁正中的佛台前，点着火苗闪动、若明若暗的酥油灯，是草原人们灵魂的寄托，它用的是每天第一桶牛奶打出的酥油。这牛奶打出的酥油，滋养过多少高原女子美丽的容颜，强壮过多少高原汉子坚实的臂膀。

藏北高原，夏季闪电划过长空，连绵不断的滂沱大雨倾盆而下，发出铿锵的金属般的声音，纺织紧密的牦牛帐篷滴水不进；秋天，大风呼啸横扫旷野，卷起漫天枯草沙尘，有时一阵暴风在草原上盘旋，卷成螺旋，裹起地面上的飞鸟走兽，酷似铁爪插入地壳般神奇的牦牛帐篷，安如泰山；冬季，凛冽的寒风横扫荒野，纷飞的大雪铺天盖地，一脚踩在雪地上，陷下半尺多深，厚实保暖的牦牛帐篷灌不进冰冷的寒气。以牛羊为生命，以风雪为伴侣，一顶帐篷、一群牛羊便是牧民赖以生存的全部家当，经久耐用的帐篷可以相传几代人，沿用上百年。

西藏因千百座雪山的耸峙而离太阳最近，因千万条江河的渊源而与人们最近。出行途中翻越海拔五千米以上的山口是家常便饭。在那路经最高的山梁上，堆放着塔形的玛尼石堆，像佛塔，似城墙，最顶上摆放着牦牛头骨，有的前额上刻着六字真言，有的牛角上挂着白色哈达，尽管风吹日晒，不仅看不出荒芜衰颓的痕迹，反而比活的牛头还要高远，还要精神。古往今来，镌刻在藏民心底的生死轮回、因果报应的哲理，促使人们祈愿一切有生，像山峰间盘旋的鹰，向着天空越飞越高，一生比一生闪耀。路人途经这里，都会驻留片刻，以虔诚之心，双手合十，举过头顶，仰望依附平安神灵的牛头，默默祈诵一切美好的祝词，有的绕行一周，然后带着神灵的护佑和自己的祈愿静静地上路。如果说高耸云端的雪峰是雪山之神，与它并驾齐驱、白云缭绕的牛头便是众生之神。

在雪域高原，无论象征佛教的巍峨壮丽的寺庙，象征富裕的富丽堂皇的庄园，象征政权的易守难攻的堡寨，还是破旧简陋的平民住屋，在门枢上、屋顶上、院墙边，都安放着大小不一的牦牛头，藏族文化中牦牛是一种雄厚的力量、不屈的精神和神奇的智慧。藏族先民以牦牛为氏族部落的图腾，因为第一个藏王聂赤赞普从天而降，做了六牦牛部落的主宰，自此崇拜牦牛的文化在民间根深蒂固地延伸至今。

白色牦牛是神的象征，是牛群中的尤物，给人以无穷的幻想与无限的神秘。藏族把白色作为吉祥、纯洁、温和的象征，千百年来，西藏高原是雪的世界，高原特色礼物中缺不了一条白色哈达，饮食中少不了白色酸奶，迎接贵宾铺的是白色毡子，欢乐节庆洒向空中的是白色糌粑。念青唐古拉宗山、玉穷那拉，这些神山的化身都是一头白色的牦牛。有一种两耳间隆起肉瘤的无角牦牛，性格温驯、平静，体态灵巧、轻盈，是牦牛中的精品。如果是母的，产的牛奶最多，长出的绒毛最柔，打出的酥油最黄。如果是公的，也许是高僧的坐骑，主人的宠物，也许是屠宰场的首选目标，因为它的肉最嫩。战场上牛角号吹响，是冲锋的信号；歌舞中牛皮鼓敲响，是高潮的开始；屋顶上挂起牛毛旗，是胜利的象征。

在浩瀚的藏族古代文学中，以天真的想象、神奇的故事、生动的语言、迷离的色彩，讲述着牦牛的故事：人们杀了一头牦牛，不小心丢了一块肉，被公鸡偷去做了鸡冠；不小心丢了一支角，被犀牛偷去做了鼻角；不小心丢了一块皮，被山羊偷去做了围脖；不小心丢了一块油，被喜鹊偷去贴了肚皮。曾经有一个魔王身骑战马，督率大军，要侵入藏地，弄得百姓惊惶失措。一头牦牛临危受命，冲向魔军，牛鼻里吹着毒气，牛嘴里喷着火焰，牛眼里闪着雷电，牛身上射出利箭，四蹄腾起，快如飞箭，把敌军打得七零八落，溃不成军，最终捍卫了藏族人的美丽家园。所以，至今在藏族习俗中，人们相信牦牛朝上弯曲的锐角、洁白宽阔的颅骨能护佑善良的人们平安吉祥。

无论文化、习俗、信仰，如果没有得到人们普遍习惯的支撑，都很难延续和传承。世界上最宽阔的是海洋，比海洋更宽阔的是天空，比天空更宽阔的是人的心灵，高尚的心灵将感恩埋在心底，受牦牛文化恩惠的藏族人，自然激发出由衷的信仰，言语的赞美，行为的回报。在西藏那些精美坚固、暮鼓晨钟的大小寺院里，沿墙悬挂的画面生动、色彩鲜艳的唐卡，具有深厚的佛学色彩和神秘气氛的壁画，还有扬眉怒目、狰狞可怖的护法神，瘦骨嶙峋、形态乐观的阿罗汉，神采飞扬、刚健英武的密宗神，端庄美丽、智慧安详的圣母佛，无论是铜铸、银制、泥塑，慈祥的、威猛的、风趣的、恐怖的个个栩栩如生。许多造型要么头上长着牛角，要么胯下骑着牦牛，要么手里挥着牛尾，佛经故事、神话传说和宗教仪式中随处见到牦牛的形态。许多寺庙挂的《牛头明王》唐卡，画面是人身牛头的愤怒相。相传，有一位修行者很有神力，为了精进修行，选择一处山洞修行。年复一年，日复一日的禅定修行，将要达到完美的涅槃境界时，他的魂魄出离身体进入虚空中。这时，恰好一群偷牛贼，偷了一头牛进入山洞，把牛杀死，你争我夺地分享牛肉，猛然看到那位修行者的身体，害怕他会泄露天机，便一刀砍下他的头颅，随手扔进了山谷。修行者虚空神游的观念意识回到身体，发现自己的头颅不见了，急忙寻找，可怎么也找不到。这时死神阎魔天，拿起被偷牛贼砍下的牛头装到修行者的脖子上，让他成为恐怖死神，杀死了所有的偷牛贼，还到处滥杀无辜，整个藏区笼罩在血雨腥风之中。这时虔诚的众生聚集起来，祈求智慧的文殊菩萨显灵，文殊化现出牛头，变化出愤怒相，降服怒火。

对于今天的人们敦煌这个名字并不陌生，可从这里西行两千公里的崇山峻岭间，隐藏着规模宏大的第二敦煌——西藏萨迦寺。这里与其说是一座佛教寺庙，不如说是一座文化古城。公元13世纪80年代，距今六百年前，全西藏的能工巧匠都聚集在这里，还请来了汉地、印度、尼泊尔的能工巧匠，大兴土木。全西藏最高学位的寺院僧人，最有学问的官界人士，最懂文化的民间艺人，汇聚在此，整理书写着浩如烟海的历史典籍。今天一座二十万平方米的三层大经堂，储藏着十多万卷的经卷。这些经卷，有人说千人书写需要五十年，也有人说万人书写需要三十年，其中，最大的一部经卷两米多长、一米多厚，五个人才能搬动。这些经卷的保存，一靠雕龙画凤的优质木材板夹，二靠宽长结实的牛皮绳捆绑。这十万卷捆绑用的牛皮绳，不知用了多少张牛皮，连接起来其长度可达千里万里，在那个年代除了牛皮再也找不出第二种替代物，牦牛在这里是不可或缺的精神与物质的力量。

藏戏是西藏古老的传统戏剧，表演者都戴着面具，牧区的赛马节，农区的收割节，寺院的跳神节，民间的过年过节，藏戏表演无处不在，是当今世界为数不多的面具戏。其开场、中间的高潮和结尾总有一段牦牛舞。一对雄健的牦牛出场，一个身穿羊皮袄、头戴狐皮帽、腰别长刀的牧民伸长脖子出人意料地高喊：“牦牛胜利了，天上的星星吉祥闪亮，地上的鲜草吉祥生长，吉祥的牦牛带来快乐的欢笑。”一对牦牛配合默契，舞蹈动作多姿多彩，时而斗角打滚，时而蹦跳碰撞；时而安静觅食，时而嬉戏打闹。依次上场的有，红色面具，红色是火的象征；绿色面具，绿色是水的象征；黄色面具，黄色是土的象征；水、土、火是生命的源泉。至于半白半黑的面具，显示两面三刀；丑陋狰狞的面具，显示威压恐怖；花花绿绿的面具，显示阴险毒辣。据藏文典籍记载，这种牦牛舞起源于公元7世纪，公元8世纪西藏佛法僧俱全的第一座寺庙桑耶寺落成庆典上表演过，从此，西藏重要的庆典活动中都少不了牦牛舞的表演。三百年前，当时统治者把古老、雄健的牦牛舞表演职责交给了地处拉萨河畔山水风光如世外仙境的协荣村，组织了几个牦牛舞蹈队，每逢拉萨的大小节日他们都要无偿地去演出。

牦牛的祖先是野牦牛，野牦牛的祖源在藏北。今天在西藏北部的无人区，仍然能看到几头、十几头多少不一的野牦牛群，它们在雪山和草地间行走觅食，神态安详，悠闲自在。野牦牛是国家一类保护动物，现存总数一直没有精确的统计。野牦牛是放大了的牦牛，相貌、体形、色彩相差无几。体重大的上千斤，小的几十公斤。相传，曾有一个猎手杀了一头野牦牛，扔掉牛头、内脏，雇了十多头牦牛才驮走。野牦牛体形高大，雄伟健壮，它的两支角之间可以并排站立两三个人，野牦牛的舌头上长着尖硬的舌刺，它对侵略者的攻击不全是角顶脚踩，还用舌舔，轻则皮开肉绽，重则血肉开花，晒干的牛舌锯成方块可以用来当梳子。牛头皮子三寸多厚，晒干的牛皮被牧民用作切肉的案板，代替金属做成马鞍、牛鞍。

西藏著名游僧土巴仁青写下了二百年前迷失方向，误入藏北无人区，见到野牦牛的壮丽景象：广阔无边的草原，青绿闪亮的河流，心情愉快，弯下腰，捧水解渴，瞭望远方，落荒而逃的时刻到了。一大群野牦牛从天际像乌云般滚过来，仔细一看像一堵黑墙，排成列队，足有一千，可能上万。旋转粗实的锐角像长矛朝向天空，似乎能听到从鼻孔中发出的低沉粗犷的吼声，蹄下的草地怎么能承受起群峰般的压力。

野牦牛生活在海拔五千米左右高寒缺氧的自然环境，它的生命被环境定格，又被环境改变，野牦牛本身就是生命在大自然中拼搏生存的见证。

我不愿意说骆驼是沙漠的怪胎，毛驴是幽默的小丑，我只觉得牦牛是藏民族的生命和希望，人骑在牛背上，就像站在巍峨的山岗。奔腾的牦牛像跃涧的猛虎，安静的牦牛像不倒的佛塔，每当成群的牦牛在高原缓缓游动，似乎脚下的群山就开始悠悠行走。

阿妈拉巴的酥油灯

佛教把智慧比喻为灯，师徒传法，继承法脉，被称为传灯、续灯。昼夜长燃的灯破暗为明，普照世间，启迪滋养人间智慧。生活中人性大爱的灯盏，是人类的第二太阳，无限的宽恕、无穷的温暖，照亮人间的漆黑与孤寂。

有这样一个酥油灯的故事，几十年来，始终萦绕在我的脑海中，挥之不去。1982年，我在西藏日报社任副总编辑。一天，拉萨西郊大站的一个宣传干事来到报社，说是有一件好人好事需要报社帮助宣传。西郊大站其实是一个部队单位，所属青海格尔木解放军总后勤部青藏兵站部。青藏兵站部是正师级单位，下属好几个汽车团，西郊大站是个团级单位。在那个年代，铁路是舍不得摒弃的梦想，空运是看得见够不着的湖中月，拉萨乃至西藏守边的解放军、机关单位干部职工以及广大农牧民所需的生活物资，从一根银针到一双筷子，吃穿用品，都靠解放军的汽车和地方运输车队在千里青藏线上日夜不停地运送。部队的汽车都在西郊大站卸货，那里是一个货物集散中心。那位宣传干事，标准的笔直的军人身材，略显得有些清瘦，合体的草绿色军装，帽檐上的红五星，领口上的红领章，整齐的斜挎皮带和腰带上佩带的手枪，更加衬托出一种英姿勃勃、神武有力的风采，那清癯的脸上还蕴藏几分投笔从戎的俊朗。他站在我办公桌前，那闪烁着乐观自信光芒的眼睛，端正认真地注视着我，滔滔不绝地讲述着阿妈拉巴的感人故事……

不久前，部队的一辆汽车在当雄县一个牧区因道路结冰、汽车打滑，不慎轧死了一个牧民。这次事故交警部门确定部队车辆负全责，肇事士兵当时就被关了起来，可是死者家属——一个藏族老阿妈，却再三要求从轻处理肇事司机，部队送去的慰问金一分不收，送去的米面一一退回。宣传干事眼里闪着泪花激动地说，这个藏族老大妈太伟大了！太善良了！你们要好好帮我们宣传一下。

我当即派了一个记者下去采访，几天以后记者回来跟我说，死者家属不希望在报纸上出现自己儿子的名字。因为藏族风俗中，死去的人就不能再叫他的名字，甚至邻近、同村重名的也要改名，认为提死者名不吉利，也不利于死者的灵魂转世。这个藏族老阿妈只有这一个儿子，她的丈夫也已经去世，现在只剩她一个孤寡老人了。一个人的生命是短暂的，只有高尚的道德才能把它留传到久远的后世。阿妈拉巴的言行既朴素又高大，能点亮人间善良和爱的心灯。于是我约了拉萨市交警大队副政委尼玛一同前去当雄。

当雄属拉萨市的一个县，从拉萨出发，沿着笔直宽敞的青藏公路向东二百公里便到达县城。那时县城一半是黑白相间的帐篷，一半是土坯建盖的饭馆店铺，总人口不到两千。县城四周是一片瑰丽的百里牧场，青绿的牧草，鲜艳的野花，纵横的溪水，安静得像个无风的大海。县城往北七十公里，翻越一座海拔五千米的高山，更是风光秀丽、丰艳多姿，那里有个神湖，叫纳木错。山静养心，水动慰情，现在纳木错湖已成凡去拉萨旅游的人必去的目的地。

我的同伴尼玛，身材稍胖，个子不高，高原的太阳脸庞黑里透红，穿一件白色制服，领上、袖口有橘黄色的条纹，还戴着橘黄色的肩章，手里拿着一根黑色胶棍，他用直线式的思维去理解人世间最曲折的事物，因此在拉萨城里，几乎没有不认识他的，人们提起他都有些敬重甚至敬畏，这个案子就是他负责处理的，他向我介绍了车祸的经过。

出事那天天寒地冻，前晚下了一场雪，部队的三辆军车离开青藏线主干，开向通往当雄雷达站的支线运送物资。道路高低不平，两条深深的车辙印里时而有冰，时而汪水。在一个转弯下坡处，第一辆车忽然发现坡下来了一群牛羊，司机连忙踩下刹车，结果车轮在冰上打滑了，碰巧放牧的小伙子看见汽车来了，急忙冲上道路驱赶牛羊，失控的汽车轧向小伙子，还撞死了三只绵羊。后面的军车立即停了下来，解放军战士急忙把最后一辆车上的货物卸下一半，掉头将受伤的小伙子送往当雄县医院。

道路上满是残雪泥浆，颠簸摇晃，天黑了才赶到县城，医生建议立即手术，县医院里连无影灯都没有，人们用几只手电筒照着做完了抢救手术。遗憾的是小伙子伤势太重，流血过多，没能抢救过来。事故发生后，交警部门的处理既要征求死者家属的意见，也要征询部队的意见。部队很重视，主动承担责任，请求从严处理，汽车团团长是个50年代进藏的军人，他跟尼玛说："我们是人民子弟兵，藏族人民是我们的亲人，我们是为藏族人民服务的，以铁的纪律约束自己，不能侵害老百姓的任何利益。今天出了这么大的事故，首先我要负责任，接受上级处分，其次请求严判肇事士兵，哪怕死刑。"

1950年冬天，昆仑山上狂风翻滚，大雪纷飞。一支解放军部队，从昆仑山北麓出发，在零下40摄氏度的严寒中向着西藏阿里进军。

他们翻越海拔六千多米的雪峰，爬过一百多公里的冰山深谷，来到雪山绵亘、人烟稀少的阿里。又在野羊成群、野驴奔跑的荒滩上驻扎下来，在岩石旁拴好战马，在雪地里扎下帐篷，在冰河边架起炉灶。冬天寒冷而漫长，大雪封山，后续物资无法运送，他们所带的口粮剩下不多，只好每天每人吃三碗炒面，渐渐减少至两碗、一碗，直至维持生命。这里氧气只有内地的百分之四十，捡柴、放哨，人一动，心慌气喘，全身发软，手唇开裂，常流鼻血，洗脸也只能抓一把雪擦擦，生存条件十分艰苦。

为了生存，部队只好组织战士到荒山野岭打猎，但他们从不拿老百姓的一粒粮、一块肉，还特意制定了几条纪律，其中规定打死牧民家畜、误伤群众者开除军籍。就这样，这支百十来人的队伍，九个多月时间，没有人尝到过蔬菜的滋味。春天来了，春风吹了，百头骆驼组成的运输队，才运来了祖国人民支援的食品物资。这位团长是这个后续部队的战士。那时进藏部队纪律严明，把军民关系看得比眼珠子还重要。50年代初从四川进藏的一支部队，一个士兵不懂西藏风俗，看见天上飞的兀鹫，抬枪就将它打了下来。开枪打死西藏的神鹰，这下闯了大祸，部队当即将这个士兵抓起来，送军事法庭审判，有的部队首长甚至提出先判处死刑，然后追认为烈士算了。打死一只鹰尚且如此，更何况轧死一个人。

尼玛向我叙说了老阿妈拉巴的意见。出事第二天，八个解放军把死者的尸体送回阿妈拉巴家，她才知道自己的儿子出事了。之前邻居把牛羊赶回来，她还不知道儿子去哪里了。现在转眼母子阴阳两隔，自然是非常伤心。当时她的一个侄儿气得要跳起来打解放军，说阿妈拉巴儿子一死，就等于房子的大梁没了。但被阿妈拉巴拦下了，说人已经死了，让儿子投生转世、超度亡灵最为重要，快去请喇嘛来念经、点酥油灯、做超度法事吧。

不久，拉萨西郊大站的副站长、肇事司机汽车连的连长带着几个干部和士兵，手捧哈达，身背大米，肩扛茶砖，怀揣一万元，来到阿妈拉巴家门口。连长让随行的战士卸下东西，跪在阿妈拉巴面前赔罪，自己首先脱帽致哀，请求她原谅。阿妈拉巴连忙将连长和士兵们一一搀扶起来，明确表示：你们是解放军，过去进藏受了苦，现在运送物资还在辛苦，你们已经够好了；我现在只身一人，送来的东西我一概不能要，这钱若是国家的请用于军队开支，若是你们个人的建议拿到寺庙供灯吧。

阿妈拉巴的善良与容忍是发自内心的。50年代父母双亡，被一家富裕的牧民收养，成了远近闻名的放羊能手。她放牧的羊群从没被狼吃过，她放牧的羔羊从没被鹰叼过，她放牧的牲畜冬天从没被饿死过，春天从没有摔伤过，只只膘肥体壮。在一次赛马会上，一个大头人发现拉巴长得机灵，便用十只绵羊换到自家。当地羊体格小、毛色杂、产毛少，她为了主人发家，从另一个部落借来五只公羊，改良羊种。转眼三年，六十多只改良羊，体质健壮，皮毛厚实，四肢粗壮，毛色纯净，产毛量大增。就在这时，一场意外事故发生了，她给羊喂盐水时，不小心把土制的草原灭鼠药当盐巴放到水里。羊喝完水，一个个倒在地上，嘴里吐着白沫。这简直是晴天霹雳，拉巴瘫倒在地上，吓得浑身直打哆嗦。头人的管家把她毒打了一顿，然后赶出了家门。

事故发生后的第四天，阿妈拉巴依照藏族习俗，将儿子送到西藏著名的直贡寺天葬台。把儿子放牧的牛羊卖了三十多只，换得的钱送到直贡寺，分别请喇嘛们做法事、点酥油灯或布施给穷人。剩下的牛羊交给亲戚代管，而她自己每天只专注于做两件事：一是为儿子点一盏酥油灯，并请一位喇嘛在家诵经祈祷；二是她自己手不离佛珠，口不离“嘛尼”，发愿要念一千万遍“嗡玛尼叭咪哞”为儿子的亡灵超度转世。一个藏族母亲，对儿子的深厚感情，就在这不断重复的玛尼经中和那摇曳不熄的酥油灯里。我想，这是一种多么虔诚而伟大的母爱。

我和尼玛聊完了车祸的经过，阿妈拉巴就像一座山，还没有见到，却已经有了熟悉的形象。一个人做了一件不会被众人所遗忘、被陌生人所敬重的事，那这个人值得读、值得写。一片连绵不断的草原在碧蓝的天空下伸展着，整个地面形成翠绿的海洋，上面点缀着五彩缤纷的花朵。新建的帐篷一座座散落在草原上，尽管七月盛夏，太阳当空，打开汽车窗户，却感到难抵簌簌的凉意。一群群白色的羊群，一批批黑色的牦牛，悠然地吃着嫩草，眼前像一幅美丽的油画，比画还美的是正在追寻的阿妈拉巴的心。我们开着车在牧场上转了半天，因为有不少的大妈都叫这个名字，后来问“家里出了车祸的阿妈拉巴”，才找到了她的家。她是一个朴素谦和得没有任何特点的老人，瘦小、黝黑，背已经很驼了，从她的外貌你就可以想见她大半生辛劳，没有享过几天清福。她的家是一座牧区特有的矮小土坯房，只有一个窗户，屋子里很暗，却有一盏明亮的酥油灯供在佛龛前，照着整个屋子，一个喇嘛盘腿坐在藏式木床上，闭目专注地祈诵着超度经。阿妈拉巴请我们在屋外坐下，由于她认识尼玛，误以为我是公安局的领导，没来得及端上茶就一再向我解释道：我的儿子死了，我不希望再有一个人失去儿子，哪家小孩不是父母的心头肉；无论什么人痛苦越少越好，痛苦如果一再叠加，精神就要崩溃，一家就要牵连；我的儿子离开了阳世，是他的命到头了，一棵树死了，你不能把另一棵树的根也刨掉吧？我原谅了肇事司机，你们也要宽恕肇事司机。说着说着，她匍匐在地，双手合十，向我磕头。

肇事的司机叫刘志，出生在气候温和、物产丰富的人口大省河南。70年代末，他从一个技工学校毕业后，参观了一个西藏阶级教育展览，他深深地被西藏美丽的风景所吸引，被藏族人民的善良所感染，开始梦想着到西藏去工作。正好一天，格尔木西藏兵站招兵，通知中明确要求要招驾驶兵，要在艰苦的千里青藏路上为藏族人民运送物资，他没有跟家里人商量就报了名而且很快被录取。临行前，父母怎么也舍不得，当时信息闭塞，去西藏工作，好像要到天边，要到无法回来的遥远的陌生世界。他苦口婆心做父母的工作，与相爱的女朋友海誓山盟，保证回来结婚，永不变心。他肇事后不久，他的父亲专程从河南赶来，坐火车、搭汽车、走山路，整整用了二十五天才赶到当雄。他给阿妈拉巴带来了一堆河南的土特产和一万块赔罪钱。当时，这可不是一笔小数目，内地一个万元户都风光得不得了。刘志家是普通的农民家庭，这笔巨款是他父亲东挪西借凑来的，目的当然是想保下儿子一条命。

刘志父亲来到当雄县，心里忐忑不安地嘀咕，儿子造成人命，人家又是独子，见了这藏族老太太，她会不会放声大哭，会不会跺脚骂人。最终还是鼓足勇气、壮着胆子，找了一个翻译来到阿妈拉巴家。没想到，阿妈拉巴热情接待了刘志的父亲，还让他住在自己家里，每天为他打酥油茶，她对刘志父亲说，你拿来的钱我一分也不会要，如果是你借来的钱，以后要还债，你还债就等于我在还债，就是我的罪孽；请放心吧，我会帮忙保你儿子出来；我的儿子不在了，你的儿子不能再失去；我已经把他也看成是我的儿子了。心怀慈悲，像布施一碗酥油茶、一块糌粑一样将自己的爱惠及于他人，哪怕是自己的仇人，这就是一种大悲心。在阿姆拉巴看来，如果说众生皆父母，那么一个汉族儿子，也是她的儿子。

我第二次去看望阿妈拉巴是在一次大雪灾之年。那一年西藏牧区遭遇罕见的大雪，雪连续下了三个多月，整个当雄区域大雪封盖了草场，积雪堵死了公路，几万头牲畜受冻挨饿，上千户牧民燃料紧张，许多牧民家的帐篷被雪压垮了。有的房子雪高过了门窗，人困在里面出不来，只好从屋顶烟囱中爬出来。牲畜饿到牛吃羊、大羊吃小羊的地步，一些牧民们不得不把马鞍、牛鞍都烧了取暖做饭，有的拆了学校的门窗，甚至掀了屋顶，把木料分发给牧民做燃料。我去当雄救灾，心里自然惦记着那个失去了儿子的老人阿妈拉巴，她孤身一人如何抵御这百年不遇的严酷雪灾。可是，当我来到阿妈拉巴家时，我简直不敢相信自己的眼睛。这个家就像一个救灾物资中转站，青稞、大米、煤油、牛粪，甚至连汉地的白酒，一应俱全，都快堆成了小山。阿妈拉巴笑容可掬地站在屋子前迎接我，她的样子看上去哪里像一个灾民？倒像一个准备过节的老人。屋子里，酥油灯依然摇曳，喇嘛依然在诵经。

我坐在阿妈拉巴家暖和的火塘边，听她讲，这些物资并不是当地政府的特别照顾，而是路过的解放军给她送来的。原来，刘志所在的汽车连，路经当雄正遇上大雪封堵，连长当即命令士兵们卸下车上的物资，把牧民受困的牛羊装上车拉走转移。他们还给格尔木总站发报，请求派车拉上青稞、煤炭等救灾物资，沿途分发给灾民。阿妈拉巴自然成了他们第一个前去救助的牧民家庭，以至于屋子里都堆不下这些东西了，不得不摆放在屋外，还得用氆氇毯子盖起来。一个老人哪用得了这许多的东西，阿妈拉巴又把这些生活物资分送给邻近的受灾牧民。即便是遇上了这样的大雪灾，老人家中的物资送都送不完。

善良真诚是人类的老师，比硬性教育、强制学习更快、更强烈地铭刻在人们心里。这些子弟兵，感受了一个普通藏族大妈的纯洁人格，他们以涌泉般的感恩相报。那一次大雪灾，当雄县牧区没有冻死一个人。如果以一个信佛的人眼光来看，这是一个老人慈悲心的现世福报。正是这次探访，我才得知刘志已经判了刑，在阿妈拉巴的苦苦哀求下，给了当时最轻的处罚——劳教三年。阿妈拉巴料理完儿子的后事之后，就跑去看望拘押在看守所的刘志，按藏族习俗提着酥油茶、带着风干牛肉。起初看守所还不让她进去，说什么：你又不是嫌犯的什么亲人，连看望对象的名字都说不清楚！阿妈拉巴连比带画，总算让人弄明白她就是受害者的母亲。终于见到刘志，把带去的东西给了他，一再叮嘱刘志没事多看书学习，自己会尽全力帮助他减轻处罚，还要为他念经、祈祷，请佛祖保佑平安。刘志当即感动得哭了。阿妈拉巴还以藏族人的直率向看守所的负责人提出：希望放他出来，这个解放军你们不能骂，更不能打，他吃不惯西藏饭，给他做点内地菜。看守所当然没有放人的权力，但将阿妈拉巴的要求如实向上级部门作了反映。不久，阿妈拉巴搭了顺风车，真跑到拉萨西郊大站、拉萨市交警队挨个儿给刘志求情。这个与肇事者素昧平生、又有冤怨的藏族老妇人，没有要一分钱的赔偿，更没有声泪俱下地哭闹，反而一脸真诚地为肇事者开脱，所有部门为之感动。

在千里青藏公路沿线，传遍了藏族老阿妈的感人故事。青藏线上穿梭奔跑的司机们，无论是解放军还是地方上的驾驶员，听说了阿妈拉巴的故事后，许多路过当雄吃饭休息的司机都要特地去看望一下，给老人送一些吃的、用的。一个普通的藏族老人，何以轻易征服这些走南闯北的汽车驾驶员？我想是老人的虔诚、善良、宽厚、淳朴以及博大无边的大爱感动了他们。这种大爱，就像黑暗中的一盏酥油灯，既指引了亡灵，也温暖了千万人的心灵。那些年在青藏线上跑的汽车，见到放牧的、朝圣的藏族人，只要路边站着人，都会主动停下车来，主动关心询问要不要搭车。这已经成为青藏线上的一道独特的亮丽风景。

车祸发生两年了，牧区风调雨顺，无灾无祸，但阿妈拉巴屋子外照样堆满了司机们送来的各种生活物资，还得用防雨的毛毡子遮盖起来。这时，老人已经从丧子的悲痛中恢复过来，为儿子点的那盏酥油灯仍在闪亮着，喇嘛超度亡灵的诵经声仍在吟唱。刘志就在离当雄县不远的扎朗县劳动改造，很快就可以出来了。她几乎每两个月就去看望他一次。刘志对阿妈拉巴说，他出来后，要回当雄为老人盖一所房子。

我第三次去阿妈拉巴家是车祸发生四年之后的夏天。当雄是离拉萨最近的牧区，每年夏天要举行盛大的赛马会，拉萨四周的农牧民和商人都要前去观看赛马，进行农牧物资交流。草原上碧绿连天，野花竞放，生机盎然。阿妈拉巴家的老房子还在，里面的那盏酥油灯仍然摇曳不熄，喇嘛的念经声时断时续地传出屋外，不同的是在老屋的另一头，一座新房的地基已经打好，一个小伙子正在那里打土坯。这是一个精壮的小伙子，身高在一米八左右。阿妈拉巴穿一身整洁的藏装，里面的衬衣还是不丹丝绸做的，人看上去又精神多了。她看见我后，便向那小伙子招呼道："阿吾，快来见见自治区的领导。""阿吾"在牧区藏语里是"儿子"的意思。原来，这个小伙子就是刘志，他已经提前一年结束了劳教，自愿来到阿妈拉巴家。他父亲曾告诉他，阿妈拉巴是菩萨心肠，住在她家心里很温暖，可是夜里冷得不得了。他牢牢地记住了这句话，在心里默默地想，为了报答恩情，将来要为阿妈拉巴盖个房子。为了实现这个愿望，他在劳教所专门学了打土坯砖，还向藏族伙伴学会了藏语。现在，皮肤已经晒得黑里透红，跟当地藏族牧民几乎没什么区别，只有从五官轮廓上，还能依稀辨认出汉族的模样。这小伙子腼腆、朴实，话语不多。我问他想家吗？在牧区生活习惯吗？他只是简洁地表示，我要报恩，我要报答阿妈的救命之恩。

我们聊天时，阿妈拉巴在一旁给我们打酥油茶，一个藏族大妈，一个汉族儿子，两人时不时轻声交谈几句，真是一对和睦、默契的母子。从阿妈拉巴整洁干净的衣裳上，我看出刘志的孝顺；从刘志快乐健康的笑容里，我也看出一个藏族阿妈对一个汉族儿子的关爱。

我最后一次看望阿妈拉巴的具体时间已经记不清。那时，改革开放的春风已经吹遍了整个藏区，农牧民们逐步走上劳动致富的道路。许多原有的生活方式也在慢慢改变着，比如定点放牧、承包草场。牧民不用再过逐水草而居的游牧生活，生活设施齐全的水泥砖房取代了简陋的帐篷。公路边设立的广告牌上，很喜气地用红字工整地写着：当雄牧草好，肉奶吃不完！当雄牧草好，牛羊放不完！

阿妈拉巴左右有了好几家邻居，都是崭新的房子，我去的那天门口站满了大人小孩，都穿着藏装，只有她左右一男一女，穿着汉装，那男的是刘志，那女的中等身材，体态丰腴，长发披肩，白色短大衣，黑色百褶裙，面颊红润，在草原上显得十分时髦和抢眼。阿妈拉巴像待自己女儿似的，牵着她的手，笑眯眯地向我介绍说，这是刘志的女朋友，从河南过来的。我说："你千里寻夫，追刘志到这里来了。"姑娘的脸一下红了，人间的真话本来不多，一个女子的脸红胜过一片真话。更让我惊讶的是，刘志由于有一手打土坯砖的好手艺，组织了几十个藏族青年和他一起打土坯砖，成立了砖厂，牧民有了钱，都在盖新房，土坯砖的需求量大，到了刘志大显身手的时候。慢慢的，刘志被牧民称为"刘老板"，由于他本人勤劳又能吃苦，家中又有阿妈拉巴和他未婚妻的支持，在不长的时间内，刘志一跃成为当雄县的首个"万元户"。在那个年代，即便在内地，"万元户"也不多见。阿妈拉巴家的新房里，从拉萨买来的沙发、桌椅，从内地买来的黑白电视机、卡带收录机、太阳能小型发电机，一应俱全，拉萨城里许多工薪家庭都还没这气派。

环顾草原，唯一不变的是，阿妈拉巴原来低矮的老屋依然还在，那盏酥油灯的长明和喇嘛的朗朗诵经声依然还在。往事历历，心潮澎湃，我不禁在心底由衷地祈祷：油灯不灭，用慈悲喜舍的光芒，照耀苍生的友爱与安宁；油灯永明，用互敬利他的光芒，指引并激发人性的品质。据佛经上说，喇嘛是人和神之间情感联络的传递者，也是人投生转世的超荐者。酥油灯、喇嘛诵经，让丧子的阿妈拉巴和自己的亲生儿子始终保持着阴阳之间的交流通道。天上一颗星，地上一盏灯，这天与地之间，冥冥之中自有相对应的途径。而正由于这种内心的慈悲与平和，悲悯与宽厚，才让阿妈拉巴把一个汉族儿子当成自己的儿子，宽恕他的过错，拯救他的灵魂，让他在飞来横祸中重新站起来，成为一个依然对社会、对家庭有所贡献的人。像阿妈拉巴这样的普通藏族人，她所持有的道德良知，来自这片土地养育的精神力量。它宽厚、广袤、精深，世世代代亘古不变，就像一盏永不熄灭的酥油灯，虽然弱小如豆，但坚韧明亮，照亮着一个普通藏族老妇人慈悲的心。

雪域路之梦

我的故乡在西藏北部的那曲地区，那里是地球上海拔最高的高原牧场，县城所在地高达四千三百米。我第一次离开家乡是1959年11月，是瞒着父母从寺院溜走的，要到很远很远的地方学习汉语。那年我十三岁。

离开佛门那天，第一件事是与朝夕相伴的活佛老师磕头道别。九年间，年复一年，日复一日，晨钟暮鼓，严守清规，最终却没有沿着父母规划的道路走下去，心里无比羞愧、内疚，百味杂陈。长斋礼佛、焚香诵经、律己极严的老活佛，除了双手合十，口中念念有词，别无他语，从他闪烁的眼神、干枯颤抖的手腕，可感知他内心的无奈与不安。他小心地从怀里取出一件藏着小佛像的护身符，慎重地挂到我的脖子上。当我无比恭敬地磕完三个响头，瞥见“佛祖保佑”的话还没来得及挤出蠕动的嘴唇，那闪烁的泪光已漫过饱含担忧、失望和祝福的眼睛，然后闭目垂首，就此道别。

转身跨出寺庙厚实的石头门槛，便开始上路。白天赶路，夜晚睡在路旁。那时，从比如县城到那曲地区四百公里的路程，没有公路，只有牲畜蹄子钩出的小路，行人踩出的土路，还有野生动物经过的泥路。我们一行六个同龄顽童、三个护送军人、四匹驮物骡马，沿着山路围着大山左转右拐地行走，远处山顶白雪皑皑，脚下道路泥泞崎岖。这座山到那座山，看着就在眼前，甚至能听到对岸的人语鸟鸣，但中间相距着千丈深壑，从这边山头出发时是清晨，到对岸山顶时已是黄昏。除了翻山，还要走一望无际的草原，无垠的空旷，无尽的死寂，使人孤单难忍，甚至胆战心惊。此外，还要渡过波涛汹涌的江水，蜿蜒刺骨的河流。高原上的江河水急浪高，没有渡船，只好根据水的深浅，要么绕山避水，要么骑马过河，被水魔吞噬的危险无处不在。这一路烦躁寂寞、艰辛劳累深深埋在心底，太多的思念、牵挂、悔恨咽进肚子。二十多天的长途跋涉，只到了第一个目的地——那曲。

从这里再沿着通车不久的青藏公路，向第二站——甘肃夏东火车站进发。全程近两千公里，要翻越唐古拉山、昆仑山，青海南山、日月山，大自然煞费心机地创造出了十五座大山；要跨越安多河、楚玛河、沱沱河、通天河，这些不停地吼叫着，势如万马奔腾，又如狂怒巨龙的二十五条江河；还要经过荒无人烟的无人区，寸草不生的戈壁滩，险象环生的沼泽地，夏软冬硬的冻土层。我们一百三十多名脱了袈裟的僧童、走出深宅的少爷、放下羊鞭的牧童，还有挣脱锁镣的农奴后代，尽管过去身份地位各异，今天为了同一个目标，同一个方向，平等地聚在一起。我们分八辆军车，在解放军一个排的护送下行进在青藏公路上。

那时平叛刚结束，势局不稳，一些流窜的土匪在公路沿线抢劫破坏，我们每辆车顶上都架着机枪，五六个解放军随时观察着四周的动静，冰冷的枪口时刻等待出击。过了海拔五千多米的唐古拉山，总算喘了一口气，可是又进入了辽阔的那唐草原，四周一望无际，寒风中，除了望不穿的迷茫和叫不应的寂静之外，一无所有，笔直的公路突然在雾气浓密的草地上消失了，汽车只能在草地上顺着横七竖八的车辙走，泥泞、水潭、草坑阻挡着行驶。这几辆不知在这条公路上跑了多少趟的久历风尘的军车，每次停歇后的发动都十分艰难，前头咳嗽，后面泄气，声音像炸雷震得人耳朵发麻，车身猛地一跳，车上的人颠得东倒西歪，齐声尖叫。一次坐在车尾的一个男孩，像一块布袋似地被抖落在草地上，幸亏没伤到要害。时值3月，天气依然寒冷，忽然一阵冷风吹过，整个天空开始天昏地暗，转眼漫天的雪花，像春天的柳絮，银光闪闪地旋转飘落，地面铺上厚厚的积雪，车辙消失了，路基模糊不清，队伍失去了方向。

这时一群狼出现在车的前方，在严寒的雪地里，它们抬起头来，凝视比牦牛大得多的铁牛，机灵地发现上边还有黑色的枪洞，发出几声怨诉似的哀鸣，继续嗅着人群居住的方向走去。对有野外与兽搏斗经验的解放军来说，迷路遇狼是一件好事，狼找畜吃，有牲畜，便有人，有人就能问路。于是，风雪中，狼群在前边坦然地走，车队在后面缓缓地跟。走着，走着，朦胧的夜色从天际伸展到荒野，引路的狼群变成模糊的黑点，天色迅速黑下来，这时在远处的山脚下，发现了比狼群大的几处黑点，越走越近，原来是几顶黑色的帐篷，浓密的灰色炊烟从藏式帐篷特有的天窗袅袅升起，每座帐篷前，都有用牛粪墙垒起的四四方方的羊圈。这天晚上阴暗的天空中弥漫着黑云，风雪搅起的漩涡，在地上不停地旋转，似乎要把车子掀翻。司机和解放军不进老百姓的帐篷，四五个披着大衣，挤在驾驶室里，其余的用毛毯、大衣、篷布裹得严严实实蜷缩在车厢里。我们分别借宿在几家牧民的羊圈里。羊圈尽管四面避风，可没有顶棚，风雪在头顶上飞扬，深夜一股猛烈的暴风雪，夹着木门的嘎吱声把所有人都惊醒，牛粪墙也像在发颤，寒风刮得人透不过气来，严寒冻得面孔刺痛。我们羊圈的东角有个盖着牛皮的羔羊圈，不但上下不透风，地上还铺着厚厚的一层干羊粪，既柔软又暖和。我们二十几个小孩一个个挤进去，把羔羊一只只挤到外面。这一夜睡得好香啊，可早上一起来，首先遭到几个牧民的一顿臭骂，再受到解放军领队的严肃批评。因为还不到半岁的羔羊经不起严寒，全部死去。最后，解放军按照“三大纪律八项注意”，赔偿了牧民的损失。

一个雨雪交加的傍晚，我们到了通天河，这是我们这一路要过的最险最大最宽的河流。走到岸边，汹涌澎湃的黄色浪涛就在脚底下翻腾，像群狮子在怒吼，像千军万马在奔腾。河的两岸停泊着几百辆大车，疲劳、饥饿的司机、乘客六个一圈十个一撮的，在野地上垒起石灶烧水做饭。原来，在我们到达的前一天，一场特大的暴雨之后，河水冲毁了桥梁，我们在这里一待就是十二天。

所带的干粮渐渐吃完了，部队轮流派人打猎，上百人都在寻找食物，附近猎物没有了，就开始下河捕鱼。我们上百个藏族孩子都不习惯吃鱼，都忍耐着肚子空虚的滋味。有一天，我饥饿着肚子，狼狈不堪，呆呆地站在解放军烧鱼的锅灶旁，闻着那扑鼻的香味，嘴里垂涎欲滴，肚子咕咕直叫，似乎全部生命都在乞求一点食物。一位解放军叔叔盛了一碗鱼肉汤伸过来，我顾不得一切习俗体面，端起就吃，这是我平生第一次吃鱼。肚子饱了，但毕竟破了这个戒，心里总不是个滋味，便端来一碗凉水反复漱口，也算是一种自我救赎。有几个顽皮的伙伴，偷偷跑到附近的牧场，找到温驯的奶牛，挤几碗鲜奶喝。从格尔木赶来的舟桥部队夜以继日、顶风冒雪，奋战了八天，终于搭起了行军浮桥。我们到了夏东，听到了火车的气笛声，看到了小城的路灯，住进了窗明几净的招待所。

从比如县城出发历时三个半月，最终到了陕西咸阳的西藏公学。在火车站，学校的老师和教职工举行了夹道欢迎，掀天的锣鼓，醒目的横幅，鲜艳的花朵，还有洁白的哈达，欢声笑语，洗刷着每个藏族学子的疲惫和委屈，笑容绽放了，眼睛闪亮了。颗颗珍珠一样晶莹的泪珠，顺着黑里透红的脸颊滚落下来，只好用衣袖和嫩黑的手掌，擦了又擦。

我从1960年进入咸阳公学学习汉语，就经常做着路的梦。开始是噩梦，三个多月一路的艰难险阻，遇到猛兽，碰到洪水，挨了饥饿，受过寒冷、愁苦、惶恐、怨恨和绝望，不时在梦中回放，常常惊醒。随着语言的熟悉，知识的积累，眼界的开阔，常常做起美梦。梦想着我毕业回去，下了火车能坐上汽车，在柏油路上直奔拉萨；梦想着在我有生之年，能从咸阳坐火车直达拉萨；梦想着所有的河上有桥梁，所有的路边有食宿，所有的路亭有电灯。

后来，我的这些梦想逐步变成一种理想，一种愿望，一种信念，也变成了我学习的动力。再后来，变成一种精神的追求，奋斗的目标，心灵的慰藉。没有梦的追求，哪有理想的实现。

2009年10月的一天，我在北京的昆仑饭店，参加一部电影的首映式。中午在富丽堂皇的酒店大堂里喝着咖啡，突然接到弟弟从比如县打来的电话，说我哥病重，无论寺庙僧侣，信徒百姓，还是亲朋好友都盼着我回去看望。他比我大八岁，同样五岁那年受戒，皈依佛门，进住同一个寺庙。他这一生无论佛法盛行时代，还是“文革”那种末法时期，一直独居古寺，独善其身，身不离袈裟，手不离佛珠，口不离佛祖，成为一名精通五明，佛学造诣深厚，佛教戒律严明，修道高风峻节，潜心修正般若大法的高僧。尽管我们兄弟各自走的是不同的人生道路，血缘亲情，同族友情促使我在有生之年彼此相见。

第二天早上六时起床，直奔首都机场，八时起飞，飞行四小时，中午十二时到达拉萨机场，然后转乘越野车，开往那曲。我已经三年没有回故乡，西藏的秋色是世界上最壮丽的景观，蓝天明净高爽，白云浅淡悠闲，绿草吐露黄丝，河水清澈明净，雪山庄严广袤，汽车一会儿翻山穿云，一会儿穿谷过桥，一会儿爬坡轰鸣。这条青藏公路的西线，绵软油黑的柏油路，宽得可双车并行，平得如坐江船，路面晴天无灰，雨天无泥，路基笔直，路灯耐心守候着每一辆车子飞速而过，每当夜晚路灯深情地闪着亮晶晶的眼睛，凝视着从灯光下经过的每一辆汽车，似乎轻轻地叮嘱小心些，慢点儿。公路两边，每二十公里有道班房，每一百公里有养护段，沿着养护段，建起了饭馆、旅店、商铺、茶社，熙熙攘攘的人群有说有笑，俨然一个个独具藏家特色的小城镇。四百公里路程，我们只走了三小时四十分钟。

从那曲到比如还有三百公里，已经铺上了平坦的柏油路，我在寂静的车座上，兴致勃勃地欣赏家乡大自然的美景，无边的草原，碧油油的夏草，多么柔软、茂盛和充满生机，红、白、黄、蓝的野花在草原上一丛丛、一片片。轻风不时吹过车窗，迎面扑来一阵阵浓郁的青草香。羊群像朵朵白云徜徉在草地上、黑色的牛群悠然地吃着嫩草。快到县城，要翻越最险最高的那拉山，汽车依着山势盘旋，时而费力地爬上山坡，时而轻松地拐进山坳，好像路一时到了头，拐个山包，路又开始延伸。最后，这条路仿佛一直通到了天上，极目望去，它始终往山顶伸展上去，最后消失在白云深处。山顶阳光灿烂，山腰云雾环绕，四周连绵不断的雪山身披银装，在这海拔近五千米的地方，也有常年驻守的道班工人。

我怀念我的故乡，我爱这里的一草一木，一花一石，我因这美丽而留恋、自豪。月亮出来了，星星布满夜空，晚上十一时，乘着融融的月光，我终于踏进了家乡古寺的门槛，寺院静谧，鸦雀无声，古朴典雅，令人起敬。我掀开门帘，我哥盘腿坐在四方形的木床上，宽阔的脑门在灯光下闪着亮光，脸上泛起慈祥的笑容，一切定格在了这一刻。

五十年前，我作为一个小沙弥，从这里出走，接受了现代文明，这是一个梦；五十年后，我以作家、中国作协副主席的身份踏进这个门，也是一个梦；当初从这里出发，三千多公里走了四个来月，今天多一倍的路程只走了一天，十六个小时，更是一个梦。从首都到拉萨，先是公路，再是航班，然后是铁路，这个雪域之路的梦，终于成真。

生命的意义

我小时候，常看到一些顽皮的小孩儿尾随一个拄着拐杖的瘸子或驼着背的残疾人，嘲笑、起哄；长大了，也常看到一些有钱人对贫穷人与生俱来的歧视，当官的对平民百姓嗤之以鼻的藐视；现在，我仍然看到这个物欲横流的人世间，诸如争权夺利、争名夺位的利益征战。看了雷锋的事迹，我才明白，现在许多人体格健壮，但精神残疾了，集中表现在缺乏爱心。一个人活着为天地立志、为生民弘道，还是自私自利、唯我独尊，这是不同人生价值的追求。五十年前的雷锋，是个体格、精神都健全的人，他没有参加过摩天高楼的建筑、高速铁路的修建、跨海大桥的扩建，他的一言一行、一举一动，都是最平凡人做的最平凡的事，表达了一个普通人对党、对国、对民诚实的爱。一个人的生命意义就在于我爱人人，同样得到人人爱我。

我生活了大半辈子的雪域高原西藏，是个爱的海洋，在那里随处播下的爱的种子，泥土给它养料，风雪给它力量，阳光给它色彩，舒展起坚硬的内力，盛开在每一个人的心田。2005年8月我专程去了林芝地区波密县城附近的一座烈士陵园。我既不是去扫墓，也不是去悼念，是去看望守墓的扎西老人。十年前，我曾采访过他，被他生命焕发出的纯净、高尚、朴实、绚丽的爱心所感动，我也明白了这个世界上，没有一个生命可以孤立地活下去，只有在与另一个生命的相拥中，我们才能感到生命最本质的温暖，于是写下了报告文学《守墓人扎西》。从此，我与他成了朋友，只要我有机会去林芝，就会去看看他。西藏解放前，扎西是专为头人官员无偿供应兽皮的远近闻名的猎手，他的家乡是一个漫无边际的原始森林，林中的野生动物不计其数，他从九岁起跟随父亲牵着猎狗，穿密林、攀悬崖、过溜索寻找猎物。父子俩十年间向农奴主上交的虎皮、豹皮、熊皮成百上千，而父子俩依旧穿着破旧的羊皮，住在潮湿的山洞，有时几个月打不到猎物，饿慌了就吃野果生存。有一年冬天，严寒封锁了丛林，冰透了的空气，呼吸都像喝冰水，连山鹰都躲在巢洞里不敢起飞，时而可以听到树木的折裂声，一截粗大的树枝落到地上，那是由于严寒冻结了树液，把纤维折断了。山洞里，父亲把所有保温的衣物裹在扎西身上，自己抖动着身子弹跳暖身。当扎西蒙眬醒来，父亲几乎赤身裸体，躺倒在地上冻僵了，他猛扑过去，费尽全身的力气，才扶起冻得像一段倒在地上的树干似的父亲。他只好用干草和树叶裹着父亲的尸体，掩埋在黑暗的岩洞里，然后回去向农奴主报告。因为失去了一个好猎手，就等于断了一条发财的路，贪婪的农奴主像疯狗一样暴跳起来，朝扎西一阵拳打脚踢。还硬逼着扎西要像他父亲一样上山打猎，提供皮货。

扎西擦干眼泪，忍着饥饿，钻进另一个阴暗寂静的林区。他手拿父亲留下的遗产，一支破旧的火枪，跟随陪伴的是一条掉了牙的猎狗，在茫茫林海中挪动着疲惫的身子，不时举起火药枪瞄准。几个月过去，除了野鸡、野兔，没有打到一件像样的猎物。一天，在爬越森林边缘的雪山时，他两眼发花，全身颤抖，突然一阵狂风，飞沙走石，连喊一声都来不及，已从悬崖掉下万丈深渊。

当他醒来时，发现自己躺在一个铺着白布床单的行军床上，四周站着陌生的军人。当他睁开第一眼时，他们在呼喊、在蹦跳、在拍掌，个个脸上挂着快乐而激动的笑容。一个藏族翻译告诉他："我们是中国人民解放军川藏公路测量队。"扎西一听说"解放军"，想立马坐起来，但整个身子已不听使唤了，脑子里猛然想起父亲的那句话："我们要过好日子，只有等着解放军来救，阿爸见了寺庙祈祷，见了绳子挂经幡，见了香炉撒糌粑，就盼着解放军早点儿来。"今天，扎西的命还真是被解放军救出来的。当这支测量队，在测量一条大河的河床断面时，一泻而下的河水冲击着河心的巨石，发出雷鸣般的轰响，他们正准备用钢丝绳把测量河水流量的"流速仪"拉进河心时，发现在激流中冲下一个人来，排长来不及脱下衣服就扑通一声跳进河里，钻进浪花翻滚的激流中，大家站在河岸焦急万分，一会儿排长抓住那人臂膀，向岸边游来，初冬河水冰寒彻骨，排长已经四肢麻木，浑身无力，全体队员跳进河里，把扎西和排长拉上安全的浅滩。

扎西在床上昏迷了四天四夜，部队轮流值班，日夜守候。不久扎西的伤口渐渐愈合了，体力恢复了，他主动请求加入了测量队，当了民工，与这些救命的恩人朝夕相处，亲如兄弟。他们在深山老林中测量，吃不到青菜，战士们嘴唇开裂，身体浮肿，扎西就上山挖野菜；在高山峡谷中测量，空气稀薄，战士们头痛脑涨，全身无力，扎西又上山挖来红景天让大家泡水喝；在人烟稀少的地区测量，住宿紧张，扎西把室内铺位让给战士们睡，自己躺卧在屋檐角下。扎西白天背仪器，挖坑搬石，下工回来，打水帮厨，黎明起来为大家烧洗脸水，扎西的爱心，感动了全体士兵。当测量队劈险峰、跨深壑，越过百座山，趟过千条河，到了靠近林芝海拔五千多米的米拉山时遇到了困难。未来的川藏公路要经过一处陡峻的峭壁，峭壁下面是纵深的壑谷，流淌着咆哮的扎谷河，山腰光滑的峭壁上找不到攀登的支点，测量又不能估计加可能，必须要用仪器掌握准确的数据。测量队决定组织一个十人组成的突击队，用爆破的方式在崖面搭起一道天桥，扎西凭着他狩猎练出的穿林攀崖的特殊技能，主动报名参加了突击队。当队员们脱去外衣，绑好鞋带，用锤子在崖壁上凿洞，埋好炸药拉上火线下来，还没有来得及隐蔽好，一声巨响，飞石和沙土遮天蔽日地落下，只有扎西躲在一块巨石下幸免，其余队员全部牺牲。

天桥架起了，上级嘉奖了测量队，九名战士被追认为烈士，在波密镇附近选择了一个依山傍水、花木葱绿、交通方便的地方建起了这座烈士陵园。号称西藏与祖国内地连接的“金桥”川藏公路，以成都为起点，拉萨为终点，全长二千二百公里，十一万人民解放军工程技术人员参加了筑路大军，工程从1950年开始动工，1954年正式通车，三千多名筑路英雄英勇捐躯，其工程之浩大、施工之艰险，创造了世界公路史上罕见的奇迹。

80年代初，已经成为拉萨公路局党委副书记的扎西提前退休了，他带着十几万元的安家费，来到了陵园。周围是板条做的栅栏，几行稀疏的树木，随着季节变黄变绿，四周没有房屋，九个一米来高的墓碑上用红漆描摹的碑文因风雨而剥落。扎西请来工匠，一边修整陵园，一边在旁边建起了一座小木屋，日夜守护着用生命回答人生意义的战友们。我最后一次看他的时候，他已经在这里守候了二十年，小木屋变成了小砖瓦房，第一间是他的住屋，其余三间是简易的陈列室，墙上挂着战友们的遗像，沿墙摆着他们的遗物，谁来看他，首先领到陈列室，以这样的方式寄托自己的哀思。

活着完全爱别人，活着做别人需要的事，作为人生目标的还是大有人在。我有个朋友叫孔繁森，这个名字没有几个不熟悉的。我认识他是1988年8月，那时我任西藏自治区党委副书记，分管文教和意识形态，他刚任拉萨市副市长分管文教卫生。第一次接触纯属工作关系。我到拉萨市林周县彭多乡调研农村基础教育，他带着市教育局一帮人一同前往。从县里到乡里还不通公路，我们雇了几匹马。马主人特意告诉我们，有一匹马性子比较烈，要千万小心，找个骑术好的。话音刚落下，孔繁森连跑带喊地说："我在海拔四千七百米的岗巴县工作了三年，那里是牧区，我下乡都是骑马跑，这群人里我的骑术最高。"说着把那匹烈马给牵走了。我心里在想，我出生在羌塘草原，是在马背上长大的，虽然在汉地学习了十来年，骑术有些荒疏，但与你在内地长大，骑龄才三年的怎能相比。我不愿意夸耀自己，牵了一匹老实的马骑上就走了。

我们几个人凭着宽阔的路面，扬鞭策马，跑了一程之后，不见孔繁森跟上来，就拨转马头回去找他。原来，他想让马快跑，可马跑几步，他就掉在马肚子下面，一只脚还挂在马镫上，多亏这马训练有素，发现主人掉下了，就不再跑了。我赶到跟前，他愁眉苦脸的正趴在地上，"哎呀！哎呀"地叫疼！我差点儿笑出声来，难怪吹牛的人，往往本事就不大。第一次认识，我对他印象不是太好，总觉话说得太满。晚上到了一个风景秀丽的小山村，村里没有住房，搭了三顶白色帐篷，我和孔繁森的职务算最大，住一顶帐篷。吃了晚饭，看望了两户农家，晚霞静静地消逝了，朦胧的暮色从四面八方伸展到帐篷顶上，眼前的景物渐渐都躲到夜色里去了。我回到帐篷里，孔繁森点了三支蜡烛，放在我床前藏式小桌上就出去了。我脱掉鞋袜，坐在睡垫上，孔繁森肩上扛着一箱啤酒进来。他盘腿坐在睡垫上，开始给我敬酒："你是领导，我想叫你大哥，我这命是藏族人民给的。按我们习惯，先敬你三杯。"他一跃从床上跳到地上，双手捧起酒杯，站在我床前，好几个动作在几秒钟完成，我来不及坐起来，酒杯就到了嘴前。我喝了满满三杯，他坐回床上。我问："为什么说你的命是藏族给的？"他说："我在1979年第一次进西藏工作，分到岗巴县任副县长，我经常下乡帮藏族百姓收割、打场、挖泥塘，在岗巴县没有我没到过的乡村。有一次，我骑马到离县城一百多公里的一个村子，接一个难产的孕妇到县医院，赶路不慎从马背上摔下来，昏迷不醒，当时天寒地冻，空气稀薄，是当地群众发现后，轮流背着我走了四十多里崎岖山路才送到县医院，如不及时抢救我也没命了。"就这样我们俩对坐在床上，你一杯，我一杯地喝。他敬一杯，夸我几句，自己喝一杯，提一个条件，什么这一杯是那个乡卫生所需要什么医疗设备请您解决，这一杯是那所乡小学改造危房要多少钱请您帮忙，再一杯是那个县文工团三个月没钱发工资请您一回去就想办法拨下来。他这样喝了二十多杯酒，给我提出十多个资金项目。他甚至提出，拉萨市委办公楼门卫巴桑老人的儿子没有工作，让我帮助安排。我一方面感觉他作为副市长对基层情况这么了如指掌，被他为民办事的精神所感动，另一方面，对他没完没了的项目要求有点不耐烦了。我说："蜡烛快燃完了，酒没剩几瓶，快睡觉吧。"他说："我打呼噜，免得您睡不着，您先睡吧，等您睡着了我再睡。"说完就收拾酒瓶，冲刷酒杯，然后出去了。当我早上醒来，掀起被盖坐起来，孔繁森已戴着藏式礼帽，穿着白衬衣打着领带，西服外套着灰色风衣，坐在床上看书。我的衬衣和袜子不仅洗得干干净净而且叠得整整齐齐，放在床头边上，藏式桌子上摆着温热的洗脸水和刷牙用具，一股感激、亲切、敬意之情融入我的血脉。我半开玩笑地说："兄弟呀，服务这么周到，真不好意思。”他回敬说：“大哥呀，没想到还能和你住一间屋，好不容易有个表达心意的机会。”

一回生二回熟，从工作关系到朋友友谊，从此，孔繁森常到我家叙旧。后来他调到路途最遥远、环境最艰苦的西藏阿里地区工作，并任地委书记。1994年3月我带着一个工作队到阿里调研，一方面也是看望他。正好赶上一场大雪，过膝的雪层填满了沟谷，大片的牧草被冰雪覆盖，成群的牲畜饿在雪地里，路被冰雪深深地掩埋了，孔繁森到阿里靠近后藏的措勤县接我。他一见我就把我直接拉去看受灾的牧户。四五顶黑色牦牛帐篷在凛冽的寒风和狂飞的雪花中摇摆，成群的绵羊冻死在羊圈里，一位五十多岁的藏族老阿妈把家里的衣物往风雪中哀嚎的羔羊身上盖，自己穿着破旧的羊皮袄，冻得身子直打哆嗦。孔繁森二话没说，把自己披着的军大衣脱下来裹在老阿妈身上。在他的影响下，其他工作人员钻进车里，有的脱毛衣，有的脱毛裤，你一件我一件，都送给受冻的群众。当我们离开这里时，所有人的脸上都挂着泪珠，藏族群众更是哭喊着，尾随在车队后面送了一程又一程。

孔繁森在去世前的一个月，从阿里给我打来一个电话，说的是他抚养的两个孤儿，能不能入伍的事。据我所知他抚养的孤儿不仅仅是这两个，他帮助过的孤儿、孤寡老人、残疾人、普通百姓不计其数；同样在西藏高原类似孔繁森的人物也不仅仅是一个，播撒爱的种子的“孔繁森”同样不计其数，我认识的，还在西藏的、已经调离的，活着的、已经不在人世的，汉族的、藏族的，一大串“孔繁森”的名字镌刻在我心中无形的丰碑上。

我还认识一个军人，是将军，是中将。第一次我认识他是在1983年4月，我刚从西藏日报副总编辑的职位调西藏文化局任党组书记、局长。有天自治区党委办公厅来电话，让我到自治区党委书记阴法唐办公室去一趟。阴书记的办公室在一幢两层小楼的二楼，面积不到十五平方米，一张脱了漆的办公桌，一把人一动就“咯吱、咯吱”作响的靠背椅，墙角摆着一对褪了色的白布罩着的沙发，论面积、设施都不如我局长的办公室。他很客气地让我坐在沙发上，打量了一阵才说：“丹增同志，你满精干的，我们第一次见面。”接着他说：“党委已经研究了，让你任自治区党委常委。你知道吗，常委不仅仅是职务，是个责任，多担一些责任，多做一些工作，看你有什么意见？”我真不知道什么叫常委，也不知道担什么责任，想了一阵说：“我会尽力把西藏文化工作搞好，不知道还能做些什么。”他笑着说：“听说你搞些文学创作，这当然很好，应该有更多的精力服务大众，自己搞创作有名有利，服务大众就是担责任，就这样吧。”十多分钟的谈话就这样结束了。有人常对我说，你是八三年的省级干部，我说错。那时，省委常委没有什么级别和待遇，住房、工资、福利和普通干部一样，要说区别，你去省委开会，人家派个车接送。所谓的待遇、级别是在90年代开始不断加码、不断扩大乃至争相攀比。后来和他共事相处，感觉他与孔繁森有许多相似之处。阴法唐也是先后两次进藏。第一次是1950年元月，时年二十八岁，时任二野52师副政委。他奉命从四川乐山出发，一步一个脚印，跨过金沙江，翻越二郎山，徒步行军六十六天，到达藏东重镇昌都。新西藏历史的第一页是在昌都写下的，1951年1月3日人民解放军和僧俗官员组成的昌都地区人民解放委员会成立了。阴法唐是解放者、参与者，也是见证人。此后，他又率领先遣部队，背负五十多斤的装备爬雪山、过草地、渡江河，用脚步丈量了一千八百公里的路程再到达拉萨。藏族英雄松赞干布建造的红山古堡布达拉宫，历经千年焕发诱人的魅力，大唐宫女文成公主亲手栽种的唐柳萌发新的绿枝，古城拉萨高高地坐落在世界屋脊，让世界众目睽睽地望着她。

1952年选派他担任西藏江孜工委书记。江孜是西藏的战略要地，1904年抗击英国侵略军的血战就发生在这里，如今城墙上弹眼累累，烧毁的寺院满目疮痍。阴法唐在这里一待便是十年。他夫人是个美丽善良、讲一口流利藏语的四川姑娘，他的两个女儿出生在海拔四千米的江孜镇。这里高寒缺氧，产前缺乏营养，出生条件简陋，产后奶水不足，孩子出生后留下了无可挽回的生理缺陷。可是无论父母还是女儿，不但没有怨言，还一如既往地超生命般地热爱西藏。他们是一代献了青春，献了子孙，献了终生的老一辈西藏革命、建设的无私奉献者。曾担任阴法唐翻译的格桑讲了一个故事。50年代末，西藏仍然保持着封建农奴制度，一天，在通往江孜县工委大院的崎岖山道上，一个蓬头垢面、衣不遮体的小孩，拼命地跑过来，在他身后扬起一片尘土，杂乱的马蹄声清晰可闻，追赶的人马越来越近，小孩跑到大门口灵机一动，像只猴子攀上紧靠围墙的旗杆，然后抓住吊在旗杆上的绳子，敏捷地跳跃到大院内，蹲在地上用双手遮住脸面大哭起来。裸露的手臂上全是伤痕，被打烂的屁股，鲜血顺腿而流，这明明是被主人打伤的小农奴。阴法唐叫来医生擦洗伤口，买了一套合身的藏装换上。当得知这是一个无依无靠的孤儿，他就派人把他送到拉萨，在政府办的小学学习。解放后，这个孩子以优异的成绩考上了当时的中央民院，毕业回来成了一名西藏地质专家。一个举动改变了一个人的命运。由他改变了命运的人，何其是这一个，从苦难中解救，从坎坷中摆脱，从迷茫中引领，从逆境中转机，无数人在他手中发生了生命的奇遇和人生的转机。后来阴法唐担任西藏军区政治部主任，1971年奉命内调，先后担任福州军区政治部主任，济南军区副政委。

1980年，改革开放的春风吹遍万里高原，湛蓝的天空闪耀着金色的光芒，西藏又进入了新的发展时期。中央决定又把老将军调回西藏主政。他身兼西藏自治区党委第一书记、成都军区副政委兼西藏军区第一政委。他第一次进藏是革命年代，第二次进藏是建设年代，时间不同，任务不同，调查研究是第一要务。记得那是1984年4月，我在贡布江达县蹲点，有一天吃晚饭时，一个工作队员告诉我："阴书记来了。"我说："不对吧，没有消息。"结果，还是他领着我到了一个灰头土脸的街边小饭店，司机、秘书、翻译加一个工作人员五个人，围坐在一个小方桌边吃面条。我问："要不要跟县里打个招呼。"他说："我们今天跑了三个乡，明天还要跑两个乡，下午再找县领导交换意见，先不忙。"我问："你们住哪里？"秘书说："就这店的二楼。"我送他们上楼，阴书记住在一个简陋的单间。他在西藏走遍了大部分乡镇，每次下乡调研，真正叫轻车简从，一般一两辆车，只是带几个与调研有关的工作人员。他下乡一不提前下达通知，二不让领导陪同，三不要宴请和礼品。这样的调研，听到的是真话，了解的是真情。这时期，中央召开了西藏工作会，拨出巨额款项，安排了五十多个工程项目，可他的子女亲友从没有沾过工程项目的边。有一次听说他的夫人来了，我按照藏族习惯，带上一壶酥油茶和干奶酪登门看望。阴书记看到我提的东西，既惊讶又有点为难，他说："我们都是班子成员，不用这么客气。"我临走时，他把夫人带来的北京特产大包小包装了一袋让我拿回去，我回到家里，爱人开玩笑说："你一壶酥油茶换回这么多东西，真够赚的。"有一次，党委办公厅行政处长云丹告诉我："这阴书记太难照顾了。"我问怎么回事，他扳着指头一一数落：三个女儿同时来看他，家里住不下，两个安排在小招待所住，可临走硬要结算住宿费；他们去看纳木错湖，派了一个越野车，一回来就结租车费；他们全家在拉萨聚会不容易，计划在内部餐厅简单接个风，又不同意；他家里来的公务人员多，那天买了两斤茶叶送过去，硬逼着问价格，要如数付钱……就这样发了一通牢骚。我知道他在西藏工作，从不收任何人送的烟酒等礼品，更不用说钱物，也不与政界商界请客吃饭，这些今天看来不合乎寻常的举动，他们这辈看来是再正常不过的事了。他们这辈人的心里只是自我牺牲，而没有一丝一毫的索取欲望。

他前后在西藏工作了二十六年，1985年阴法唐书记内调担任二炮副政委，不久退休定居北京。他这一生既没有胜利之后的欢呼，也没有冲出困境后的长吁短叹。八十五岁高龄的老将军，墙上挂着藏族朋友赠送的唐卡画，柜上摆着从西藏各地捡来的奇石，白天看自费订阅的《西藏日报》，晚上收看西藏电视台的汉语频道。他离休二十年，期间调研访友返回西藏十多次。1998年他专程回了一趟江孜，带着自己的全部积蓄十六万元，捐赠给了江孜小学。他每次回西藏，看望的大多是敬老院、孤儿院、贫困户和曾经帮助过他家的藏族兄弟，不仅带去一些充满情谊的物质礼品，还带去人类崇高至美、永难割舍的情感。

从容地怀旧，默默地寻思。我回忆这几位朋友的人生历程，深深地感到，人活着就是一个价值观，有的将追求物质享用放在第一位，有的将追求精神境界放在第一位，物质的贪欲是永远无法满足的，而奉献爱心，却能像阳光一样无私地照亮别人。平凡的生活能体现生命的自然品质，人们永远能记住的人是：事事为别人着想的人。

第二佛陀

从青海省省会所在地西宁往西南方向25公里，有个著名的藏传佛教圣地塔尔寺。寺院坐落在路北的山坳里，由东向西，密密层层，重重叠叠，白墙金顶，红檐黄瓦，顺沟谷延伸，随山势铺展。它是举世闻名的藏传佛教黄教的六大根本道场之一，每年各路高僧大德、善男信女不远千里、不辞辛劳慕名前来朝拜、布道、转经，香火旺盛，热闹庄严。

这里曾是一片静默、空旷的原野，寺院四周是零零碎碎的小方块农田，有如老和尚的百衲衣。现在成为万人膜拜的圣地，源于这样一个历史故事：1357年的某一天，一个美丽、端庄、朴实的妇女，戴着一顶红色的藏式礼帽，追赶着几头犄角细长乌亮的牦牛来到这里。说来也怪，牦牛来到此处，便蜷伏在地，一动不动，犹如一个个满足心灵需要的人那样，享受着这里的蓝天白云，青草飘香。恰好此时，这位妇女疼痛难忍，倚靠在一块石头上，不久，一个非凡的生命呱呱坠地，一声洪亮的啼哭划破了幽静的原野。一代宗师、第二佛陀宗喀巴就这样诞生了。

1363年8月位于青海东部黄河北岸的夏琼寺，竖立在大殿楼顶上的镏金胜利幢，重新刷上金粉，在阳光下光芒四射，大殿前巨大的香炉里燃起香草香枝，青烟腾空而起，大殿内鼓乐喧天，朗朗的诵经声此起彼伏。一个七岁的孩童由精通佛学、名重一时的顿珠仁钦大师亲授沙弥戒，取名为洛桑扎巴，意为善慧吉祥，在这座寺院里苦读了十年的佛经。佛经作为佛教“三宝”之一，代表佛的传承，佛的智慧，佛的境界。他就是被后人誉为“第二佛陀”的宗喀巴。他的僧舍外观与当地农舍一样，泥墙素瓦，不同的是窗户落地，光线充足。室内三面墙都是树桩搭起的经书架，摆满了孤本、真本、善本的佛经，大的够一匹马驮，小的只有六七页。房子一角安放着一张藏式木床，床头的几案上端放着一尊佛祖释迦牟尼的泥塑像，床前摆放着阅读经文的书桌。在顿珠仁钦大师的教授、督促、开导下，他起早贪黑，手不释卷，学习了显教经论，密法仪轨，初步明白了佛不是俯瞰众生的救世主，佛是时常清扫心灵垃圾的觉悟者，只有悟得佛性，才能成佛；佛是爱人如爱己，慈悲宽容的根本。后来，再深入学习了弥勒五部、四部医典等著作。

唐僧西天取经，是因为西天是佛祖的诞生地，是佛教的发祥地。藏区要学佛懂得佛心，悟得佛理，也必须去西藏学经，因为西藏雪域是藏传佛教的发祥地。今天无论沿川藏公路进藏，还是随青藏公路进藏，你都能随处看到一个个、一群群手持木板护套、胸挂牛皮护垫的信徒，磕着一步一个的长头，用五尺身体仗量青藏高原，同时低声陈述着自己的祈求和美好的愿望，他们的方向和目标就是这个信仰中心。千百年来，拉萨古城中央的大昭寺前，成千上万的信徒从早到晚，五体投地地祈祷跪拜，身下粗糙的石板被血汗摩擦得像镜子一样光滑锃亮。

1372年开春，十六岁的洛桑扎巴整装待发，要去西藏求法学经。因为他勤奋刻苦，佛学知识融会贯通，也因为他资性聪慧，过目成诵，更主要是佛眼相看，不忘大德，在他幼小的心灵萌发出慈悲无我、大雄无畏的佛的善根。他的父亲是元朝当地兼管军民政务的很有实力的官员，家境富足，家里为他准备了十来头有高原之舟之称的牦牛，驮上了为西藏各大寺院布施的茶盐，几匹身架匀称、结实健壮的骏马驮着必要的生活用具。顿珠仁钦大师把自己的一匹坐骑送给洛桑扎巴，据说，这匹马自头至尾足有一丈长短，自蹄至背约高八尺，眼若铜铃，尾长胸扩，浑身雪白，一日能行几百里。临行前的早餐，全家人围坐在一张藏式桌边，喝着酥油茶，吃着青稞面，妈妈望着自己身披袈裟、童颜嫩手的爱子就要横穿青藏高原远走他乡，依依不舍，思绪万千，这是断了线的风筝永远回不了？还是会有一天千里迢迢回到自己的身旁？一时百感交集，突然伤感地转身掩面而去。儿子的眼泪不禁扑簌簌夺眶而出，却想拼命地忍住，只好低头喝茶，碗刚放下，却瞥见坐在对面吃着糌粑的爸爸早已泪流满面。早餐后，他们一队骑马赶牛的人群离开宗喀巴地区，送行的人群手捧洁白的哈达缓缓跟随，送了一程又一程，骑在白马上的洛桑扎巴几步一回头，缠着佛珠的手挥了又挥……

一年以后，他们到达藏传佛教圣地高原古城拉萨。那时的拉萨是一个四周群山像武士拱卫着的、似酥油一般肥沃的河谷，状如卧象的红山屹立在河谷中央。山顶有几座红墙镶着黑窗户的宫殿，山半腰围着一圈腰带似的城墙，宫殿上褪了色的黑白相配的茅旗，随着冷冽的寒风，微微飘动，那些房顶四角挂着硕大的风铃，已经锈蚀变色。但这里既不是拉萨的坐标，也不是人们目光的聚集地。他们沿着吉曲河（今拉萨河）直奔四周被民房围着的那座巍然耸立的大昭寺。西藏的寺院一般都沿着山势而建，只有这一座坐落在沃麦塘（意牛奶坝子）的中央，坐东朝西，四四方方，东半边是主殿，高三层，上边是闪闪发光的金顶，西半边是两层精巧雅致的僧舍，大门并无雕栏玉砌的修饰，大殿并无巍冠高堂的威猛，室内室外出奇的朴实无华，却颇具深山古刹的亲和与庄严。

他们远远看见金顶，立即下马，脱帽，双手合十，默默祈祷，终于实现了朝拜的梦想。走进大殿，清澈的晨光从窗棂射进室内，四周点燃的藏香冒出缥缈的青烟，大殿正中的金色莲台上，端坐着漫漫历史长河中人们朝思暮想求见的释迦牟尼佛像，面容慈善、神态安详，左手捧钵，右手扶膝。这尊塑像是至今两千五百年前释迦牟尼的弟子曼殊师利组织修建的。传说，一次释迦佛在舍卫城讲经传法六十五天，深刻的佛理众比丘入脑入心。讲经结束的那天，一位比丘向释迦佛提了一个问题："师尊，您住世的时候，我们能眼看佛容，耳听佛音，心有皈依，如果某天您涅槃离世，后人将如何记忆您的尊容呢？"众比丘纷纷议论，有的说写一部书来纪念世尊，有的说作一幅画来描绘世尊，还有的说四处口授传承世尊，最后曼殊师利对佛祖说，大伙儿的提议都有道理，可是文字难以描述，绘画难以保存，口授后继难寻，我建议塑造一个坚固无比、精美庄重、永世保存的塑像如何？佛祖听过，含笑无言。于是他们从四处请来能工巧匠，从八方采来宝石矿物，熔炼铸造了佛陀十二岁身量的化身像。佛陀十二岁到底有多高？佛祖的姨妈波阇波提记忆犹新，她介绍说，释迦八岁时，身量如蓝毗尼园的台座那么高，十二岁时，脚踏舍卫城的门槛，头部顶到门楣，于是大家就按照这样的身量塑造出金相玉质、百世无匹、名垂罔极的佛祖十二岁等身塑像。一切工序完成之后，请世尊光临开示。面对鲜活庄严的形象，佛陀开口祝愿，梵音绕耳，花雨散落，佛光闪耀，最后把他迎请到印度金刚座寺供奉，这成了释迦牟尼在世时亲自开光、加持的唯一一尊佛像。据说，它有无比的加持力，凡是见到这尊佛像的人，都能解脱贪、嗔、痴三毒的苦恼，净化出善、慧、福三喜的福祉和功德。

洛桑扎巴一行盘腿端坐在佛像前，点燃来自青海酥油注满的神灯，捧起顿珠仁钦大师配制的藏香，口诵智慧第一的舍利佛和神通第一的目犍连撰写的赞颂释迦牟尼的祈祷经。请佛祖开启信徒的智慧，指引信徒的证悟之道。此时佛殿内祥瑞纷呈，空中飘落花雨，香气四溢，佛像似乎颔首应允，迷漫的祥云中显现出佛的真身，这象征得到佛祖的真传，启蒙佛心，使其获得不可思议的成就。

从此洛桑扎巴在西藏云游四方，朝拜香客如流、香火鼎盛的古刹名寺，请教那些功成名就、道行高深的高僧大德。佛学大师阿底峡，原名月藏，法名吉祥燃灯智，公元982年出生在今孟加拉国一个王族的家中，三岁学习文字，五岁诵读佛经，十一岁进入印度著名的佛学院那烂陀，二十岁正是年轻力壮，佛学知识丰富，长得眉清目秀，父王下令继承王位，娶妻传代。他以坚定的信念，回绝父王，立志毕生奉献给佛法佛业。二十九岁那年在印度菩提伽耶寺正式受戒。四十四岁时担任印度佛教大寺超戒寺的住持，声望如东升的旭日，步步升腾。西藏正式进入佛教的后弘期，具有远见的阿里古格不惜一切代价邀请阿底峡入藏传法，重整藏传佛教的正流。1040年阿底峡从印度超戒寺启程，翻越连雄鹰都飞不过的喜玛拉邪山，历时两年到达西藏，从此雪域高原到处留下了佛祖阿底峡的足迹，到处传播着佛祖阿底峡的法音。阿底峡开宗立派，创建了意为“佛语教授”的噶当派，在他西藏巡锡引法的十二年间，培养了大批佛教传承的名师高徒，新建、扩建遍布全藏的寺院道场，著述撰写了大批世代相传的经典名著，翻译了收入大藏经的上百部名著，佛教掀起了声势浩大的复兴运动。

宗喀巴怀着对阿底峡的无限崇敬，寻踪觅迹，在各处寺庙短的几天朝拜布施，长的住上十天半月了解历史，获得加持力量。在拉萨附近的纳塘寺，靠近藏北的热振寺，位于泽当近郊的桑叶寺，一住就是一两年，修炼佛法，习经思考，著书讲经，因为这些都是阿底峡尊者的修道场。后来他又到后藏号称第二敦煌的萨迦寺，拜著名的萨迦派高僧雄努洛珠为师，学习不用文字记载，注重口口相传的“道果法”密法。“道果法”起源于印度，随着佛教的衰落在印度早已失传，而萨迦派不但完整继承还奉为根本大法，人才辈出、持戒严谨、典籍浩瀚、密法高深的萨迦派成为了令宗喀巴入迷的思想精神，为他后来被推崇为西藏佛教界的领袖，精通五部大论，娴熟显密两宗的伟大智者提供了根本的精神动力。

宗喀巴被称为了杰仁布切意为杰出上师，声誉鹊起，如日中天，花十天十夜能完整背诵印度大师弥勒、法贤、龙树的教法，用三月三周讲解智慧圆满等大乘佛教经典，他以深厚的理论功底、敏捷的思维能力，高超的演说才能，与成百上千的佛学高僧进行最严格、最高深的佛学辩经。他在直贡寺用两年时间闭门撰写的《菩提道次第广论》为佛学提供了循序渐进的修行路子，成了所有寺庙学僧人手一册的必读经文。他传法弟子越来越多，他讲法听众越来越多，成为了佛教信徒心中的真佛。

此时，宗喀巴离开青海已经四十年，母亲已满头白发，满面皱纹。多年来，她时常从朝圣的信徒和经商的邮夫那里，断断续续得到一些儿子的消息。作为一个虔诚的信徒，儿子能为佛法事业尽微薄之力，她当然自豪过、得意过，但她期盼的不是望子成龙，出人头地。毕竟儿子的生命是母亲给的，长大成人是母亲血汗的灌养，母子之情重于泰山。宗喀巴大师在繁忙的传法之余也时常思念母亲，一次次梦里呼唤母亲，泪水打湿枕巾，可细一想，思乡之情越切，恋母之情越深，对自己学法修行的难度越大，自己的理想是恢复佛教的纯洁，目标是创建显密教法完整系统的体系。所以，他尽管经常接到母亲捎来的口信，希望他回去看望。每次自相矛盾的思想冲撞之后，他都放弃了归乡的念头。一天一个来自青海的商人要求面见，并从怀里掏出一个黄布包裹的纸贴。揭开层层包裹的黄布，再打开纸贴，里面竟是母亲的一缕银发。那位商人还恳切地说，你的老母亲年迈体弱，余生已经不多，望你务必返回探望，所需一切由我操办。话音未完，这商人已经自己感动得涕泪俱下。

宗喀巴大师第九次住进桑浦寺，这是一座古朴幽静的静修胜地。他端坐在带靠背的方形床上，对面的佛龛里释迦牟尼镀金的铜像，似乎在看着他微笑；面前几案上的酥油灯闪动着火苗，屋里的亮光也在若明若暗，拿在手中的一缕白发牵动着他的思绪。想到跟随的几百名佛学弟子，还没有写完的六部佛学教程，即将在沃卡拉顶寺举办的新年法会，他暗自筹划了对母亲感恩的表达仪式。第二天，宗喀巴叫来身边的几个弟子，分头找来各种彩色的天然矿物颜料和西藏当地制作的草棉锦，开始画一幅自画像。他用自己的鼻血调和着各种矿物颜料，为了永久保存以唐卡的方式装饰。他把自己画成头戴黄色桃形尖顶帽、结跏趺坐在莲花座上，双手当胸结说法印。上方画着他朝拜过的恩师大德，下方四周是跟随他的几位得意门生。画完后，在拉顶寺的大经堂里悬挂了三天三夜，由宗喀巴大师领衔三百名高僧举行隆重的开光加持。画中一个个人物栩栩如生，活灵活现，绚丽的色彩，精湛的技法，目睹者无不惊叹称颂，心生敬畏。为了方便携带，用丝线和绢帛托衬底背，四周用彩缎衬拼画框，两端镶着硬木轴心，画面覆盖一道黄绸遮幔，左右各飘着一条红色绸带。宗喀巴亲手把这幅唐卡交给了那位商人，请他转交给母亲，并给母亲捎去口信说：自己十分想念母亲，因为教务繁忙，不能回去，望母亲谅解；母亲见了这幅画像，就像见了儿子一样，会给她讲三天三夜的话；希望母亲在他出生地建一座白塔。

这个商人带着这幅珍贵的画，又翻越唐古拉山，渡过陀陀河，回到青海湖畔，这里有一座寺庙，是宗喀巴赴藏途中歇息的地方。他的马队在这里休整了几天。这一路他把这幅唐卡背在身上，晚上放在枕边，还不时地摆放在高处，磕头祈祷。他在西藏听说过宗喀巴讲经传法的神奇故事，亲眼看到了宗喀巴在西藏的崇高威望，越想越觉得这是一幅在藏传佛教史上的稀世珍宝，怎么也舍不得交出去。于是，他悄悄请来一个有名的唐卡画师，在这个寺庙里，关起门来，用了一个多月临摹了一幅画，真画装进精致的竹子编桶里，背在身上，复制品装进一个木筒里，捧在怀里。他来到宗喀巴的家里，见到了大师的母亲，先转达了宗喀巴带来的口信，然后打开木筒，把这幅唐卡交给了母亲。母亲一接唐卡，商人背上的竹筒里传出一句“阿妈”的响亮叫声。在场的人不明究竟，面面相觑，都在问：“谁在叫阿妈？”大师的母亲手捧唐卡百感交集，见不到儿子真人，那美好的愿望最终成了不可触摸的梦，这幅不远千里送来的自画像也表达了远在天边的儿子的深情厚谊。尽管唐卡不像口信中的诉说三天三夜，但它无疑是带着情感、带着佛教、带着艺术的珍宝。母亲把它悬挂在佛堂里，每当微风拂过，画面上的佛像便曜然出世，宛如儿子就在自己身旁。

据说，宗喀巴诞生后，其胎衣埋在产地的土壤里，一声清脆的婴啼，一滴鲜红的血迹，在宗喀巴出生地奏起一支欢快的生命交响曲，宇宙像是舒展一幅洁白的襁褓，大地像是拥抱一个伟大的生命。一年后在这里长出了一棵旃檀树，在土壤的培育下，在雨露的滋润下，在阳光的照耀下，这棵不平凡的树，越长越高，枝叶繁茂，树根挺拔，十万个黄得像金元一般的树叶上显现出一个个“狮子吼”的佛像。大师的母亲按照儿子的嘱咐，就在这棵树旁，建起了一座象征身、语、意的白色佛塔。塔座是巨石雕刻而成，质地坚固，塔身为条砖砌成，逐层内收如阶梯，塔腹如巨大的宝瓶，宽大而厚重，塔顶是日月相轮。这座形制古朴，雄伟壮观的白塔能镇服凶神邪魔，能防止天灾人祸，是一种能赐予人们福祉的象征性宝物。明嘉靖三十九年当地一位富商和一批僧众捐资出力又建了一座寺庙，取名为十万尊狮吼的弥勒寺，从此塔尔寺围着一棵神树，一座佛塔，一座小庙不断扩建，大师母亲临终前将这幅唐卡献给塔尔寺供奉。

从拉萨带回来宗喀巴大师自画像的商人叫罗布桑布，既是土司，算是官，又在经商，算是商贾；他管百姓，完全用做生意的那套法则，一切为自己获取利益，同样他经商又用做官的那套诀窍，官商勾结，相互利用，他才赚了许多钱。经营范围从庄园到寺庙，在青海民和成为无人不知、无人不晓的有权有势的人物。好在他笃信藏传佛教，太残酷、太邪恶的事情基本不做。他在家乡有一座既像庄园又像城堡的宅院，院墙的基脚全是黑色的花刚石，四周的围墙高约十米，墙体的厚度三米多，坚固得即使一个铁炮弹打在上面都会像核桃一样弹回去，据说当年在城墙上可以拉车跑马，而里边却是一堆杂乱无章的建筑群，只有一栋门户窄小、窗扇极少的古堡，目力所及，一般人弄不懂那是住宅还是佛堂。据说这就是最初供奉宗喀巴大师自画唐卡的秘殿，很少有人能进得去。这个建筑证明，这个官商两兼者，不仅懂得一件稀世珍宝的价值，更懂得怎么把自己和珍宝隐藏在安全的地方。

到了明代永乐年间，罗布桑布的后人为了向世人展示这幅举世无双、能给信徒带来吉祥与福气的唐卡，专程从西藏拉萨请来宗喀巴大师的弟子却吉加布，把自家整个庄园改成寺庙专门供奉唐卡。

提起罗布桑布家的这座庄园，颇具神秘色彩。相传有一年，他捧着一尊从拉萨大昭寺请来的释迦牟尼佛像，回到青海民和境内一个村庄附近，发现茫茫的雪地上有一串孩童的足迹，便沿着足迹寻觅而去，最后足迹神奇地消失在一株旃檀树下，此时树梢上有一只乌鸦在鸣唱，口水似一缕金线顺嘴而下，且在阳光的照耀下状如悬挂的彩虹，又如飘飞的佛幡。他觉得这里是吉祥的宝地，遂在此地建起了一座庄园，取名为“卡地咔瓦”，意为乌鸦鸣唱，这地方的商人把乌鸦视为神鸟，认为它的叫声能带来财运。他的后人，在墙内铲平了所有的土楼，在这六十多亩的平地上建起了逐层升高的僧舍，巍然耸立的大殿，辉煌瑰丽的佛堂，还有密如蛛网的巷道，宛如一座洁白美丽的小城，近千名僧人白天在石头铺垫的法苑辩经，晚上在幽暗的密室里静修。这所有的僧人，这所有的殿堂都守护着这幅宗喀巴大师亲手绘制的唐卡。直到今天这幅唐卡还供奉在卡地咔瓦大经堂的佛龛里，人们可以透过钢化玻璃的护罩瞻仰灵魂的依止，信仰的根本，犹如第二佛陀的真身。那浸染着宗喀巴大师鲜血的红色，在画中尤为夺目，那是一种广布慈善的红，又是一种略带忧伤的红。想必一个远离家乡的佛子，思乡恋母之情，教化众生之志，都在这饱蘸真挚情感，难以言尽的红色当中。

1409年，围绕大昭寺的拉萨古城进行了大规模的修缮，绕城的转经路，铺上了从拉萨河滩背来的鹅卵石，南边堆放木材的广场，取名为“讲法道场”。整个广场铺着切割整齐的红色石砖，广场北边坐北朝南建了一座庄严的法台，三面摆放着高低错落的木凳，四周临街房刷上雪白的石灰，所有的窗户沿边涂成黑色，黑白分明，屋顶上插着印有佛经的白色经幡，窗台上摆放着披着哈达的各式法器，五色彩旗横跨街道，在头顶猎猎飘舞，呈现出高原特有的吉祥与喜庆。在大昭寺内，更是张灯结彩，装饰得富丽堂皇。宗喀巴大师用黄金制作了雕刻了五部如来佛像的佛冠，奉献佛祖，亲手为佛像涂上金粉，换上镶着珍珠、碧玉、松石的锦袍法衣，胸前挂着金线缠绕的右旋海螺；名门望族、大户人家捐献的纯金、白银打造的酥油灯供奉在几案上，墙面的壁画重新绘制，四周的佛像重新涂上金粉，大殿内挂满了崭新的绸幔旗幡。

佛历正月初一，西藏历史上第一次最隆重、最庄严的大法会在释迦牟尼像所在的圣殿大昭寺举行。从四面八方赶来参加法会的僧众达三万多人，法会举行了十五天，每天首先由宗喀巴大师讲一段释迦牟尼的根本道法，然后上万名僧侣不停地高声祈诵释迦佛、莲花生、阿底峡、宗喀巴的祈祷经，诵经声海潮一般回荡在整个寺院，施主们畜驮人背的各种供奉物资源源不断地送进大昭寺，整个拉萨古城沉浸在充满佛喜的神韵中。从此，宗喀巴正式确立了第二佛陀的地位，一年一度传承格鲁派法脉的法会也延续至今六百多年。

劫难中的秘密

一

公元1356年，是中国元朝元顺帝至正十六年，在青藏高原是藏历第六绕迥火猴年。这年冬天，青海宗喀地区一如往年，严寒封锁，草木凋敝，萧瑟吞噬了生机，大地一片沉寂。不过，三天两头，漫天的雪花像春天的柳絮飘飘洒洒，洁白无瑕，婀娜多姿，银辉璀璨。四周雪山呈八瓣莲花迎风怒放，给寂寥的大地平添了几分生机和妩媚。当地一个虔诚信仰佛教的名叫鲁本喀的藏族人，在这个冬天的一个晚上做了一个美妙吉祥的梦：自家原本关着的房门自动打开了，走进来一个手捧镶满金丝花边法衣、黄绸僧裙和一部经书的僧人，笑吟吟地对他说："我来自汉地五台山，向你借一住处。"然后就径直朝楼上的佛堂走去。还梦见，天空像绷紧的淡蓝色的绸缎，清澈明亮地笼罩在高原，一条彩虹，从世界的这一端跨到那一端，有着世上一切柔和美丽的色彩，美轮美奂地凝固在纯净的空中；金刚手菩萨踏云而现，抛掷一根光焰炽盛的金刚杵，飞越千山万水，最终消失在他妻子的身上。鲁本喀梦醒之后，思来想去琢磨，会不会预兆着自己家里要添一个壮实的、非凡的男孩。

与此同时，鲁本喀一向诚实善良、慈悲贤惠的妻子新萨阿曲也做了一个同样吉祥的梦：自家门前是一片绿油油的美丽草原，嫩草间开满宛如繁星般的各种各样的鲜花，蜿蜒曲折的小溪潺潺流动。草原上，自己和999名身着节日盛装的女子一起，在和风丽日下翘首遥望蔚蓝的天边，庄严地准备迎接天神的到来。只见从东方来了一位白净童子，手捧一个甘露净瓶，又见从西方来了一位白衣少女，右手持着一把孔雀尾翎，左手持着一支神明宝镜。白净童子是观世音的化身，白衣少女是绿度母的化身，他们肩负着佛祖的使命来到凡间。童子指着在场的妇女们一一问少女："这位可以吗？"少女摇头；童子又指着另一妇女问："这位可以吗？"少女再摇头，说她们都有一些过失。当童子指到新萨阿曲时，少女微笑颔首，童子即对新萨阿曲说："你沐浴吧。"然后，童子石像般站立，眉宇间有一种庄严的气概，映照出天国的光彩，微微的笑容蕴含着希望、信仰和慈悲，随后高高举起宝瓶，圣水闪着金光，倾注到新萨阿曲的头顶。新萨阿曲顿觉全身透明清澈，圣洁舒畅。直到美梦初醒，还感觉身心愉悦，自在无比。

在青藏高原人神共处的年代，一个非凡的生命就这样在藏族传说中，秉承着神的旨意诞生了。藏历火鸡年（公元1357年，元至正十七年）的阴历十月二十五日，承载着开辟一代宗风、重整佛法教规的缘起生命呱呱坠地。传说中，这个婴儿不是从胎门出生，而是从母亲腋下出生。在剪断婴儿脐带时，一滴鲜红的血滴在寒冷封冻的土地上，多年后，这里长出了一株节峻荫浓、枝叶茂密的菩提树，在它的十万片树叶上显现出十万尊佛像，藏语称之为“贡本”。后来人们因这棵树的神奇在左边建了一座白塔，许多年后又因塔的殊胜在旁边建了一座寺庙，这座寺庙就是当今举世闻名的塔尔寺。

两千五百年前印度北部迦毗罗卫国的王子放弃王位，立志出家修行，经过六年的荒野苦修后，来到菩提伽耶，在一株高大的菩提树下禅定并立下誓愿：“不成正等正觉，誓不起此座。”随后静思默想，用大智慧观照宇宙人和的缘起本心，获得天眼通，遍观十方无量世界和过去、现在、未来三世，凌晨时，大彻大悟，终于获得了无上大道，成为圆满正等正觉之佛。此后，菩提树成了佛的象征，凡是有这种树的地方，笃信佛教的人们，自然就升起虔敬之心和皈依之情。

一切善缘皆因一个婴儿的降临神奇非凡，它给雪域高原带来代代相传的圣业佛光。这个带有佛性光芒的婴儿，长大成人后就是藏传佛教格鲁派的创始人、在藏区被称誉为“第二佛陀的”宗喀巴大师。

六百多年来，这个让无论是藏地还是汉地的佛教信众顶礼膜拜的万代宗师，三岁受居士戒、七岁削发入佛门、十六岁离开家乡远赴西藏求法学经，遍访雪域高原高僧大德。正如他自己所言：“一切教乘并行不悖，一切佛言均属教诲。”他之所以能被后人推崇到佛的尊位，是由于他在求佛学经时，对藏传佛教的萨迦、宁玛、噶当、噶举等众多佛教派别海纳百川，兼收并蓄，驳偏立宗；针对藏传佛教后宏期法纲不举、戒律松弛，佛教本旨大有颓败之势时，力挽狂澜，辞刚义辨，博雅致远，建立自己的观点，以昭示天下。他讲经布法时，辨析真理，引经据典，正本清源，倡导并推行了一场遍及整个雪域圣地并且影响深远的宗教改革运动；他著书立说时，博览群书，匡谬补遗，符采相胜，理懿炳曜，全面细致地阐述了藏传佛教中的修持理论；他勤奋刻苦，天资聪睿，过目不忘，融会贯通，证明智慧来自思考，信心来自信仰，知识来自学习，思想来自实践。在宗喀巴大师的以身示范和大力推动下，雪域高原教理正本清源，教规拨乱反正，教风正气浩然，戒律恪守严明。形成了无显不入道，无密不成佛，不善不入佛，不诚不成理，以大悲心为核心的方便法门，以性空为主题的智慧法门。

宗喀巴大师一生著述达十九部，为佛学、文学、哲学、修辞学、逻辑学、因明学留下了大量宝贵的精神财富。《菩提道次第广论》《密宗道次第广论》等显密四论部在藏汉佛教界影响广泛，堪称经典，是他的代表作。其中《菩提道次第广论》是依据佛教大师阿底峡尊者的《菩提道灯论》的基本内容和原则而著成。全书八十万字，分为九个分部，卷帙浩繁，博大精深。被誉为"气含风雨之润，笔吐星汉之华"。六百多年来，宗喀巴的精神、思想、文化从青海西宁走向雪域高原，净化了许多藏族人的心灵，同时又从雪域高原走向了中华大地，走向了世界；宗喀巴的思想、文化、哲学丰富了中国乃至世界文明的宝库，在世界佛教界产生了巨大影响。宗喀巴创建的严守戒律，注重修行次第，先显后密，显密兼修，主张闻、思、修并重，修惠与修福并重、度众与度己并重的格鲁派，使信仰的力量净化了多少信徒的心灵，洗涤了多少信徒的灵魂，促进了多少和谐文明的进程。

当雪域高原的宗教改革运动进行得有声有色时，宗喀巴大师也赢得了大明王朝的敬重和敬仰。明永乐六年和永乐十六年，明朝皇帝两次遣使携带诏书和珍贵的礼品，专程前往西藏迎请宗喀巴大师进京。而大师因为修行苦读，教务繁忙，体力欠佳，没能成行，但他感念皇恩，以礼相待，派自己的得意门生绛钦确吉、释迦益西作为自己的代表专程赴京，以表达感恩之情。在北京，永乐皇帝封释迦益西为"西天佛子大国师”，举行了隆重的迎送仪式，给予很高的礼遇。永乐皇帝还将一部用金粉抄写的《大藏经》和十六尊旃檀木制作的佛像赠送给宗喀巴。这些珍贵的礼品现在仍然保存在西藏拉萨，因此，宗喀巴也是一位杰出的爱国者。

二

佛言：诸法因缘而生。我与宗喀巴大师的佛缘源于我的童年。那时我年仅三岁，就被一家寺庙的活佛领去削发剃度。在盛行佛法的藏族地区，一个幼童被领去，入佛门、披袈裟、读经卷，不仅是个人的荣幸，而且是家族荣耀之极的盛事。而对于一个黄口小儿来说，这意味着将永远告别童年的快乐时光。从此，我的童年生活如同转经筒上的小坠，绕着经师转，晨钟暮鼓，黄卷青灯，过午不食，饥肠辘辘。最深刻的记忆是，一天家里宾客盈门，大多是黄袍袈裟的僧人，在一片喧闹声中，我由父母领着、由僧人簇拥着，被大家你抱我背、走路骑马，来到一座古寺。在繁琐冗长的宗教仪轨结束后，由寺庙住持领着进了我的僧舍，不到二十平方米的房间一角，安放着一张方形木床，床头的几案上摆放着三尊佛像，分别是佛祖释迦牟尼、莲花生大师和宗喀巴上师。孩子的眼光是直线的，不会拐弯，当我依大人之命分别给佛祖释迦牟尼和莲花生大师磕完头后，见剩下的宗喀巴大师的佛像是一个小巧玲珑、闪着亮光的镏金塑像，感觉十分可爱，我不由自主地一把抓过来，准备仔细端详。一直守在身边的父亲见状，一时不知所措，急得一巴掌打了过来，我的小手立马就像吹了气似的红肿了，痛得我哇哇大哭。等候在门外的母亲听到哭声，不顾一切地冲了进来，抱起我就走，还给众人丢下了一句像扔出来的石头一般的硬话："我的孩子不要进寺庙，不要当喇嘛！"母亲把我直接带回了娘家，据说后来父亲派了很多人来说情，母亲也不放我。再后来，请了一个叫朗纳的活佛到母亲家做工作，我才被重新领进寺庙。

在当时的人们看来，我的行为是多么不敬的举动，我与宗喀巴大师的佛缘是从亵渎佛法的罪过开始的。直到我五岁半时，我的宁玛派上师身体欠佳，家里又请来一个格鲁派的喇嘛上师来做我的经师。他是我家乡比如县却林寺的堪布，曾在拉萨三大寺之一的哲蚌寺，用十二年时间学完了经、律、论三藏，全面修习了戒、定、慧三学，并考取了拉仁巴格西学位，这是藏传佛学的最高学位。他学识渊博，身材魁伟，身披象征身份的、打着匀称褶子、衣料精细、做工精致的法衣斗篷，老是一副严肃的面孔，那一双明亮的眼睛像聚光灯一样随时盯着你，让你动弹不得。日复一日，天天如此，还在梦中把你推醒，穿上袈裟，开始背诵祈祷经，起初规定每天晨诵要背五页，可是我能背诵十五页，他就逐步加码，一直加到每天背诵二十页，四十六页的祈祷经我两天就能流利背诵了。奇怪的是这些祈祷经直到今天我都还能倒背如流。上师赐给的善法乳汁也许能溶解在跳动的血脉里。随着上师的变动，我做法事时戴的红色尖顶法帽改成黄色桃形法帽，学习内容从释迦牟尼、莲花生大师的祈祷经，转入宗喀巴的三乘三士，敕戒晅诘，上师说这是实现菩提道的唯一途径。苦学禅悟是冥思苦想加死记硬背，但绝不是茫然不解，而是清晰地明了一些学佛的基本准则。比如，人生得来不易，珍惜短暂生命；绝断世欲杂念，摒弃害人邪念；严守言行戒律，一切慈悲为怀，时时利他利众。我的这位上师是万事通，每天不是接待算命选日、念咒画符的人，就是被请去看病开药、诵经开光，还要参与寻访转世灵童、超度死者亡灵之类的佛事，忙得不亦乐乎。而我的功课只能是在指定的座位上，面对厚厚的经卷摇头晃脑地大声朗读，还有每天用两炷香的时间，练习书写藏文，上师说："字是人脸面，写得难看是见不得人的。"在现代文明还没有进入西藏之前，寺庙是文化、教育、卫生的唯一基地，除此几乎没有学校，没有医院，更没有文化活动场所。我也并不是那么甘愿剃着光头、赤脚光臂、苦心孤诣，但那年代要做个有学问的人，也只有这一条唯一的途径。

斗转星移，世事变迁，西藏如火如荼的民主改革改变了我的命运。这个改变既是躯体生存方式的转变，更是精神关注内容的转变，我走出白墙金顶的寺院，离开酥油、糌粑飘香的西藏，来到汉地进入现代学府。1967 年，我从中央民族学院新闻班毕业，回到《西藏日报》当实习记者，带我的老师是一个叫高峰的汉族大哥，毕业于西北大学中文系。他不仅是学校的高才生，而且是报社文采风流的名记者。他眼神清澈似水，深藏着一种诚挚和热忱，可惜高原的风刀霜剑，过早地催白了他的双鬓。有天中午他叫我去他家吃饭，这个平时慷慨激昂、口若悬河的人，今天却紧皱眉头、沉吟不语。我问他有什么心思，他犹豫半天才说："我昨天去墨竹工卡县采访，看见当地的农民在拆甘丹寺，听说把宗喀巴灵塔的顶都掀翻了，这怎么得了！"他这个不信仰佛教的汉族朋友都感到不可思议的气愤。

凡是信奉黄教的，没有人不知道甘丹寺。黄教有六大寺庙，它排名第一。因为它是由佛教格鲁派的创始人宗喀巴于1409年（明永乐七年）亲自创建的，可以说是格鲁派的祖寺。它又与拉萨的哲蚌寺、色拉寺合称拉萨"三大寺"，宗喀巴的法主继承人、历世格鲁派的教主"甘丹赤巴"的法座在此，永志不移。更是供奉宗喀巴大师圆寂后肉身灵塔的宝寺，因此它是黄教信众心目中的圣地。

童年梦幻般的那段经历，我曾被浩如烟海的佛学经典所吸引，被博大精深的佛学理论所折服，我对宗喀巴大师永远心存敬仰之情。藏历土猪年（公元1419年）阴历十月二十五日，正是他生日这一天，一代宗师宗喀巴在甘丹寺圆寂，享年六十三岁。据经典记载，大师圆寂时身着法衣，在藏式卡垫上结金刚跏趺坐，身躯端正，双手做入定印，面对死亡仍专注于修持。大师圆寂后，诸根完全清净，面如满月，肤色洁白，宛如幼童；且身躯呈光明之身，光华灿烂。

我们的祖先是马背上的民族，是依靠牦牛为生的族群，是在世界屋脊、地球之巅，向着虚空的远方倾诉那玄奥神话的民族，灵魂不灭的精神点燃智慧之火，从大山的石块中冶炼出闪光的黄金，从峡谷的深洞里熔炼出白色的银子，又从高原的冰湖里打捞起珍奇的瑰宝，修建起一座座、一个个造型别具一格、周身珠光宝气的灵塔。

宗喀巴的逝世是雪域高原悲壮的一幕，雪山低首，江河哽咽，寺庙不分教派，鼓号齐鸣，祈祷诵经，民众不分地域，脱帽致哀，焚香点灯，转经路上，随处是弯着脊梁、合着手掌、噙着眼泪的人们。藏族人对高僧的涅槃最好的精神寄托，首先是安顿自己的灵魂，然后用吉祥的幡幢和庄严的灵塔祭奠不灭的灵魂。安放宗喀巴大师遗体的灵塔，用十八升白银铸造，塔身镶嵌着蓝宝石、祖母绿、红珊瑚、九眼石等难以数计的价值连城的各式珠宝，塔中的宝瓶里有一个旃檀制成的硕大方盒，供奉着他的肉身法体。根据《大藏经》和《四部医典》的记载，法体由九十六种名贵药材贴护，装满人间五谷的黄绸袋子，盛满五洲甘露的银制宝瓶，叠放七彩绸缎的红木箱子，数不清的经卷、圣物、珠宝供奉在塔内。大师的法体面向东北方向，象征着对家乡父老的眷恋，对汉蒙广大地区佛教兴盛传承的庇护和加持，还包括对紫禁城里浩荡皇恩的感激之情。

三

多少世纪以来，那些不远千里，走一步磕一个长头的善男信女前来甘丹寺，不就是为了朝觐一次这座灵塔吗？那些富商巨贾似攀龙附凤般，为灵塔镀银涂金，不就是因为佛的殊胜使自己得到更多的福报吗？塔内殓放着大师万劫不灭的肉身，这是民族文化的象征，佛教信仰的圣物，怎么能毁在我们这一代人的手里呢？心有挂碍，我整夜辗转反侧，难以入眠。第二天尽管细雨蒙蒙，我还是借了一辆自行车，独自向甘丹寺进发。路程有五十多公里，泥泞的道路上，车辙纵横，东一个水塘，西一个土堆，坎坎坷坷，颠颠簸簸，汗水湿透衣背，黄色的泥水不断地向裤脚溅，公路四周死一般沉寂。快要盘上二十公里的山路，一块骨刺把我的车胎扎破了，只好把自行车寄存在一处公路道班那里，准备抄近路爬。所幸遇到一辆准备拉土的马车，使我在天黑之前赶到了甘丹寺。

黄昏吞噬着最后的一线晚霞，寺庙的断壁残垣在暮色中朝着天空峥嵘凌立，脱了彩漆的梁柱横七竖八地躺在瓦砾之中，空气中弥漫着尘土的气味，绛色的喇嘛城，一片废墟，满目疮痍。我走出废墟堆积的大殿，只见不远处围墙角一个简易的帆布棚子，里面升起一柱炊烟。知道那里肯定还有人，于是我又艰难地从断脚的佛龛，裂开的书架，被撕破、被玷污、纷乱散落的各种佛衣和经书间走过去。这里原来是寺院的羊圈，四面一米多高的围墙，靠里有遮风挡雨的棚顶。老百姓哪家生了病、或有人去世了都要牵一只羊放生，寺院才盖了羊圈。如今放生的羊被杀吃了，羊圈空空荡荡，气氛凄凄惨惨，只有几个老僧披着沾满泥土的袈裟，有的用棍子敲打复原着被摔得变了形的铁桶，有的正在三个石头垒起的简易灶上煮着青菜。个个满面愁容，见到我一下警惕起来。他们把我从头到脚仔细打量了一遍，才舒了一口气，眼睛也露出一点光彩，但马上就阴暗下来．其中一个老僧面对我动了动嘴唇，欲言又止，垂头丧气地转身搬来一块石头请我坐下，然后用一个破旧的木碗盛了一碗青菜给我。他告诉我，甘丹寺是下面村庄里的人来拆的，寺庙里珍藏的各式法器、珠宝和其他值点钱的物件，都被他们拿走了。我焦急地追问："那灵塔里宗喀巴大师的法体呢？"几个老僧久久沉默不语，渐渐地一个个脸涨得通红，额头上静脉喷张，两眼迸射怒火，其中一个拉着我的手直往灵塔殿走，其余紧随其后。

我站在宗喀巴灵塔大殿第一道大门的石阶上，只见大殿两扇珠红的门板左右斜靠在墙壁上，板面上满是打砸过的痕迹，沿墙排列的转经筒横七竖八地滚落在地上，过去悬挂在大门两边的骡皮鼓被扔到垃圾堆里，鼓面被锐器洞穿，鼓背裂纹纵横。我走进第二道大门，满地散落着用金粉书写的经文，不时还看到几张贝叶经残片，灵塔高墙三面的经书架空洞无物，大门左右墙壁上绘制的四大天王壁画上到处乱涂着黑色的墨水、白色的石灰。大殿的金顶被掀翻了，灵塔上那些灿若满天繁星的瑰宝不翼而飞，发黑的镶框就像挖去眼珠的眼眶阴森恐怖。几个老僧向我描述被拆的情景：人们蜂拥呼啸而来，把大殿团团围住，寺庙的喇嘛在活佛高僧的带领下前去阻拦，可那些人着了魔似的，满脸激愤，眼睛通红，喊声震天，手舞足蹈，一边大声呼喊着："破除迷信，砸烂封资修""就地闹革命，建立新世界""革命无罪，造反有理"，一边用十字镐、锄头、斧头疯狂地打砸抢，能砸的砸，能砍的砍，能挖的挖，还用麻绳拴着塔颈想把灵塔拉倒。可这银铸的灵塔坚固无比，怎么也拉不倒。于是他们就搭起架子．爬上去砸开塔肚，把里面供奉的五谷、珠宝、绸缎全都抛了出来，当场你抢我夺，背着、扛着、抱着往家走。

听到这里，我突然想起了布达拉宫西大殿内有一幅描述修建西藏三大寺的著名壁画。画面上西藏南方有一座神秘莫测的原始森林，穿着藏服的工人在举斧伐木，北方有座荒无人烟的远古石坊，赤脚裸背的采石工人在握柄挥榔，拉萨河波涛激荡，河中运送木料、石块的牛皮船在漩涡中漂荡，在修建寺庙的工地上民工成千上万，他们抬着巨大的木料，背着沉重的石块，砌着坚固的石墙，哼着低沉的号子。我在想，这一座座巍峨壮丽、金碧辉煌的寺庙，不仅是高人智慧的结晶，更是劳动人民血汗的凝聚和白骨的堆积。今天一群喝了迷魂汤的人，发了疯似的将它毁于一旦，此情此景，只有含泪仰天长叹。

我问："那宗喀巴大师的肉身呢？"

一个老僧泪流满面地哽咽道："大师的肉身也被他们挖出来，扔进拉萨河里了。"

我惊讶万分，急迫地追问："真扔了？"

老僧犹豫了半天，支支吾吾地说："你去问问波密活佛吧。是他背着法体被民兵押着去扔的。"

我问："波密活佛现在在哪里？"

他无奈地说："被拉到拉萨城里去批斗，我们都在为他担忧。"

一切明了，我毫不犹豫地返回了拉萨。

波密活佛佛学造诣很高，在拉萨三大寺高僧中名列前茅，50年代末他曾被推荐为甘丹寺的候补"法台"，这意味着，他离整个格鲁派的教主地位只差一步。他的弟弟老成练达，学识渊博，是同辈之中公认的才子，曾经当过旧政府一个机构的秘书，现在赋闲在家。当时，拉萨城本不大，只有四五万人，我在城里四处打听，很快找到波密活佛的藏身之处。

一个星期六的夜晚，新月从东山顶上升起，拉萨鲁普小街闪耀着煤气灯光，间或一条狗的吠声，引来满城狗的嚎叫。我在朦胧的月光下，对着门牌号码，敲了半天没有人应。这年代，大家对有人敲门轻则胆战心惊，重则魂飞魄散，不是抓去批斗，就是抄家传讯。我失望地靠着门板蹲在地上，不一会儿有人轻轻拉开一条门缝，紧张地探出头来小声问我是干什么的，我仔细表明来意，他才领我进去。波密活佛果然暂住在他弟弟家，我向波密活佛顶礼，说明了我的来意。也许是我的虔诚触动了佛心，他向我一五一十地讲述了宗喀巴大师的法体在劫难中的秘密。

当初一批造反精神十足的当地青年冲进灵塔大殿，用自制的简易木梯搭到塔体上，一个个像摘桃的猴子，爬上爬下，兴奋异常，用小刀抠着镶嵌的宝石，用剪刀剪断披挂的锦缎，几个无所畏惧的年轻人像钻山洞似的从灵塔正面的塔门钻进去，把宗喀巴大师的法体扔了出来。大师的法体身披黄绸袈裟，手拄法杖，完好无损。更神奇的是，头上长发披肩，手指上长着长甲，面容安详宁静，合着双眼，闭着嘴唇，唇边仍旧荡漾着一丝笑意，四肢强健的肌肉富有弹性。在场的人一时惊讶万分，目瞪口呆，手足无措，半晌无语。波密活佛没等大家反应过来，迅速扑上前去，用双臂和身体将大师的肉身法体牢牢护住，再用自己的袈裟将法体裹起来紧紧抱在怀里，就像抱着一个心爱的婴儿。几个带着钢棍的民兵突然醒悟过来，围住波密活佛，勒令他把法体扔到拉萨河里去。波密活佛知道反抗已经无用，就捡起一个竹筐将宗喀巴大师的法体装进去，背在身上准备走。几个造反派的头头，发现波密活佛来不及擦的眼泪流过面颊，口里默默地念诵着令人不解的咒语，便失去了对他的信任，于是叫他站住，然后躲到墙角，交头接耳了一阵之后，他们找来五个带枪的民兵就像押解犯人一样，押解着背着万人膜拜的法像、一代宗师的法体的波密活佛缓缓走向拉萨河。快到河边时，天已经黑了，这五个民兵也走累了，他们就在河边找了一个小草坪，席地而坐，抽烟聊天，让波密活佛独自去把法体扔进河里。这也许是天意，也是时不再来的机会，波密活佛乘人不备，迅速灵敏地将法体藏在一篷茂盛的野草丛中，然后将几个石块装入草筐，“咣当”一声扔进了河里。当晚夜深人静，所有的喧嚣都沉寂之后，波密活佛才重返河边，背起法体，乘着夜色的掩护，悄悄地沿着狭窄陡峭的盘山便道走进甘丹寺旁边海螺山上的一个岩洞。过去这里是高僧大德们的闭关修行处，鲜有人迹。相传当年宗喀巴大师就曾在这个山洞里闭关修持，历史轮回，谁也没有料到，五百年后他的法体竟然回到这里避难。

不久，波密活佛悄悄地背上自己购置的保存法体所需的物品，拎着自己必需的生活用品，来到海螺山，选择了一个很隐蔽的修行洞，洞口垒起土墙，有简易门窗，整体与岩石浑然一体。他初次进洞，刚弯腰就惊动了岩鸽、蝙蝠，扬起满洞尘土，洞中有洞，洞顶中央垂下一块大岩石，屏风般把后面的洞遮掩。里边山洞里还有一个自然形成的岩石佛龛，台面光滑，背靠平整。波密活佛按照佛典配方，用药材、青稞、干草裹起法体，外面用白棉布、红丝绸层层缠绕，然后装进透气的牛皮箱里摆放在天然的佛龛上，面前摆放一只银碗和一个香炉，每天虔诚地换圣水，焚藏香，磕头祭拜，祈祷诵经。

随着轰轰烈烈的文化大革命不断深入，一切牛鬼蛇神都要在光天化日下批倒批臭。寺庙活佛和当权派一样是头号批斗对象，像波密活佛一类的高僧更是比木炭还黑的“黑帮分子”。寺庙拆了，那些过去有头有脸的人被遣送回原籍，接受革命群众的批判斗争，他的原籍是拉萨市鲁普居委会。可居委会查了半天，找不到人影，于是专门成立了专案小组，要查个水落石出。有人揭发，他为了逃避批斗躲在甘丹寺后山的岩洞里。一天，几个身着绿军装、腰扎宽皮带、臂佩红袖标的藏族“小将”围在山洞口，高喊：“黑帮分子滚出洞来！”他已经猜出原委，不慌不忙地把法体安顿得妥妥帖帖之后，轻松地走出山洞，由人押送回拉萨，暂住在弟弟家里。弟弟被派到拉萨流沙河工地做饭，也是接受劳动改造。波密活佛每天傍晚，穿过两条幽暗的街道，到居委会接受批斗。有一天，整整挨了三个小时批斗，身心疲惫不堪，回家时夜黑风高，伸手不见五指，不小心一个踉跄重重地摔倒在地，根本无力爬起来了。幸好被紧随其后一个戴着口罩的人，搀扶着把他送回到家门口，还拿出一点钱放在他手里说：“我看到你挨打了，明天去医院检查一下。”说完就消失在夜幕里。从那天起，每晚挨批斗回来，总有一个戴着口罩的人，打着微弱的电筒，搀扶着送他回家，直到不再去挨批斗。

四

70年代末了，报春的燕子往来梭巡，天空布满灿烂的阳光，一个个喜讯传遍祖国大江南北。人民深恶痛绝的“四人帮”被一举粉碎，人民忠心爱戴的邓小平重新复出，三中全会的召开吹响了历史转折的号角。祖国宝地雪域高原的冰雪开始融化，草原上牧羊姑娘的歌声开始响起，布达拉宫的鼓声又从云海里传出，唯独波密活佛却面临巨大而无法言表的压力。在拉萨八角街的转经路上，佛教徒们一传十、十传百地在说：“破四旧”时，是波密活佛将宗喀巴大师的法体扔进了拉萨河，他是披着袈裟的恶魔，是佛教徒中的败类。他到大昭寺朝拜时，有人当面向他吐口水，背后冷言冷语，对着脊梁指指点点。罗布林卡图书馆要组织整理被散乱的经书，他被列入邀请人员的名册，竟然遭到所有参与经书整理的高僧大德们的一致反对。甘丹寺开始修复，部分宗教活动重新恢复，他提出返回寺庙的请求，又遭到临时负责寺庙管理的喇嘛们的拒绝。因为在他们看来，波密活佛的罪孽是不可饶恕的。

一天，波密活佛专程到宗喀巴曾经修行的扎耶巴寺朝拜，寺庙坐落在拉萨东北九十多公里的崖峰峭壁间，过去这里是香火最旺的佛教圣地，由于高山阻挡，道路艰险，后来除了虔诚的信徒去的人并不多。加之十年动乱，寺庙已是一派破败景象，佛龛里的佛像残臂断指，经堂里的帷幔破旧不堪，供桌上布满厚厚的灰尘，墙角布满蜘蛛网。他暗下决心，要到这里来重整古寺昔日的恢宏。走出寺庙沿着转经路焚香祈诵，路边有一棵参天古松，树荫下摆放着几条石凳，几个来转经的穿着便服的僧人坐在上面。波密活佛走累了，也想在旁边空位上休息一下。可他刚一到，那几个人就像躲瘟疫似的避开了。不久，他购置了清扫工具、佛教用品，雇了一辆马车来到寺庙。正准备料理，三个在此修行的僧人来到他面前，阴沉着脸，一副想撒气找不到对象的样子。其中一人带着轻蔑的冷笑，硬邦邦地扔出一句话："我告诉你，你的罪恶下地狱油锅也难以洗清，这是佛教圣地，不准你玷污了这片净土！"边说边把他的东西往外搬，波密活佛只好忍气吞声地返回拉萨。

当他向我介绍这些情况时，我问他："这么大的冤屈，你怎么还能扛得住啊？"他沉思良久，用惭愧的口气说："我修炼不够，不能做到佛祖教导的一个比丘要有容纳万物的胸怀和气度，对于别人的伤害，以宽容和宽恕给自己一个解脱。我一开始还有点抱怨和冤屈，罪过啊罪过!”他眼里闪着泪花。是啊，一个真正修行人，一辈子在寻找自己的不足，随时清扫心灵上的尘埃，人间的一切罪过由自己来承当。我曾在鉴真和尚的著作中读到这样一个故事：日本的白隐禅师是一位戒律严明、禅道高明的净行者，有一对夫妇在他住的附近开了一家餐馆，忽然发现自己未出嫁女儿的肚子一天天大了起来，这对夫妇震怒异常，一再逼问女儿。女儿起初不说，经过再三苦逼，她终于吞吞吐吐地说出了“白隐”两个字。夫妇怒不可遏地去找白隐理论，但大师不置可否，只若无其事地回答道：“是这样的吗?”孩子生下来以后，就被送给了白隐禅师。白隐凭空横遭白眼和冷嘲热讽，名誉扫地，但他处之泰然，仿佛是受朋友重托一样抚养小孩，向邻居乞求婴儿所需的奶水和其他用品，非常细心地照料孩子。一年之后，这位未婚妈妈终于向父母吐露实情：“孩子父亲是渔市的一名青年。”夫妇立即带着女儿去向白隐道歉，请他原谅，并将孩子带回。白隐仍然是淡然若水，既没有不满，也没有乘机教训埋怨，只是在交回孩子的时候，又轻声说一句：“是这样的吗?”……当你原谅不可原谅之事，世界便属于你，佛的境界是慈悲没有敌人，智慧没有烦恼，以一切众生病都是我的病的情怀，默默祈请佛的加持，不再自误误人。

时间之水缓缓而过，已经到了80年代，甘丹寺后山废弃的天葬台前，又开始插满招魂的白幡，新建的长长廊坊里，整齐地排列着转经筒，虔诚的信徒们一个一个地转过去，嘴里反复念着“嗡玛尼叭咪吽”这句寄托一切的咒语。听说北京拨出巨额款项，要重新修建甘丹寺，寺院四周的山坡上到处是白色的施工帐篷，就像西藏牧区赛马节时的帐篷城。寺庙里外到处是简易商铺和没有挂牌的餐馆，进出的人中有裹着羊皮袄的青海人，头上盘着红穗的甘孜人，还有来自藏北草原的牧民，来自藏南谷地的农民，来自后藏寺庙的僧侣，他们自备饮食炊具，自带施工用具，组成了浩大的施工大军来参加重建寺院。甘丹寺的旧址上，一时布满了脚手架、挖土机、推土机、碾压机，每天从黎明到日落，现代施工机器的吼叫声，铁器碰撞的哐啷声，木头拉锯的嘎吱声，铁锤敲打的叮当声，交相辉映，好一派繁忙的景象。除了施工现场，这里最热闹的是原来的辩经场，现在是寺院最大的广场，广场中央立着一个方形的广告牌，上面用藏文写着“甘丹寺维修捐赠处”。一条长条桌后面，坐着十几个穿着袈裟的僧人，他们在厚厚的账簿上，记录着人们捐赠的款物。捐款十万八万的不是个别，一万两万的不计其数。闪光的黄金，红色的珊瑚，绿色的松石，白色的珍珠，捐赠各种珠宝的人络绎不绝。从早到晚，人潮涌动，熙熙攘攘，安多有一家牧民将百十头牛羊全部换成现金捐赠，一个拄着拐杖的农民从甘孜不远千里捐赠了一颗世代相传的九眼天珠。在蓝天之下，大地之上，人们用清静无染的敬信之心，用福慧善业的功德之心，用饱满的纯净灵魂和天地良知，重塑千年的智慧与文明。

环绕甘丹寺的转经路越踩越宽，路边的嘛尼石刻越堆越高，俨然成了一片石林，寺院也修葺一新。喇嘛们吟诵祈祷的唱经声再度回响在这片饱经沧桑的庄严土地上，波密活佛完好无损地送回了宗喀巴大师的珍贵法体，人们惊讶万分，犹如大梦初醒。甘丹寺隆重地举行了大师法体入塔仪式，宗喀巴大师的灵塔再次恢复了神灵之气、宗教之光，曾经冤枉过和误会过波密活佛的信众无不流下羞愧与钦佩的眼泪。波密活佛声誉大振，以自身佛学造诣的深厚博大，以忠贞不渝的坚定信仰、以隐忍无私的精神境界，被僧众一致推举为甘丹寺的接任法台和西藏佛教协会的副会长。

对藏传佛教的信众来说，高僧大德的法体之于灵塔，正如汉地佛教的舍利之于佛塔。历史上那些德行高洁、开宗创源的宗教修行者，自然而然地会被信众推上神的尊位，他说过的话被视为圣言，他用过的器物被尊为圣物。东方的宗教如此，世界的宗教也是如此，哪怕是在科技高度发达的西方世界同样也是如此。我曾经去过梵蒂冈的圣彼得大教堂，那里就供奉着耶稣被强行背上十字架时，一个妇人给他擦血和汗用的手绢，人们还传说那上面会显现出耶稣的容貌，这块手绢如今成了圣彼得大教堂的三大圣物之一。

在我看来，人类信仰历史上流传下来的宗教圣物和圣器，无论对有信仰者还是无信仰者，都是一种文化的传承，都承载着历史的印记，文明的光辉，它们自身所带有的传奇性成为了神性的故事，极大地丰富了我们的精神世界，更让我们的文明史灿烂多姿。

大地是生命的祭坛

人是唯一会想到死的动物，也是唯一能把死的结局创造成艺术的动物。如果能坦然接受死亡，人的一生没有什么放不下的东西。生命是人唯一的财富，活着能主宰生命，死亡能显出生命的价值。死和生一样，是生命的一个过程，是大自然的一个奥秘。在人生旅途中，死亡是最后一个面对的现实。死，其实是伟大生命在庄严地宣告：请记住，我曾经活过。

葬礼是人类现实生活和道德、文化、哲学不可或缺的重要内容。葬礼文化的历史、现实必须伸进光明的、深邃的精神天空，指示着生命的真谛、宇宙的奥境。

藏族人祖辈世居雪域高原，世界屋脊。耸入云端的群山，终年不化的雪峰，填满沟谷的冰川，雄浑澎湃，激情高昂；雪花、雪汽、雪丝漫天飞舞，浅吟低唱。藏民族把圣洁的白雪，视如洁白的哈达，象征吉祥如意。

能充实藏民族心灵的是闪烁着星星的苍穹，在这里能看到天在地的下面，地在天的中间，这块土地高得接近天堂，正是这天和地的逼仄才反衬出生命的高大卓然，也学会了对生命的无限热爱，这是雪域高原的永恒。藏族纯洁、高贵、慈祥的心灵，使生活充满着甜蜜、喜悦、神秘。藏族最初的生命观，是人从自然中来，在自然间享受，最终回到自然中去。全世界所有宗教都起源于对人的生死存亡的思考，是对人的肉体从现实消亡后最终归宿的解释。绝大多数宗教的生活哲学是从生到死，为了生而考虑死的理论，只有佛教是从死到生，为了死而思考生的理论。

藏族人不忌讳谈论死亡，因为死亡是人生的最后一次告别；不惧怕死亡，因为死亡是人生最后一次礼仪。人们接受死亡的能力，来源于对生命的认识。普遍看来，肉与灵犹如烛与火，人死如烛灭但灵魂依然存在，如烛火相传，生死轮回，灵魂不灭。肉体时间一长，好似破烂不堪的旧衣服，灵魂最终脱窍而出，寻找新的生命旅程。

儿童畏惧黑暗的到来，成人害怕死亡的临近，这是人类普遍的心理。藏族将人的生命过程赋予了自信的智慧，对死亡赋予了艺术的内涵。生死轮回文化，使死亡仅仅是通向彼岸自由之路的关口，是短暂的睡眠，是应尽的义务，是重生的开端。因此，死亡没有痛苦，没有恐惧，只有圆满。灵魂不灭的文化，为走向彼岸的人，设置了不靠神佛安排，全靠自己的因缘，寻求来世的幸福和今生的安宁。善有善报，恶有恶报，因果报应告诫人们，慈悲为怀，利乐众生，死亡是通向没有毕业的学校，为下一个自己设计生命的单程路径，死亡作为新生的过渡，哪还有什么紧张、不安乃至慌乱。

送别的仪式只是道德的责任。人生是短促，但不是一支点燃的香，而是一支高擎的火炬，把它燃烧得十分光明灿烂，把善良、真诚、大爱洒在了人间，相拥的人们以同样的心思将亡灵体面、尊严地送入轮回的轨道。先走的，后来的，保持着文化的传承和脉源的延续。对先走的告别是为了记住永生的信念，对后走的启示是求生先要活好。

送别的仪式有塔葬、土葬、天葬、水葬。在拉萨城中的红山上，坐落着雄伟壮丽的布达拉宫，这是一部古老的历史史诗，也是一座辉煌的艺术之宫。在幽暗、宁静的殿堂里，冒出缥缈的藏香火烟，镶嵌着灿若满天繁星般珠宝的灵塔，晶莹夺目，观瞻的人流络绎不绝。无论是金质的、银质的、铜质的，塔内都有一尊穿戴华贵佛袍，头戴五佛冠，端坐在香料坐垫上的肉身。千年的文明，千年的智慧，使这些肉身千年，面部表情不变，皮肤弹性不变，经脉走向不变。更不可思议的是，有的肉身长出指甲，嘴角长出胡须，头上长出毛发，这是一个不争的事实。能有这种送别礼遇的在藏区不过百十来人。

被称为藏族文化发祥地的山南泽当，能看到耸立在山头的第一座宫殿——绒布拉康；坐落在乃东平原的第一座佛殿——昌珠庙；几个世纪没被人碰触过的原野上，有一块三十亩大的农田，一条条犁沟，散发着沁人心脾的泥土气息，枯萎的草根，细碎的草牙，在犁沟间伸展、隐没，这里号称是西藏第一块农田。从这里沿着穷结河谷步行三十公里，眼前展现出规模宏大、气势夺目、风景壮丽的古墓群，方形的陵墓犹如独尊的山丘，坡形的陵墓恰似从地面直拔起来，沿着山梁步步升高，成片的陵墓与山势浑然一体，互相掩映，互相衬托，互相连接。山峦雄伟、俏丽，又粗犷、幽邃；陵墓平静、庄严，又空蒙、荒芜。这样的古墓群，在山峦起伏的藏北草原、江河纵横的贡布林区、雪峰连绵的阿里高地都能见到。历史是人类文明情形的记录，古迹是人类精神朝向的记忆，这些陵墓中的长眠者，也许是曾经雪域高原怒喝一声能风起云涌的人物。时光荏苒，岁月悠悠，这些陵墓没有变成断垣残壁，瓦砾散落，陵墓旁还建起精巧别致的庙宇，无数大小不等的酥油灯伴随千年的日落月升，似满天星光隐约闪烁；成群的、独行的陌生人如同转经筒上的坠子，绕着陵墓转经、祈祷；随处可见的石堆上，焚起松柏香烟，石头是总往下落，只有火焰总是向上升腾，这也许是对先辈智慧的敬意。藏族将慈悲和仁爱作为第二个太阳，既要照亮自己，又要照亮别人，既要照亮过去，也要照亮现在和未来。这种送别仪式，已经过去了几百年，今天遗址变为风光，历史不再叹息。

今天藏族送别的普遍仪式是天葬，这是人类历史中独有的、神秘的、震撼的、难以理喻的告别方式。如果要用最精练的语言说出天葬之谜，那就是：大地是生命的祭坛，雄鹰是天路的坐骑，宇宙是灵魂的居所。精通一切经书道术的龙树，面壁静坐明心见性的达摩，云游四方显密精通的莲花生，都双脚站在现实，眼光放在来世，传播无我的生命自然观。人以自然方式降生，以自然方式生存，以自然方式消逝；生命是自然安排的，生活是自己主宰的，不能怨天尤人，而应心怀坦荡，随遇而安，随缘生死。

大地是生命的祭坛。在藏族的生态观中，形似水晶宝塔的八座雪山构成了雪域高原。千姿百态、难以计数的雪峰、山峦、山岭，分隔着盆地、谷地、平原、草原。西藏又把上部叫阿里三围，是石山、雪山部，是藏羚羊、藏野驴生活的区域，它们与居民相伴，以轻捷活泼的姿态、聪明精细的神气、温雅的身段、妖冶的动作，给人带来美的享受。中部叫卫藏四翼，是岩山、草地部，是高贵的猛虎、骄纵的斑豹生息区，虎豹凶猛也许会给居民带来威胁和恐怖，但大自然惜爱投入怀抱的一切有生，如果这里没有虎豹，居民多么寂寞，土地多么荒凉。下部叫多康六冈，是草滩、森林部，这里万禽齐鸣，万鸟飞翔，这里随时随地能见到成群结队的禽鸟舒展着翅膀，时而高翔，时而低回，时而落到地面喧哗，天空中充满着急促的振翅声，密林中响彻着嘈杂的啼鸣声。这三部地域，江河纵横，湖泊遍布。与岩石同寿的泉水，清澈透明，清流触石的溪水，浪花飞溅。江河波涛汹涌，气势恢弘，湖泊水光潋滟、碧波荡漾，这美景都被藏族人披上了威严神圣的面纱。神山、神湖、神泉、神庙、神石、神树，就像藏族民歌中唱的那样，“天空，彩云纷纷扬扬，那是大神小神又聚又散；大地，雪花飘飘洒洒，那是大神小神又说又笑”。碧蓝的天空布满神，迷人的雪峰藏着神，静谧的山谷住着神，连那千千万万个水平如镜的湖泊都是神的居所。

这地球的最高处，离太阳最近的雪域天界，散落着难以计数的天葬台。七百年前，西藏第一座天葬台诞生在距拉萨一百多公里的直贡梯寺。寺庙因修建在高耸入云、形似卧女的直贡山上而得名。七百年前，山上山下全是黑幽幽的树林，山在树林里，庙在丛林中，披着绿装的美人山，响彻着小鸟的啼鸣声、野鸡的飞翔声。透过树叶的缝隙看四周，东面秋天红的火红的山，像是站着的观音菩萨；南面冬天白的雪白的山，像是站着的毗卢遮那佛；西面春天青的靛青的山，像是站着的金刚佛；北面夏天绿的碧绿的山，像是站着的妙音女神。据说在这四座山的周围，有锁骨、狂笑、吉祥、火焰等八大沉寂、神秘、绚烂的森林分区，夜里虎啸熊吟，白天豹吼鹿鸣，野鸡成群，羚羊结对。在崖峰峭壁的山洞中修行、在古朴清幽的密林中修炼的高僧觉巴·纪登工布，在圆寂前向世人宣布：“我得到了佛的加持、神的启示，这里是一直进入天国而获得永生的吉祥地，要修建一座天葬台。”名声显赫的高僧觉巴·纪登工布长期的苦修，手心结有法轮，脚心结有螺印，不断的苦练，能识破一切幻术，能施展无比神通，成为噶举派直贡分支的创始人。当他的法言传遍雪域高原，人们开始在生命的终结时仰望着天空、俯瞰着大地、便捷地直达天庭时，远在印度的世界第一座天葬台斯白采的守护神，感天动地，便派来四位身怀密法心咒、心怀顺缘福寿的仙女前来相助。四大仙女托着从斯白采请来象征守护神意志的巨石，驾着彩虹来到直贡梯寺。无畏的生命当作贡品，巨石恰似飞龙盘珠，碧瓦雕檐的祭坛，既像天上的神仙府，也像人间的帝王宫。当四位仙女准备告辞返回时，觉巴的魂灵划破天空，越过千山万水像一道金线直达印度的斯白采，恳求守护神，将四位仙女永住直贡梯寺的天葬台，引领众生走向天界。盛情难却，四位仙女化作金刚般坚硬、鲜花般美丽的四根石柱，顶天立地、风雨无阻地站立在天葬台的四周，向每一位走向彼岸的人报谢恩泽，注目致敬。

公元762年建造的西藏第一座寺庙——桑耶寺，坐落在山南扎朗县雅鲁藏布江对岸的广阔沙滩上，寺庙背后有一座远处看重重叠叠、山峰连绵，近处看只有一座拔地而起、陡升上去的状如宝伞的秀山。无论文明进入早期的自然崇拜，原始的图腾崇拜，还是现代的灵魂崇拜，这里始终是满山吐翠，百花争艳，像一座神话般的世界，令人心旷神怡。六百多年前的一天，山顶细雨蒙蒙，山腰白云缭绕，山下阳光四射，一条巨大的彩虹，闪烁着绚丽的色彩，高悬在桑叶寺青甫山的天宇。就在这一天，西藏第二个生命的祭坛——桑叶寺天葬台降落在这里。从此，西藏一个接一个生命的祭坛，凝聚着天空的阳光、大地的温暖，像朵朵盛开的八瓣莲花怒放在高原大地。近旁，要么是高高飘扬的五色风马旗，要么是佛乐悠扬的古寺佛庙，要么是雄伟壮丽的白塔，他们共同的美丽传说是，连接斯白采天葬台的那条金线和从斯白采飞来的那块奇石。

雄鹰是天路的坐骑。飞翔在喜马拉雅雪线之上的鹰，能听到天堂的佛乐，能看到人间的苦难。山鹰、苍鹰、雄鹰、老鹰，强壮的体形，巨大的翅膀，尖锐的爪子，是自然界的大型猛禽。鹰飞翔在碧蓝的苍穹，俯视着雄伟的山河，峻峭的山峰在它的脚下，坚硬的翅膀划过厚重的云海，横扫轻纱般的迷雾，大地上的人把它当作坚强、勇敢的象征。鹰在火红的太阳下，湛蓝的天空中，既能闪电般的俯冲，又能纹丝不动地停留，也能静静地打旋滑翔，这一神秘莫测的身影，引领着雪域高原的人寂静深邃地沉思。在佛教经典中，把鹰称作“婆栖鸟”，是天空中的百禽之王，无畏的鹰能解脱众生的烦恼。佛经名著《大庄严论》中记载了毗尸王割肉喂鹰的故事。相传，有一天，毗尸国王看到一只苍鹰在高空中追逐一只飞翔的鸽子，鸽子看到王宫俯冲下来，飞到国王面前，躲进国王的腋下，国王割下自己身上的肉喂给追赶的老鹰。在佛经中称鸽子是火神所变，鹰是帝释天为了试探毗尸王的慈悲而幻化。这一广为流传的故事就像鹰在天空中盘旋时，发出的悠远、清脆、嘹亮的叫声，传遍雪域高原的山山水水、千家万户。鹰土黄色、重重叠叠的羽毛，恰似披在高僧身上的法衣，藏族人把鹰视为慈悲为怀、默默诵经的比丘，高贵景仰的神鸟。西藏生机旺盛的崇山峻岭中，有岩窝、山洞、石缝，成千上万不计其数的鹰就像披着法衣的修行者，双脚当胸跏趺，身穿补丁法衣，口诵偈语秘咒，打坐修行。自然界，无论烈日暴晒，乌云密布，狂风骤起，暴雨倾盆，闪电雷鸣，鹰静如磐石，稳如铁塔。人生来的目的是需要完善，最后臻于完美。纯洁的生命像火焰一般燃烧，生死交割，披露无源无末的另一个世界，那是一座巍峨的天宫，一个美丽的仙境。鹰就像天宫派来的使者，带着你不灭的灵魂，托起你泉源般的欲望，忠诚地、有求必应地实现所有人的美好理想。两千年前的西藏像雄苯教文化中，有一个鹰创世的故事。当光明与黑暗分明的时候，出现了冰霜与露珠，这冰露逐渐变成了池塘，水面如同镜子，这露珠滴到池塘，孵化出一黑一白两只鹰，两只鹰的结合产生出无数个色彩，由此出现了生灵、产生了神灵。鹰由此被视为苯教原始信仰中人神的创世之神。千百年来，在藏族人的心目中，鹰是战神的标志，力量的源泉，生命的象征。青藏高原，难以计数的鹰，几乎谁也没有见过自然死亡的鹰，传说当鹰完成使命需要消逝的时候，会朝着光芒四射的太阳，像利箭一样飞去，直到火镜般的太阳把它的形体融化，然后进入天国。藏族先辈传说的，君王攀着天绳，高僧虹化升天，可能从这里得到启示。鹰不仅在东方是一种神秘的力量、不屈的精神，在西方同样是高贵的、威严的象征。东欧不少国家自称为山鹰之国，那皇冠上的鹰唯我独尊的神气、国旗上的鹰傲视苍穹的雄姿，无一不是崇高真理、蓬勃力量不加掩饰的表白。

宇宙是灵魂的居所。藏民族在离太阳最近的独特环境中繁衍生息，逐渐形成了自己独特的宇宙观和世界观。在大小寺院悬挂的色彩亮丽、画面恢宏的《天体运行》唐卡，在墙廊上绘制的极富动感、迷离炫目的《须弥山》图画，“三大寺”学经辩论、争夺名次必读的佛经《时轮经》，都讲述了藏族远古时期的天象观和藏传佛教宇宙观，以及科学的天文历算学说。佛教对宇宙万物的本源除“业生成”说和“众缘和合”说外，密续部还提出宇宙万物“生于气，住于气，毁于气”的“气生成”之说，认为“气是生命之体，神为气之能”，“气”属于物质。密法中转世的主体并非纯精神体的“灵魂”，而是元气和元神合一的金刚体。佛经《俱舍论》中提出“色界”是由物质的最小单位元子组成，而每个元子又是色、香、味、触和土、水、火、风八种物质元素组成。说的明确就是所谓“色界”是有形有色的物质世界。佛经中提出“元子”论，起码比希腊哲学家伊壁鸠鲁早两百年。外观俏丽挺拔、室内宽敞明亮的藏式寓所，也融合着宇宙观的文化。无论卧室、客厅沿墙画的红、黄、蓝、白、黑五色横线，象征火、风、水、土、空五种构成宇宙的元素，五色交错运行，不仅形成宇宙，也诞生了众生的生命。从物质世界和动物进化到人，不仅是生命和肉体的变换，人的自然生命、内在精神喷涌出神秘的意志，无穷的智慧，甚至超越人的灵性与人的有限性之外的超智性。人是一种智性的存在，通过大脑闪现出自由、至高的灵魂，不朽的灵魂显示出存在的火花。灵魂是人类赋予自己的最崇高的智慧。用灵魂这个概念把自己与其他动物区别开来，因有灵魂人才有喜悦和悲伤、良知与禁忌。人在灵魂的指引下，会欢笑和哭泣。人充满着超智性的欲望，人的心灵在宇宙神灵的万般光彩中求得神圣的居所。死，也许是可怕的、可悲的，但对有信仰的人来说，在他们弥留之际，那生命的落日，却放射出夺目的光辉，把天边的晚霞，染得绚丽斑斓。在布达拉宫成千上万的壁画中，那幅《须弥山》图，格外引人注目，佛教认为须弥山是地球的中心，地球是由风、火、水、土、空五种元素和七金山组成。地球下方为风域，其上方为水轮，再上方为金轮，金与土为黄色，也叫土域。围绕着须弥山的还有南瞻部、北俱芦、西牛贺、东胜神四大洲。象雄苯教文化的传说中，当初有位国王拥有地、水、火、风、空五种本源物质，法师赤杰曲巴将它们收集起来，放入体内，轻轻地吹了一声，骤然起风。风以光轮的形式旋转，出现了红色的火焰，火越烧越旺，热气与凉风相遇产生了露珠，露珠上的微粒被风吹落，堆积成山，便出现了须弥山。在《阿含经》中有“佛观一粒米，大如须弥山，若人不了道，披毛带角还”的名言，只要心能虔诚，一粒米、一条裤、一件衫，意识的力量抵挡过千万座须弥山。肉体如尘埃在劳作中易逝，灵魂的延续是人类历史的超能，能找到灵魂的安居地，是一生渴求在瞬间的圆满实现。

人的一致性和文化的多样性并不矛盾，人类的成长历程就是文化的发展历程，人体的进化、文明的进步，是一个时间、空间的概念。不同民族有着不同文化，独立自信，各美其美；不同信仰，有着不同习俗，相互尊重，美人之美。只有求同存异、彼此包容，才能美美与共、天下大同，世界也才能丰富多彩、和谐美丽。世界上的事物时刻都在变化，都是一瞬间的事物，但在事物的变化中，又有不变的存在，这样看任何事物都是无穷无尽的。只要胸中有一片空阔的了悟，就不必为有限的人生而感叹。

藏传佛教与女性

在西藏，无论几经沉浮的古寺，规模宏大的老寺，还是金碧辉煌的新寺，大都有庄严肃穆、神圣不可侵的护法殿，有的是女性不可进的；夏季万物苏醒，免得踩踏生灵，授过比丘大戒的僧侣闭门居寺，这时有的寺院也昭示：妇女不可朝拜。由此，给人们造成一个疑问，藏传佛教是不是男尊女卑，是不是排斥女性。

老实说，我是很尊重并喜欢女性的人。我是从女性身上掉下的一块肉，是女性抚育了我的生命，成年后又与女性在同一个屋檐下听着锅、碗、瓢、勺的交响曲，度过了大半辈子，女性特有的善良、真诚、温柔，使我更加注重生命的自然品质。

1964 年，我刚读懂汉文，当时汉语中对女性的表达是“妇女是半边天，男女都一样”，还经常看到，工厂的“三八红旗手”，农村的“女子突击队”，军中的“红色娘子军”，觉得这是一条千真万确的真理，女性必须和男性并驾齐驱。当我读懂古典文学时，读到“唯女子与小人难养也，近之则不逊，远之则怨”；“风可捉，蛇可触，女心难得实”；“黄蜂尾上针，最毒妇人心”。西汉末年流行一种说法，女人的眉毛画得歪歪斜斜，这是败亡的预兆；历史上，晋国的动乱是因为骊姬，吴国的灾祸是由于西施，判汉篡唐也是女子。好像这比“你去女人那里吗？别忘了拿鞭子”，“我觉得女人都像小孩，我宁愿给每个人一颗糖，也不愿把时间花在她们身上”，这样不可原谅的西方蔑视女性者还要恶毒得多。

藏传佛教，顾名思义，是在中国西藏、内蒙古等地区广为流行的大乘佛教的一种，它的传播靠的是在中国历史仅次于汉字的藏文，因此也称为藏语系佛教或藏传佛教。藏传佛教、南传上座部、汉传佛教是中国佛教三大系统。藏传佛教起源于高度组织化，师徒之间的秘密传授，以咒术、礼仪、本尊信仰崇拜为特征，是具有神秘内容特征的印度佛教最后一种形态的密教。

今天，拉萨古城中央的红山上，巍峨耸立的布达拉宫似世界屋脊上的“金字塔”，庄严、雄奇和安详。一千三百年前，在西藏号称“天神之子”的松赞干布在这座山上开始筑起了宫殿，围起了城墙。在举行盛大的竣工典礼那天，整个红山人山人海，鼓声雷鸣，香烟缭绕，旌旗林立，万里无云的蔚蓝天空，穹顶似的笼罩着拉萨四周的山峦。一条横跨红山的双彩虹时隐时现，白色的柔和静穆，绿色的沉静秀美，彩虹悬挂在高空中，吸引着人们惊喜地、目不转睛地凝视着上空。据说，松赞干布顺着彩虹往西看，视线穿过高耸入云的喜马拉雅，有一片美丽的像梦幻般的草原，那里有繁荣的村庄，茂密的果园，蜿蜒的河流，在小巧别致的皇宫旁，有一座雄伟庄严的久远古店，飞檐流丹的藏经殿，金顶鳌首的供佛殿。这里是西天佛地，有位公主叫赤尊，她能嫁到雪域定能带来福运。于是公元631年，松赞干布派遣心腹噶尔东赞带着亲笔书信、丰厚聘礼到尼泊尔求亲。赤尊公主带着释迦牟尼在世时雕塑并亲自开光的他自己的八岁等身像“觉悟不动金刚佛”和大批佛经佛典来到红山顶上。松赞干布顺着彩虹往东看，视线穿越一望无际的旷野荒岭，有一座有宽阔的河流穿城而过的古都，这是一座规模宏大、气象雄伟的大都，雄伟的城墙坚固无比，高大的城门犹如岩洞，城中有优美的街道，华丽的宫殿，宏伟的佛寺，名为大雁塔和小雁塔的佛塔旁坐落着慈恩寺。这里既是八百里秦川的中央，也是大唐君主李世民的居所，这里有位公主叫文成，她能嫁到雪域，定能带来福运。于是公元634年，松赞干布派遣他的心腹噶尔东赞，带着亲笔书信、金银珍宝向唐太宗李世民求亲。文成公主带着释迦牟尼在世时雕塑并亲自开光的他自己的十二岁等身佛像和大批佛经佛典来到红山顶上。后来，在拉萨的城北城南分别建造了大昭寺和小昭寺，供奉释迦牟尼八岁和十二岁等身佛像。大昭寺门向西，小昭寺门向东，寄托着两位公主对家乡的眷念。后来，两位公主被人们奉为圣人，随着佛法的传播，又把两位公主列位佛与菩萨的等级，赤尊公主为白度母的化身，文成公主为绿度母的化身。她们柔和、娴静、秀美的雕像、画像，今天在布达拉宫和大昭寺随处可见。

藏传佛教藏密的开基祖师、藏传佛教宁玛派的传承祖师莲花生，千辛万苦，不远万里从印度来到雪域高原。他的出生有着神奇的传说，在印度的西南方，有一座三面环海的海岛，叫邬仗那国。岛上漫山遍野开着火红的、雪白的、粉红的娇艳的鲜花，万紫千红，百花斗艳，四处飘荡着浓郁的花香，像一个锦簇的世界。在花丛中矗立着一棵莲花树，圆挺的树干，浓密的叶子间生长着无数的花蕾。有一天，花蕾绽放，一个眉清目秀的八岁男孩，手持金刚杵，镇定自若地走了出来，顿时天空飘起万紫千红的花雨，海上涌出成群结队的空行母，个个有柔韧纤细的身姿，玫瑰色明净的面容，秀长的发辫像波浪般缠绕额头，无论挥动手持的花朵，起脚摆动优雅的舞姿，每一个动作都带着活泼、神秘、优美的风韵。空行母围着男童展眉舒目，吟咏飘舞。这位孩童便是莲花生。确切地说，莲花生的身世与释迦牟尼基本相似，曾是印度南部一个小国的王子，放弃了王位出家，在寒林中修行，在冥想中觉悟，智慧超人，仙风道骨，公元750年，应邀到雪域高原传播密法。他自从踏上进藏的旅程，一路遇到重重阻碍，毒焰火龙，火光冲天，炙热的毒气滚滚而来，连衣物都被烧烂，莲花生口出六字真言，迫使火龙身体缩小为五寸大小的蜥蜴，心服口服地皈依大师；白牛恶煞，呼出粗气，天昏地暗，狂风暴雨，无法前行，莲花生口诵秘咒，白牛恶煞被绳索捆绑跪伏在地，心服口服地皈依大师；恶魔布那，目露凶光，刀光剑影，一时箭如雨下直逼胸膛，危在旦夕，莲花生摇身一变，成为愤怒金刚相，化箭雨为万朵天花，瞬间飘落四方，恶魔布那不知所措，只好率领群鬼群妖皈依佛法。神话归神话，莲花生在印度最高的佛学院刻苦研习佛经，养心修持瑜伽，成为无人不晓的密宗大师。据说莲花生曾接受过以佛法精华的体现、悟道智慧的象征、佛教各派崇信的女神空行母的灌顶，也亲眼见过助人消除烦恼萌生无明智慧的女性本尊度母、胜利金刚的妃子金刚亥母并受到过加持，难怪人们把莲花生视为降魔伏法、幻术神通的象征。

今天，位于西藏山南雅鲁藏布江畔的桑耶寺，是香客必去的佛教圣地，游客必去的重要景点。这座主殿二百多米高的寺庙，于公元764年破土动工，历时十二年，公元776年举行落成盛典。何为庙也，有屋有佛叫庙；何为寺也，有屋且佛、法、僧三宝俱全叫寺。桑耶寺是藏传佛教建造的第一个佛、法、僧俱全的寺，成就圆满法身、法德叫佛，调伏众生的八万四千法门叫法，依法如实修行的人叫僧，一千三百年前桑耶寺是雪域高原名副其实的寺庙。莲花生大师参与了桑耶寺的设计、规划和建设，也是他翻译佛经、培养学僧的地方，因此，从古至今，这里供奉的佛像除了释迦牟尼佛，最大的便是四米多高重达三十多吨的莲花生石刻佛像，主殿三层沿墙绘画着上千幅活灵活现的莲花生进藏的传说壁画。主殿西侧有幢两层楼的佛殿，这是莲花生和另一位著名的印度佛学大师寂护为藏族历史上第一批出家的史称“七觉士”剃度受戒的地方。这七人都是王室贵族的少爷，聪明伶俐，意志坚定，其中一名叫毗卢遮那的曾到印度跟随高僧研修密宗，精通双语，学问高深，造诣精深，成为西藏历史上最著名的译经师。在桑耶寺主殿东侧有一座精巧玲珑的两层佛殿，这是第一批藏族女僧的僧舍。追随“七觉士”出家的第一个女性是因修建桑耶寺名垂青史的赤松德赞的王妃赞赤嘉姆，她率领一百多名大家闺秀来到桑耶寺，布置得庄严神圣的经堂上，身被五彩法衣、头戴三莲花冠的莲花生大师端坐在法台上，面露喜悦之情，手持法戒金剪，女子们席地盘腿而坐，鸦雀无声，整个经堂里回荡着入心入脑、天籁般的法音。从此，增美的护肤品不能用了，清洁的心只念佛法；华丽的服饰不能穿了，纯洁的法衣披肩裹身；乌黑的头发不能留了，发亮的秃顶接受灌顶。这既是藏族妇女对佛法传播的贡献，尼僧教团在寺院的正式建立，也是藏族女性出家的开始，从此藏语系词汇中多了一个“觉姆”，其意为持戒女。

不久，第二个王妃甲英准走出王宫投入佛门，取法名为觉姆强秋杰。在晨鼓悠然、香烟缭绕、烛光闪烁、经声回荡中，她笃信佛法，脱胎换骨。这位信仰虔诚、远见卓识的觉姆从王宫中取出金银财物，从工地民工中选出能工巧匠，在寺院旁边的空地上垒起冶炼炉，运来火力极强的木炭，四个大力士操控着巨大的牛皮风箱，一呼一吸，炉内木炭喷出鲜艳的火焰，制造出一口高1.2米、直径0.69米的大钟。钟的顶端铭文：“王妃甲英准母子两人，为供奉十方三宝之故，铸造此钟，以此福德之力祈愿天神赞普赤松德赞父子、眷属具六十种妙音，证无上菩提。”今天这口钟依然庄严地挂在桑耶寺门口的栋梁上，斑驳的色泽无声地诉说着久远的历史。在觉姆强秋杰的影响下，王室贵族不分男女产生出对佛教的极大热情和崇敬之情，出家的出家、捐钱的捐钱，纷纷投身于弘法利生的佛教事业。

西藏山南，被称为藏族人民的发祥地，藏族文化的发源地，西藏旅游的目的地，也是西藏农业的核心区。与桑耶寺隔江相望的是山南的扎朗县，是西藏最富传奇色彩的地方，这里流传着一首民歌：“四周的高山顶上，白云瞬息万变，那是度母仙女，在天上自由行走。”这里三面环山，一面临水，公元8世纪，风景如画的村庄里，诞生了一个女婴。她十六岁时，身材婀娜，长发秀丽，举止优雅，脸上总是带着善良的微笑，家境富裕，父母请来名师，让她学习文化知识。听说莲花生大师在桑耶寺背后的青埔山，岩峰峭壁间的月亮洞修禅传教，她说服了父母，投奔青埔，拜莲花生为师修炼密宗，学习佛经，莲花生为她取法名益西措甲，亲自给她传授密宗经典，教授密法体系。她对无相瑜伽的事部、提倡随机方便度化众生的行部、行方便法门的瑜伽部和密法的最高阶段无上瑜伽部，都能得到理论上的理解、实践上的体验和修行中的感悟。据说益西措甲受到过莲花生驱散愚昧、注入智慧的密宗法喜灌顶，灌顶不仅是接受佛礼节的仪式，更是力量交接的象征，是传密的宗戒，密宗弟子的身、语、意进行与本尊三密相应的特殊加持。在莲花生大师的众多弟子中，她是获得密法最全、最多、最深的一位。她自幼好学，最深的密法，一点就通，最难的咒术，一讲就明，最后成为了学识渊博，口才出众，密法精通的第一位女性密宗大师。为了弘扬佛法，她翻越了二十五座雪山，跨越了七十五条河流，到达一百二十六处寺院，进行讲经说法，广收门徒，布道弘教。晚年她来到西藏日喀则拉孜境内的一个草木萧瑟、狐獐悲鸣的地方，修建了密宗禅寺，著书立说。在她的著作中不仅论述密宗，还就藏传佛教的寺院建设、僧团组建、依规礼仪、教理教义、收徒传法提出了规范的要求。她的许多著作当时无法传播，便严实包裹后埋藏地下，待后人发掘弘扬，这便是藏传佛教特有的伏藏法。正是藏传佛教后宏期一些宁玛派和噶举派的高僧，在这里发掘了益西措甲论述印度密宗经典《大日经》的秘密演说。她预言大日如来为世界除去黑暗，带来光明，光明所到之处昼夜不分，能开发众生善根，成就世间一切殊胜事业，众生都能受到恩惠。她一生收尼徒上千人，修炼成就的三百多，其中八十六位成就卓著者各自建立了尼僧修法院，逐步扩建成三宝俱全、戒律严格、修习有序的寺庙。弟子强秋卓玛、多吉措姆编写出《女尼耳传密诀百法》《观修大手印》等密宗修持法，成为了当代研究密宗必读的经典。赤松德赞曾称益西措甲是吐蕃佛教的奠基者，引领尼僧的开山祖师。莲花生曾称益西措甲“与吾等同者”，在《母亲的知识，益西措甲之悟》中，莲花生写道：“密宗教义的实践者，修持瑜伽的先行者，若要倾心修悟性，不能区分男和女，甚至女性更优越，仙女益西措甲尊，你是一位女菩萨。”由此，莲花生、益西措甲、曼达拉被称为“三祖师佛母尊”，被认为藏传佛教宁玛派的祖师。

公元841年，当时的当政者朗达玛发起了天翻地覆、声势浩大的灭佛运动，一条残酷的禁佛令，雪域境内在建的佛寺全部停工，所有的大小寺庙全部关闭，所有僧尼全部还俗回家，各类佛像佛经埋藏销毁，正在欣欣向荣的佛教遭受毁灭性打击，从此，佛教在藏地萧条了近百年。为寻求真理的努力，所付出的代价，总是比不担风险地占有它要高昂得多，在末法时代，那些隐姓埋名的高僧大德，用一双双干净的手和一颗颗纯洁的心去拼斗，用自己的生命和智慧暗地里保护神圣的佛法。公元11世纪时，佛教再度兴起，公元1049年，西藏山南措美哲古草原又降生了一个女婴，据说，那天草原上遍地开满花朵，草原四周的灌木丛中也盛开着野花，草原被五颜六色的花朵点缀着，每朵鲜花都散发着芬芳，整个草原清香扑鼻。草原上那顶黑色的牦牛帐篷，里外挤满了人，每人挥舞着一条白色的羊毛绳，庆贺这里出生了一个不平凡的生命。尽管家境优越，这女孩非同一般地孝敬父母，年迈的父亲纺织氆氇，她站在一旁端茶送水，母亲双目失明，她就是母亲手中的拐杖，父母入睡，她在烛光下，研读佛经。十五岁时，父母相继离世，她对佛法梦寐以求的渴望，坚如磐石的信仰，由姐姐顿措仁青陪伴，来到百年老寺日光青唐寺，师从显密精通的佛学大师娥西坚赞上师。在上师的指导下，她主攻般若经。先后通读了《般若八千颂》，修习了《十万般若》，她对般若经有着不同寻常的理解，真正领悟到佛法智慧的真谛。当她二十三岁时，印度著名的密宗大师班智达巴扎亚来到西藏传教，她拜他为师，学习佛法修炼瑜伽，由于因缘牵引，这对佛教师徒产生了爱慕之情，结为夫妻，并生育二子一女。生儿育女，操持家务，世俗生活对她个人带来烦恼，对学佛带来阻力。她告诉扎亚："我今生今世寻求的是无边的佛法，成就出一切众生安乐的菩提心，密法的殊胜是菩提心的呈现。"于是，她与丈夫离异，彻底脱离家庭生活，再次剃度出家，削发为尼。据佛经记载，玛吉拉珍萌发出强烈的苦修精神，穿着破旧的衣服，以野生果菜做食品，以岩洞石窟做禅室，在狂风暴雨中打坐，在冰天雪地中修禅，她游历了一百零八座雪山，朝拜了一百零八个高僧，最后拜的一位大师是主张修行禅定的印度"佛心宗"的创始人帕·当巴桑杰（也称菩提达摩）。他从印度来到西藏传法，他的"心性本净，佛性本有，见性成佛"的教义常常影响着玛吉拉珍。她根据早期印度佛教的哲学与理论，结合自己实践经验和独到见解，独立创造了一整套宗教理论与修炼方法，波及整个藏区，乃至印度、尼泊尔。从印度和尼泊尔前来求教的纷至沓来，玛吉拉珍成了佛法从西藏传入印度恒河流域并产生巨大影响的唯一藏传佛教大师，后人把她认定为仙女益西措甲百年后的转世化身。在她的教义中，提出了佛的境界要达到舍身忘己的目标，要明了生与死的根源，解脱人生世俗烦恼。她不仅接受了帕·当巴桑杰创建的能断法，并增加了新的内容，完善了觉宇派的教义，成为了藏传佛教历史上唯一由女性创立的宗派女觉宇派的创始人。《青史》等多数史书记载，她终年九十五岁。今天，藏传佛教不分派系，共同奉她为智慧空行母的化身加以崇拜，无论在拉萨金色的圣殿大昭寺，庄严的布达拉宫，都能见到她那或夸张或神化了的别具一格的雕塑和鲜艳夺目的唐卡。

在西藏游览，到处都能遇到佛塔、佛寺、佛庙、佛殿，还有神山、神湖、神树、神石。山顶能见到刻着佛经的石板，河边能见到雕着佛像的白石，屋顶能见到印着佛语的经幡，甚至在一些偏僻的高山险谷中也能见到朝佛者用石头垒起来的象征佛的宝座的石堆。在藏族民间传说中，上面白云缭绕的天空住着佛，下面碧波荡漾的水域住着神，中间广阔无边的大地是人佛共居的大地。从藏传佛教诞生出来的菩萨、神灵、护法神、佛母祖师、活佛中，女性的数量大得惊人，地位突出，影响显赫。密宗供奉的空行母，依附山川的守护神，坐镇名寺的护法神，随行游荡的地方神，相当多的是女性。护法女神班丹拉姆（汉语称吉祥天女）是藏传佛教护法神灵中的首席，是西藏各大寺院主供的护法神，也是拉萨城的唯一保护女神。在拉萨大昭寺的护法神殿中，竖立着一尊表情狂躁凶猛，火红的头发倒竖，愤怒的三目圆睁，手持装满鲜血的头盖骨，这便是班丹拉姆的神像。她原本是在印度降生的，梵语称“拉吉什米”，当天神和地神争显斗能时，阿修罗搅动起连绵不断的滚滚云浪，诞生了班丹拉姆。她成为印度所有宗教的崇拜神，在民间称她是爱神之母、财神之妹、主神之妃子。在公元7世纪中叶，松赞干布在修建拉萨大昭寺时，从印度移居西藏，成为了大昭寺的护法神，今天已是藏区无人不知、无人不晓、无寺不供的神通无比的护法神。

西藏三大寺之一的哲蚌寺坐落在拉萨城北十公里的一个山坳里，密密层层，重重叠叠，布满了白色的建筑群落，宛如一座美丽的山城，这里也是世界闻名的黄教六大根本道场之一。它的守护神也是女性，叫丹玛森康，又是藏传佛教十二位女护法神之一。她居住在哲蚌寺东边陡峭的山坡上的那座颇为壮观的白色神殿里守护了三四百年。相传，哲蚌寺刚建成，黄教传人宗喀巴的真传弟子寺主根敦嘉措在僧舍里闭目静修，有一天随着一股和煦的清风，悠扬的笛声，忽然看见一位美丽的牧女，骑着金色的牝鹿，悄无声息地呈现在眼前，捧着一个精巧的陶罐，微笑着说：“至尊大师，我是来自彤云密布的玛青雪山的神女，特意送来洁白的雪狮乳汁，你喝了不但能延年益寿，增长智慧，还能将佛法大为精进。”根敦嘉措非常高兴，伸出无名指，醮上乳汁，向着空中弹了三下。第一弹敬的是天神，为众生带来吉祥；第二弹敬的是地神，为众生带来平安；第三弹敬的是龙神，为众生带来安康。然后自己抿了三口，将剩余的倒进一千七百余僧人饮茶的巨型铜锅，请所有僧人都来享用雪山神女赐予的恩泽。至今，仍有许多人提着桶、拿着壶到哲蚌寺取茶。

拉萨墨竹贡卡县境内有一座远近闻名、历史悠久的直贡梯寺，是噶举派的四大主寺之一，它的护法是神女阿吉曲杰卓玛，头戴佛冠，手持法鼓，身穿丽质天衣，挂珠宝缨络，骑白色骡子，面目端庄慈祥，形态典雅优美，是一位得道的女成就者。公元11世纪，她出生在直贡梯一户贫穷的农户，成年后云游到康区巴莱，拜著名的宁玛派瑜伽大师阿旺次成加措修持密法，获得不可思议的成就，名声大振。1179年，她的重孙仁青贝，世称觉巴·吉登贡布，创建直贡梯寺，并修建了西藏三大排名第一的天葬台。他曾向世人宣布："我得到神的启示，在这里修建一座天葬台，从这里走出去的人，可以直接进入天国而获得永生。"觉巴·吉登贡布继承了他的法师帕林木竹巴传承的密法，具有奇特的修持和功力。天葬台的四角各有一根石柱，是印度四位仙女驾着彩虹运送过来的，四位仙女怀着对觉巴的崇敬和对众生的悲悯，把自己的身子分别化入四根石柱中。后来，觉巴把自己的祖母曲吉卓玛奉为直贡梯寺的护法神，在整个噶举派的继承与教育中享有很高的地位。

在信仰藏传佛教的人群中尽人皆知的21度母经和21度母塑像。21度母是度脱和拯救苦难众生的一族女神，是藏密各宗派崇奉的女性本尊群。大慈大悲的观音菩萨每日每夜、不辞辛劳地救度众生，有一天，她睁开眼睛观察世界，发现在人间依然有数不清的众生在受苦受难，她不禁心生悲痛，流下了两行眼泪。泪珠滴落下来，遂化作朵朵莲花，从莲花中生出21度母，身色各异，她们对着观音菩萨发愿，一定协助她救度众生，共行伟业。观世音非常高兴，从此，她与众度母共同努力，每天救度众生无数，立下无量功德，于是声名更加显赫，众生对度母更加崇敬。在现实生活中，大量的信徒遇到灾难、恐惧、痴病时，都祈诵21度母经，许多寺庙家庭供奉21度母是为了增加顺缘，增长福寿。

可以说藏传佛教对女性佛法、神灵的尊崇与敬畏是真诚的、历史的，也是现实的。佛教发展的不同阶段、不同支派、不同派系的教典、依规、礼仪中，确有对女性的不敬、不平、不公，甚至贬抑、歧视的现象，印度僧伽制度建立不久，出现了男女不平等的八敬法，《增一阿含》《杂阿含经》《瑜伽论》《玉耶经》《诃欲经》中“女人有九恶法”“女身有十恶事”“女人的本性含有五想欲”。大乘佛教兴起以后，“女人五碍”说中的“女人不能成佛”成为激烈争论、批判的话题。佛教众生平等的教义和精神伸张了男女无差别的思想，普度众生的生命观，劝说男女平等，以同情和慈悲的佛法接纳女性入法。

历史本质上是数不清的传记，道不完的记录，历史中的佛教是人类生命的寄托，从信仰中获得人生的力量，现在是解开过去的钥匙。70年代开始我居住在拉萨市，一住近三十年。以采访、调研、参观、朝拜各种形式走访了拉萨四周二十多个尼姑寺。我懂得了女性的另一种美，而且是真美。我曾经欣赏过艺术的女性美，比如底座上的女性图案，裸露着半身；舞台上的女性，像风中摇摆的垂柳；绘画中的女性，像平静的秋水；还有家庭中的贤妻良母，生儿育女。尼姑寺里的女性美是内在的美，终生的美，美在所有女性的大才能、大智慧、大仁慈、大勇毅、大贞洁。拉萨北部色拉寺西北的山坡上有一座男僧、女僧同住的寺庙，叫邱桑寺。寺庙依山靠水，有绿叶茂密的树木，蜿蜒清澈的溪流，艳丽葱郁的花园，令人流连忘返。公元10世纪中期，居住在山下的大贵族仲麦，一连出过两个大官，感恩佛祖的恩德，拿出资金，请高僧选址，在这里建了一座大经堂，从色拉寺请来几位僧人守护。优越的环境，严格的管理，到这里学佛的、修行的男僧女僧越来越多。依照西藏当时的规定，邱桑寺定额十八个僧侣，其中比丘十六个，均由色拉寺派遣。寺庙周围是星罗棋布的尼姑修行屋。这些尼姑都是学识渊博，依次第修学，凭辩经考试，最后在上师面前发誓终生持守252条戒律的高僧。到这里出家的尼姑大都是拉萨城里贵族和富裕人家的小姐，父母希望她们能在这里学习文化、增进知识、修炼涵养。喇嘛、尼姑经常在同一个经堂里诵经，同一个铜锅取茶，同一个上师指教，平时，居住在严格划分的各自区域里。只有这个寺庙经常能请到拉萨三大寺的高级活佛讲经说法，西藏八大著名的活佛前来静修，一有大的讲经活动，满山满坡人潮涌动，彩旗飘扬，法号嘹亮。这里戒律严格，道行高深，氛围庄重。90年代，我最后一次去时，寺庙里有三十八个喇嘛，三百多个尼姑。如果你对这寺庙的庄严有什么怀疑、猜测、疑虑的话，那你的良心被污染、道德被烧伤，凡向别人扔污物的人，总会把自己弄脏。

拉萨四座尼姑寺之一的米庆热寺，坐落在拉萨北部陡峭的崩日山腰，它的姐妹寺嘎丽寺却隐藏在山脚下的深沟里，这两个寺一上一下既是姐妹，也是一家，山上的修佛，山下的经营，优势互补，缺一不可，这两个寺是一个高级学院似的女性世界。进入米庆热寺的尼姑一类是拉萨富商、贵族头人、大户人家的千金，皮肤洁白柔滑，仪态神韵飞扬，谈吐温和优雅，尽管削了发、出了家，目的是远离尘世，静心修养，专心学习，颐养情操。少数人一旦还了俗走出寺院，便能掌管家业，婚嫁达官，舞文弄墨。一类是不远千里圣城朝佛，盘缠用尽，衣食无着，削发为尼。无论那一类她们一来到这里就得遵守寺规，虔心修佛，恭敬三宝。每天启明星刚升起，勉强看清掌纹，随着一声沉宏的胸音呼喊——“祈诵了”“念经了”，所有尼姑争先恐后拥向经堂。中午分组进入法苑，练习辩经，读经背咒，夜幕降临时，回到各自僧舍，经师专门辅导。每年的初夏开始，草木萌发，虫鸟孵化，免得踩踏生灵，禁止出寺，在居室里背诵佛经，练习书法，冥思真谛。日复一日，年复一年，如幻如梦的少年，热血沸腾的青年，稳健成熟的中年，在闪亮的酥油灯下，悠扬的诵经声中，红色的袈裟堆里度过一生，她们没有后悔，没有遗憾，甚至可以说没有痛苦。嘎丽寺牧草如茵，牛羊成群，穿着袈裟放牧，披着法衣挤奶，六十多个尼姑放牧着二百多头牦牛。她们在僧舍里提炼酥油，在经堂里堆放奶酪，她们从不宰杀牲畜，老了便往山上放生，所有的奶制品无偿地供应专门学经的米庆热寺，年迈的老僧和讲经的导师，可得到双分。凡是朝佛的、讨饭的、贫穷的人来到嘎丽寺，除了能够吃饱，还能索取够吃五天的食物。

公元12世纪，噶举派八大支系之一的香色寺建在拉萨河下游南岸的山崖峭壁间，山顶银装素裹，山腰云雾缭绕，有时八月雪花飘舞。这里神奇的苍崖洞、绝壁洞、石壁洞，似天斧雕琢。白色的大经堂，屋顶旌旗林立，经幡招展，显得与众不同的庄严、雄奇、安详，几百座白色方形的禅室像天上的星星，布满山间，整个寺院没有围墙，香色寺被称为雪山之巅的瑜伽寺。除了正常的学经、法会外，来自安多、康区和西藏各地四百多名尼姑主修瑜伽，以手结印契、口诵真言、心观佛尊的三密加持为引导，坐禅、冥想、练功为基础，修炼藏密瑜伽。90年代，我第一次去香色寺是去看望一位年过九十岁的瑜伽上师。她住在山崖间二十来平方米的洞窟里，洞内光线明亮，石壁上刻着密密麻麻的佛经，雕着栩栩如生的佛像，洞内除了一个方形的木床，考究的木碗，装着糌粑的口袋，装着青茶的暖瓶，此外一无所有。她十一岁进入这个洞窟，开始隐士生活，舍弃世俗贪欲，白天打坐练功，晚上盘腿直腰入眠。二十六岁时才获得了集体修炼瑜伽的资格，她绘声绘色地向我描述了当初的场景。在寺后大经堂旁有一座宽敞的瑜伽练习房，每天早晨听到响亮的击掌声，二百多名尼姑拿着又硬又薄的牛皮垫子，来到练习场，整齐有序地盘腿坐在牛皮垫子上，集中意念，调息运气，在导师的一声“阿”声中，各自开始蹦起、弹跳、升空、落地，一阵阵浪涛冲击堤岸般的响声，打破雪山深谷的沉静。冬季是瑜伽修炼的最好时机，每年冬训一百天是雷打不动的规矩。冬天寺庙四周地面覆盖着冰雪，断崖上挂满了冰柱，大地都被冻裂，气温常在零下30多摄氏度。可在修炼瑜伽的大堂里，热气腾腾，生龙活虎，尼姑们穿着单薄的贴身法衣，在地面像冰上的舞，在空中像矫健的鹰，在寒冷中蒸发着热腾腾的气息，仿佛每个人的身上都有一股热流，把冬天悄悄融化。一些功夫高深的人赤身裸体，仅裹着一块白氆氇，把冰冷的空气吹成暖风，封冻的门缝滴出水来。有的修炼藏密瑜伽最高的“拙火定”，不但能抵御严寒，还能一坐下，便把生牛皮变成熟牛皮。有些尼姑一生住在石窟里，冥想佛法真谛，领悟佛教哲理，修炼藏密瑜伽。维持生命的饮食，靠石缝渗出的泉水、香客布施的食物，当她们的生命终结时，将洞口用巨石堵死。

在拉萨城中有一座名声很大、历史很长、戒律很严的仓宫尼姑寺，这个寺中至今保存着一个不起眼的“土窝”当作圣迹，寺的名字也由此而来。公元7世纪末，拉萨城初具规模，不作美的拉萨河年年泛滥，许多房屋淹没在汪洋之中，一位笃信佛法的高僧，在城南挖了一个土洞，居住在里边，天天祈祷水神，不要给拉萨带来灾难。河水平稳地消退了，地面留下许多凹凸不平的痕迹，露出洁白的海螺，城民把它当作吉祥的征兆，在上面盖起小庙，经常顶礼膜拜。公元15世纪，藏传佛教格鲁派的创始人宗喀巴的著名弟子贡觉顿丹在此基础上建成了尼姑寺，首批尼姑是从号称第二敦煌的萨迦寺请来。后来，许多学佛的少女背着口粮，带着炊具，前来学习，寺院变成了名副其实的女子佛学院。五百年来，一盏石锅酥油灯长明不熄，一轮彩绘法轮常转不停，一批批鲜花盛开般的女性，从这里得到生命的价值；娴静窈窕的少妇，从这里得到智慧的开启；满头白发的老妪，一生没有痛苦地从这里走向天国。

西藏到底有多少女活佛，没有准确的数字，可以肯定的是大大少于男活佛，我见过的、听说过的有贡日仓女活佛、休色罗钦女活佛、香色寺女活佛、桑顶多吉帕姆女活佛等。香色寺的女活佛有着传奇的故事。1912年，一个行为非常的女乞丐，牛尾似的蓬乱头发掩到半腰，身穿补丁加补丁破烂得几乎成为碎片的绛红色氆氇衣，手里转着一个与她等高的巨大转经筒，她转遍曾经遭受战乱变成废墟的香色寺残垣断壁，然后住进了峭壁间一处最破旧的岩洞。1717年蒙古准噶尔部落首领派兵入藏，洗劫寺院，掠夺佛财，香色寺财产巨大，地处偏僻，全是尼僧，便遭到严重破坏，几乎变为废墟。人们发现这个乞丐不一般，到了秋天，她顺着雅鲁藏布江，来到藏南谷地山南，在田间拾麦穗、讨青稞，夏天沿着青藏道路，来到藏北羌塘草原，帮牧民挤奶放牧、讨酥油奶酪；有重要的法会、节庆，就到拉萨城里，挨着大贵族的府邸、庄园，不厌其烦地募化钱财。所有讨来的财物全部藏进山洞，自己从不占用。她走到哪里，手里转动的经筒从不离身，从早到晚，口里诵着佛经，从不停息，由于穿戴怪异，许多人把她当作疯子，直呼“疯老太”。许多年轻人，当面冷落、嘲笑，有些小孩尾追着她，指指点点，有时甚至朝她身上扔脏物。无论何时何地何事，她满脸慈祥，温顺与自信的微笑，硬实的身体像一座丰碑，闪着亮光的眼睛，好像透视人间的一切黑暗，能唤醒所有人的慈悲与良心。不管别人如何对待，她从不发火、怒骂、怀恨，能容人间难容之事。当财物积累到一定时候，她突然请来了能工巧匠，雇来了帮工民工，香色寺重建的紧张而忙碌的景象展现在世人面前，喜讯似长了翅膀飞向整个藏区。人们才知道这位来自西藏与尼泊尔交界的佛域江格的尼姑，是一个精通佛法、修身洁行、仙风道骨的高僧，在一次法会上，她的佛学知识受到三大寺高僧的赞赏，她的行动感动了成千上万的信徒，她不屈不挠的奋斗精神，坚定不移的虔诚信仰感化了大众，人们从四面八方到香色寺，有钱的出钱，有力的出力，一家人，一个村的人，一个部落的人，轮换着一干就是一个年头，金碧辉煌、经幡招展的香色寺终于恢复往昔的风采。色拉、哲蚌、甘丹三大寺按照宗教仪式，共同协商拥立这位当初的乞丐为女活佛，取法名为仁增·曲尼旺姆。据当时的规矩，西藏有关机构调配给她一座庄园、两个牧场、几个用人。出乎意料的是被她婉言谢绝，她在回函中写道："我只求广种福田，慈悲为怀，不做头人和领主。"当她出席香色寺万人参加的法会时，仍然穿着那身破旧的补丁衣服，手里依然拿着那个巨大的转经筒，她向寺庙为自己打造的华丽活佛宝座磕下三个头，便盘腿坐在地上。1953年秋天，她在简陋的洞窟内，端庄地坐在一块薄薄的牛皮垫上，安详地走向彼岸。曾经走投无路、跟随她走南闯北的三百多个流浪汉、苦行僧、乞讨者、残疾人都皈依了她，大部分当了僧侣，少数部分在寺庙周围安居。这些人联名上书三大寺的主持，要求保存她的肉身，修建灵塔，不但得到批准，还拨出了款项。在我的记忆中，除了九华山，这是唯一的女活佛肉身灵塔。

现在在世的女活佛有亚卓桑顶寺的多吉帕姆，是我在西藏时的邻居。从一世多吉帕姆至今的十二世多吉帕姆·德庆曲珍，都是主修经、律、论三藏，最优秀、最殊胜，秉承护法正觉生身之佛母。十二世多吉帕姆，有着传奇般的身世，80年代，拍过一个电影叫《女活佛》，90年代，出过一本书也叫《女活佛》，都在全国放映发行，说的就是她的身世。女活佛是藏传佛教对道行高深的女高僧赋予的佛的称号，是藏传佛教尼僧中最高层次的出家女性，是奇光异彩的藏传佛教文化现象。

有如此多的佛母、祖师、神秘女神、金刚亥母、空行母、女活佛、财源天女、妙音天女、吉祥天女、护寿天女，追根溯源，藏传佛教六道轮回、人身难得的义理，没有男尊女卑之分；普度众生，有情者平等的慈悲之心，不分男女；积累广大福德，趣入圣教佛门，成就众生安乐之田的教规，男女平等。当然，藏传佛教不是世外桃源，同样受到世俗社会的影响，排斥、不敬女性的清规戒律、说法看法也不同程度地存在。

托尔斯泰曾说过："等我一只脚，踏进坟墓时，再说关于女人的真话，说完立即跳进棺材里，砰的一声把盖子盖上。来捉弄我吧！"那可能是一种幽默。我今天说的是内心话，这世间除了天上的那个太阳，女性就是第二个太阳，没有这个太阳，连男人都不会有，世界将一片漆黑。女性之美，不仅是青春的美，更是内心的美，母爱的美。

也谈《心经》

我三岁进寺庙，五岁那年削发剃度，披上袈裟，磕头拜师，点香供佛，正式进入佛门。学会了藏文拼读后，经师教的第一部经文叫《般若波罗蜜多心经》，全文不到十页，后来知道汉语只有二百六十个字。

这十页《心经》学了一年，倒背如流，但不知所云。我在寺院学经十年，无论每天供灯、焚香、磕头、祈祷等朝拜，还是布施、超度、辩经、斋茶等法会，首先念诵的是《心经》。佛陀在世说法四十九年，光讲《般若》用了二十二年，后人整理的《大般若经》共有六百多卷，就是专门学佛的人能终生通读完的也不多，《心经》则是《大般若经》的根本和精髓。从学佛到信佛，从信佛到懂佛，近十年，我把佛当做至高完美的人格、无与伦比的智慧、人身生命的艺术进行研究。

学佛、信佛、成佛、懂佛、传佛，佛陀是人类有史以来，第一个以毕生的精力，排除等级制度，实现人的平等；消除贫富差距，实现财富共享；领悟生命真谛，解脱人生苦难的创始人。科学是真理的发掘者，哲学是思考的显微镜，佛学是心灵执望形态的大爱，人类的知识领域是由哲学、宗教、科学三大支架构成的。

佛教是一种智信，是一种觉悟，是一种道理，是人类真正睿智的所在。每一个过去的、现在的人，来到这个宇宙中都是唯一的，独一无二的，你的生命是无可替代的，目前地球上有七十多亿人口，如果联合国秘书长给地球人点名，一秒钟念出一个名字，七十亿人的名字点完，需要八千一百天，整整二十二年时间。每一个人从出生那天起，都是依赖他人而生存下来，同样自己创造的一切最终也留在世上供他人享用。人从生下来那天起，到临终都有生理和心理上的需求，有许多是正当的、合理的、必需的、应该的，也有许多是无理的、过分的、狂妄的、贪婪的，一个正常的人应该是既利己也利他。这个世界上没有一个可以单独存在的事物，即使是为他人鼓掌，也得拍两个手掌，孤掌难鸣。每个人生命中最难对付的不是天，不是地，也不是任何敌人，而是自己的心，自己最大的敌人就是自己的心。

《心经》讲的是要明白自己的心，明心见性，“学佛之道无他，求其放心而已”。《心经》没有讲到佛祖保佑、有求必应、升天入地、极乐世界、鬼神之事，这是它的伟大。佛法是高深的，一般人往往找不到入门的台阶，佛法是深远的，一般人往往不知道从哪里学起，进寺院、摆佛龛、烧个香、点个灯、求个愿，都是念佛、尊佛、敬佛的礼仪。佛教是一个有情宗教，它的理论是拓展众生的情感，它的思想是解除众生的苦难，它的学问是研究众生的因缘。《心经》所说的“心”，当然不是心脏的“心”，而是人的生命之本，生存之源。《心经》是科学的，不但深入研究人性的深奥，而且讲明了生命与宇宙的关系。宇宙中“空间”是物质的存在，“时间”是精神的存在，精神与物质构成的生命是人类的存在，这一切都不是永恒的，世事变迁，宇宙中的物体，人世界的事物，时时在变，空间、时间、自身的躯体也无时无刻不在变化之中。宇宙中的万事万物瞬息万变，日出日落，月圆月缺，花开花谢，物换星移。

学佛要先明白佛是什么。佛是觉悟的人，自觉而觉他，觉行圆满故称为佛。“佛陀”的真正含义是具有遍知一切的智慧者。佛陀一再告诫弟子：“不得伺鬼神，不得符咒压怪，不得卜问请祟。”《欢喜金刚续》中说：“众生便是佛，只是心被染，染净是真佛。”“世间别无佛，心性是佛陀。因痴变凡俗，无痴轮回尽。”佛在人间，人人都有成佛的可能性，“佛”是人发展的最善最美的境界，“佛”的智慧是人的智慧发展的高峰。学佛者可以深山独居、枯灯独坐，可以入寺修行、读经习文，但真的学佛，要学佛的最高境界：“放下心”“定下心”“安下心”。

人类之所以有差异，不仅是他的外貌、长相、财富、地位，最大的不同在于他的心，这个心指的是每一个人的内涵。佛陀以内涵的智慧观察众生，得知缘起性空的道理，人的本性既有真善美，也有假丑恶，当人类“自我”与“他人”区别开来时，利益冲突崛起，人世间的一切争斗起源于自我利益与他人利益的矛盾。只有生起菩提心，才能自觉而觉他，才能自利而利他。人人可以福慧俱足，觉行圆满，只有俱足一切福慧，就能永离一切生死烦恼。现在地球上有七十九亿人口，平均每年死去一亿人，他们排列成队，可绕地球三圈之多，现在地球上的这些人百年之内少数百岁之外将全部去世。多数人是带着一点遗憾、怀着一点恐惧离开世界的，因为人是活在“欲望”和“希望”之中，每天都有新的欲望和新的希望。最终，才发现一生孜孜以求的权力、地位、财产，死亡之时什么都带不走，拥有百库黄金的富翁、统率一国政教的首领与身无分文的乞丐、贫民，在死亡面前是绝对平等的。无欲则刚，无论英雄豪杰，伟人功臣，只要他有欲望，必定有弱点，善恶原本就是难解难分，断除一切苦恼、度尽苦厄、无牵无挂是很难做到的。

佛是正如众人皆晓、耳熟能详的“以慈悲为怀”为宗旨，“慈”是把喜悦快乐带给别人，“悲”是解脱别人的痛苦，这样的志向和胸怀是可敬的伟大的。现实世界，人生有八苦，有生、老、病、死四苦，还有爱别离、怨憎会、求不得、五阴炽盛四苦，这八苦是无形无色、非人非物的意识，对人生存环境、自我认知的思维与感觉，是神经系统、生理功能的综合反应。离苦得乐，要先找到苦的根源，只想得到，不想舍弃，带来烦恼。只有勇于舍弃、放弃、抛弃已经得到的、将要得到的和希望得到的，才能解脱，才能觉悟，才能觉圆。这灯红酒绿、人车喧嚣、油头粉面、胭脂红绿、真金白银、龙肝凤髓、风花雪月、轻歌曼舞，眼之能见，耳之能闻，鼻之能嗅，舌之能觉，身之能触，意之能知，这世界属于美好的东西太多太多。有许多人喜欢坐名车不是为了代步，戴名表不是为了看时间，挎名包不是为了装东西，多数是为了显示自己的身价，满足自发意识的迷离执妄，这实际使你的身心被十八界所缠缚、困惑，惊心动魄的虚名浮利使你不得安宁。

比陆地大的是海洋，比海洋大的是天空，比天空大的是人的心灵。人类的知觉是生命本体的反映，古今中外，人类一直都在探索解开生命中的种种奥秘，因此，才出现了人类学、心理学、语言学、认知学，研究人的起源、进化、发育、行为、思维和智慧。我们今天所读的《心经》的“心”，不是心脏的“心”，心脏的“心”是一个循环器官。1967年12月6日，巴纳德人类历史上第一次做了心脏移植手术。《心经》是超越了时间与空间的人类智慧的经典，是一篇论述宇宙与生命关联的哲学经典。“空”不是否定一切的存在，是指宇宙间的一切没有独有不变的自性，人是心灵的动物，人类因有梦想而伟大，因有幻想而浪漫。美国花费了二十五亿美元的太空船“好奇号”2011年11月26日升空，飞行九个月后降落在火星上。从20世纪末以来，人类科技迅猛发展，史无前例地改变了人的生存方式、行为方式和思维模式。人手一部的智能手机，不但给工作带来了巨大便捷，也填充了许多空虚心灵。古人不知电力功能，一闪电，就说是雷公发怒；不知地震原委，一地动山摇，就说是地王生气；不知飓风海啸，一风起浪卷，就乞求上苍。最早的古人把一天分为白天、黑夜两半，后来一个白天分成了3个时段——上、中、晚，计时器的发明，才有了时空感觉，直到《相对论》的出现，人类才明白了时间与空间的概念。

古人不见今月，今月曾照古人。地球在远古的时候，只有一亿人口，现在到了七十多亿人口，人所有的一切都源自于这个地球，地球不仅是一个家园，也是生命之本，生命之源。爱惜地球应该如同生命，损坏地球，就是损坏人类，毁灭地球，就是毁灭众生。人是地球上生命进化的产物，具有自动调节意识、代谢、变异和遗传等高级生命的全部属性。同时人有同情之心、羞恶之心、谦让之心、是非之心、学识之心、恭敬之心、善良之心。人的生命历程是短暂的，但它有阶段，首先是依赖阶段，任何人的心理思维、行为决定都依靠家人或群体人的帮助，这个时期个人无法独立生活。未成年期的记忆、感知，是上代人传承的知识、习俗、作风，这些是决定一生的基础；其次是探索阶段，思索生命的价值、探索生存意义的觉醒，提出问题、质疑事物、体验环境，灵动意识；最后是创造阶段，学到了丰富的知识，积累了独特的经验，再长上梦想的翅膀，身为万物之灵的人，创造出灿烂辉煌的智慧文明。比如陆地旅行，为了节约时间，发明了车子；大海渡洋，为了舒适，发明了轮船。生命是一个过程，是一个依赖、探索、创造，满足眼、耳、鼻、舌、身、意欲求的苦苦挣扎。每一个人在地球上都是唯一的，今生只来一次，有依据、被证实的知识只有人才有传承能力。历经两千五百多年的佛法知识，没有虚假、没有造作、没有矫饰地传承下去，让人懂得大自然，敬重大自然，融入大自然，让佛法智慧逐渐延伸到浩瀚的宇宙中。

《心经》是全世界信仰佛教的，人人皆知、背诵最多的佛经，是全世界流传最广、影响最大的佛经。先后被翻译成六十多种文字，在九十多个国家传播，一些非信仰佛教的把《心经》当成哲学论文、宇宙论述。这二百六十个字，文字之简练，用词之简洁，内涵之深奥，道理之深远，令人叹为观止。《心经》是最短的一部佛经，同时又是一切佛经智慧的来源。“心经”的“经”，如同佛经中的“经”一样，含有多种意思，是引领我们回归的真心之路，也是找回真心的方法，更是怎样将心回归到清净寂灭的无心之心的本位。被称为“三藏法师”的玄奘，十三岁出家为僧，公元629年从长安出发，历经艰难险阻，来到当时印度佛教中心那烂陀求法学经。他在印度十七年的时间，游历名胜大寺，寻踪佛陀足迹，求得真传实法，掌握佛教真谛。当他带着657部梵文经典，回到长安之后，怀着对佛陀的崇敬之情和对佛学的孜孜不倦，开始了长达十九年的声势浩大的佛经翻译工程。跨越国界、跨越语种、跨越文化的佛经翻译既是佛教向世界的传播，也是佛教中国化的创立。翻译组织了严密的规划，庞大的队伍，不仅是译意译音、用词用句的技术问题，还是翻译工具的质量技巧，处处都是难题。东汉发明了造纸技术，到了唐代造纸技术普遍发达，但毛笔制作难度很大，使用耗量惊人。唐玄奘翻译《大般若经》大面积的纸张用了310360张，600多卷，书写的毛笔1000多捆，组织重译和新译的佛经75部1300多卷。由于译经浩如烟海，需要整栋楼来典藏，从那时起每个规模较大的寺院都要建一座“藏经阁”。唐贞观二十三年五月二十四日，唐太宗李世民来到大唐译经园，玄奘大师陪侍太宗参观了壮观的译经场面，瞻仰了堆积如山的佛经，心情十分愉悦。不久唐太宗身患重病，玄奘在南山翠微宫中，将梵文《心经》翻译出来，直接送给李世民看。他看了一遍又一遍，满怀激动的心情，眼里闪着喜悦的泪花，拉着玄奘的手说："朕与师相逢晚，不得广兴佛事。"不久，唐太宗默诵着《心经》驾崩而去。

《心经》是佛陀在灵鹫山中部，为诸菩萨声闻弟子所围绕，其中有观自在菩萨、具寿舍利子、摩诃萨、文殊师利、弥勒菩萨等号称77000人，舍利子就空性问题，向正在修行般若波罗蜜多的观自在菩萨提出疑问，观自在一一给予解答，佛陀对观自在身体力行、自我提升、自我晋化、自度苦厄，悟出的回答，非常赞同，并鼓励他把自己的心得说出来与大家分享。信仰贵在行动，《心经》是度向彼岸的世界观与生命观，深悟真实道理，视野放及宇宙，心像明月般地照见大地。

什么是佛？为什么学佛？学佛的什么？这些最基本最简单的道理有时往往被忽略。佛教不是神教，佛教是无神论，是依靠智慧求得解脱，而不是仰仗神力来解脱。佛在哪里？佛在人间，佛在心中。佛教指的是佛陀创立的教育，并非崇拜神灵的宗教，现实说是宗教是一种通俗的说法。公元前500年，印度是一个野蛮的种姓社会制度，把人分为四等，绝大多数穷人受少数统治者的残酷的阶级压迫，种族歧视，生活饥寒交迫，人权被蹂躏践踏。王子悉达多在出游时见到匍匐在地的老人、肢体残障的病人、沿街乞讨的乞丐，他内心充满着困惑、同情、悲悯。他抛弃舒适的贵族生活，放弃优越的王位继承，外出寻道，居山静坐，心安神泰，冥思苦想，最终悟出人类生命的真谛和苦难的解脱之道。释迦牟尼三十五岁成佛，是人间第一个成佛的人。他幼年时，父亲净饭王为了让他继承王位，请来几位最好的老师，教授了印度最高的学问，超常的智慧、勤奋的钻研，在他出家前学识已超过所有的老师，不仅精通文学数学，擅长军事谋略，他也曾娶妻生子，沾过世俗生活，结论就是佛是觉悟了的人。

学佛就得学觉悟了的人的感悟、体会、感想。今天我们读的绝大多数佛经来自于古印度，既是学的内容，也是学的老师，“四谛”是佛学上的三大主论之一，“四谛”合而为一是“八正道”。据说，“八正道图案”与今天科学家发现的宇宙基本粒子的组合图完全相同，佛家在千年前已经懂得，这是不可思议的。“六度万行”是修行成佛的必要途径，布施能除贪心，持戒能除恶业，忍辱能除瞋恚，精进能除懈怠，禅定能除散乱，般若能除愚痴。宇宙万物没有永恒的，人的生命没有标准答案，人间佛法没有固定不变的，大地山川皆佛性，红尘万丈现佛法。

《金刚经》说：“所谓佛法者，即非佛法”；“亦无有定法，如来可说，如来所说法，皆不可取，不可说，非法，非非法”。万般皆佛性，佛位无相中，这“相”不仅是表现于万物，也包含着内在于心的想象，成一切相即心，离一切相即佛。佛即是心，心即是佛。佛家常言佛在人间，人人可以成佛的道理在此，佛陀正是希望人人都能成佛。

今天人们修建寺院、塑造佛像、印制佛经、烧香点灯、鞠躬礼拜、木鱼唱经等，这是对佛祖的敬爱，礼佛的形式，念佛的举动，传佛的方法。世界上最大的学问是人的学问，佛学本质上来说是关于人生的学问和智慧，解决人生的痛苦，得到最大的愉悦，人的幸福不光是物质的享用，更是精神的快乐。一个怕死的人，在一生中要死好多次，一个不怕死的人，人生只死一次。如果常修“死无常”，这一次死也没有痛苦，气聚则生、气尽则死是再正常不过的自然现象。一切精神来源于心，心掌握着生命中的一切。是在痛苦中煎熬，还是在觉悟中放心，就靠自己的心。如果一个人常能看到佛身，常能听到佛音，常能身处佛事，常能心想佛法，万法归于一心，崇敬的感情产生纯洁性，坚定的信仰产生不疑性，追求的心理产生向往性，就像母亲用全身的营养滋养腹中的胎儿，就可能淡化贪欲之心、愤恨之心、愚昧之心和恐惧之心。在五台山见到代表智慧聪明的文殊菩萨像，立即能想到，人啊，必须要有智慧；在峨眉山见到代表高尚德行的普贤菩萨像，立即能想到，人啊，必须要有道德；在普陀山见到代表慈悲的观世音菩萨像，立即能想到，人啊，必须要有慈悲；在九华山能见到代表静虑深密的地藏菩萨像，立即想到，人啊，必须要有自信；代表宽广胸怀的被称为释迦牟尼继任者的弥勒菩萨像，和蔼慈祥，当你见到他的塑像，记住“大肚能容容天下难容之事，开口便笑笑世间可笑之人”，人必须要有容忍的胸怀；代表威武雄壮，密号如意金刚，如凌驾群雄、光照万宇的虚空藏菩萨，当你见到他的塑像，便感觉满足求智愿望，护佑平安吉祥；代表神通幻术、密宗崇奉的本初佛金刚手菩萨，头戴五骷髅冠，发赤上扬，发眉如火，獠牙露齿，当你见到他的塑像，更懂得知识是威力无比，智慧能断除烦恼、除去魔障；代表能消除世间一切烦恼的除盖障菩萨，贪、睡、悔、疑阻碍人们的修行，蒙蔽众人向往光明的心智，当你见到他的塑像，镇定下来，开启智慧，明辨对错真伪，排除心障，逐步修行，达到最高境界，《八大菩萨曼陀罗经》称他们为八大菩萨。菩萨是梵语“菩提萨埵”音译，“菩提”是觉悟，“萨埵”是有情，合起来是觉悟的有情人。在佛教诸尊中，菩萨的地位仅次于佛，是传播佛法，解救苦难的人。佛学不是神学，无论是佛陀，还是菩萨都不能神格化。佛是佛陀的简称，佛陀是梵语“布达”音译，义为“觉醒”，佛经中说，“众生本是佛，暂时受污染，染净便是佛”。佛陀和菩萨不是救世主，只是一个脱离了苦海、走向光明的光辉榜样。菩萨不可能直接抹掉你的恶业，去除你的痛苦，自己是自己的救星，一个纯洁的人会被钱财欲变成恶魔，被权力欲变成疯子，被色情欲变成畜生。信仰有迷信、理信两种，我们信仰佛陀、菩萨，不能盲目地非理性地信仰，我们要在智慧抉择、思考分辨、理性确认基础上，选择崇高的价值信仰。

人类进入了一个残酷的掠夺时代，许多人为获取资源、占有财富而拼命，私欲膨胀，物欲横流，甚至丧心病狂。佛陀的智慧与慈悲如太阳的光芒，平等无私地普照一切众生，人的本性福慧具足，能够自觉而觉他，自利而利他。《心经》开启的是人类生命的最高层次智慧，今日的文明昌盛是前人智慧的创造，数千年来，古人以比现代人更沉静的心态、更深远的眼光，创造了取之于大自然，回归于大自然的物质与精神文明。今人不同于古人的是使用工具现代化，浮躁忙碌的时间观。无论政治、经济、文化的新常态，关键是每个人的平常心，平常心是无造作，无虚假，无断常，无凡无圣。有这样一个脍炙人口的禅宗故事：曾经有一位修道高深的老和尚领着他的小徒弟在山间行走，路遇一条非过不可的小河，河上唯一的一座小桥被大雨冲毁了，小河虽浅，河中却充满泥泞。当他们撩起裤管过河时，看见岸边站着一位穿着美丽衣裳的姑娘，正在发愁不知如何过河。老和尚坦然来到姑娘身边说："姑娘，我抱你过去吧。"姑娘欣喜应允，顺利过河，并反复感谢老和尚，然后相互道别，各自上路。一路上，小和尚欲言又止，师父是修行之人，怎么能抱女子过河呢？心情始终无法平静。直到晚上住进客栈，小和尚最终忍不住问道："师父，我们出家人是不是不可亲近女色？"师父说："是的。"小和尚又问："师父你今天抱着姑娘过河，这不是违犯戒律了吗？"老和尚说："没有呀，倒是你抱着那位姑娘，直到现在还未放下啊！"……佛经上说："苦原本不是事情的本质，而是我们的心。”“心”是生命的主题，执着的心使我们备受身心煎熬，万法的根本是“无为”。风过疏竹，风去而竹不留声；雁过寒潭，雁去而潭不留影。修身养性的功夫要做到，事来而心始现，事去则心随空。有的修行者远离社会，躲到深山老林里修炼，可往往躲得了身，躲不了心。

释迦牟尼佛在灵鹫山讲经时，不止一次地说：“众比丘，众善知识，不要因为敬仰我而加以盲从，对我的言论要经过鉴别再进行取舍。”在佛教的本意中并没有所谓的神灵保佑，只有闻、思、修。“闻”，要刻苦研读佛经经典理论；“思”，要开动脑筋，以自己的智慧分析辨认；“修”，反复实践，做到亲证亲验。佛陀、菩萨都不是神仙，也不是救世主，并不能解决升天入地、升官发财之事，所谓算卦、看相、算命，都是装神弄鬼之事。人间的生存环境、贫富处境、权利地位、健康病残、苦乐不均的社会状态要靠人的奋斗与智慧来改变。佛教要求人们戒恶行善，这对今世的幸福安宁有极大的好处。凡信仰佛教的民族和地区，杀人、强奸、盗窃、抢劫、贩毒之类犯罪率极低是不争的事实。许多人信佛，是为了得到佛的恩赐，佛陀不能立即改变众生的命运，只是教化修持，自己努力改变未来，一时的求财、求官、求子、求运，只能得到暂时的心理安慰，这也没有什么不好，但有求的人生毕竟难以解脱，得不到自在。

学佛是为了心定，心安则神智明，心善则品德高，心祥则时运来。佛教主张遍知一切智慧的获得，不是靠神灵的加持和神秘力量，而是靠自己的勤奋与专一坚持不懈。佛教道德的根本不光是敬仰佛陀，重视佛教，尊重佛法，佛教道德的根本是人，是众生。释迦牟尼佛说：“诸恶莫作，众善奉行，调伏己心，此乃佛教。”“发扬慈悲心，坚持利众行”是佛教的道德标准，一切有损于他人的言行都是恶，只有具备良知、清醒自觉、造福他人的人生，才有价值，并不认为所为的人生都有价值。知识是无限的，佛法也是无限的，佛教博大精深的智慧使历史上许多帝王将相、文人学士、才子佳人从佛法中得到滋养，佛法对准的不是一群人、一个民族、一个国家，是一切有生命的，包括一草一木、蛆虫蚂蚁。《佛经》中规定，佛弟子不许随便砍活林、割青草、踏草坪、扔垃圾，不许在河水中大小便、扔脏物。可以肯定地说，地球上没有植物，所有生命系统都将灭绝，植物无私地将自己的一切供人类使用，它的果实喂饱了人类的肉体，它的花朵献给人类的精神，它的树叶供人类遮阴，它的枝干供人类起房建屋、生火取暖。水是万物之母，地球上所有的生物必须有水才能存活，水善利万物。烧香拜佛、诵经祈祷是常见的佛事，能使人获得心灵上的寄托，常言道：信则灵，只要不是逆境中的临时抱佛脚，就能抵制思想上的恶念。同样的遭遇处境，生死祸福，贫富贵贱，美丑善恶，苦与乐是人生的不同感受，人生苦海，轮回是苦海，苦海当中没有幸福可言，但人心静了，人心平了，不存在真的苦乐、永恒的苦乐，你把死看作是逛花园，死亡还有什么痛苦。人心很野，无法强制调伏，野象戴上笼头也能拴在木桩上，人皈依三宝，取了法名，穿了僧衣是一种形式，关键在于修行。人的行为是由心支配的，修行就是管好你的心，一切言行合乎佛法。善行是佛家之本，真善是利益众生的标准，为利己办法会、搞慈善、修庙宇形似善行，实为名利，是假善，这就像在盐碱土里播种子。衡量是否是标准的佛弟子，不是看称号、名誉、地位、相貌，而是看处事待人，言行是否符合慈悲利众。西藏从前曾有一位高僧叫潘公杰，是阿底峡的弟子，是学菩提道次第的。他在修行中体验心的善恶，他分别用黑色和白色两种小石子代表恶念和善念，每天，当心中出现恶念时，就捡出一粒黑色石子放在一边，当心中出现善念时，就捡出一粒白色石子放在另一边。每晚睡觉前，就分别对黑白石子进行清点。开始时，黑子多于白子，他就自己打自己的嘴巴，骂自己："你还算是人吗？因为你有恶念，在苦海中轮回了多少世，还嫌受的苦少吗？"于是，他就狠下决心，时时克制妄念、邪念的出现，这样慢慢地黑石子的数量越来越少，直到后来捡出的全是白石子。这大自然中没有不净的事与物，只有不净的心，正如《菩萨行愿品》所说的那样，希望地狱变成乐园，希望互相残杀的刀枪变成朋友相赠的花环。这就得把佛的慈悲、爱心、利众成为个人的行为准则。

十世班禅大师进藏记

我的书房，从不挂照片，近十年来只挂一张十世班禅大师的彩色肖像。宽广的前额，能注满《心经》全文，威严的表情，使人产生敬畏；饱满的双颊，仍有两个平整的深涡，满载着无限宽恕的大爱，这个爱是深藏在心灵深处的智慧和责任，如果说面部是心灵的镜子，同样也是语言的延伸。

2017年是十世班禅大师圆寂二十八周年，我如今已届古稀之年，然而年岁越老，对大师的怀念也就越浓烈。“古之学者必有师。师者，所以传道、授业、解惑也。”这是唐代韩愈说的。我第一次拜见大师是1964年，从1983年起频繁的谒见，坦诚的交流，几十年来大师给我留下的不灭印象是：和蔼可亲、平易近人、光霁月明、菩萨慈眉，同时疾恶如仇、横眉冷对、疾风迅雷、金刚怒目。他是一个头顶青天，脚踏大地的伟人。过早的圆寂，我曾震惊多于哀悼，惋惜胜过忆念。到了今天，震惊、惋惜之情已逝，而怀念之情像火焰燃烧着我的灵魂，而且越烧越旺。大师仰不愧于天、俯不怍于人，他的伟业光如日月，巍如山斗，用不着我来细加评说。我今天对大师的怀念愿意把泪库中的泪一次提光，也愿意把心中的忧思从心头移到纸面，可这一切众多的僧俗者都做到了。

通晓佛教经典，普度众生安宁，忠诚爱国爱教的九世班禅洛桑土登·曲吉尼玛于1923年底，离开扎什伦布寺，穿越静默荒凉的无人区，途经天寒地冻的藏北草原，转入内地。正逢祖国山河兵荒马乱，南北军阀混战，东西民不聊生。他领着为数不多的随从，怀着寻找解脱之道的慈悲之心，辗转于东北华北，传法于蒙汉僧众。1927年国民党政府在南京成立。1929年2月国民党政府批准，在南京设立班禅办事处，这既体现中央政府对西藏主权的行使，也确认班禅在藏传佛教的至尊地位。1931年5月国民党政府在南京召开国民会议，专门邀请九世班禅出席。同年7月1日国民政府正式册封九世班禅为"护国宝华广慧大师"，颁给玉印和文册，确定年俸十二万元。九世班禅以赤子之心，曾撰文"征诸历史与地理之关系，西藏欲舍中国而谋自立，实不可能"，"合则两益，分则俱伤，此一定之道也！"1936年12月以"西陲宣华使"的身份抵达青海玉树，准备进藏。但好事多磨，入藏受阻，不幸于1937年12月1日圆寂于玉树寺拉加宫殿，享年五十五岁。噩耗传来，扎什伦布寺的僧众哀声震天，悲痛欲绝，击鼓诵经，燃灯祝祷，点香致敬，所有庄严的佛事活动，最终只有一个祈愿，那就是九世班禅的转世灵童早日降生。

等待了一年之后，1938年底开始，扎什伦布寺严格按照藏佛教的仪规，开始了九世班禅转世灵童的寻访程序。西藏山南地区加查县境内，有一座神湖，海拔三千多米，湖面不大，好像镶嵌在大地上的绿宝石，四周高山环绕，彼岸铺展着如茵的绿草，草中盛开着五颜六色的野花，湖水深不可测，湖面水平如镜。这湖叫娜姆拉措，在西藏是尽人皆知的神湖，每年朝拜的人成千上万，看的不是景色秀丽，是来朝拜无上的灵气。活佛转世寻访的繁多手续中，观湖是第一个，也是最具神秘色彩的程序，曾四代班禅在这个湖中观看景色，察看征兆。

扎什伦布寺位于西藏日喀则市，是格鲁派六大名寺之一，从四世班禅在此任法台起，这里便成为历世班禅的驻锡之地。今天他们寻找的是十世班禅。那天寺庙大殿，香烟缭绕，灯火闪烁，鼓乐齐鸣，近万名僧众齐声诵经。精通佛学五明，办事正直无私的比龙活佛，面对庄严的宗喀巴塑像，默默起誓，以佛祖的旨意行事，寻得正确无误的十世班禅。比龙活佛率领的观湖小组来到娜姆拉措，湖边搭起白色帐篷，摆放起祭湖的供品。他们面对湖面焚香敬供，诵经祈祷。连续三天湖面浓雾不散，天空灰云迷漫，到了第四天的中午，突然，一道强烈的阳光从云层中投下湖面，渐渐晴空万里，阳光灿烂，整个湖面碧绿清澈，没有涟漪波动。活佛一行抓住这一难得的机遇，神色庄重、聚精会神，目光注视着湖面。不久比龙活佛面容露出微笑，面向东方，双手合十，磕了三个长头。另一位高僧以同样的方式跟随其后。然后将各自在湖面看到的神秘景象，绘图在藏纸上，标上文字说明，密封着，交回寺院。

等待六年之后，于1941年班禅行辕组织寻访小组，依照观湖预兆和昭示，前往东部藏区安多地区寻访。各路人马寻得相貌不俗，聪明慧智的多名灵童候选人。曾为西藏佛教培育出大批精英人才的青海塔尔寺，举行盛大的佛教仪式，占卜打卦，从十二位候选灵童中，甄别确定六位候选灵童，举行器物识别仪式。这是继观湖之后，最关键的仪规。在庄严肃穆的大经堂里，高僧云集，特邀的各类宾客，或虔诚的心情或好奇的目光，或挑剔的观望，挤在一起。相貌非凡，聪慧过人，出身高贵的候选灵童贡布才旦，不慌不忙，如数家珍，在真假混杂在一起的物品中准确无误地挑选出九世班禅使用的佛珠、佛经，茶碗、勺子，袈裟、坎肩，使在场的人目瞪口呆，惊奇万分。一个五岁的孩童，神奇的举止，征服了所有达官贵族、活佛喇嘛。使得人们兴奋地流出眼泪，不由自主地匍匐在地，磕头膜拜。观湖时比龙活佛看到了一头雄狮卧睡在扎什伦布寺的大殿里，狮子是王的象征，贡布才旦的父亲古公才旦是萨迦昆氏家族，大元帝师八思巴的后裔文都千户。这个家族在西藏历史上地位显赫，创建了西藏历史上规模宏大的萨迦王朝，第一个到内地传法，第一个封授蒙古王“班智达”的称号，为西藏归入祖国版图作出了贡献。另一位高僧在湖面看到了一座庄严的禅房，一位华贵的妇女和两棵苍劲繁茂的古树。贡布才旦出生在位于文都千户修建的供奉具有非凡神通、守持誓言、捍卫佛法的护法神的古庙旁。这古庙，崇楼峻阁、雕梁画栋，颇有一点威武富贵的气象，大院门口有两株高大挺拔的古树。古寺、古树，古老的王室家族，显赫的社会影响，奇妙的神点因缘，众口一词，毫无疑义地确认他是九世班禅的转世灵童，不再举行金瓶抽签仪式。

彰显中央政府权威的历史定制是，历代班禅必须由中央政府批准，才能完成法律上的认定手续。班禅堪布厅曾通过设在南京的班禅办事处，向国民党政府的行政院呈交了关于认选十世班禅的报告。由于蒋介石下野，李宗仁任代总统、国民党政府迁都广州，迟迟没有得到回复。1949年春，班禅堪布厅会议决定，派堪厅首席执行官计晋美前往广州，请求国民政府代总统李宗仁批准班禅灵童，并明令免于掣签。于是，国民党政府于1949年6月3日颁布命令：“青海灵童官保兹丹，慧性澄圆，灵异夙著，查系第九世班禅额尔德尼转世，应即免于掣签，特准继任为第十世班禅额尔德尼。”至此十世班禅在佛教上的仪规，行政上的手续，法律上的程序都获得圆满成功。同年8月10日，在国民党政府蒙藏委员会委员长关吉玉和青海省政府主席马步芳的主持下，在塔尔寺普观文殊大殿举行隆重的坐床大典。邀请甘肃省拉卜楞寺最有声望的活佛晋美赤烈嘉措为灵童剪发，授沙弥戒，取法名为“罗桑赤烈伦珠确吉坚赞”。

时隔一个多月，历史翻开了新的一页。解放军打垮了盘踞青海的马步芳军队，青海获得解放。再隔一个月，中华大地发生了翻天覆地的变革。10月1日中华人民共和国宣告成立。所谓好运，就是当机会到来时，你已经做好准备。时年十一岁的十世班禅，开国当天就给伟大领袖毛主席发出了致敬电：“班禅世受国恩，备荷优崇。”“中央人民政府成立，凡有血气，同声鼓舞，今后人民之康乐可期，国家之复兴有望。”豪迈的壮语，表达了真挚的感情。不到两个月，同年11月23日十世班禅收到了来自北京毛主席和朱总司令复电。“希望十世班禅和全西藏爱国人士一致努力，为西藏的解放和汉藏人民的团结努力奋斗。”在西藏的历史上，没有哪一年比1951年更光明，更灿烂。5月23日中央人民政府和西藏地方政府关于和平解放西藏办法的协议在北京签订，西藏人民同祖国人民血肉相连，西藏领土与祖国山河不可分离，西藏获得解放。早在2月中央人民政府特别邀请十世班禅进京，共商西藏大事。4月27日班禅率领堪布厅的四十五位僧俗官员到达北京。当晚周恩来总理举行欢迎宴会。才满十三岁的班禅大师一脸稚气，好奇的目光注视着一切，在与饱经风霜慈祥和蔼的共和国总理相处，又显得彬彬有礼，端庄洒脱。活佛地位特殊备受优崇，但佛经学习，心情修炼，也能受到良好的教育。共和国的总理说“少年活佛，英俊潇洒”。

五月的北京，换上了春天的盛装，新生命的梦在温暖的阳光中酝酿。雄伟的天安门城楼上彩旗飘扬，广阔的广场上人山人海，歌声如潮，共和国成立后的第二个“五一国际劳动节” 在这里举行。十世班禅身着橘黄色的缎子藏袍，怀揣着洁白的哈达与开国元勋们一起登上了天安门城楼。在沸腾的广场、热烈的欢呼声中，毛主席挥舞着巨臂出现在城楼上。十世班禅怀着无比崇敬的心情，双手捧着哈达缓步走上前去，恭敬地将哈达献给毛主席，以佛教的最高礼仪，双手合十，虔诚地为毛主席祈祷祝福。毛主席接过哈达，注视着四周的贵宾，轻轻挥动，城楼上的人们投以惊奇的目光。人类最高的道德是爱国，年轻的十世班禅，在这一刻表达了西藏各族人民忠于祖国的坚定信念，也表达了作为西藏宗教首领的班禅爱人民，爱祖国，用心和灵魂为人民和祖国服务的决心。毛主席高兴地对班禅说“很久以来中国的历史，西藏就是中国不可分割的一部分”“清朝政府和国民党政府，维护了我们国家的统一，使西藏没有被帝国主义霸占去。这一点还是应该肯定”。毛主席谈到西藏工作时说：“有什么问题都摆在桌子上。可以争论，可以吵架，但不要分手，都是一家人。家里的事情要商量着办。”这是毛主席第一次会见西藏的领袖人物。

1951年12月15日，青海省西宁市宗喀大慈宏觉寺显得规模更加宏大，气势更加雄伟，气氛更加热闹。时任西北工委书记的习仲勋特受毛主席、周总理之命前来西宁转达问候，欢送十世班禅进藏。当天他们在这里传达指示，表达祝愿，促膝谈心。习仲勋是十世班禅见到的第一个我党的高级干部。早在第一次进京，途经西安时，习仲勋亲自到机场迎接，他眼前出现了一个英俊的藏族少年活佛形象。当晚在西安举行了盛大的欢迎宴会。在深谈中班禅的爱国热情、豪爽性格、坦诚品质给他留下了难忘的印象。当晚习仲勋语重心长地嘱咐十世班禅：“西藏一切工作都要贯彻慎重稳进的方针，条件不成熟的事不要办，上层爱国人士和领袖人物不同意的事不要办。西藏工作要以反帝爱国统一战线为主”。从这时起，十世班禅和习仲勋建立起了情同手足，风雨同舟的亲密关系。在长达四十多年的交往中，班禅把习仲勋作为良师益友，碰到难题虚心请教，遇到麻烦倾心吐胆，当习老年迈体弱，大师诵经祈祷，祝愿他健康长寿。当大师英年早逝，习老悲痛之心溢于言表，作为党和国家领导人，他第一个撰写了纪念文章。

12月18日，在西宁举行了欢送十世班禅启程回藏的隆重仪式。习仲勋代表毛主席，代表西北军政委员会紧紧握住十世班禅的手满怀深情地说："历代班禅在西藏人民的心中，有着崇高的影响，班禅离开西藏二十八年，西藏人民时刻怀念着，祝愿你们一路顺风。"这支进藏的庞大行军队伍中，既有班禅行辕的堪厅官员，随行亲属，警卫部队四百余人，还有护送的解放部队两千多人，其中有中央卫生部派遣的医疗队，中央文化部派来的电影摄影队，还有西北军区调拨的电话通信队。所有的交通工具是牲畜，每人配备两匹马，轮番乘骑，二百头骡子专供担架使用。由都兰县租用的八千头牦牛、甘肃民勤等县租用的三万峰骆驼，驮载着青海制作的大量帐篷、上海订购的炊具用品、天津订制的防寒用品和甘肃采购的粮油食品。近五万的马匹、骡子，牦牛、骆驼向着西藏进发，要翻过雪山，趟过大河，既不能贻误时机，又保证安全顺利。队伍分成若干梯队，早上天不亮就出发，中午选择水草好的地方，搭帐篷，卸货物，让牲畜吃草，过着半行军，半游牧的生活。这一路最艰险的是翻越唐古拉山，横亘在青海西藏之间的这座险要大山，最高处海拔五千八百多米，满山冰天雪地，酷寒逼人。山高缺氧，使人头昏脑涨，两腿虚软，呼吸困难，每迈一步，就像背着千斤重担。连被称为"高原之舟"的牦牛也一天只能行走二十华里，骆驼更是胸脯像风箱那样大起大落，喘着粗气，嘴里喷着白沫，身子晃悠着，有的甚至迈不开步子。雪山缺草，体力消耗，不少牲畜趴倒在地，沿途留下了一堆牛马骆驼的骸骨，成为了唐古拉山艰难旅程的路标。就在这关键的时刻，习仲勋发来电报，了解情况，鼓励大家克服艰难险阻，安全越过大雪山。一颗慈祥的心，带来了战胜一切困难的勇气，决心就是力量，信心就是成功。全体人员翻越了海拔五千多米的高山，跨越了天空没有飞鸟，地上不长青草，风刮石头跑的三百里荒野，顺利到达了西藏境内。

进入西藏境内，看到冒着青烟的牧民帐篷，悠闲自在的牛群羊群，无边无际的广袤草原，轻风吹过，鼻端扑来一阵浓郁的芳香。西藏地方政府派来的迎请官员身着盛装，举起哈达，列队迎接；扎什伦布寺派来的欢迎官员，按照传统习俗搭起帐篷欢迎；沿途的牧民骑着马，挥舞着哈达，或端着象征吉祥的奶子站在路旁。1951 年 12 月 18 日，从西宁出发，在路上行走了六个月，行程四千三百公里，于 1952 年 6 月 23 日班禅回到了后藏重镇日喀则。信仰是佛教的灵魂，体验是到达信仰的唯一道路。这一刻，扎什伦布寺的僧众如饥似渴地等待了近三十年。整个日喀则城，人山人海，填街塞巷，后藏的民众在有生之年盼着这一天。从几十里赶来的农民昼夜等候在路旁，从几百里赶来的民众在城脚搭起帐篷安营扎寨。扎什伦布寺所有僧舍重新粉刷，焕然一新。寺院金顶和法轮涂上闪光的金粉，大殿的两百个柱子用彩毯包缠，用上等绸缎制作的吉祥顶幔、胜利华盖装饰得光彩夺目。所有的阳台摆上鲜花，整个寺庙旧貌换了新颜。当十世班禅乘轿进入城区，六万多名僧俗群众排起十里长的队伍。象征吉祥的切玛、哈达、鲜花和麦穗呈现出五彩缤纷的大道。情绪激昂，每一个人的脸上挂满泪珠，许多人控制不住激动的心号啕哭喊，这种场面在日喀则的历史上是空前的，一个浓厚的民族情感，一个强烈的宗教情感，绘制成历史的画卷。十世班禅走进大经堂，坐上了历代班禅的法座，在背后高大挺拔的柱子上，悬挂着毛主席画像，表达了全寺僧众对共产党的感激之情，寺庙的屋顶上飘扬着五星红旗，这里是祖国圣洁的净土。

大师圆寂近三十年，怀念与悲思在我心中的积淀越来越厚。他既是佛，更是人，他是个奇人，也是个圣佛。他的现象我不敢用前无古人、后无来者，只能说凤毛麟角。1954年12月25日，中国人民政治协商会议第二届全国委员会第一次全体会议在北京召开，大师当选为全国政协副主席。时年才满十六岁，没有选举权，好在政协是民主协商选举，是最年轻的国家领导人。毛主席称他是一个民族的领袖，亲口喊过一句“班禅喇嘛万岁”。1959年4月，第二届全国人民代表大会在北京举行，大师当选为全国人民代表大会常务委员会副委员长，时年二十一岁，以充沛的精力、饱满的热情履行自己的职责。1979年7月2日，全国政协第五届全国委员会第二次会议上，大师被增选为全国政协副主席，时隔一年于1980年又当选为全国人大常委会副委员长。山色依旧秀丽，人物依旧喧闹，只是时移世异。良心是灵魂之声，感情是肉体之声，大师对自己民族的爱没有恐惧，没有疑惑，没有束缚。1980年整装待发，前往西藏履行职责、实践忠诚。临行前，中国改革开放的总设计师邓小平邀请大师到家里，小平看见大师健壮的体魄，豪迈的情致，一口流利的汉语，十分高兴。小平亲切地说：“你是我们国家最好的爱国者，出去视察时，你自己的活动可以放手，不要顾虑。”藏族把大师视为领袖，真正的领袖不是一种资格，不是一种地位，不是一种官衔，是一种燃烧的心，火热的语言，是讲真话的责任，追求真理的担当。从1980年到1989的十年时间，大师先后十次前往藏区视察指导工作。他看到人民群众安居乐业、衣食无忧就喜形于色，眉飞色舞；看到一些干部作风官僚、行为霸道，就怒发冲冠、铁面无私。就大师个人而言，在五十年的人生旅途中，有时顺顺利利，满地繁花似锦，有时又坎坎坷坷，宛如黑云压城。身处顺境时，他不骄矜；堕入泥潭时，也不哀叹。他的成长环境造就了根深蒂固的爱国之心，他的个性品质，造就了刚正不阿、铁骨铮铮。他最看不起的是投机说谎、媚俗取巧的人。听到大师圆寂的消息时，我并没有流泪，但是写这篇短文回忆大师的音容笑貌、超凡佛性、高尚人格时，却几次泪如泉涌，大师的形象将永远留在我这个还没有参透人生奥秘、领悟无常是生命正道的凡夫俗子心中。

漫谈藏文

我父亲说，我三岁那年开始学藏文，我现在只记得我学的第一个藏文字母发音“嘎”。断断续续学了一辈子。现在到了古稀之年，藏文只能算初懂。

在世界的文字之林中，哪种文字最美，真要讨论这个问题，不是打架斗殴，就是可能发生战争。每一个民族的文字都是祖先传下的无价之宝，在能者手中会创造出奇迹来。在中国，汉字是异乎寻常，独树一帜，它的创造契机显示出伟大的祖先与世不同的文明传承和感知世界的方式。汉字不是僵硬的符号，而是有着独特性格的精灵。它以强有力的、自成系统的培育了五千年古老的文化，维系统一了辽阔的疆土。

无论在国内还是国外，藏学成为了一门单独学科，而且成为了一种热门学科。在全世界尤其是西方国家究竟有多少个藏学研究机构，只有权威部门知道准确的统计数字，就我个人所知最保守的估计，不下四五百，从事研究的人员不止上万。在国内大专院校、科研院所、学术机构，藏学研究是热门话题，是引人注目的学术课题和文化风景。共同的语言是一个民族的本质特征，语言升华为文字是文明发展的重要标志，文字记录的智慧记忆是自由创造的文化精神。藏文的起源是国内外学者广泛讨论的热点，有说由一千四百年前吞弥·桑布扎予照印度梵文改制而成，也有说由三千多年前古代象雄的大小玛文演变过来的，史学家的论著各有千秋。一个不容置辩的事实，藏族在公元7世纪初就有了科学的拼音文字，语音响亮悦耳优美动听，词汇生动丰富，言简意赅，语法结构严密，辨义清晰，有了发达的语言，科学的文字，实践的历史，才创造出体现价值追求精神气质的藏族文化。保留下来展示历史发展，聪明智慧的古迹遗产，这些不仅是中华文化的重要组成部分，就在世界文化宝库中也占有重要地位。

从语言学的标准来看，藏文字母的创制具备了世界最先进的表音文字体系的所有特点。一共有三十个辅音字母，四个元音字母，一套字母，每一个字母表示特定读音。尽管一个字音代表一个单词，但不直接地、单独地表示一个词素的意义。用前后加字、上下加字将字母组合成各式各样的字，代表语言中的词汇，人们看到字就能读出音来，有限的表音文字，却能记录丰富的语言，简洁的拼读方法，创造出概念透彻的词语，藏文比字数繁多、形体复杂的表意文字好学、好认、好记、好写，更符合文字发展的规律，初学藏文只要三个月的工夫就能读报看书。

今天我们研读藏文记述的史诗般的古籍时，不能不敬重、感恩一千三百年前，在发达的语言基础上改革、规范、完善藏文的伟大的语言学家吞弥·桑布扎。一个民族文明攀向一座座高峰所出现的飞跃思维状态中，新概念、新术语促使着那种拼音文字需要不断再造，桑布扎在原有的藏文基础上，用加减的方法筛选固定了辅音字母，用变音的方法调整了元音符号，用习惯的口语规范了拼读语音。他在学习研究梵文等语言的基础上，编写出了八种藏文文法书籍，其中《三十颂》《字性添接法》，两部沿用至今，成为了藏族语言文学的经典名著。随着藏族文明的发展，外来交往的增多，规模空前的佛经翻译，公元8世纪中叶，对藏文的用词用语作了完善性的厘定。不只许多藏族年轻学者纷纷到印度学习梵文佛经，又有许多印度高僧到藏区传法交流，语言学习、佛经翻译热火朝天。西藏第一座寺庙桑叶寺堆积着四方运来的不同文的佛经典籍，云集着八方招来的不同语的翻译大师。寺庙变成译场，僧人变成译师。根据翻译的需求，公元10世纪有组织、有规划地进行了第三次藏文厘定工作。使翻译中译音、译意、译文三大难题做了不可变的使用标准，提出了翻译的严肃性、神圣性、纯洁性和崇高性。这三个时期的不同厘定为藏文成为科学化、规范化、标准化的世界优秀文字奠定了基础。藏文的先进、优秀不仅在于记录藏语的语音和结构，还能记录包括汉语在内的许多种语言的发音。古藏文中转写的汉字，却能知道汉字的古音读法，古藏文中可以研究古汉语的音韵，为研究古代的东方语言，具有特殊的价值，懂得梵文的人都知道，梵文的佛教经典许多是抽象化的内容、概念化的语词，没有佛学功底连原文都难以理解，只有藏文翻译才能准确无误、通俗易懂地把原意表达出来，这不是一般的文学能做得到的，可想而知，藏文的活力、奇妙还是在于优秀和先进。

登峰造极的译经运动，著名的佛学家益西明布沿着文成公主入藏的路线前往长安学佛法，取佛经，之后又到印度那兰陀佛学院，迎请印度名僧菩提萨埵、莲花生两位大师入藏翻译佛经传播佛法。接踵而至的桑西等四人到长安请回了《金刚经》《十善经》等近四十部佛经，藏汉译师共同翻译成藏文，他是藏族的历史上把汉文佛经译成藏文的著名译师之一。具备先天语言天才、聪明慧智的毕若杂纳前往印度学习梵文，研究金刚乘密法，返藏时带来了大量的印度佛教的密宗经典著作。亲自翻译了《天边光明佛号赞》《云十如理论简说》，成为了印度密宗传入藏区的第一人。今天宁码派教义中的瑜伽部、大圆满、行部都是靠他的传播，是宁码派的祖师之一。通晓梵文、精通汉文的藏族大译师格罗曲殊从十九岁开始从事译经事业，在短暂的一生中将二十多种梵汉典籍译成藏文。自桑叶寺建成，由菩提萨埵、莲花生担任主持，七名藏族贵族青年随同出家，创建规模宏大、典籍丰富的译经院，藏族正式有了专业的翻译队伍，专门的翻译机构，专述的翻译理论，专攻的翻译典籍，一个译场大殿，上千名大小译师，堆积如山的译经卷帙，在当时的世界角落是少有的。留传至今的《钦普目录》《丹噶目录》《旁塘目录》就是在千年前的这场译经活动中翻译的。从那时起，一个不变的事实是藏文翻译始终先于世界先进水平。从翻译理论上说，大藏经《丹珠尔》中的《语音》专门讲述翻译的原则、细则、技巧和方法。翻译的三大原则：一要符合语言学的规则，二要符合佛教经典教义，三要符合读者的理解。不宜意译的单词就音译，表达原文意思的就意译，按照梵文顺序的就直译，变动原文顺序的就改译。这些翻译的理论体系。与八百年后著名翻译家严复提出的“信、达、雅”的翻译准则基本一致。就从翻译的内容来看，在敦煌千佛洞里发现了藏族著名译师郎卡桑布等人翻译的印度著名诗人迦梨陀娑的抒情长诗《云诗》，是这位作者的第一个外文译本，八百年后的西方文艺复兴时，欧洲人才逐渐认识了这位伟大的诗人和作品。在我们今天看到的藏文《大藏经》中一部长篇叙史诗《释迦牟尼赞》，作者是印度著名剧作家马鸣，也是那个时期翻译的。《百论部》《智慧树》《益世格言》等十多部印度的诗歌作品翻译成藏文，部分收入到藏文《大藏经》，说明藏族的翻译事业不仅限于佛经，文学作品也是重要的内容。了解和研究藏汉民族之间的渊源关系必须从研究藏文发展和翻译历史着手。松赞干部与文成公主、赤祖德赞与金城公主的联姻，推动了两个民族间的文化交流。百年前藏族学者在敦煌古藏文文献中发现了汉文史书《尚书》《左传》《战国策》的藏文译文，足以证明千年前藏族学者的汉文水平，藏汉翻译的繁荣景象。近代藏族著名学者根敦群培以其超常的智慧，独到的见解，深入系统地钻研敦煌的藏文文献，写出了脍炙人口的学术著作。

在漫长的历史长河中，伟大的先辈们为我们留下的不仅是地面看得见的文物古迹，更是浩如烟海、汗牛充栋的文献古籍，那是取之不尽，用之不竭的精神财富。世称第二敦煌的西藏萨迦等，有一座集汉、印、藏建筑的精华，独具一格，雄伟壮丽的天城大殿，四面高墙，内有一百零八根柱子。殿内沿墙筑起了一道无比坚固的佛经墙，俗称“天成神妙殿，倒了土墙经墙撑着”。以木架为经板，以经卷为墙体，叠加高垒。经卷长度多在五尺左右，均以金、银、朱砂等三个定粉研磨而成，内容上至天文下至地理、佛教经典、文字艺术、建筑工艺、医药病理无所不包。自七百年前开始这里是继桑叶寺之后的又一个搜集梵汉典籍，云集各地译师的大译场，现存的三万多部矿籍独本是罕见的祖先的智慧遗产。闻名遐迩的甘肃拉卜楞寺有个时转学院，内有正规的藏经楼、印经院。1959年对藏书进行过清理，编印了《拉卜楞寺藏书要目》，共有藏经二十二万八千余部，藏文经版六万二千多块。科目分医学、声明学、音律学，工艺学、历算学、藻词学等十七大类，有许多自成书之后还未有人翻阅过。年轻的张骞来到古称沙州，却找不到大月氏的踪影，这里的牧民告诉他，此地叫敦煌，敦善大也，煌善感也。藏语中敦字之意为“千”，煌字意为“佛像”，正如今天说的千佛洞完全一致。千佛洞里藏着大量的藏文文献，有的木质经板夹着，有的麻绸布条裹着，有的用鞣好的牛皮袋装着，既有用藏文写的贝叶经，还有手写的、板印的、抄录的，光英国斯坦因、法国伯希和先后盗运国外的藏文文献就几百卷。从敦煌流落于西方的古藏文写卷五千多卷，还有许多仍然保存在敦煌博物馆，都是研究古代藏族历史文化的百科全书。藏族有着保存档案的悠久历史。有了完整的文字，便有了文字记载的详细历史。寺院为了传承历史，不断述写着变革的历史，贵族为了继承祖业，保存记录着封赐、诏书之类文本，官员为了光宗耀祖，珍藏着封文、指令等文书。坐落在拉萨古城的西藏自治区历史档案馆，保存着三百万件藏文档案，在中国，藏文书写的历史档案，跨越时间之长远、数量形式之极大，内容文种之珍贵仅次于汉族。要懂得祖先的伟大、民族的智慧、典籍的价值，以及深入客观地研究藏学不得不翻阅这些珍贵的文献。

语言作为民族的重要特征，在民族的形成和发展中起着重要的作用，文字作为民族长期繁衍繁荣的重要工具，创造了光辉灿烂的文明。藏文对创造、继承发展藏族传统文化，担当起继承振兴，生机活力的强劲作用，藏文又是藏族的重要内容、主要工具，为丰富发展藏族文化作出了不朽功绩。藏族文化是以苯教文化为源泉和根基，以佛教文化为渊源和主线，并吸收借鉴汉族和其他一些民族优秀文化逐步形成并发展起来的博大精深的雪域文化，是人类文明的重要标志。讲到藏族文化往往想到以“大五明”和“小五明”概念形成的“十科”。在藏文典籍中“文化”一词意为学科、学问，经过学习可以获得知识的科目。内容包括工艺学、医学、声律学、正理学、佛学“大五科”和修辞学、辞藻学、韵律学、戏剧学、星象学“小五科”，这与无论西方和东方文化下的定义有所不同。藏族传统文化自佛教与藏族本土文化“前宏期”和“后宏期”两次大的吸收、消化、融合和佛教派别的调整，世俗力量的变革相关。“十明”是寺院学习、传播、研究的中心，精通“五明”的智者在社会上享有很高的地位，“大、小十明”同样是藏族文化的重要组成部分。但是藏族文化并不局限于“大、小十明”，藏民族的生活习俗、思维方式、价值观念、宗教信仰、文学艺术，内在的自身心智，外在的生存状态都是文化特征。文化的行为使动物的人变成有组织、会说话，用文字、能创造的人。佛教思想的影响和藏族传统文化水乳交融，藏族文化的传播范围跨了地域和民族，藏族文化强大的包容性和整合性，这三点是藏族文化经久不衰的内在因素。藏族文化是在特定的历史、地理、经济、政治、人文环境中生长并发育成长的，不可避免地带上特定条件的历史烙印。

语言的美，是人的心灵的表露，语言能直接反映一个人的灵魂，勾画一个人的肖像。一个民族的语言是反映这一民族的另一面镜子，藏族是中华民族中高度文明的民族之一，心地善良、待人忠厚，勤劳朴实，聪明智慧，这些内在的纯洁，明净、沉稳的心灵也表露在优雅、亲切、洒脱的语言中。经受了长达三千年实践的冲击、考验和改革完善而成的科学的、成熟的、优秀的藏文，整理和表述了藏语的优美、尊严、情感和哲理。藏族格言是藏族知识阶层，学者高僧创造的一种抽象、哲理的文字表现形式。藏族格言既不是激情妙语的长篇散文，也不是枯燥说教的刻板偈语，格言用以哲理为内容的短小生动的谐谐体式的语句，在中国乃至世界文坛有着广泛的影响。最为著名的是13世纪初萨迦班智达·贡嘎坚参所著的《萨迦格言》，以卓绝的文字造诣，情景交融寓言深刻，就智与愚、美与丑、真与假等十六种行为观感融汇于格言中进行分辨。从那时起在藏族学者中写作格言蔚然成风，先后出版了《格丹格言》《水树格言》《宝论格言》等近二十部格言专著。藏族谚语是藏族语言的一个重要组成部分，从民间收集，用文字整理的藏族谚语近二百本，没见过哪种语言有那么多的谚语。

这些谚语的共同特点是形象生动、含义深刻、语言简洁、幽默诙谐，是藏民族生产生活实践的经验之谈，是思维逻辑的规律之述，是哲学思想的精华之语。藏族谚语一般字数不等，长短不一，但寓理、格局、结构都有独特的民族风格，浓郁的生活气息。在时常的思想文化交流中，要描述复杂的事物，表达复杂的思想，只要用恰当的谚语就能达到话音已过，情景犹动，余兴尚存的玩味。藏族民歌是藏族语言、文字放射着绚丽光彩的又一景。在大小寺院修建的工地上，辽阔翠绿的草原牧场上，麦浪翻滚的农耕田野里，处处能听到高亢、清亮天籁般的歌声。能歌善舞的藏民族创造了浩如烟海的民间歌谣，有叙述天地山川起源的古歌，倾诉痛苦悲伤情景的悲歌，赞颂幸福美好生活的赞歌，颂扬民族团结友谊的礼歌，男女之间谈情说爱的情歌，抗击外来敌人的战歌，还有反映劳动生产的劳动歌。民歌的创造者是劳动人民，民歌带有泥土的气息，水草的芬芳，劳动的智慧。听到民歌，就在脑海里显现出，山谷平川的美好图画，美丽姑娘的容颜笑貌，人民群众美好未来的梦景。藏族民族是一门语言艺术，生动的比喻、鲜明的形象、深刻的思想、优美的语言道出了心声，表达了意志，渲染了情感，是极其珍贵的文化遗产和精神财富。

语言作为工具，正如骏马对于骑士的重要，最好的骏马适合最好的骑士，最好的语言适合最好的文化。一种语言之所以被称为“母语”，是因为祖辈们永恒不变的习惯。学起来仍然不懂的文字不是好文字，最好的文字是能记录世界上最好的语言，有时也像野马般难以驾驭。藏文能消化各种外来的新创造，因为它拥有一个科学的拼写文字的海洋，国外的藏学家研究藏学往往从学习藏语、藏文开始的，他们震惊于藏文的再生活力和奇特魅力，就像藏区壮丽的景色被迷醉，他们无限钟情赖以思维的藏文和藏文化。在人类历史的长河中，藏文将会越来越被世人所珍惜和喜爱，说话是人类唯一的交流沟通方式，只要说得流利就不会忘记。书籍是人类文明的阶梯，常说藏文图书，陶冶你的情感和气质。写作是历史的记录、文化的传播、时代的描述，一个热爱民族、崇敬祖先的人用情感和热血谱写自己的灵魂，文字会越写越美，文章会越写越好，只要语言文字承前启后，民族文化就长盛不衰。

藏茶漫话

有人说酒是恶魔之血，喝一杯可能有益健康，喝两杯可能获得快感，喝三杯会使自己丢脸，喝四杯人就会发疯。那茶呢，第一杯色味俱佳，清香扑鼻；第二杯渗透人体，生津止渴；第三杯，通体安泰，醒脑提神。喝一年，清心明目，安人魂魄；喝终身，温柔敦厚，机缘相伴。入口饮品中，说到酒，多半摇头，佛家更是把酒视为万恶之根，十戒有酒，缩减到五戒，“杀盗淫妄酒”，仍然有酒；说到茶，则是亲密的生活伴侣，千年的健康之友。

中国是世界上第一个发现茶、第一个饮食茶、第一个研究茶的国度，中国人把茶从亚洲推广到世界，使茶成为与可可、咖啡一起风靡当今全球的三大无酒精饮料之一。公元前10世纪，周武王伐纣后，西南巴蜀小国把自己生产的茶叶作为方物进贡。公元前61年，汉宣帝神爵元年，一个叫王褒的人用文字描述了西南一些地方用茶祭祀祖先、治疗疾病、招待客人、馈赠亲友的情景。公元8世纪，关于茶的第一部专著《茶经》诞生了。其作者陆羽是唐代著名的茶学家，被誉为“茶仙”，尊为“茶圣”，祀为“茶神”，是吃茶艺术的权威。《茶经》详尽地记述了茶的历史、茶的种类、茶的功效、茶的加工、茶的饮法，甚至饮茶用具。无锡的惠山本不是什么风景名胜区，但由于陆羽把惠泉誉为天下第二泉，从古至今无论懂茶的雅士高人，还是外行的村夫游客，都纷纷慕名前来品尝惠泉茶，惠山因泉水而出名，泉水因陆羽而出名，清泉加绿茶因惠山而出名。

古时候，茶树又被称为“槚”，所谓“槚，苦荼也”；茶叶又叫“茗”，把茶叶称为“香茗”“灵茗”。中国的茶文化是一门高雅纯净的学问，“矮纸斜行闲作草，晴窗细乳戏分茶”，“寒夜来客茶当酒，竹炉涌沸火初红”，“戏作小诗君莫笑，从来佳茗似佳人”，这些关于茶的千古名句，无不洋溢着淡泊清心、雅致潇洒的诗意情怀。这样一个情境已镌刻在中国的人文记忆中，那就是：无论春夏秋冬，无论丽日烟雨，聆听着悠扬美妙的古琴古筝，摆弄着小巧玲珑的茶壶茶杯，浸泡着醇香袭人的陈茶绿茗，凝视着杯中或碧绿色或琥珀色的茶汤，清静、淡雅，超然物外，仙风道骨。喝茶一为止渴，二为赏鉴其色、香、味，三为领略茶文化的乐趣和蕴意。茶文化贯穿着茶之种、茶之制、茶之器、茶之饮。在福建喝功夫茶，一问茶叶的产地，二赏茶具的精巧，三闻茶的清香，四品茶的甘醇，形式大于内容，过程重于结果。当然，繁文缛节的日本茶道，更无疑是从中国传去的，是古代中国功夫茶的非物质文化遗产。

千百年来，生活在雪域高原的藏民族与茶结下了不解之缘，堪称嗜茶如命，他们把茶融入了生命，融入了生活，融入了文化，还积累了丰富的饮茶经验，创造了独具特色的茶文化。藏族民间有个谚语：“宁可三日无肉，不可一日无茶”，说的是，茶不仅是日常生活的必需品，更是高原生存的必备条件。古时西藏不产茶，茶叶何时进入西藏，还有待考证。古代汉语把茶叫“槚”，藏语时至今日还把茶叫

“檟”。藏族民间流传着这样一个故事，吐蕃松赞干布的曾孙都松芒布杰，继位后得了一场重病，请了很多名医，想了很多办法，都没有得到医治。一天，他正在王宫里一筹莫展，众臣也焦虑不安，这时一只口衔绿树枝的飞鸟停在王宫的窗台上。藏王十分惊奇，待鸟儿飞走后，派人取来树枝仔细端详，西藏高原从来没有这样的树枝，他摘下一片绿叶，嚼在嘴里，满口醇香，病也轻了许多。于是他派出很多使者，四处寻找这种宝树，最终被一位大臣在东方汉族地区，在一个绿波荡漾的密林中找到了。在一只聪明轻捷的马鹿和一只稳重矫健的大象的帮助下，将宝树运回雪域高原。都松芒布杰看到直挺挺的树干，深绿的叶子，问：“这叫什么树？”大臣回答：“汉地人叫檟，泡着喝能治小病，煮着喝能治大病。”这个故事记载在五百年前出版的藏文典籍《甲帕伊仓》中，这与当代茶学家庄晚芳等人编著的《饮茶漫话》中的故事十分相似。传说古代神农尝百草，日遇七十二毒，得茶而解之。三国时期，孔明带领百万大军西征云南，先遣部队到达云南的西双版纳，许多士兵得了眼疾，有的双目失明，孔明心生一计，命令将士用大锅煮茶叶，用茶气熏蒸士兵的眼睛，然后喝下煮茶的汤水。果然，所有的眼疾都很快治好了。由此当地人把茶叶树称为孔明树。这些记载与故事都说明，茶叶最早不是用来生津止渴的饮品，而是用来治疗疾病的良药。

元代，学识渊博、精通医术的藏族高僧塔巴杰中，三十岁时，怀着一颗慈悲之心，以惊人的求知欲望，离开西藏前往巴蜀、滇南，一边游览名山大川、朝拜佛教名寺，一边学习考察与藏民族息息相关的茶叶。他目光注视，心灵感知，亲身体验，掌握了大量有关茶叶的第一手资料。四十岁后返回西藏，撰写了藏族第一部茶经《甘露之海》。书中详尽巧妙地介绍了茶之类、茶之具、茶之烹、茶之礼、茶之益，是古代藏族传播和发展茶文化的权威著作。

蜀滇是茶的发源地、生产地，与西藏相隔千万里。但千山万水、艰难险阻挡不住几近狂热需求，被称为黑色黄金的茶叶从川滇源源不断地进入青藏高原。历史上，中央王朝最初派往拉萨的官员，馈赠当地上层的礼品多数是茶叶，茶成了不可多得的稀世珍品。随着中原地区对马匹需求的增大，出现了“茶马互市”，藏族人赶着大批马群，到边州交换茶叶。后来，分散的贸易方式，被官府统管起来，分别在兰州、雅安等地，设置了十几个茶马交易中心，对茶马价比、交易数量实行统一管制。川茶最早进入西藏各地，当时茶马交易中心的茶基本是蜀茶，随着川茶不断运来，储备茶的仓库需要不断扩建，茶马交换的规模不断扩大，茶叶从西藏王公贵族的独享饮品，扩展到普通大众的喜爱饮品。中央政府随之加强了对西藏的管理，藏区的宗教领袖、土司头人，纷纷入朝觐见，授官职封爵位，他们进贡马匹之外，还有红花、麝香、氆氇等土特产品，得到的赏赐品除茶叶之外还有锦缎、丝绸、瓷器，获得的大大多于进贡的。他们将不便携带运输的物品在市场交换成茶叶，朝贡互市变为茶马互市的另一种形式，巩固了西藏地方和中央政府的臣属关系。滇川的茶商看到了西藏的茶叶市场，他们专门制作了运输方便、形状耐看、品质分级的茶叶，取名叫“边茶”“紧茶”，把茶叶囤积到固定市场，单纯的茶马交易变成了边茶贸易。后来，西藏大的寺院、贵族、商户，组织起庞大的骡马运输队，越过积雪的高山、湍急的江河，在世界最艰难的路途上长途跋涉，把茶叶运回西藏。元、明、清三朝形成了从滇川到西藏的“茶业之路”“茶马之路”“茶马古道”多条贸易通道。茶马贸易兴盛时，仅从拉萨出发到雅安的商队，每年藏历三月出发，少则百人千匹骡马，多则千人万匹骡马，浩浩荡荡，风雨无阻，防着盗匪，餐风露宿，日复一日，年复一年，一趟来回约一年有余。内地商人，也看上了藏地药材、皮毛、马匹等特产，擅长经商的滇人赶着马帮把茶、糖、铜器，运到拉萨，因往返路途太远，就在西藏租商铺、建客栈，与上层社会的贵族、巨商交上朋友。滇茶有悠久的历史，茶质得天独厚，但烘焙技术较差，丽江的木氏土司，知道纳西族和藏族同有嗜茶的习俗，在滇藏接壤的宁蒗、永胜、维西建立了茶马互市贸易市场，鼓励商人到西藏经商茶叶。清初，纳西族的商人李悦经营以茶叶为主的滇藏贸易，成为著名富商，清末滇茶在西藏的销量超过川茶，当时来往于丽江和拉萨的藏族商人马帮一万多匹，双程运量约两千吨。可以说，茶是藏汉友谊的纽带，民族团结的象征。近代，英国在连续入侵西藏时，看到茶是汉藏离不开的因素之一，茶在西藏是棵摇钱树，也是笼络人心的食饵，就策划了印茶入藏的阴谋。他们既虎视眈眈，又贪得无厌，以探险家的名义组织了马队，把印茶从印度的大吉岭运到拉萨，途经锡金、亚东地区，只有十多天的路程。企图用印茶垄断西藏市场，截断西藏与内地的联系。印茶性热苦涩，色泽又黑又浓，制作松软易碎。就在茶贵如银的年代，藏族宁愿舍近求远，再累再苦也要赶着马帮到普洱、雅安、丽江，驮回汉茶，用行动有力地抗击了英帝国主义，谱写了一曲藏汉团结一心、英勇抵御外来侵略的爱国赞歌。

雪域高原，巍峨壮丽，气宇轩昂，是苍穹下的净土，是大地上的丰碑，令人无限神往，但要在这地势高峻、气候寒冷、空气稀薄的地方生存、生活、繁衍，一要有抵御高寒缺氧的身体素质，二要有迎接自然风险的生活智慧。藏族民谣："茶是命，茶是血"，"人人离不开茶，天天离不开茶"，道出了生息在高原上的藏族对茶的需求。辽阔美丽的藏北草原，海拔4500米，不能生长粮食作物，曾是野生动物的乐园，生活在这里的藏民，依靠天然牧场逐水草而居。他们生产的是高脂肪、高蛋白的牛羊肉、奶制品，生活中必须靠茶刮油，靠茶解腻，靠茶助消化。沟壑纵横的藏南谷地，曾是西藏农业文明的发祥地，海拔3400米，不能种植大稻高粱，他们种植的是高原特有的青稞，由青稞加工的糌粑是他们的主食。糌粑无论怎么食用，都离不开茶水相伴。在西藏，糌粑、酥油、牛羊肉和茶叶是饮食的四要素，也是生活的四要素。西藏蓝天、绿地、清泉，牛羊如果说是喝矿泉水吃虫草长大的，那有些夸张，但它们不吃添加剂是真的，青稞生长在最干净的土壤里，绝对没有污染是真的。茶叶含有丰富的维生素、茶多酚、咖啡因、芳香油，茶是饮品中的精品，食品中的绝品。藏族名谚说的："吃了肥肉靠茶叶消化，身体疲倦靠茶叶解除，得了感冒靠茶叶治疗，缺了氧气靠茶叶补充，脑子糊涂靠茶叶清醒。"

藏民族把生存当做文化，把生活当做艺术。藏族文化表现在，融入内心的修养、无需提醒的自觉、约束行为的自由、养成习惯的善良，在日常表现出来的是豪放、诚实、热情。风情习俗是民族文化的标识和徽记，西藏茶文化折射出民族生存繁衍中的心理、性格和风情特征。任何一个陌生人走进藏胞家，首先敬你一杯色泽淡黄、香气扑鼻的酥油茶，如果你是来做客，还要给你献上一条洁白的哈达。客人要懂得茶礼，吹开浮油慢慢喝，让主人不断添加；喝茶不能发出声响，不然会被认为没有教养；不能一饮而尽，不然会被取笑为毛驴饮水；不能只饮一碗，不然会被认为断交成仇，必须保持着碗常满、茶常温。主人要懂得，客人用的碗不能有裂纹，不能有缺口，倒茶不能泼洒，续茶不能溢出。亲友出门远行，一家人或全村人提着酥油茶前来送行，献上一条哈达，喝上三杯酥油茶，一路吉祥如意。婚姻中从男方家提亲、择日订婚，到迎接新娘、举行婚礼，缺了茶、酒、哈达一事无成。起居礼俗中，建房奠基，破土动工，上梁立柱，封顶竣工，乔迁之喜，茶、酒、哈达是必须礼品。新起灶，点火煮的第一锅是茶；搬新房，先入屋的第一件物品是茶；求贵人帮忙，要送的礼物首选是茶；每逢藏历新年，在佛龛前摆放的是茶、盐和酥油。藏族还把茶叶当做圣物，每一尊新塑的佛像，装藏时除了金银珠宝、五谷圣物，还必须的宝物是茶；每个藏民家里的积福箱，除了家族历史相传的宝物，还要装上一块茶叶。藏族把茶和盐比喻为友谊和爱情的象征，有一首歌这样唱道："来自汉地的茶，来自藏北的盐，在酥油桶内相聚，融合而成的酥油茶，芳香又甜蜜，那是圆满俱佳的姻缘。"三百年前，一位高僧写了一篇颂茶词，说："茶是人类的救星，以节省自己的时间，延长人的生命，人与人相互照顾，茶与水需要融合，最好的水在最高处，茶叶越过千万山，要与碧水结缘分。"在草原上放牧的，在田野里耕种的，在商道上赶马的，在山路上朝佛的，到了午时，搬来三块石头，支起大小茶锅，舀上清泉溪水，扇起皮风袋，茶气飘四方，人们开始围着茶锅席地而坐，谈笑风生。这是一道亮丽的高原风景，无不渗透着茶文化的精神享受，即便这种简易的熬茶，它的水源选择、煮茶火候、石灶方位都是精心筹划过的。这时煮茶讲究的是，火候要够，柴烟要高，茶沫要足，茶气要浓。

藏族人除了白天骑在马上、夜里睡在床上之外，都和茶在一起。任何外地到西藏旅行的人，无论在农村、牧区或城镇，随处都能看到茶的身影、闻到茶的飘香。除了酥油茶，城镇最盛行的是甜茶。锅里煮上红茶粉，要看色泽变金黄，加进牛奶看浓度，不稠不淡再加糖。甜茶曾是西藏城市上流社会的奢侈饮品，后来成了城市居民喜爱的饮料。拉萨是个被阳光宠坏的城市，从游牧到农耕，从帐篷到楼房，从马背到城市，一个个历史的脚印，在雄伟的布达拉宫脚下，化作古老美丽的都市风景。城市不大，人口不多，但别的城市有的这里都有，别的城市没有的这里也许有。藏族有句谚语，“烦恼罪恶耗竭健康，喝茶快乐祛病延寿”。80年代初，人口不到五万，但拉萨城里的甜茶馆就有一百多家，每个茶馆、茶室宽敞明亮，炉灶古朴典雅，藏式桌椅精雕绘彩，标准的茶具独特雅致。喝茶的有机关干部、企业老板、城市居民，还有社会闲散人员，三教九流无所不有，但是进了茶室，一律平等。这里的喝茶的氛围，不像内地普通茶馆，左一碗右一碗，一杯接一杯，好像刚从沙漠里回来的样子；也不像内地个性茶室，丝竹悠悠，神神秘秘，不温不火，清清凉凉。这里的客人喝茶，好像是在读诗、品画，又像是在谈心、辩论，在漫不经意、舒心惬意间品着茶、说着事。茶客，无论是熟人知己，还是陌路新识，都共同聊着海阔天空的事，说着有用无用的话，这里是新闻中心，国事家事，世态人生，正史野史，悲欢离合；这里又是交易中心，察货验货，讨价还价，玩笑逗乐，无拘无束。邻里闹个纠纷，朋友伤个和气，只要到茶馆喝上半天茶，仇怨自然烟消云散，重归于好，握手言欢。在内地，早期熟人见面问候一句“吃了没有？”藏族人见面从来一句话“来喝茶！”有句古话：不能敬你以茶，而还之以水。这里也是男人的世界，藏族传统习俗中女性是不进茶馆的，这个历史的烙印如今依稀可见。

“能行千里的好马，必须配上金鞍；来自汉地的好茶，必须盛在宝碗。”藏族人除了住房，最讲究的是茶具，茶锅、茶桶、茶壶、茶碗，号称四大茶具。造型美观的铜锅，轻巧方便的铝锅，精致光亮的陶锅，熬出醇香的清茶。最小的铝锅能装一升水，煮出的茶够两个人喝。最大的铜锅口径两米宽，深度一米八，熊熊火焰烧开滚烫的开水，十多斤的砖茶放入水中，熬成琥珀色的茶汤，可供千人饮用。据估计，这样的茶锅在西藏的哲蚌寺、色拉寺、甘丹寺和青海的塔尔寺，有数十个。刷锅都得搭上梯子，人才能下到锅底，据说有的进了世界吉尼斯纪录。茶桶是酥油茶的加工工具，茶汤、酥油在桶内搅拌而成酥油茶。红桦木、青栗木、核桃木是制作茶桶的首选材料，不易开裂，适合当地干燥的气候。藏北普通牧民家使用的常常是简易的竹筒，粗壮的主干，打通竹节便能成为酥油桶。我曾在色拉寺看到一个最大的酥油桶，高近两米，粗近两人合抱，打酥油茶时，茶筒靠在粗大的柱子上，还要用牛皮绳捆上。木桶边垒起稳固的站台，身材魁梧、光着臂膀的喇嘛，双手紧握带有活塞的木柄，拉开架势，上下提拉，使劲捣舂，极具舞台效果，这是世界上绝无仅有的景观。至于茶壶茶碗，最高档的是金杯银壶、银杯金壶，普通的是铜壶铝壶、玉碗瓷瓶，五花八门，琳琅满目。说到喝茶的瓷碗，在《甲帕伊仓》中记载，当初茶叶不但治好了藏王都松芒布杰的病，而且成为了上流社会的时尚饮品，既然茶叶来自汉地，那里必有盛茶的宝器，又派出使者到中原朝觐皇上。得知藏族如此敬重茶叶，皇帝便派出最好的工匠，帮助西藏生产陶瓷茶具。我在布达拉宫看到的最早的瓷茶碗上的图案是：鸟儿衔茶、金鹿背茶、长寿罗汉。藏地最普通的茶具是木碗。藏族人喝茶，最讲究的是夫妻不共碗，子女不共碗，每人一个木碗，人走碗随，形影不离。藏族情歌中就有这样的句子："我的情人，丢也丢不下，带也带不走，情人是木碗多好，可以揣在怀里。"百年前，上至官界要人，下至街头乞丐，都随身带着喝茶的木碗。拉萨的达官显贵腰上挂着两样物品，一边是木碗，用来喝茶的；一边是小刀，用来吃肉的。缎制的碗套从七品到三品式样不同、做工不同，从碗套可以识别官阶，每次开会或办公，不管急事缓情，首先不慌不忙地从自己的碗套里拿出木碗，从从容容地喝上三碗酥油茶。拉萨四周的大寺院，他们各自的茶碗形状也不相同，哲蚌寺的一律是钵式木碗，甘丹寺的一律是梯式木碗，还有苍古尼姑寺的是平底木碗，看茶碗就知道是哪个寺的僧人。伴随着藏地饮茶的历史进程，饮用不烫嘴、盛茶不变味的木碗，成为外出时的必备之物。现在木碗的制作越来越精美，式样越来越华丽，推动了西藏工艺品的发展。一些藏族的说唱艺人，也有自己专用的木制茶碗，小的大如羊头，大的几乎和牛头相等，一个五磅热水瓶的酥油茶全倒进去还装不满，这不是因为他贪，而是一种文化现象。近代西藏最好的木碗来自藏南措那达旺镇，那木碗薄如瓷碗，轻如纸杯，绵如薄铝，是用硕大的树瘤抛光打磨做出来的，看木头的纹路分木碗等级，当年一个猫眼纹、磷火纹的木碗价值七八头牦牛。小孩起名之后，老人就送一个木碗喝茶用；老人凌晨起床，主妇把盛满酥油茶的木碗端到床前；老人离开人世，家人把他盛满茶叶和食品的木碗抛进江河。

我到云南工作，下了飞机，住进酒店，第一件事，请服务员泡了一杯普洱茶，这一杯茶成为了我在云南的第一次盛宴。从此，滇茶成了我日常生活中最亲密的伴侣，“不可一日无此君”。我在云南已经生活了十六年，以虔诚的心朝觐了六大茶山，古老的茶树一到春天，繁茂着自己青春的枝叶，茂叶风声瑟瑟，紧枝月影重重。新建的茶山，一棵棵茶树一个挨着一个，排成一条条绿色的彩带，一层层绿色的波纹，温柔恬静。从远处看，那个绿涛像阶梯般搭在山上，绿浪沿着阶梯拾级而上，深入云端。每次穿行在茶园中，风把茶园的云雾吹得千姿百态，随着迷雾的浓淡，茶树变幻多姿，轻纱般的云雾笼罩着茶山，若隐若现，仿佛是海市蜃楼。如果采茶的时节，那些胸前挂着银饰、头上戴着花帽的姑娘，采摘嫩茶的巧手似蝴蝶翻飞般在茶树上起落。我也走过茶马古道，一条条蜿蜒于群山间的古道，用光滑的青石铺筑，石块、石条、石板，百里、千里、万里，石路像一条不见首尾的巨蟒，卧伏于起伏连绵的崇山峻岭中。这条路有时像悬在半空中的栈道，有时像直通天上的云梯，有时像穿越峭壁的羊肠小道。茶是历史，路是历史，历史是人类进步发展情形的记录，我的生命在一条艰险的空间，勇敢闯冲过，靠的可能是这条历史。

漫谈读书

这是一个被千万人写过，还将被千万人写下去的题目。因为我是几亿人中，尝到读书甜头，懂得读书有用的人之一。

我三岁认字，六岁读书，十三岁换一种文字认，换一种语言学，这两种文字和语言，既是一门文化，也是一门艺术，既有再生活力，也有奇特魅力。它们在人类古老的长河中，独一无二地创造了世界文化奇迹，在世界文字之林中，异乎寻常地训练出人的悟性。我灵魂双翼的羽毛也被它们丰满起来，追求自由，自然飞翔。

地球上除了植物，还有动物。人与禽兽有共同之处，根本的区别之一是，人能写书也能读书。人类脱离了兽界，进入人界，就开始积累人的智慧，而且越积越多，脑海里无法容纳。于是发明了文字，开始刻在石面，后来写在贝叶。再后来发明造纸技术、木刻印刷、活字印刷。书籍是人类把脑海里的记忆搬到纸面上，储存下来，代代相传。说穿了人类发展进步永不停息，唯一靠的，既读书继承发扬前人智慧，又写书积累总结，留下当下人的智慧。这样的智慧承前启后，发展永无穷尽。因此，书籍是蓄积智慧的不灭明灯，是人类文明的阶梯。

人在喧闹、不完美和未雕琢的状态下诞生，是一个既不成熟、又未定型的产物。要变得纯洁、完美、高尚，必走的路径是读书，衡量生命尺度的标志是读书，这也许就是生命的意义。一部经典往往是作者的人生结晶，终生的求索成果，既是永恒的光辉思想宝库，又是哲学的至理名言富藏。时间是唯一检验作品的试金石，平淡的低劣的作品相继淘汰，只有经典之作与世长存，流芳千古。经典是人生恒久不变的挚友，当你身处逆境时，它给你坚强不屈的力量，当你遭受失败时，它让你跨上成功的阶梯，当你碰到机会时，它让你插上智慧的翅膀。当你打开一本好书之前，你必须对自己提出几个问题，当你读完一本好书之后，你必须找到人生奋斗的历程。古今中外，爱书如命的人有的是，这些人已过千年百年，我们仍能记得他们。说“天下第一件大事是读书”“天下第一好事还是读书”“有生一日、读书一日”“读书使人插上智慧的翅膀”，这类名言警句是经过时间与历史考验的真理。真理不是由脑子分泌出来的僵硬的教条，而是岁月的大河淘尽了一切无价值的泥沙，只把真理留下。你要懂得时间可以流逝，年华也要消失，但真理是永存的，你的成功在于听从真理之中。

人是最怕精神孤独，尤其清流高士，有一个办法可以解决，读破万卷，神交古人。在现代生活圈里，知音毕竟难求，有一个办法可以解决，读先人之书，与灵魂结邻，同身影往来。名利市场的攀交，附庸风雅的虚交，讲空话、说闲话浪费时间，虚度光阴。要把相当大的时间用来读书，情愿让自己淹没在别人的思想之中。只有书籍能把我们带入人类最成功的优秀人群之中，把我们带到人间最伟大的思想家面前， 相似于身临其境，聆听话语。读书不是为了升官，为升官而读书，会读成疯子。但做了官必须读书，不读书做不好官。读书不是为了发财，为发财而读书，会读成傻子。发了财，必须读书，不读书，守不住财。读书不是为了写作，为写作而读书，会读成骗子。但写作必须读书，不读书，写不出好作品。读书不是为了应考，为应考而读书，会读成呆子。但考好了，必须读书，不读书，已学知识就会过时。人是不可能将书读尽的，但读书能给人以知识，给人以智慧，给人以快乐，给人以希望。

我们所处的时代，有个时髦的词语叫“全球化”，还有一个摩登的概念叫“现代化”，这也许是未来人类的走向。一些老的生活已经缓缓远去，已然消失。一些新的生活已经临近，悄然而至。在60年代，我看到过无边无际的草原，百花盛开，草木争荣，羊群肥壮。天空中一只秃鹫盘旋，突然间展开庞大的双翅俯冲下来，用钩曲锋利的双爪抓起一只肥大的公羊，沉重地拖向空中，羊发出凄惨的哀嚎，四条腿在空中乱蹬。在70年代，我看到过一个正方的围墙，朱红的大门，一棵古老的柳树，树根上拴着一匹身材高大、体态匀称的白马。马的额上覆着妍丽的一撮毛，项鬃编成了细辫，满身披着五颜六色的绸缎，上面套着豪华的镀金马鞍，等着主人去看望千里之外的朋友。在80年代，我也经历过，一个碧绿的湖面，百鸟云集，家鸭天鹅一起神游，百米深的湖水清澈见底，一枚硬币扔下去，就能读出它的面值。曾经随处可见的，月光下的田野、河流、树木；阳光下的蝴蝶、蜻蜓、蜜蜂；烛光下的笑脸、幻想、祈求；夜晚追赶一只萤火虫，白天放一只纸糊的风筝。这一切已经离我们的生活远去，都成为了思念的记忆，朦胧的美景，忧伤的传说。那时还有马背小学，游牧生活中，孩子也能读书。牛背阅览室，羊毛编制的褡裢装上书籍，搭在牛背随时可以翻阅。读书，这个我们习以为常的平凡过程，实际上是人们的心灵和上下历史、古今习俗、一切民族的伟大智慧相结合的过程。

后来我看到，在广袤的大地上，推土机、挖掘机、吊臂车、脚手架，像冲锋陷阵的军团，轰声隆隆，烟尘滚滚，吞田掠地，占山霸水，一路铲除草地树林，铺满钢筋水泥。一座座城市建起来了，林立的高楼大厦，闪光的玻璃幕墙，尖角或翘角的屋顶，使你眼花缭乱。满街的霓虹灯，高架的立交桥，蜂拥的汽车流，更让你茫然无措。那些住着高楼的人，比邻而居了十年，对门的邻里不知姓名。孩子一出生就可能生活在防盗门里，整日有父母看守，接不到地气。城里是“信息时代”“数字时代”“网络时代”。每个人锁在一系列数字里，BP机号码，手机号码，电脑密码，信用卡密码，股东代码。每个人的生活每一步，其实是一次数字的转入和转换过程，数字确立了人们生活秩序。看微信、看短信、看网络，离了电脑、离了手机，不知所措。这还要读书吗？我的感觉是，越是这样越要读书，因为书是人类智慧的营养品，你靠力量能举一千斤，靠智慧能举一万斤。生活里没有读书的时间，你就像生活在恐惧的黑暗里，智慧里没有读书的补养，你就像鸟儿失去了翅膀。铁不用会生锈，水不流会发臭，人不用智慧就等于是僵尸。

现代生活的基本特点是一个字“快”，什么都是来得快，去得也快。一天不看微信就感觉和世界脱节了，关机一天就以为被人类抛弃了。从前的婉约、细腻、含蓄、从容、自在开始挥手向我们告别。再也不太会有一生只写一部书的史家司马迁；一生只走一条路的游客徐霞客；一生只种草写草采草的李时珍。他们以从容的心态、毕生的精力，一生只做一件大事。“快”催生出失衡的浮躁心态，企图一夜成名，一夜暴富，十个指头按二十只跳蚤，既什么都想得到，又什么都不想放弃。“快”使地球已经变成了一个村庄，村长也管不了那么多的事儿，每一个人说走就走，拿着一部手机可以走到地球的任何角落。这种“快”也使我们传统的读书方式、读书内容、读书方法受到了冲击，发生了变化。甚至有人认为，网络和数字时代之后，声讯和光影将逐渐取代语言文字，人们将进入“读图时代”。这是人类将面临的可怕危机，如果读书写作是自动化反应，不仅失去个人语言风格，还要失去多样的个人色彩，变成没有意义的抽象的公式。网络时代许多人追求的是流行阅读，快餐式阅读，这能获得感官上的轻松、表层上的享乐、面子上的悠闲，但不可能使本质内容、精神养料、高尚境界进入脑海，沉淀于心，深入血脉。阅读必须与精神、灵魂、思想、哲学、生命相关连。选择数字化的阅读方式，原因是时间有限，快速阅读。新媒体能够满足人们快速获取信息的需求，但无法替代诵读经典图书所能带来的心灵上的愉悦和智慧上的收获。读书易，思考难，两者缺一全无用。思考是人类最大的乐趣，成功的捷径是思考，一次深思熟虑，胜过千百次的草率行动。很多人记不住读过书的内容，原因在于思考得太少。所有的人读书用两只眼睛，经验丰富的人一只眼睛看到纸面上的话，另一只眼睛看到纸的背后。

80年代走进书店，显眼的书架上摆着的是《红楼梦》《金瓶梅》《水浒传》。现在走进大城市的书店，首先看见的书籍是“成功学”“投资理财指南”“职场升迁术”之类的畅销图书。我曾在一个机场的书店，好奇地买了一本成功学的书，三个小时的飞行途中翻阅起来。我已经是古稀之年，从来没有想过人生的成功之道，也没有制定过人生的远大目标。总觉得人生苦多，走过来不容易，该做的事儿要做，不该做的事儿不做，就这么简单。可看了这本书，才觉得原来我也是成功之人。主动被动的电视出镜率、虚实难分的繁多头衔、不知不觉获得的大小奖项，都是成功的标志。这些眼花缭乱、扑朔迷离的成功标准，我自己都越看越糊涂。不过我要当成功之人，还要做一件丢脸的事。要把我同领导、明星、名人的合影照片，还有我个人出书时读者排队签名的图像在网上晒一晒，但我实在没有这个胆量和勇气。我不反对成功之道，古今中外都有成功之人，但标准不是出镜率，头衔多少，获奖次数。成功的前提，第一是天资，先天不足，后天难补，人与人之间的天资是不相同的。第二是勤奋，勤奋是一切成功之母，一切幸福是奋斗出来的。第三是机遇，机遇是客观存在的，机遇往往是为有准备的人提供的，但不期而来，也较难碰到。

有人说现在写书的比读书的还多，这话太过于夸张。一个不争的事实是，书出了很多，到处都是书。有的作家短篇不过夜，中篇不过周，长篇不过月，一年出三本书的真不少，十年出十本书的也不少见，真可谓著作等身。出书多绝不是坏事，更好的事是出经典之作。所谓经典之作，应该是经过历史检验，受到万口传诵、众手捧读的版本。天才的伟大诗人李白、杜甫的诗作，千余年来成为全国喜闻乐见之文，雅俗共赏之书，街谈巷议之姿。在古今中外众多的长篇小说中，《红楼梦》是一颗璀璨的明珠，是最杰出、最普及的中国小说。这部创作于18世纪的小说，描述的是一个大家族的衰微过程，刻画了四百二十一个人物，女性一百八十九个，男性二百三十二个，俄国、法国的小说都没有超过这个数字，是世界小说之最。这些男女老幼、主子奴才，众多人物，五行八作，应有尽有。作者能够寥寥数语，使人物活灵活现，令读者永远难忘，我看至今中国没有哪部小说超越它。在中国的历史上，政治学家、思想史家、历史学家、文学大家出版的著作汗牛充栋。其中影响中华民族政治文明，社会进步，文化复兴的著作也不少。中国第一部通史《史记》，陶渊明的《桃花源记》，魏征的《谏太宗十思疏》等。读这些书，跨越遥远的时空，重回历史的现场，触摸神秘的感性。

听说空气污染、交通拥堵、情绪急躁是城市病。看来多数城市都有病，有些城市病得还不轻。治这种病的医院可能是政府大院，那医生不用多说，肯定是带“长”的那些，他们压力巨大，值得同情。我发现大城市还有一个毛病，印刷机每天都不停地转动着，成吨的纸被印上无聊的无病呻吟的、玩世不恭的低级的文字售于人间，那么多人还津津有味地看着。不少作家的创作是一种商业行为，以短、平、快的方式，瞄准网络、微信、小报、小刊只求一日之寿命，“速成”的作品，决定“速消”的命运。那些披着书籍外衣，满纸写着花言巧语、轻蔑粗鄙的发泄；歪理邪说、好高骛远的胡言；卖弄风骚、淫秽放荡的乱语之书，居然高踞在书架上。这些让你异化的东西和空气中的雾霾有什么区别？一个污染肌体，一个污染灵魂。这些书还有市场，可能是今天的“欲望社会”里，相当多的人抱着窥探的心态，带着猎奇的目光，正中下怀。少数明星也跟着投其所好，为了获得曝光率和知名度，把自己的部分隐私“让渡”给读者和网络，“花边儿”被炒成大块新闻。如今社会，便捷的科技设备，安全的管理需要，几乎处于无所不在的被拍摄的状态。普通百姓为了保护自己的隐私，牢记着关好门，拉好窗帘，甚至还别忘了关灯。只有那些有强烈欲望一夜成名的人，在网络上争奇斗艳。安静是浮躁的对立，而浮躁是追逐的欲望，安静是生命的力量，也是生命的艺术。历史上，那些经典的作者，没有金钱的刺激，没有女色的诱惑，没有鲜花的慰藉。他们学问上追求着真、道德上追求着善、言行上追求着美。在一部大作诞生的过程中，常常沐浴更衣、焚香独守，使自己处于一个超然的空间，以摆脱世俗之忧，求得一种安静。

现在，在城市里，多数人生活在竞争的环境里，要就业，要消费，要交际，生活节奏快得追不上时间，用不够时间。住房问题、职场晋升、钱财积累、子女教育、工作压力，使得许多人处于一种烦躁不安的焦虑状态。这些是发展中必然出现的问题，解决这些问题也得需要更好的发展。四十年前，官不分大小，机关工资大多在六十元，但彩电冰箱是奢侈品。大学毕业有工作，东西南北定点分，但职业选择没有门儿。人人都有房子住，但谁也没有房产证。大家生活很清贫，上下左右差不多，就是领导干部也没有多少特殊，放眼四周，谁也不比谁强多少，要想比较真找不到对象。现代社会，市场经济，你争我夺，冲刺般的财富赛跑，把赚钱作为主要目标。在竞争中，比职位，比房子，比汽车，比财富，比职称，比来比去，把每个人的欲望充分调动起来，都算计着我要得到多少。如果欲望受到了阻挠，变得心怀怨愤，看四周用一种恶毒的眼光。贫穷的时候能得到一点就满足，贪欲却要的是一切东西。职务要升得更快，房子要换得更大，财富要聚得更多，过头的欲望如一团烈火，有时候也把自己烧死。最高贵的心是最平常的心，享受自己的生活乐趣，不与别人的财富做比较，知足是最好的财富，而且不怕被人拿走。经济发展可以改变生活质量，但未必能催生出轻松的快乐。我觉得一旦人追求的不是如何幸福，而是怎么比别人更幸福，幸福也就离你远去，永远得不到幸福。读书能改变一个人的命运，同样能改变一个民族的命运，一个国家的命运，也能净化整个社会环境。好的书是高尚忠诚的情感纽带，纯真的思想、美好的人格如同仁慈的天使，净化灵魂，激励行为。

几千年来，人类保存智慧的最好办法是利用了文字，把脑海里的记忆搬到纸面上，形成书籍。宋代诗人黄山谷说“三日不读，便觉言语无味，面目可憎”。他的意思是指读书使人得到一种优雅和风味，而这个优雅不是指体态之美，是指一个人的品行修养和内在的心灵之美。“面目可憎”，也不是指面部的丑陋，丑陋的脸孔有时也会有与众不同的动人之美，美丽的面孔有时也会令人看来讨厌。一本好书就是一个好的社会，它能够陶冶人们的感情和气质，使人变得高尚、诚实、谦虚。一本好书终身受用，一句名言影响一生。今天我们谈论立志做事，许多人都在阅读王国维的名作《人间词话》。立志做大事的人要有百折不回，勇往直前的勇气，不能有徘徊犹豫，侥幸求成的思想。今天我们探讨人生价值，“人固有一死，或重于泰山或轻于鸿毛”，这是司马迁《报任安书》中的名句。生命的长短以时间来计算，生命的价值以贡献来计算。今天我们讨论执政理念，“先天下之忧而忧，后天下之乐而乐”，这是范仲淹《岳阳楼记》中的名句。政府是为人民的利益而存在，主持正义是政府坚定的支柱。如果你写的书中的某一些名句、熟词被后人称为了格言、成语、警示语、座右铭，载入经典，广为流传，你可能就成为了真正的大师。

当下，在大城市里，学术会议、国学讲坛、作品研讨，满屋子人很多都是大师，什么“学界泰斗”“文学大家”“国学大师”，参会的起码都冠以“著名”。大师之大，是因为有大学问，真学问，大智慧，真本事，大境界，好品格。大师不是自封的，也不是虚捧的，是历史和大众认可的。现在，真正的大师是稀缺资源，不能复制，不可塑造。我也能碰到一些凭借着对中国传统文化的热爱，著书立说，四处奔走，开门授徒，放弃名利，埋头苦干的大师。历史上的大师遗留下的巨大精神财富，在我们这一代不应该成为尘封的历史，只闻大师之名，不读大师之书，那将是我们这一代人的悲哀。读大师的书，不光是怀念、思念大师，而是时代的需要、历史的责任。最伟大的宝藏就是最完善的图书馆，在那里你能和古今中外所有的大师神交。曾经成千上万的读者，带着喜悦的心情翻阅过的大师之书，今天也许是污损的书页，残破的封皮，但脍炙人口的内容，不影响外表。豪华精装，排列整齐，但内容轻薄，甚至无用之书摆在书架，有点侵占了圣堂的感觉，就怕把合法的主人赶下无处藏身之地。愈是好书，装订愈是简朴，愈是不断重印，不断翻译，版藏于地球各处。在宁静的图书馆里，发出沙沙作响的翻书声，那是盼望已久的最美妙的音乐。一个国家的振兴、文明的传承，要靠影响历史的经典启蒙与烛照。郁达夫说："没有伟大人物出现的民族，是世界上最可怜的生物之群，有了伟大的人物，而不知拥护、爱戴、崇仰的国家，是没有希望的奴隶之邦。"西汉文学家刘向说："书犹药也，善读之可以医愚。"欲望带来的忧郁之病、嫉妒带来的愤恨之病、虚荣带来的烦恼之病、贪婪带来的思虑之病，都是现代社会的心病。病根是自己太愚，就像和白痴生气，能把自己变成白痴。要读书，多读书，善读书，读大师经典可以医愚。使你内心强大起来，守护好自己的心。

图书在版编目（CIP）数据

雪域心灯 / 丹增著 . -- 北京：作家出版社，2018. 6（2023.2重印）
ISBN 978-7-5212-0066-9

Ⅰ. ①雪… Ⅱ. ①丹… Ⅲ. ①散文集 - 中国 - 当代 Ⅳ.
①I267

中国版本图书馆CIP数据核字（2018）第128509号

雪域心灯

作　　者： 丹　增
责任编辑： 史佳丽
装帧设计： 孙惟静
出版发行： 作家出版社
社　　址： 北京农展馆南里10号　　　**邮　　编：** 100125
电话传真： 86-10-65930756（出版发行部）
86-10-65004079（总编室）
86-10-65015116（邮购部）
E-mail:zuojia@zuojia.net.cn
http://www.haozuojia.com（作家在线）
印　　刷： 固安兰星球彩色印刷有限公司
成品尺寸： 152×230
字　　数： 223千
印　　张： 19.25
版　　次： 2018年7月第1版
印　　次： 2023年2月第3次印刷
ISBN 978-7-5212-0066-9
定　　价： 58.00元